国家出版基金项目

“十二五”国家重点图书出版规划项目

中國京劇流派劇目集成

启功题签

《中国京剧流派剧目集成》编委会　编

第 叁拾柒 集

學苑出版社

图书在版编目（CIP）数据

中国京剧流派剧目集成．第37集 ／《中国京剧流派剧目集成》编委会编．— 北京 ：学苑出版社，2015.1
ISBN 978-7-5077-4722-5

Ⅰ．①中… Ⅱ．①中… Ⅲ．①京剧－剧本－作品集－中国 Ⅳ．①I232

中国版本图书馆CIP数据核字(2015)第030941号

出 版 人：孟　白
责任编辑：潘占伟
装帧设计：徐道会
出版发行：学苑出版社
社　　址：北京市丰台区南方庄2号院1号楼
邮政编码：100079
网　　址：www.book001.com
电子信箱：xueyuanpress@163.com
销售电话：010-67601101（销售部） 67603091（总编室）
经　　销：新华书店
印 刷 厂：北京信彩瑞禾印刷有限公司
开本尺寸：889×1194　1/16
印　　张：16.25
字　　数：416千字
版　　次：2015年1月第1版
印　　次：2015年1月第1次印刷
定　　价：240.00元（精装）

《中国京剧流派剧目集成》学术顾问

《中国京剧流派剧目集成》编委会

序言

◎黄克

京剧向称国粹艺术，内容博大精深，剧目十分丰富，人们常以“汉唐三千宋明八百”形容其浩瀚。其中流派剧目又以演员表演的鲜明个性使剧目显得更为多彩多姿，充满魅力，既被专业人员钻研承继，也为广大戏迷喜闻乐见，遂成为京剧舞台上一大亮点。

流派

举凡表演艺术，原本就无不带有表演者的个人色彩。京剧表演艺术因其唱念做打诸多方面功夫的综合性和繁难性，表演的个性化尤为突出；加以行当的粗分、剧目的雷同，于大致相同的条件下尽显各自的千姿百态、千变万化；一招一式、一腔一韵之中可以体现不同的特色，同样一出戏，甚至同样一个戏中人物也完全可以演出不同的风采，这种充满个性化的表演，遂成为京剧竞技场上最是为人乐道而又情趣无穷的审美内涵。倘若这种富于个性化的表演为受众所认可，且代有传人，形为规范，即可自成一家，成为迥异于他人的艺术流派。以“四大名旦”（梅兰芳、程砚秋、荀慧生、尚小云）为例，虽皆工旦行，却又各有千秋。京剧大师王瑶卿就曾这样分析这四位后起之秀的独到之处：“梅兰芳的样儿，程砚秋的唱儿，尚小云的棒儿，荀慧生的浪儿。”所谓“样儿”，指梅的艺术造诣全面，要什么有什么；所谓“唱儿”，指程以行腔之新颖动听为能；所谓“棒儿”，指尚的刀马功底深厚；所谓“浪儿”，指荀的柔媚多姿、风情万种。寸长尺短，一语道破各有专擅的各家流派特点。如此成就固然来自自己的勤学苦练、苦心孤诣，更少不了观众的知音捧场、鼓励有加。因此，一个艺术流派的形成，对于创始人来说，无疑是开拓了审美追求的新境界；对于受众戏迷来讲，则更是得到了多样化审美需求的新满足。梨园行有云：唱戏的是疯子——指其追求的执着，听戏的是傻子——指其享受的痴迷。二者相得益彰、相映成趣，或许正道出京剧流派形成之三昧。

流派剧目

在京剧传承的一二百年间，随着历史的变迁、社会的发展，以及新人辈出、师承转换，荡涤旧物、崇尚新声，传统剧目中的绝大部分早已绝迹于舞台，然而，其精华部分（包括剧目中表现出来的唱念做打等程式体系）还是被完好地保存了下来，并得到长足的发展。其间，流派创始人于剧目的推陈出新做出了不可磨灭的贡献。基于对剧目乃至剧中人物的理解和认识，以及更便于发挥自己技艺特长的需要，流派创始人对浩如烟海的传统剧目进行了严格的筛选，经过了整理加工再创作，使之又焕发出崭新的韵味和光彩；随着这样剧目的增多，最终形成了自己流派所特有的剧目系列。而另外的流派又在另外的剧目系列中发挥着自己的优势，即或剧目相同，不同流派依然可以于演出中表现出自己的独特风格。总之，在其演出的剧目中，无不打上自己表演风格的鲜明烙印。京剧舞台上一度出现的这种百花齐放、争芳斗艳的盛况，实由自丰富多彩的流派剧目，这在京剧发展史上已是不争的事实。

但也应看到，如今京剧流派剧目相对于京剧的鼎盛时期，已是光景不再。个中原因很复杂，就客观因素而言，新兴的艺术形式的多种多样，人们的欣赏习惯和娱乐方式已经有了更广泛的选择余地，因而完全可以去旁骛；此外，就京剧本身而言，演出剧目之贫乏不能不说是观众锐减的重要原因之一。本来演出场所和演出场次就不多，翻来覆去又只是那几出骨子老戏，怎么能吸引观众，特别是年轻观众呢？——连那些老戏迷们也都听腻歪了。

回过头来看，今日演出剧目的贫乏和流派创始人晚年艺术景况也不无关系。他们在艺术的巅峰期——集中在上个世纪二三十年代，创作或改编了一出出新戏，直令观众赏心悦目，目不暇接。当其时，除了富连成科班或游动的散班演出些大路戏外，北京的京剧舞台几乎就是流派剧目的天下。据 1932 年商务印书馆出版的《五十年来北平戏剧史材》的记载，自民国十二年（1923）至十八年（1929）这六七年间，以梅派剧目为例，只“初演”的剧目——也就是自家独创的新戏或整理改编的传统戏，就有前后本《西施》、《洛神》、《廉锦风》、头二三四本《太真外传》、《俊袭人》、全本《宇宙锋》、《凤还巢》、《春灯谜》等 12 出戏（其中前后四本《太真外传》这四出戏是在一年多时间里陆续完成的）；同一时间段，马派“初演”的剧目也有《化外奇缘》、全本《玉镯记》、《秋灯泪》、《战宛城》、全本《火牛阵》、《鸿门宴》、全部《临江馆（“馆”应作“关”）》、全部《浣纱溪》、《范仲禹》、全本《清风亭》、头二三四本《大红袍》、全本《天启传》、《许田射鹿》、全本《十道本》等15出戏（其中《大红袍》分头二和三四本两次演出），当然，其中还不包括“初演”以外的经常性的大量的传统戏演出。试问，这些曾经轰动一时的流派创始人编创的新剧目于今又有多少出传承下来了呢？个中主要原因就在于流派创始人到了晚年一些唱做吃重的剧目已难胜任，只有将其已臻于炉火纯青的技艺凝炼到少数剧目之中，或演出或教习也只拘囿于这少数几个剧目了。而其传人也就将这几出戏奉为圭臬，全不知其鼎盛时期的所谓“文武双全”、所谓“昆乱不挡”为何事，致使一些当年的热门戏几近失传，这不能不说是梨园一件憾事。记得梅兰芳先生曾撰文论述学艺过程中的“少、多、少”，大意是初学时会的戏（包括技艺）自然是少的。随着所学剧目的增多，技艺的增长，激发起拓宽其艺术驰骋领域的热情，兼收并蓄，从而极大地丰富了自己。进而又随着审美取向的定型，艺术见识的提高，势必要对自己所学所用下一番去芜存精的工夫，扬长避短，使自己的独特技艺集中在少数几个代表剧目之中。表面看来演出的剧目是少了，但炉火纯青，在艺术创新上却达到了新境界。从少到多，从多而少，贯穿着的是继承与发展的艺术成熟的过程，也闯出了一条攀升艺术高峰的必由之路。后学者以为，学会了几出流派代表剧目便可以薪尽火传，得到了真经，孰不料缺少广博的根基，既影响个人的发展，也造成了剧目越传越少的现实。这难道不是应该汲取的教训吗？

有道是“礼失求诸野”。由于流派剧目的独特韵味及其所富有的艺术魅力，由于京剧作为自娱自乐的审美取向已深入人心，更由于迷恋传统演唱艺术者的大有人在，京剧传统剧目——包括一些已经消失于舞台的流派剧目，至今仍在京剧爱好者中间传唱不息。我们不妨到公园里看一看那一圈圈围着的戏迷，他们来自四面八方，或许彼此并不相识，只凭一把胡琴就将大家凝聚在一起，有滋有味地互相欣赏着一段段流派唱腔。更不用说那遍布全国各地乃至国外华人聚居区的票房，他们还时不时地粉墨登场，过一把戏瘾呢！这种自拉自唱、自娱自乐的红火场面，充分显示了京剧流派剧目的深厚群众基础和顽强的生命力，对于相对落寞的京剧舞台不啻一种发人深省的挑战。然而，这又何尝不是对京剧振兴的潜在的呼唤和有力的支持呢！

流派剧目集成

正鉴于其强大的生命力和深厚的群众基础，“振兴京剧”作为文化建设的国策的提出可谓正得其时。而振兴之务，首要的是挖掘和继承优秀传统剧目，以之作为发展和创新的基础和借鉴。我们编纂《中国京剧流派剧目集成》的初衷正在于此：将流派剧目演出的精彩瞬间记录于永恒，将构成流派剧目的诸多元素一一记录在案。诸如每剧的剧情本事、创始人表演特点的提要，剧中人物行当归属、服装扮相，剧本曲文、唱腔谱、伴奏谱、锣鼓经，以及身段谱等得以再现流派表演风格的内容，都力图完整地记录整理出来，为流派艺术的教学和研究提供文字的基础资料。持此，内行自可作为表演的参考，京剧爱好者也可以作为演习的蓝本。

这一工作，对于京剧剧目的基本建设虽然可谓之善举，但具体做起来却困难多多。首当其冲的就是剧目的选定。京剧剧目虽称汗牛充栋，但保存下来的资料却十分有限。京剧形成初期，以“老生三杰”又称“前三鼎甲”的程长庚、余三胜、张二奎为代表的一代固然没有留下什么音像文字资料；即或以“老生新三杰”又称“后三鼎甲”的谭鑫培、孙菊仙、汪桂芬为代表的一代除了少量的唱片外也没有完整的剧目传下来，所以我们的剧目整理工作只能从民国初年以降的“四大须生”、“四大名旦”开始。他们受熏陶于前辈艺术家，可谓传统的集大成而又能创新的一代，整理剧目以他们为重点自然最合适不过。遗憾的是这些艺术大师大都已经作古，得到他们指点和首肯已不可能，为此，我们只能通过其亲传或再传弟子来进行流派剧目的整理工作。从中我们更深地体会到抢救要及时，当初未能抢救下来现在也不要嫌晚而不为，抢救一点是一点，否则能够保存下来的精华越来越少，越加难向历史向后人交代了。

更难的则是遴选整理者。剧目的全面整理需要全面的人才。我们在组织稿件的过程中却发现这样的人手颇不易得。如果流派创始人或其传人曾在戏校任教，且有较为完整的教案保存下来，今日稍加整理即可选用，自然不是难事。不过这样的情况并不多，大量的剧目尚需要对当年的演出本进行追忆记录，加工整理。曾经受业于流派创始人或其传人的京剧工作者虽然是整理演出本的合适人选，但是他们大都是单位的骨干，忙于演出，忙于剧务，或居于领导职位，很难分出身来。即或肯于应承下一两出戏，也常有如下的情况：能演不能说，能说不能写，能写又不能打谱。因此，完成一个剧目经常需由记录者、整理者和打谱人联袂而行，倘再加上剧目的传授者和提要的撰写人，则非四五人鼎力不可。《中国京剧流派剧目集成》收入二百多出戏，每出戏即使平均两三人参加，也要组织四五百人次。其繁难可以想见，其壮观亦可以想见。当然，这还仅就整理者的数量而言，更为难能可贵的还在于参与者的无私奉献。试想，跟演一出戏或教一出戏相比，以文字整理出一出戏，不仅费时而且费力，无疑是一桩一般人不肯为也不屑为的苦差事，而我们的整理者却能甘之如饴，乐此不疲，没有为京剧事业的传承而不计个人得失的宝贵情操，是难有这种积极性的。不仅如此，随着岁月流逝，整理流派剧日益困难，更需要求助一些老专家，他们或是资深艺员、教师，或是资深票友、戏迷，而今已是硕果仅存的京剧艺术的专家、流派历史的见证人。在他们身上洋溢着一种传承京剧流派的使命感，和对振兴京剧的期待。他们热情地参加到这项工作中来，或亲自动手，为我们整理剧目；或答惑解疑，给我们工作以指导。使我们在受教于他们的同时，油然而生一种深深的敬意。

克服了上述困难，《中国京剧流派剧目集成》终于呈现在读者面前。书中，除了囊括主要流派的主要代表剧目，试图反映京剧鼎盛时期的大致面貌而外，尚有可说道者。首先是挖掘整理出一批流派剧目，其中不乏已近失传的流派艺术精品。其中共收流派五十余家、剧目二百多出，不仅是从装扮到曲谱俱全，而且半数以上不曾整理出版过，可算是京剧剧目建设的一个不小的工程。下列剧目可为佐证。如王（瑶卿）派名剧《南天门》（今能见到的只剩下王和老谭合拍的剧照）、余（叔岩）派名剧《太平桥》（据说是老谭给余说的开蒙戏）、马派名剧《白蟒台》（写王莽被俘后向旧臣一一乞命事，老生扮演反面人物堪称奇特）、麒派名剧《斩经堂》（其中吴汉的悲剧性格曾引起过热烈争论）、荀派名剧《鱼藻宫》（写吕后残害戚姬事，乃荀派悲剧剧目之一），以及汪（笑侬）派名剧《哭祖庙》、龚（云甫）派名剧《徐母骂曹》、徐（碧云）派名剧《绿珠坠楼》、裘（盛戎）派名剧《打銮驾》等，都是难得一见的流派剧目之珍品。而以“关外唐”名世的唐（韵笙）派名剧经其家人和传人的努力竟整理出其代表作《驱车战将》、《闹朝击犬》、《好鹤失政》、《绝龙岭》、《未央宫斩韩信》、《刀劈三关》等七出之多，堪称流派剧目建设的新收获。除此之外，《中国京剧流派剧目集成》还特别着力于武戏的挖掘整理。较之文戏，武戏更难整理，需要将演员在台上的动作招式一一准确地反映出来，没有深入的钻研领会、亲身体验，很难下笔。众所周知，杨小楼作为一代武生宗师，其“武戏文唱”乃武生的不二法门，也是令人神往的一种表演境界，在武戏剧目整理中理应得到体现。资深票友朱家溍先生得其真传，整理了杨派名剧《麒麟阁》，并详细记述了前后六次观剧的心得，惜乎不及将其用工尺谱记下的昆曲吹腔翻为简谱便溘然而逝了。另一出杨派名剧《镇潭州》则是根据京剧耆儒刘曾复先生的讲授整理出来的，其中杨再兴上场的“蝴蝶霸”、和岳飞对打的“枪架子”，皆独得杨派之秘，给人以再闻《广陵散》般的惊喜。此外，高盛麟的《长坂坡》、《走麦城》，王金璐的《落马湖》、《八蜡庙》也都走的杨派的路子，有的就是直接跟杨宗师学的。南派大武生盖叫天武功盖世，他的剧目身后却乏人整理，多亏移居上海的原中国戏校武功教师赵雅枫先生以耄耋之年勉力整出《一箭仇》，也算保存了盖派一脉。还值得一提的是收获了一批武丑戏。叶盛章当年是以武丑戏挂头牌演大轴的第一人，勇于创新，能戏甚伙，现将其创作的名剧《酒丐》、《祥梅寺》、《打瓜园》、《徐良出世》、《三盗九龙杯》、《铜网阵》等七出代表作一并推出，既再现了叶氏当年神勇，也为乏人承继的武丑行当提供一些演习之本。尤为可喜的是我们也挖掘整理出富连成科班总教习、文丑“萧派”创始人萧长华老先生的《选元戎》、《荡湖船》、《变羊记》等已近绝迹舞台的拿手剧目。凡此，整理者挖掘流派剧目的辛勤劳作成果，均为我们编纂“集成”增添了光彩。

为了方便读者翻检使用，本书采取四五出戏合编一册的形式，这样全书约有五十册之多，并拟分三批推出。第一批为老生行的余派，以及号称“南麒、北马、关外唐”的三派，和武丑行的叶（盛章）派，计五家八册。第二批则以旦行“梅、尚、程、荀”为代表，包括老旦、刀马旦等流派。第三批是老生、小生、武生、净、丑等其他流派。预期一两年内出齐。倘若其中有重要疏漏，又得人整理，亦可考虑编辑出版“集外集”，以满足读者的需求，也使这部“集成”更为名副其实。

当然，《中国京剧流派剧目集成》的编纂，其目的只在提供流派剧目作为研究家和后学者的参考借鉴。而流派、流派，意重在“流”。所谓流，指流行和流变。流派艺术正是在流行、流变中最终形成的，即或在最终形成之后，也还是靠流行、流变而发展的，倘若泥古不化，抱残守缺，就会失掉其鲜活的生命力，艺苑奇葩也会枯萎，这已为京剧发展史所证明。不过，流派艺术发展也需要有个前提，那就是首先要掌握渗透在表演程式唱念做打、手眼身发步中的艺术个性，而流派剧目就是其艺术个性展现的载体。继承流派艺术，不能只满足于模拟外在的“体”，更要在剧目演练中去体味其艺术个性的“魂”，这样才能促使京剧流派艺术从剧目建设到表演个性都得到发扬光大。此乃传承流派剧目的题内之义，自毋庸赘言。

目录

白荫棠　池秀光　　整理

打侄上坟

根据李少春、叶盛兰 1958 年演出录音整理

《打侄上坟》也叫《状元谱》，是一出传统骨子老戏，被誉为“后三鼎甲”的谭鑫培、汪桂芬、孙菊仙都擅演此剧。后，余叔岩、马连良、周信芳、李少春也都常演。小生中王楞仙、程继仙、姜妙香、叶盛兰也以此剧著称。

该剧故事梗概如下：陈伯愚兄嫂早亡，其侄陈大官（陈明生）由其抚养。陈大官 15 岁时，交友不慎，受挑唆坚决要求与其分家。伯愚无奈，分一半家产给大官。大官吃喝嫖赌，将家财挥霍殆尽，沦为乞丐。他听说叔父正开仓放赈，于是前往讨赈。伯愚见其沦落如此，大怒，杖责之。伯愚之妻和家人陈志私赠大官银两。大官悔悟，于清明节去其父母坟前祭奠，为伯愚夫妇所知。二人见大官尚不忘亲，乃严加教训，将其带回家中。大官改过，苦读，最后得中状元。

该剧秦腔、河北梆子、徽剧、汉剧、川剧、桂剧等都有演出，流传很广，但由于某些原因，在 1949 年以后很少见于舞台。根据李少春和叶盛兰演出实况录音整理的这个剧本，应该说是很难得的。京剧演出时多不带中状元的结尾。

《打侄上坟》虽然被列为老生戏，但是小生应工的陈大官在剧中的地位绝不亚于老生。可以说，没有一位念、做、表俱佳的好小生，这出戏就没法演。全剧唱段不多，老生除了那段〔西皮三眼〕和几句〔原板〕、〔散板〕外，主要以念、做来表现人物。小生应工的陈大官只有几句〔散板〕，全凭念、做抓住观众。如仔细分，陈大官属于小生中的穷生类，是较难把握表演分寸的行当。我认为《打侄上坟》这出戏，不是“听”的，而是要全神贯注地“看”的。就以 1958 年叶、李二位的演出录音来说吧：李少春宗余派，出场前后有两个碰头好，其念白重韵味，几句〔西皮慢板〕唱得平稳无疵，但没有彩声；而叶盛兰一上场，大段念白很是精彩，“只落得乞讨之中”的“中”字，带着哭音，落了个满堂彩。当陈志向他招手时，他吓得要跑，被陈志拽回的跪蹉步、端架子要陈志带路和进门时腿哆嗦的表演都大获彩声。“打侄”时的扑跌，更是叶的拿手戏，看得人眼花缭乱。到“上坟”一场，那听似轻松的念白，看似随意的做派，都展现了叶盛兰对人物的深刻理解和他深厚的功底。这场戏成了小生的主角戏了。家人陈志，虽属里子老生，是配角，但也很重要，谭鑫培演此戏就一定要贾洪林演陈志。在不同的文本里，他的名字也不尽相同：有写陈志的，有写陈芝的，也有写陈智的。

剧中陈大官在收下婶母赠银走后，老旦与老生有一段对话，说只顾与大官生气，忘了一件大事——正是清明佳节，该去上坟，于是二老就去坟地了。但是下一场，陈大官上场后交代“昨日婶母赠银，夜宿古庙被贼偷去”，这在时间上就出了问题。也就是说，陈伯愚夫妇上坟应是打侄后的第二天，而不应是当天。老夫人的台词改为“明日是清明佳节”就合乎情理了。

剧中的丑角，向例由一人饰演二角，前张公道后朱灿。萧长华老先生最为拿手。其弟子中，以孙盛武演来最为出色。这两个角色都不可演俗了，胡乱抓哏更是大忌。

古振威

人物行当

陈伯愚	老生	**陈夫人**	老旦
陈大官	小生	**陈　志**	老生
张公道	丑	**六童子**	娃娃生
朱　灿	丑		

服装扮相

陈伯愚　俊扮。黪三髯、紫员外巾，紫团花帔、香色衬褶子，香色彩裤，厚底靴。（第四场换蓝员外巾、蓝团花帔）

陈大官　俊扮。青高方巾，富贵衣、小绦子（左腰后系书），青彩裤，白大袜、福字履。

张公道　勾豆腐块。黑八字吊搭髯、蓝鸭尾巾，老斗衣、小绦子，黑彩裤，白大袜、方口皂鞋。

朱　灿　勾小花脸。蓝毡帽，蓝布箭衣、大带，黑彩裤（黑腿带），白大袜、方口皂鞋。（第六场见员外时，头换缨帽，外罩素褂）

陈夫人　俊扮。黪发网、扣碗、月牙蓝包头绸条，蓝团花帔、蓝裙子、香色褶子，香色彩裤，福字履。

陈　志　俊扮。黑二涛、黑软罗帽，海青褶子、大带，黑彩裤，厚底靴。

六童子　俊扮。孩儿发，蓝大袖、小腰巾子，黑彩裤，大袜、靸鞋。

道具

桌　子	一张	**铁　锨**	一把
椅　子	两把	**竹　篮**	一个（内放烧纸）
香色、土黄色、淡蓝色桌围、椅披	各一份	**大爆竹**	一枚
扇　子	两把（陈伯愚、张公道各一把）	**火纸媒儿**	一个（草纸捻）
书	两本（陈伯愚、陈大官各一本）	**面口袋**	两个（一个空，另一个内装半袋米
长家法板	一块	**棉　布**	两匹
银　子	两封	**祭　盘**	一个（上放酒壶、酒杯各一）
银　子	一锭		

第一场

「堂桌、“小座”。**【撤锣】**

「张公道内白：“嗯哼！”**【小锣五击头】**张公道“上场门”右手执扇，上至中间台口。

张公道 （念）家和意也和，
买卖奈如何？（摊双手）
若得一子孝，
何须儿女多。（**【小锣住头】**归“小座”）
小老儿张公道。只因儿子们甚多，难以度日（摊双手）。闻得陈员外开仓放粮，不免将儿子们唤出，前去领粮。（“开扇子”向前呼唤）啊，儿子们哪里？
「六童子内白：“来了！”
「**【小锣五击头】**六童子“上场门”上，至中间台口成一排。右转身向前台。

六童子 忽听（拱手）爹爹唤，
忙步到跟前。（**【小锣一击】**六童子向里转身，向张抱拳躬身行礼）参见爹爹。

张公道 罢了，罢了。
「中间两童领着向里走，左右分开站成“里八字”而立。

六童子 有何吩咐？

张公道 只因陈员外开仓放粮，你们跟随我前去领粮。

六童子 遵命。

张公道 好，好好。（向“小边”里首童）拿着口袋。

六童子 是。（“小边”里首童子从桌上拿一布袋）

张公道 随我走，随我走。（出门。站“大边”一侧）将门带上，将门带上。
「一、二童领成“骨牌对儿”出门，走在末尾童子关门，众随张身后向“大边”里走小圆场。闭二幕。边走边念。

张公道 （念）一去二三里（呀），

六童子 烟村四五家。

张公道 亭台六七座，

六童子 羊肉熬冬瓜。（转至“小边”台口）

张公道 呃！什么“羊肉熬冬瓜”，八九十枝花。

六童子 八九十枝花。

张公道 （用扇敲一童的头）怎么尽想着吃啊！哦，来此已是，在此等候。

六童子 是。（“上场门”退下）

张公道 （向“下场门”）门上哪位大首在？（开二道幕）

第二场

〔一桌、八字椅。

〔陈志内白："来了！"【小锣住头】"下场门"上至台中。

陈　志　（念对儿）堂前挂古画，
　　　　还是旧家庭。
是哪一位？（开门，出门站"大边"一侧）

张公道　咳哟，陈志哥！

陈　志　哦，原来是公道兄，到此何事？

张公道　员外可在家中？

陈　志　正在家中。

张公道　说我要见。

陈　志　在此稍等。

张公道　有劳了。（"上场门"下）

陈　志　（进门，站"大边"）有请员外。

〔陈伯愚内白："嗯哼！"【小锣帽子头】【小锣单上场】（"上场门"上。摇扇、徐步至"九龙口"稍亮，即至台中）

陈伯愚　向阳门第春常在，
积善之家庆有余。
何事？

陈　志　张公道求见。

陈伯愚　说我出迎。

陈　志　是。员外出迎。（随陈伯愚出门，站台口"大边"一侧）

张公道　（率六童"上场门"上，站台中"小边"一侧）员外在哪里?员外在……（拱手行礼）哦，员外——

陈伯愚　（拱手）公道兄，请。

张公道　（拱手相谢）哦，是是是，（招呼身后六童）随我进来，随我进来。

〔【小锣散击】众进门。六童"挖"至"大边"成一斜排。张公道至"大边"座前。伯愚见六童鱼贯而入略感诧异，随"挖"至"小边"座前。陈志随其身后至"小边"座外首站立。

陈伯愚　公道兄请坐。

张公道　有座。（招呼六童子）过来过来，见过员外。

六童子　（外首一童领众成台中斜一排向陈抱拳躬身行礼）参见员外。

陈伯愚　罢了。

张公道　罢了，罢了。（六童子复站"大边"斜一排）

陈伯愚　这是谁家的孩童?

张公道　哦，员外是我的儿子。

陈伯愚　呃，怎样讲话！

张公道　哦，（感到尴尬）嘿嘿……（指左侧众童）他们是我的儿子。
陈伯愚　噢，陈志。
陈　志　有。
陈伯愚　带他们下面用饭。
陈　志　是。随我下面用饭。
张公道　不要打架，小心碗筷。
六童子　是。（【小锣五击头】出门。随陈志“下场门”下）
陈伯愚　公道兄今年多大年纪？
张公道　三十五岁了。
陈伯愚　哦，三十五岁就有许多的孩儿？
张公道　哎呀，穷人子孙多啊。
陈伯愚　（左赞美指）好造化！
张公道　呃，要吃要喝，难办得很呐。
陈伯愚　好福气呀！哈哈哈……
张公道　哦，哦……夸奖了。
　　　　〔【小锣一击】陈志领六童“下场门”上，进门，陈志站“小边”。六童台中斜一排，向陈伯愚抱拳躬身行礼。
六童子　谢员外的饭！
陈伯愚　不用谢了。
张公道　站在一旁。（六童站“大边”一斜排）
陈伯愚　公道兄买卖可好哇？
张公道　货船装太阳。
陈伯愚　此话怎讲啊？
张公道　无非“渡（度）日”而已。
陈伯愚　度日就好哇。到此何事？
张公道　闻得（拱手）员外开仓放粮，特地（手指众童）前来领些粮米。
陈伯愚　好，陈志。
陈　志　有。
陈伯愚　领八人的口粮，棉布二匹。
陈　志　是。（欲走）
张公道　呃，（摆双掌）慢来，慢来，啊（拱手）员外，必须取十人的口粮。
陈伯愚　连你夫妻在内不过八人，为何用十人口粮啊？
张公道　实不相瞒，我那贱内又要临盆了。
陈伯愚　不过九口哇？
张公道　哎，她是伏地儿羊羔子——一胎就是两个。
陈伯愚　（向后撤身）未必吧？
张公道　（向前探身）一定哪！
陈伯愚　（向前探身）一定？
张公道　（向后撤身）呃，有准，嘿，嘿嘿……
陈伯愚　哈哈……

张公道 取笑了。（以扇遮面**【小锣一击】**）

陈伯愚 陈志。

陈　志 有。

陈伯愚 领十人的口粮，棉布二匹。

陈　志 是。（从“大边”里首童儿手里接过空布袋“上场门”下。**【小锣三击】**取粮一袋、布二匹至台中交与“大边”里首二童。一童将粮袋背于肩后，另一童双手托布匹，陈志回“小边”）

张公道 你们拿了回去吧，我同员外讲话。

六童子 是。（外首童子领着出门）

张公道 噢，不要打架，原道而回。

六童子 是。（**多多台**）（“下场门”下）

张公道 啊，请问员外您有几位（摊掌）令郎公子？

陈伯愚 （右手托髯看张）我么——（摆左掌、摇头）（**大大大大**）咳！（**台**）

张公道 （看自己左掌，**【小锣一击】**离坐向前，背供招呼陈志）喂，陈志哥，请过来。

陈　志 公道兄做什么？

张公道 我问到员外有几位令郎公子，员外（用扇子拢住左袖角伸左掌）呃……哦，莫非他有五个？（扇指左掌）

陈　志 呃！（左掌阻止）我家员外乃是乏嗣无后。

张公道 （摇头）哎呀呀！这样的好人会无有儿子？

陈　志 无有儿子。

张公道 （扇击左掌，摇头）哎呀呀，奇怪了奇怪。好，我倒要奉承他几句。（回“大边”座外，陈志回“小边”）啊员外，有道是——（陈伯愚迎至桌前“小边”一侧。陈志将“小边”跨椅搬成“小座”回原位站）

　　枯竹林中生嫩笋，
　　老牛栏内产麒麟。
　　员外积德阴功到，
　　自有贵子降陈门。

陈伯愚 痴心哪！（摆扇）

张公道 一定喏。（点扇）

陈伯愚 妄想。（扇上腕，摆右掌）

张公道 嗯，嗯，有准喏！（点扇柄）

陈伯愚
张公道 （同）哈哈……**【小锣一击】**（二人相对而笑）

张公道 我要告辞了。

陈伯愚 哦，陈志代送。

陈　志 是。（出门。站“小边”一侧）

张公道 （自语）哎呀呀，这样的人会无有……

陈　志 送公道兄。

张公道 （拱手）有劳了。（在“大边”一侧双掌拦）啊，陈志哥——

陈　志 公道兄——

张公道 你有几位令郎公子啊？

陈　志 哦，我也是（摆左掌）无有儿子啊。

张公道 （撤身）噢！怎么，你也是无有儿子？

陈　志 正是。

张公道 呃！（摇头）你这个人说谎话了。

陈　志 怎么？

张公道 你这脸上带着有儿子的相貌哇。

陈　志 哎呀，看得准？

张公道 哎呀你看哪，（扇子指陈两耳）你的耳朵小，有道是：“尔小生八九子”呀！

陈　志 哎呀，此乃是一句古诗呀。

张公道 哦，古诗呀？

陈　志 是啊。

张公道 哦哦，哎呀呀，取笑了，取笑了。

〔**【小锣住头】**张公道“下场门”下。陈志进门回“小边”站。

陈伯愚 张公道也不知带领谁家的孩儿前来冒领粮米呀？

陈　志 乃是他自己亲生的儿子。

陈伯愚 他三十五岁就有许多的孩童？

陈　志 乃是他祖上阴功积下来的。

陈伯愚 怎么！这是他祖上阴功积得来的么？（起身离座，拱手**【小锣叫头】**）咳！陈门中祖先呐……陈志。

〔西皮快三眼〕

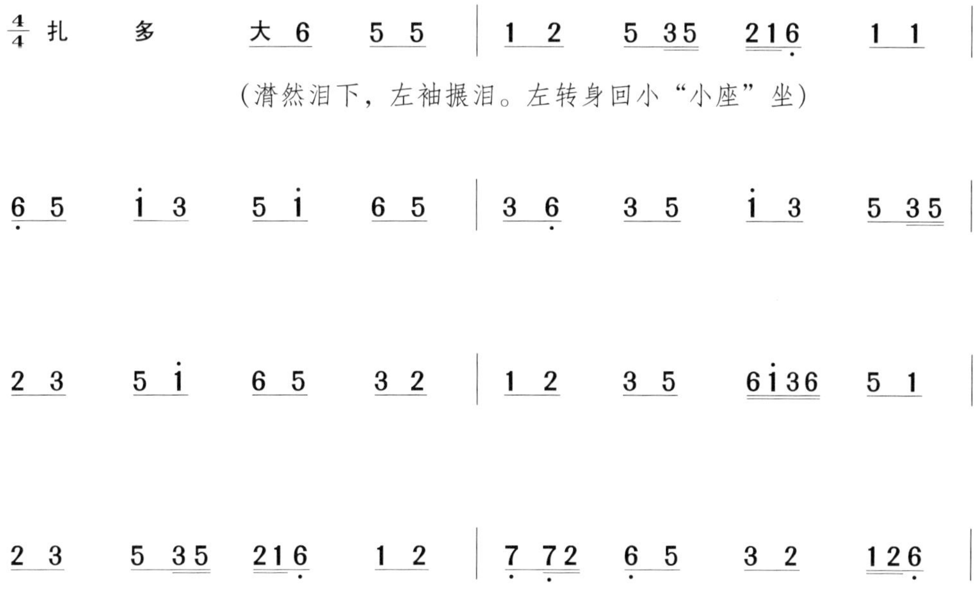

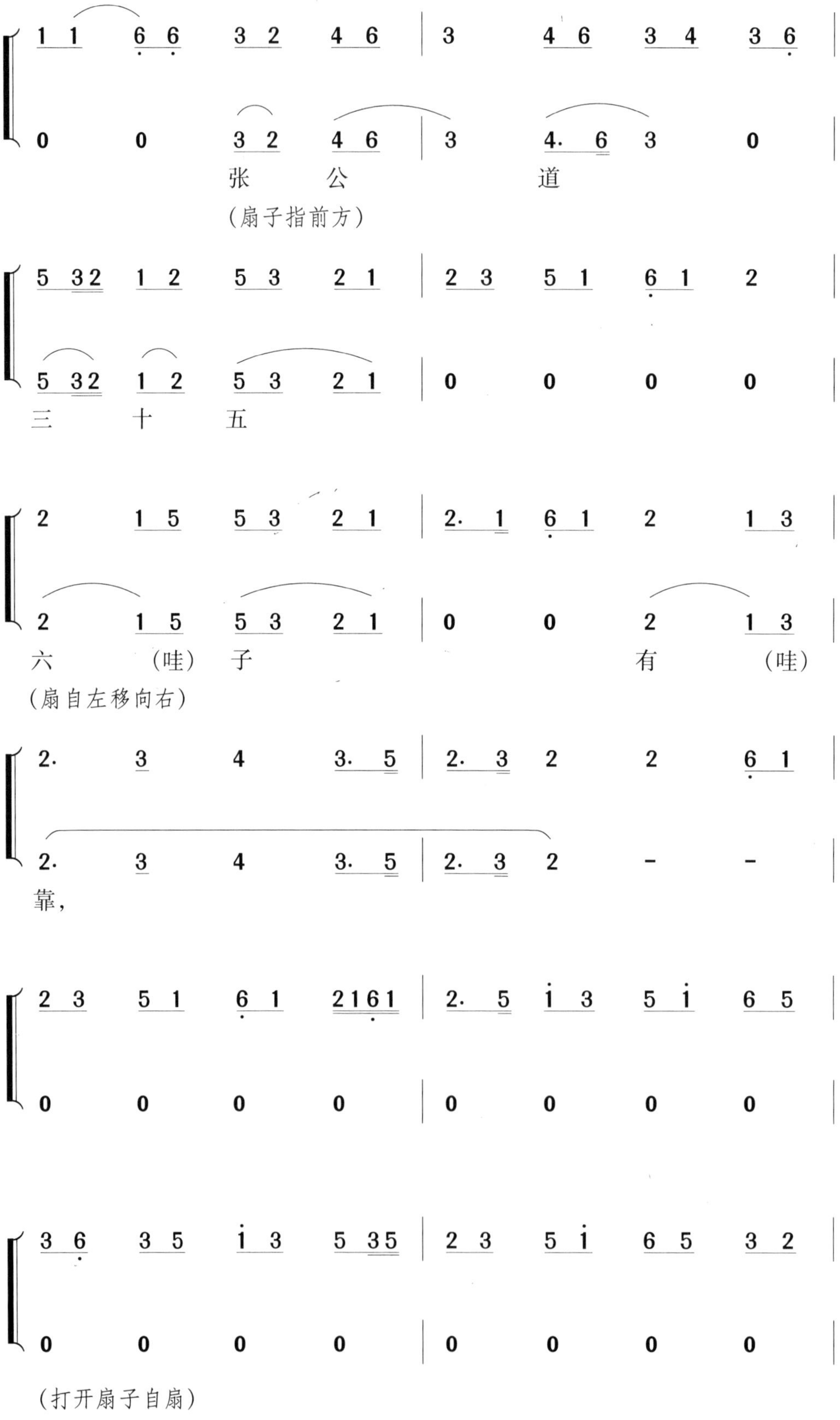
张 公 道
(扇子指前方)
三 十 五
六 (哇) 子 有 (哇)
(扇自左移向右)
靠，
(打开扇子自扇)

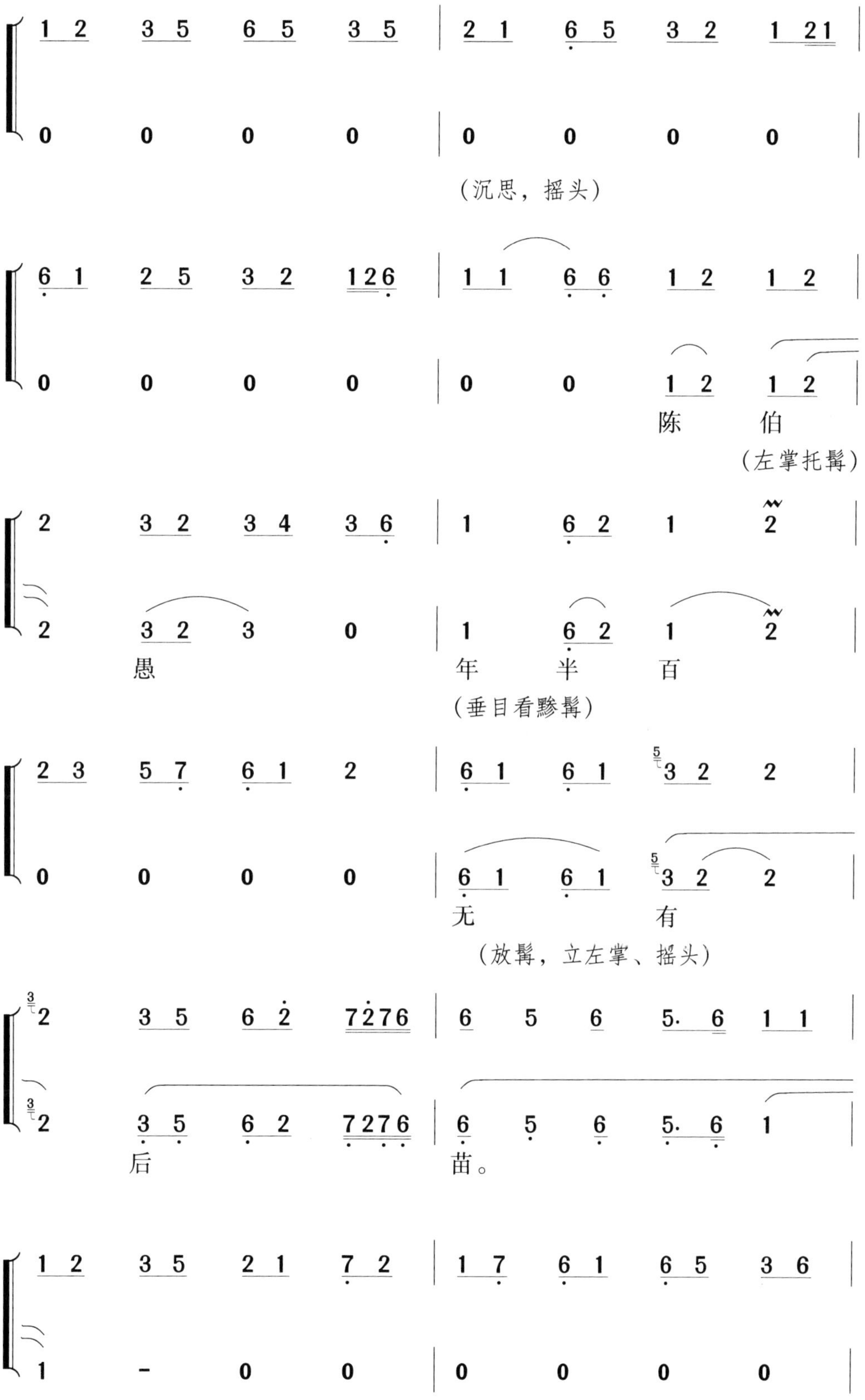
（沉思，摇头）
陈 伯
（左掌托髯）
愚
年 半 百
（垂目看黪髯）
无 有
（放髯，立左掌、摇头）
后
苗。

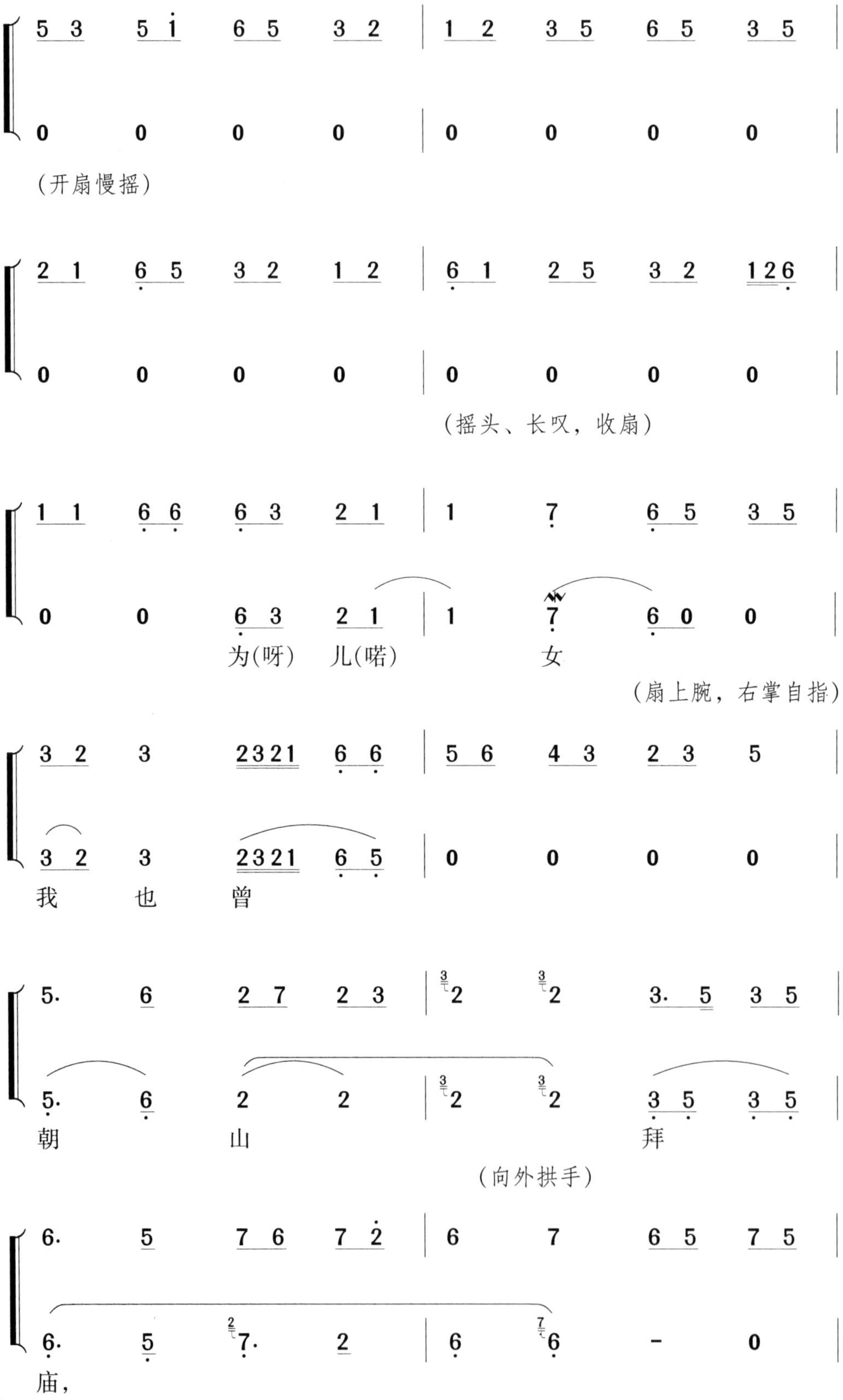
(开扇慢摇)
(摇头、长叹，收扇)
为(呀)
儿(喏)
女
(扇上腕，右掌自指)
我
也
曾
朝
山
拜
(向外拱手)
庙，

打侄上坟

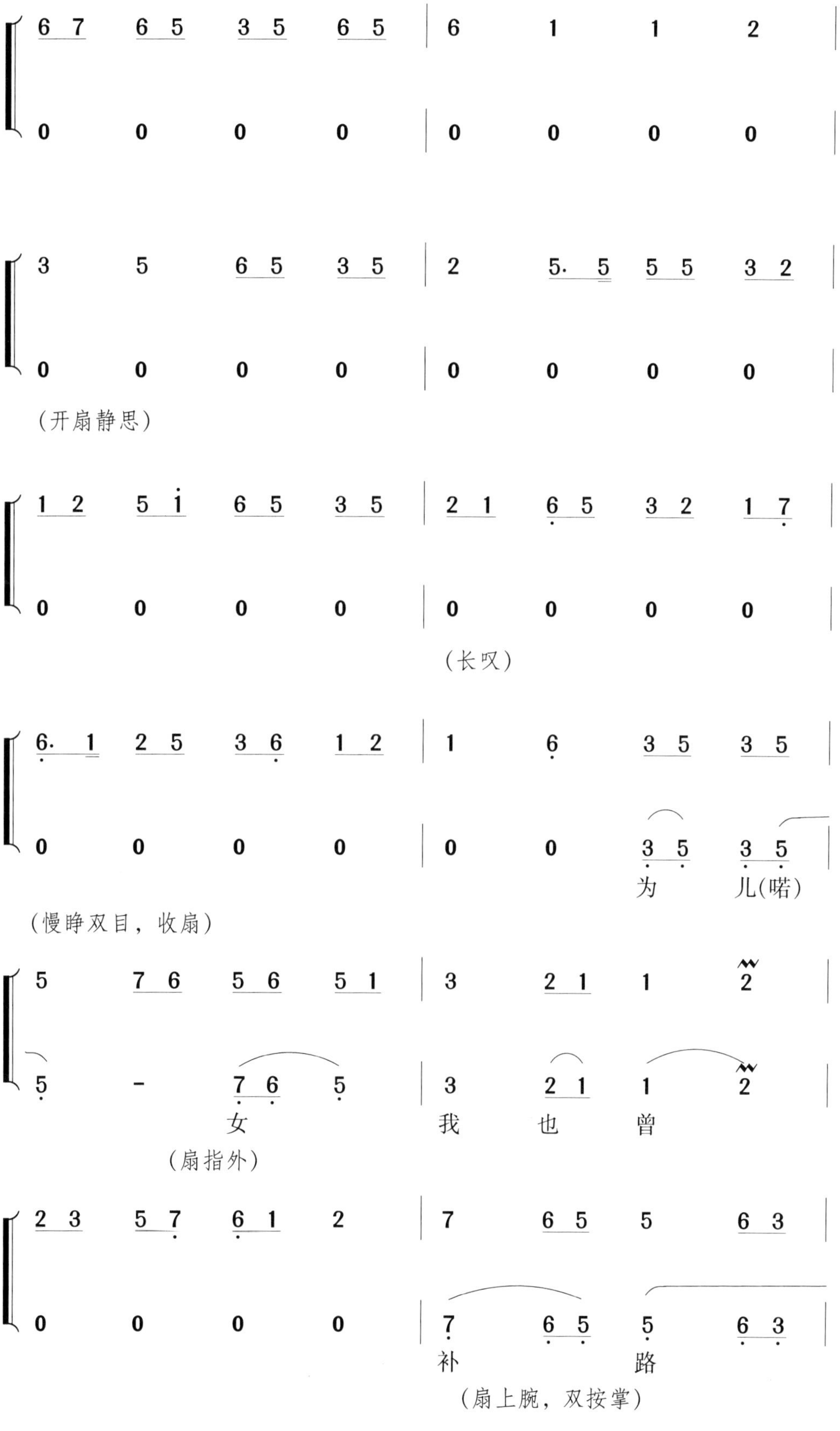

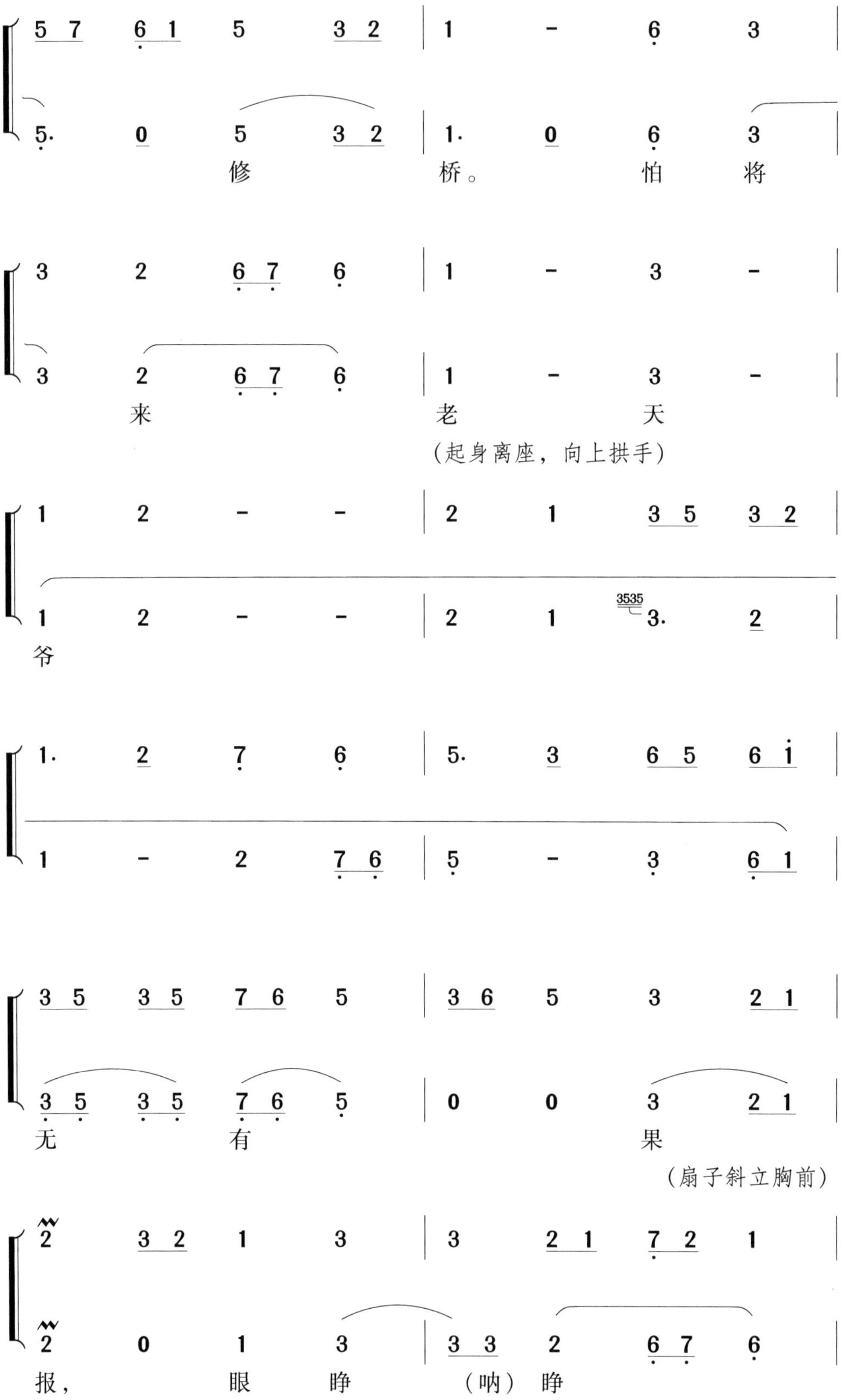
修 桥。 怕 将
来 老 天
（起身离座，向上拱手）
爷
无 有 果
（扇子斜立胸前）
报， 眼 睁 （呐） 睁

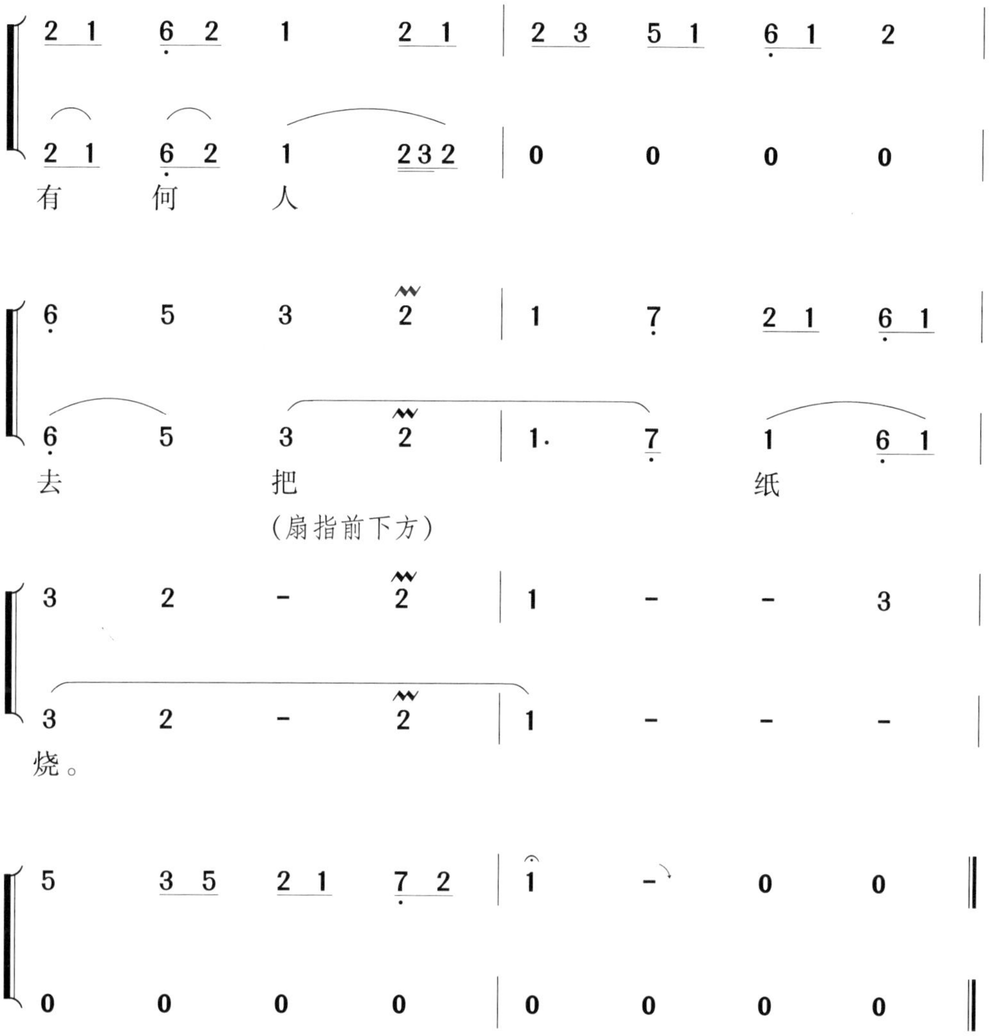

陈伯愚 陈志。

陈　志 有。

陈伯愚 紧闭仓门。

陈　志 是。

〖**【小锣打下】**陈伯愚倒背双手“下场门”下。陈志先将“小边”仓门关上，再至台中将大门关好，“下场门”下。

第三场

〖空场。（$\underline{\overset{>}{大}\ \overset{>}{大}}$）

〖陈大官蓦然步履蹒跚地“抟袖”，双手相握放于腹际，垂双目躬身，没精打采地“上场门”慢步上。“九龙口”稍顿，再紧上两步至台中，欲言又止、有气无力地叹吁一声，将右袖轻轻垂于右腿边，再慢慢抖回。

陈大官 （念）贫居闹市无人问（右掌指前方），
富在深山有远亲（右食指指前方）。（扎）（放右袖慢抖回）
卑人陈大官。（沮丧地垂下头）不幸（右食、中、拇指捏在一起至面前）七岁（拱手）父母双亡，多蒙（向左前拱手）叔父抚养八载。一十五岁，（右掌自指后双掌背相叠下按腹际）身为黉门（闭目晃头）秀才。（掌背击掌心）唉！是我不好，我不该听信（左食指指左前）学友之言，回到家来与我（拱手）叔父（右掌面前一晃，落右方）朝吵（左掌面再晃，落左边）暮闹，（右掌自指）我要分门（双食指胸前分开）另治。是我（向右前方拱手）叔父被我吵闹不过，只得将我亲娘舅请到（双食指指左身后）家来，将那（双掌从右移至左）上等家私平分我（双食指分向两边）一半。（双掌相击）唉！【小锣冷锤】又是我（摆右掌）不好，我不该在外面（右食指由右向左移）昼赌夜游，将一份家私尽情（摊双掌）花费，失却（右食指指头）功名，只落得（低头看左袖）乞……（低头看右袖）乞……（望身上）乞讨之中了……（双手"传袖"，悔恨地落泪，【小锣一击】用袖拭泪）闻得我叔父（分双掌）开仓放粮，不免前去（伸右掌）领些粮米也好（右食指指嘴）糊口。唉！（轻轻垂右袖于膝下，再抖回。向"大边"一望，慢摇头摆右掌，左转身向里小圆场。闭二幕）
（念）大官生来命运低，
失却功名被人欺。（转至台中，右掌移向左）
大街小巷（右食指指右）人取笑，（右拳击左掌顿右足【小锣冷锤】）哎哟！
（抬右腿双掌护膝退步【小锣一击】）咳！（右掌由左向右移）
不怨旁人怨（自指）自己。
（回头望台中【小锣一击】）到了。
〔上前欲叫门又止，右回身向"上场门"一望、两望，无人。伸左手欲叫门又见身上欠洁净，遂用右袖掸左腿再用左袖掸右腿。轻抖双袖、整冠、右食指立于双目之间落至胸前。猛发现右臂上之物，左食指戳点着右臂，再用左食、拇二指将其捏下摔在地上，左脚踩，右脚踏。轻抖双袖，再望"上场门"后，方缓缓上前伸左掌、轻声唤——
门上有人么？（左食、中指轻弹门环【小锣】叩门声，开二幕）

第四场

〔堂桌，"小座"，"小边"跨椅。

陈　志 （【小锣一击】"下场门"上至台中）有人叫门，（开门）是哪一位？
〔【小锣一击】二人碰面，大官左袖遮面向"上场门""九龙口"处跑。【小锣长丝头】陈志急赶上，双手抓大官左臂极力退步往回扯。大官向后闪身，想与陈对面，将头向前又羞于相见将头低下，向前缓缓挪着双腿至台中。陈志轻按下大官左臂，仔细辨认，右手指大官转头向外，再回头上下打量。大官羞愧地低头用左袖遮面。

陈　志 你不是大相公么？

陈大官　哦，是，是我啊，陈志。

陈　志　（摊双掌）你为何落得这般光景呐？

陈大官　唉！（伸双掌阻止）陈志呀，再（摆双掌）不要提起，是我在处面（右手从右向左移）昼赌夜游，将一份家私尽情花费，只落得乞……（望右臂，望左望）乞讨……（望全身）之中了哇……（用袖拭泪）

陈　志　（【小锣一击】右手指大官，向外点点头，复探身问大官）到此做甚？

陈大官　闻得我叔父（拱手）开仓放粮，特地前来领些（右掌成圆形）粮米也好糊（自指嘴）口……哇……（用袖拭泪）

陈　志　噢！（点点头）在此稍等。（右手指大官，向外摇头，左转身，欲进门）

陈大官　（“抟袖”躬身答谢）哦哦，（猛然想起，急上前扯陈志，轻声唤至台中）陈志。

陈　志　做什么？

陈大官　你去（右手指“下场门”）通禀哪？

陈　志　（点头）是啊。

陈大官　我叔父若是（右掌在面前一晃，左掌在面前两晃）喜在那里呀，你呀（指陈志）把手一招（点右掌），我就（小步悠荡双臂向前）来了。

陈　志　（探身）若是恼在那里呢？

陈大官　哎呀！（双掌扶胸双脚轻踏）若是恼在那里呀……

陈　志　是啊。

陈大官　哦！（“掂手”右拳击左掌）有了。（指陈志）你呀把手（右挥手）一丢，我哇（自指）就是（右手抓褶襟，抬右腿伸屈两次，左臂随反向摆动）一溜哇。

陈　志　噢，（点头）我记下了。（大官躬身相谢，陈志右转身进门，向“下场门”躬身）有请员外。（站“大边”外首。大官站“小边”一侧探身，不时向内观望）

陈伯愚　（“下场门”上，右手握书观看款步至台中“大边”一侧【小锣一击】）何事？

陈　志　大相公到。

陈伯愚　哪个大相公？

陈　志　大官大相公。

陈伯愚　哦，大官儿来了，叫他进来。（坐“小座”）

陈　志　哦是是是。（出门站台中“大边”一侧抬右掌招呼）喂！大相公……

陈大官　（见陈志抬手）哎哟糟了！糟了！（左障袖护头，向“九龙口”里跑。【小锣长丝头】）

陈　志　（追上前拉大官左臂往回拖）大相公……大相公……

陈大官　（跪右腿后闪身颤抖着双手被拖着向台中“跪步”）我……我不敢去……我……不……（陈志双手拉大官倒“蹉步”至台中）我不敢去呀！

陈　志　你怎么溜了哇？（不满地将大官左臂放下）

陈大官　（站起）呃！（【小锣一击】）我也曾对你讲过哇，你把手（挥右掌）一丢，我就是（抬右腿伸、屈，双臂随之晃动）一溜哇。

陈　志　哎呀呀！我的手（举右掌）刚刚举起，还未曾（左手扯右袖角落右掌）落下，（指大官）你怎么就（摊双掌）溜了哇？

陈大官　噢！你把手刚刚（举右掌）举起还未曾（落右掌）落下呀？

陈　志　（点头）是啊。

陈大官　（后撤身）哎，呀呀呀呀，倒吓了我一身的（右掌在脑门刮汗，中指弹在地上）冷汗哪。哦，如此说来，我（拱手）叔父是（右掌面前一晃）喜在那里呀？

陈　志　啊，喜在那里。

陈大官　（欲言又止，双手“抄袖”放腹部，挺身闭目拿出旧时少爷架子）陈志。

陈　志　（见大官如此，抱拳躬身听命）有。

陈大官　带呀路。（端拿不住，无力地蜷缩如初，双掌不断抚摩未进食的腹部）

陈　志　是。（见此景手指大官向外摇头，左转身进门站“小边”）

陈大官　（慢步至门前看，紧走两步左腿迈进门内，（大）右腿却像灌了铅，将身子向后拉，左腿站立不稳，试图将右腿拖过门坎，就是拖不动。右掌扶在颤抖的右腿上低头看腿抖得更厉害了，头向外）哎哟！不……不好哇，你看哪（自指），我正要（左手指身后）进去呀，（指右腿）它……它……它倒哆嗦起来了。（右袖甩向右腿）哼！不要哆嗦，放……（挺了挺身子）放大了胆，（看腿仍不动）你不……（无奈地向“下场门”扭头）不要哆嗦呀！（审视颤抖的右腿）你不……不要害怕，有你（左掌拍腰）大相公与……与你做主，放大了胆！带我大……（双手将右腿搬起）我大……大胆地进去……（终于将止不住颤抖的右腿搬过门坎（**多罗．台　匝0　匝0　匝0**）……战战兢兢地挪着小步至“大边”一侧，向右慢转身，（**多罗．台**）见陈伯愚背身看书，踌躇地轻挪小步，近前抱拳躬身）叔父在上，侄儿拜揖。（战栗地向陈伯愚深施一礼）

陈伯愚　罢了。儿啊你可好哇？

陈大官　哦我……好，（面略带喜色）我好，叔父可好？（复转向陈伯愚抱拳躬身问候）

陈伯愚　我也好哇。几载未见，（起身向左，慢慢转向“大边”一侧的大官）不知儿的光景如何？

陈大官　我！（向外张双臂低头看破衣，不知如何做答）我……我的光景么……

陈伯愚　（**【撕边大锣一击】**发现大官形象，不由横迈左步呆坐椅上，握书的右手颤抖着，指大官。面向陈伯愚的大官“抄袖”侍立）你！你是陈大官？

陈大官　陈……陈大官。

陈伯愚　你是陈明生？

陈大官　陈……陈明生。

陈伯愚　为何落得这般的（摊双掌）光景哪？

陈大官　（**【撕边大锣叫头】**抖右袖上腕拱手）哎呀叔父哇！侄儿在外面（摆右掌）不习正道，（右食指搬动左掌各指数在外的恶习，突然见陈志在陈伯愚身后摆掌暗示，方觉不妥）吃喝嫖赌……（要含混不清声音渐弱。离开陈伯愚）

陈伯愚　讲啊！（见大官如此，不解，顺大官眼神回头正见陈志在摆手，呵斥陈志）下站！

陈　志　是是是。（拱手听命，退回“小边”）

陈伯愚　（转身用书指大官）讲啊！

陈大官　（**【撕边大锣叫头】**抖右袖上腕拱手）哎呀叔父哇！侄儿在外面（摆右手）不习……正道，（右食指搬左掌各指数）吃喝……嫖（又见陈志摆双掌）赌——（向外回至“大边”，“抄袖”不语）

陈伯愚　（见大官吞吞吐吐顺其眼神回身又见陈志在身后示意）啊，滚了下去！（复用书颤抖地指向大官）你……你快快讲来！

陈大官　（顿足，抖袖上腕，拱手**【撕边大锣叫头】**）哎呀叔父哇！侄儿在外面，（摆右掌）

不习正道（右食指搬动左掌各指）吃喝嫖赌浪荡逍遥（按双掌）日赌夜游，将一份家私尽情花费，只落得（看左袖抬左腿，看右袖抬右腿）乞……乞……乞讨之中了哇……（以袖拭泪）

陈伯愚 （将书甩向身后，右掌捋髯惊呆椅上）噢……**【撕边大锣一击】**怎么，（右食指颤抖地指大官再指外）儿在外面，吃喝嫖赌，浪荡逍遥，将一份家财花费，只落得这……（左手指大官）这……这乞讨了？！（大官以袖遮面**【撕边大锣慢（双）叫头】**猛起身，右掌捋髯踉跄向前至台中）哈哈！（大官不知所措）哼哼！（右食指捋髯打量“大边”的大官）啊……（倒背双手怒视大官。大官垂右袖，浑身战抖着呆立一旁）哼哼……（愤怒转为哭笑）呵呵……（**【大锣原场】**右手抖动着指大官，左转身甩右袖，怒坐“小座”椅上）儿既然落到这般光景，不在（右掌指外）外面乞讨，来到为叔的家中（摊右掌）做甚呢？

陈大官 闻得（拱手）叔父（向外按双掌）开仓放粮，特地前来领些粮米，也好（右手自指）糊口……哇……（以袖拭泪）

陈伯愚 （闻言一震，**【撕边大锣一击】**转向外）好哇，（右掌自指）为叔的（向外按掌）开仓放粮，别人有粮，（左手颤抖地指着大官）难道亲生的侄儿就无有粮了么？（**【撕边大锣一击】**大官面向外“抟袖”躬身赞同）有！

陈大官 （向陈伯愚打躬作揖）多谢叔父。

陈伯愚 你（向大官招手）近前来，有哇——

陈大官 （双手“抟袖”放腹部）噢噢，（欲上前，见陈志在旁摆手，又小步退回）

陈伯愚 近前来！（大官胆战心惊地碎步走近，随即碎步退回。见大官踌躇之态，扭头又见陈志在身侧摆手）啊！（斥退陈志，又转向大官）近前来，（向陈志）下站！（向大官）近前来，（起身迈着沉重的步履边招手边逼向大官）有你的粮啊。（回头向陈志）滚了下去！（向大官）近前来。（大官欲进不敢，欲退不能，碎步节奏加快战栗的身子抖得更甚，**【撕边大锣一击】**陈伯愚赶上前左掌抓大官衣领，右手抖动指其身。大官双障袖，护头侧脸向伯愚）儿是陈大官？

陈大官 哦陈……陈大官。

陈伯愚 陈明生？

陈大官 陈……陈明生。

陈伯愚 好奴才！（**【撕边大锣一击】**）

〔一记耳光打得大官右转身，大官向里左单腿跪，双掌扶地。**【乱锤】**陈志至台中伸双臂拦阻，又被陈伯愚右臂轰开。大官爬起伸右臂欲往台中夺门而逃，又被陈伯愚左手抓住掀倒在地。陈伯愚右转身从桌上拿家法板，左转身至台中，举板怒视“大边”一侧的大官，陈志在“小边”一侧伸臂拦阻。三人以陈伯愚为轴“推磨”。陈大官从桌前向“九龙口”跑，被陈伯愚抡动的家法板打一个“屁股坐子”。**【撕边大锣一击】**陈志拦至“大边”台口一侧。大官跑向台中又被陈伯愚打个“屁股坐子”。**【撕边大锣一击】**陈志赶至“九龙口”拦。大官跑至“大边”一侧，又被打个“屁股坐子”。**【撕边大锣一击】**陈志拦至“小边”一侧。大官爬起左转身向外双手抓住陈伯愚打来的家法板，**【撕边八答仓】**大官右单腿跪地。**【撕边】**陈伯愚怒立台中，陈志忙搬“小边”跨椅放台中“小边”一侧复回“小边”站）

陈大官 （双膝跪地求饶）哎呀叔父哇……

〔西皮散板〕

【快纽丝】 サ（6 5 5 3 2 7 6 2 1 －） i 5 7 6 5 7
叔 父 不 必 怒
（右手握板立左掌）

6 3 5 6 －（6 5 3 5 6） 3 6 5 5 6 5
气 生，（仓） 侄 儿 言 来 听

i － 5 6 5（2 3 6 5） 2 i 2 7 6 5 －
分 明。（仓） 不 看 （仓）
（左手握板摆右掌） （向外

i 6 5 5 3 2 －（倾仓） 3 6 5. 6 i － 【大锣哭头】
僧 面 看 佛
握板拱手） （手指外）

i 2 7 6 5 7 6 5 5 6 6 5 6 5 －
面， 叔 父 （哇）……

【大锣凤点头】（6 5 5 3 2 7 6 2 1 －） 5 i 6 5 5 3
必 须 要 还
（左抖袖）

3 5 6 6 5 3 6 5 6 6 3 5 3 5 － － ‖
念 在 儿 的 二 老 双 亲。
（面向外握板拱手）

陈伯愚 呀呸！

〔西皮散板〕

【纽丝】 サ（7 6 6 5 5 3 1 2 1 7 2 1） 3 3 3 3 4.
提 起 了 儿 爹
（右手指大官）

打侄上坟

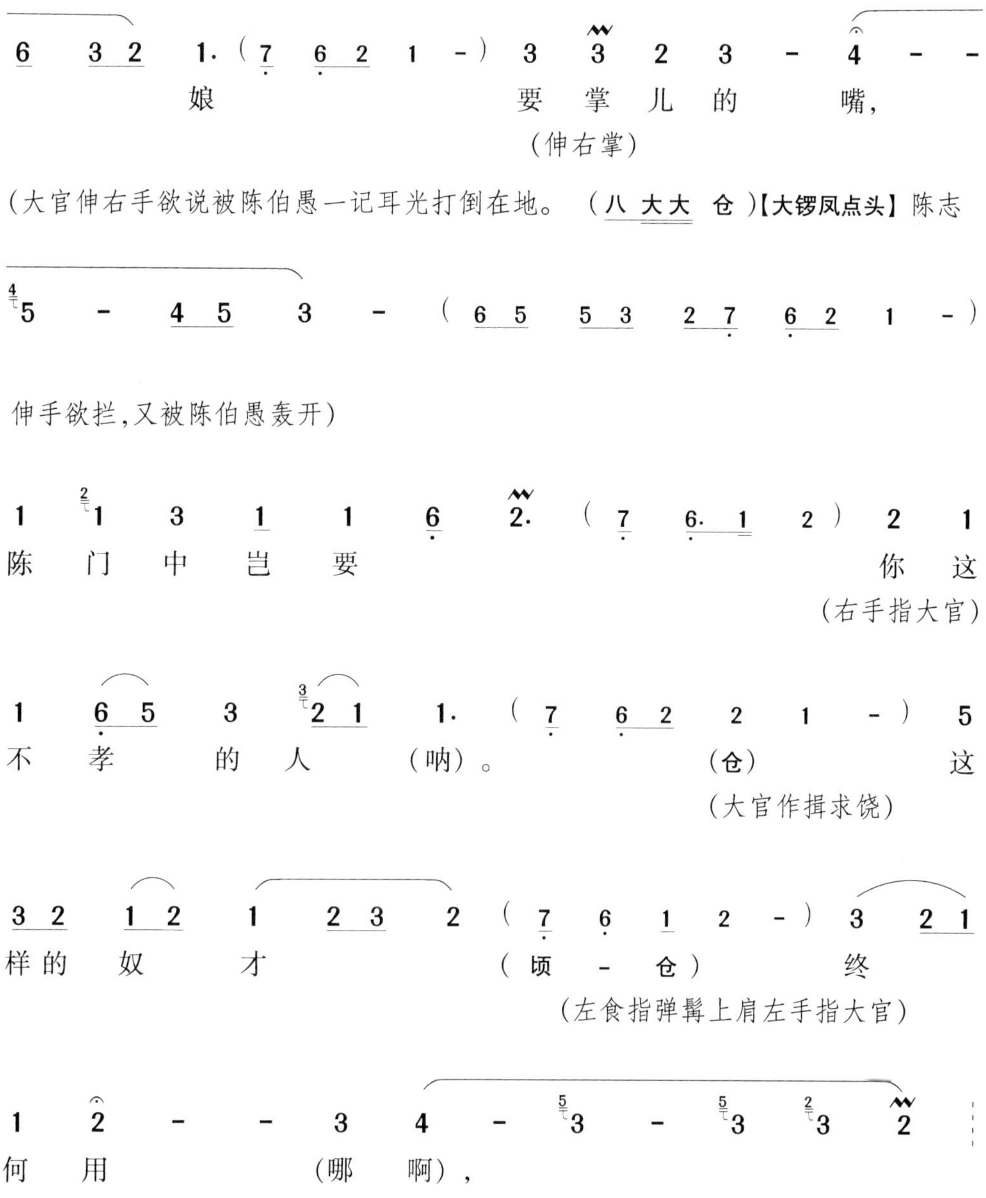

〔【大锣三击】陈志将椅搬回“小边”跨。叔侄双手握板争夺。【撕边大锣一击】陈伯愚抬左腿踢开大官双手。

〔【撕边大锣一击】大官向“九龙口”前跑，双袖同时向上下打开，扬右袖、左袖甩向后下方，右腿在前弓起，左腿在后跪地。陈伯愚在中抡板打大官。陈志拦至“大边”外首。三人成斜一排。

〔【撕边大锣一击】大官跑向台中双袖同时上下打开，上扬左袖、右袖甩向后下方，左腿在前弓起，右腿在后跪地。伯愚在中抡板打。陈志从身后拦至“九龙口”前。

〔【撕边大锣一击】大官至“大边”里首双袖同时上下打开，扬右袖向后甩左袖，右腿在前弓，左腿在后跪。（嘟八大仓）陈志拦至台中正被从后面抡来的家法板击中屁股，陈志疼得跳起，捂着屁股跑至“大边”外首站定。

〔【大锣凤点头】大官瘫软在“大边”里首地上。陈伯愚站台中抖右袖右手握板中段横板于胸前，左手指大官。

(7 6 6 5 5 3 2 7 6 2 1 －) 2 2 2 1 5 3 2 3

活 活 打 死 （呃）

2 1 6 (7 6 1 2) 2 1 1 3 21 2 2 2 1 － ‖

你 这 败 家 的 根（哪）。

〔将家法板摔在台中，右转身归“小座”。陈志捡板“下场门”送下，复上站原位。

陈夫人 （【小锣抽头】“上场门”上，至台口“小边”一侧）

〔西皮摇板〕

サ (7 6 5 5 5 3 6 5 5 3 2 1 2 6 5 5 5) 1 3

前 堂

（左手

3 2 3 3 2 5 3 (4 6 3 2 1 2 3 2 6 5 5 5 3 6

为 何 放 悲 声？

指台中）

5 5) 153 3 21 1 2 2 1 2 2 1 － (1 1 7 2 1) ‖

见 了 员 外 问 分(呐) 明。

（走至台中进门站“小边”）

啊员外你在此拷打（摊掌）谁家的孩儿？

陈伯愚 谁家的孩儿叫我拷打，你自己（手指“大边”）去看哪。

陈夫人 哦，噢……（走近大官矮身细看）

陈　志 （对夫人轻声）大相公。

陈夫人 噢，（回“小边”，指着大官对陈伯愚讲）原来是陈大官。

陈伯愚 好个陈大官。

陈夫人 （再指大官）陈明生。

陈伯愚 好个陈明生。

陈夫人 啊员外，你打他少娘无父的孩儿（摊掌）做甚哪？

陈伯愚 （抬头看夫人）啊，他少娘无父，难道（单掌托髯）我还欺压他不成么？（摊掌）

陈夫人 这……【撕边大锣一击】不是喏，你打他，我……我心疼……（以袖拭泪）

陈伯愚 呀呸！【大锣五锤】像这样（右手指大官）的孩儿，（指夫人）你与我养上几个，那时我打（指大官）他，（指夫人）你再心疼。哼，不看在半百（单掌自指再指夫人）夫妻之分，定要掌嘴！【撕边大锣一击】

陈夫人 咳！大官儿……（以袖拭泪）

陈伯愚 哎！（向夫人扬右掌【撕边大锣一击】）我不许你哭！（八大仓）

陈夫人 哦，我不哭。

陈　志 唉，大相公啊……（以袖拭泪）

陈伯愚 哎！（向陈志扬左掌）【撕边大锣一击】我不许你嚎！我看你们哪个大胆的（起身向前上步，一抖右袖上腕）【撕边大锣两击】敢（忍不住抽搭起来）哭……【撕边】哇……（【一锤锣】三人同哭，用袖拭泪【大锣原场】陈伯愚单捋髯看倒卧在地的大官，【撕边大锣叫头】手指大官）陈大官哪……小奴才！【五击】曾记得（右手指左侧大官）儿爹娘（右掌指外）染病在床，将（右掌自指再指夫人）我二老唤到床前叫道："兄弟呀弟妇，【大锣住头】我（左掌自指）二老病入膏肓，（摆右掌）不久于人世，只有大官儿年小必须教管成人。我那（拱手）兄嫂说罢此话就双双地一场大梦……啊……（二人拭泪）【大锣原场】那时（左手指大官）儿将将的七岁，送到南学攻书。一十五岁身入黉门，是何等的（右赞美指）侥幸哪。儿不该在外面听信旁人言语，回到家来与为（右掌自指）叔的朝吵暮闹，问起情由，儿要（双掌分向两边）分居另过。为叔的本当（摇左掌）不分，又恐（右掌由左向右移）旁人道我以大压小，以（右掌托髯）叔压侄，万般（右手扯左袖角立左掌）无奈，将儿的娘舅请到家中，将这（双掌分向两边按掌）上等的家财（八大仓）就平（双手食指分向两边）分儿一半哪！【大锣住头】儿就该发奋攻书力图上进的才是，怎么儿在外面（右食指搬动左掌各指）昼赌夜游，荡费家财，失却功名，只落得这……这乞讨了！（指着大官【撕边大锣一击】转身问）夫人，大官儿（右手指左侧大官）多大了？

陈夫人 （稍想）二十一岁了。（伸食指）

陈伯愚 呀呀呸！（【大锣五锤】摊右掌）二十一岁还是什么小孩子么？（【冲头】左转身抖右袖上腕，站"小边"跨椅，前向里上方拱手）【大锣叫头】陈门中的祖先哪！（【五击】抖袖、向外）也不知（右手由左向右移）哪辈为官，（右掌自右向左动）颠倒民词，生下了这样（指大官）败家的子嗣，怎不气……（摊右掌）（八大仓）气……（摊双掌）（八大大）气……（【大锣快原场】站不稳向后退，右转身向"九龙口"走去）

陈夫人 （至台中细看倒卧的大官）哎呀！（右转身招呼）啊员外请转，员外请转。（陈伯愚左转身看夫人）大官儿（指大官）他气绝了哇！

陈伯愚 （惊）啊！（后退两步）（八大大　仓）（搓双掌，【乱锤】左腿向右倒两步，双食指抖动、交错着指着大官，右腿向左倒步，（八大仓）急上前探身，用左掌伸至大官鼻间，（嘟八大仓）猛起身惊呆，【冲头】左腿向台中倒两步，右手捋髯看大官略思，【大锣叫头】）哎呀！（转面向外）

（念）亦非愚来并哑人，（指大官）
不该败坏我门庭。（台．大　台）
叔侄好比黄粱梦啊——（八大仓）

你是谁来我何人？【大锣住头】

陈志。

陈　志　有。

陈伯愚　这奴才若是醒来就与我轰啊，（将髯甩在右臂上，右转身转至“小边”跨椅前。【冲头】）与我赶！（左手握袖将髯甩在左臂上，左转小圆场至“小边”，【冲头】）轰！（向外右挥袖）（八大大 仓）赶了出去！（左挥袖【大锣五锤】伸双臂将袖绕于腕上，背双手“上场门”下）

陈夫人　（伸掌请伯愚后面休息，右回身至台中，手指大官，吩咐陈志）将大相公唤醒。（坐“小座”）

陈　志　是。（双手将倒卧的大官扶成盘腿坐，再至大官右后方为其捶背、轻晃、拍其右臂）大相公，大相公，大相公醒来。（陈志归“小边”）

陈大官　【小锣导板头】

〔西皮小导板〕

サ（7 6 65 53 1 2 1 72 1 -）36 5
适 才

（双手擦眼，睁双目环视，【小锣一击】）喂呀婶母……哇……（【小锣凤点头】爬

7 75 6 5 - 7 - - 6 - -
叔 父 来 教（哇） 训，

跪在夫人左侧，接唱）

〔西皮散板〕

（7 6 5 55 36 55 32 11 65 55）36 5
婶 母
（拱手）

5 6 65 5 - 3 5 - -（55 36 5 -）‖
救 儿 命 残 生。

婶母（“传袖”晃身哀求）搭救孩儿吧……（【小锣一击】用袖拭泪）

陈夫人　（手指大官）你在外面不务正道，难怪你叔父打骂与你呀。

陈大官　婶母（右手摇动夫人左下襟）搭救孩儿吧……

陈夫人　（点头）那个自然。陈志。

陈　志　有。

陈夫人　取两封银子过来。

陈　志　（凑近夫人）两大封两小封？

陈大官　呃，自然是两大封啊。
陈夫人　（对陈志）两大封，两大封。
陈　志　哦是是是。（“上场门”取两封银子交夫人）
陈夫人　（递银与大官）拿定此银速速求取功名要紧哪！
陈大官　多谢婶母！（**【小锣凤点头】**起身站“大边”）

〔西皮摇板〕

（过门同前）3 6　5　7　6　5 7　6　3 5　6
谢　过　婶　母　赠　纹　银，
（躬身谢夫人转向外看银）

（6 5　3 5　6 5　3 2　1 1　1 1）3 6　5　i　6
来　生　犬　马
（向夫人躬身点头）

6 5　5· 3　5（6 5　3 5　6 5　3 2　1 1　1 1）
当　报　恩。

i　5　5 7　6　6　3 5　3 5　7　6　-
辞　别　婶　母　出　门　庭——
（躬身告别）　（喜洋洋出门至“大边”）

陈　志　（出门站“小边”一侧）大相公！**【小锣一击】**请转。（大官慢回身扭头向外）

〔摇板〕

陈大官　**【小锣凤点头】**（过门同前）3. 6　5　i　6　6 5　5. 3　5　-（5 5　3 6　5　-）‖
又　听　陈　志　唤　一　声。
（看陈志后转头向外）

呃，陈志你唤我回来（低头看手中银，警惕地将银挪向左腰间抱紧）做什么？
陈　志　哦，我这里有一茶之敬，（袖中取银一锭）大相公你吃杯茶吧。（送至大官面前）
陈大官　（张右手欲拿又止）呃，我乃一主，你乃一仆，我怎能要你的（贪婪地望着陈志手中之银）银了啊。
陈　志　莫非嫌轻？
陈大官　（从陈志手中抓过银子）愧领了。（银锭放怀中）

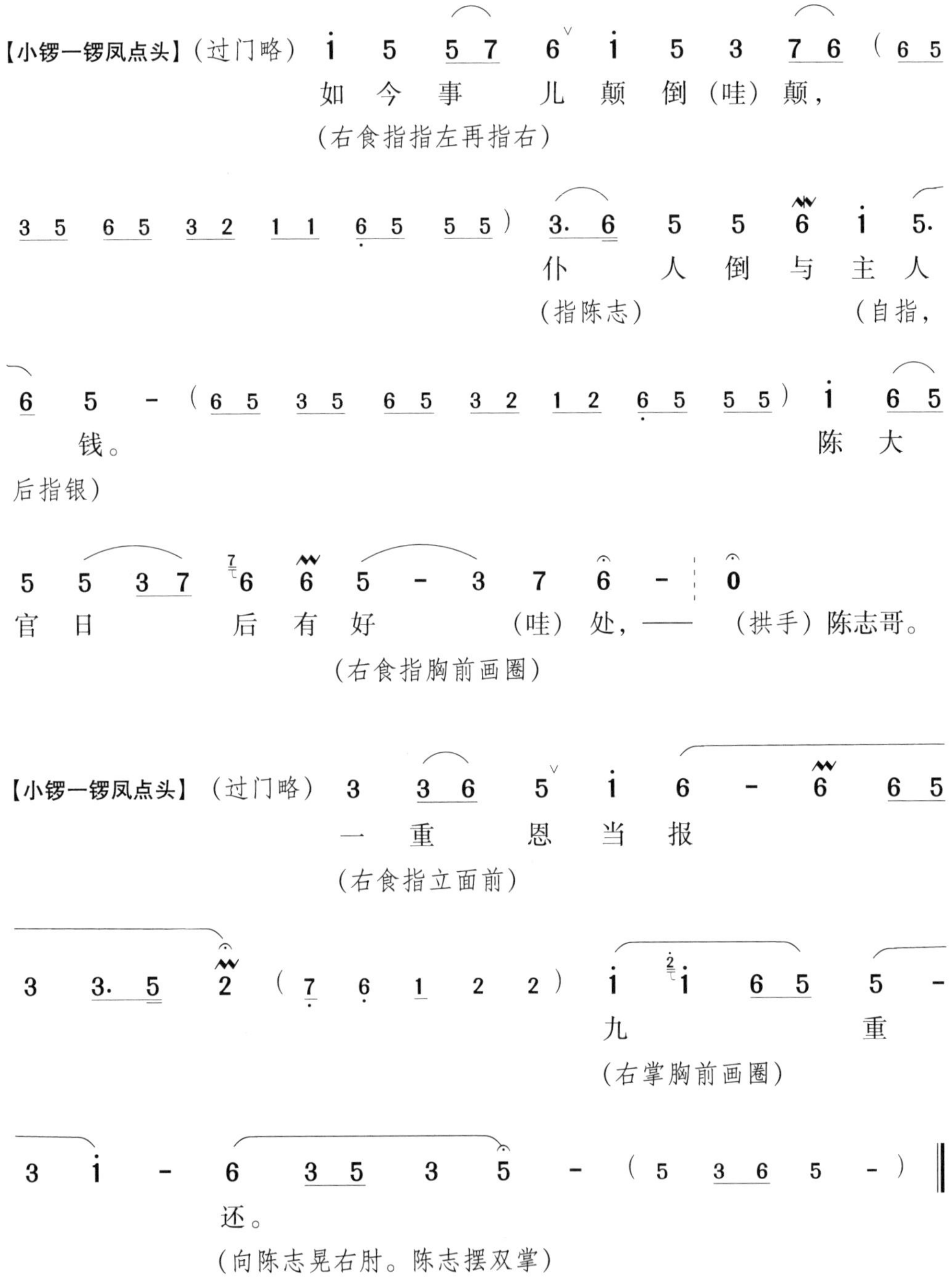

〔陈伯愚内白：“嗯哼！”大官、陈志闻声大惊，大官不知如何是好。

陈　志　（向“上场门”张望）哎呀员外来了！员外来了（挥手催促大官快走）

陈大官　哎哟！哎……（慌乱中将银子丢落台口，**【小锣一击】**向“下场门”逃，回头望见台口银子，**【小锣一击】**不顾一切上前抓银，又将左脚鞋掉落台中。**【小锣一击】**）

陈　志　（指大官丢落的银子和鞋）在这里！在这里！（不时向“上场门”望）员外来了！

〔**【小锣下场】**大官跑回捡鞋又将银撒落地上。陈志望“上场门”催促大官快走。大官左手抱银，右手握鞋底抬左腿伸脚穿鞋，穿不上。左脚绷起再穿，右手握鞋向前再套，还是穿不上鞋。右单腿向后退着，节奏逐渐加快。这穿鞋的动作反复多次，退至靠近幕前即停。大官右手握鞋障袖护头、左手抱银，一只脚光着向“下场门”逃下。陈志望着远去的大官摇摇头，进门在“大边”站定。

陈伯愚 （从“上场门”倒背双手心烦意乱地走上）

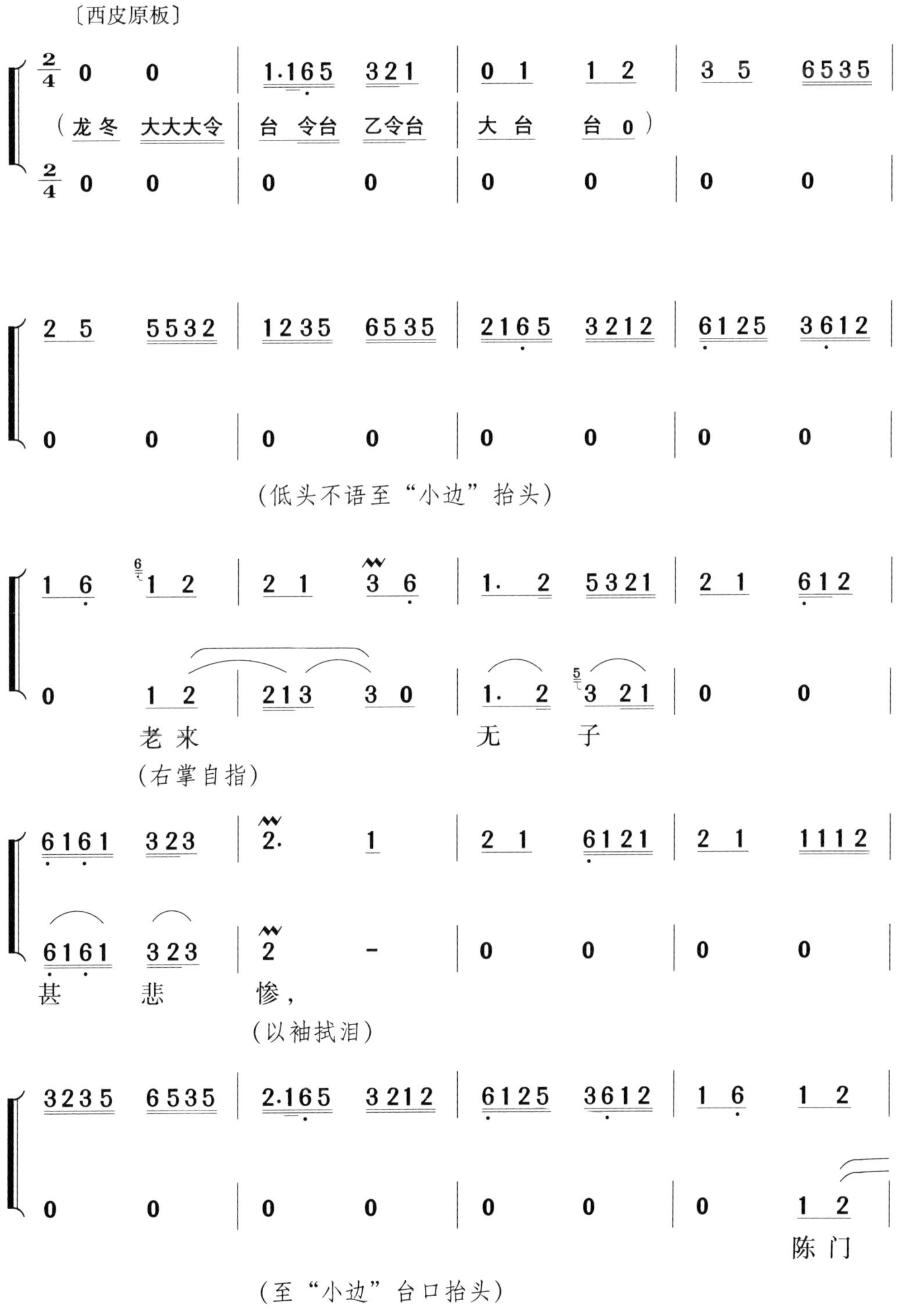

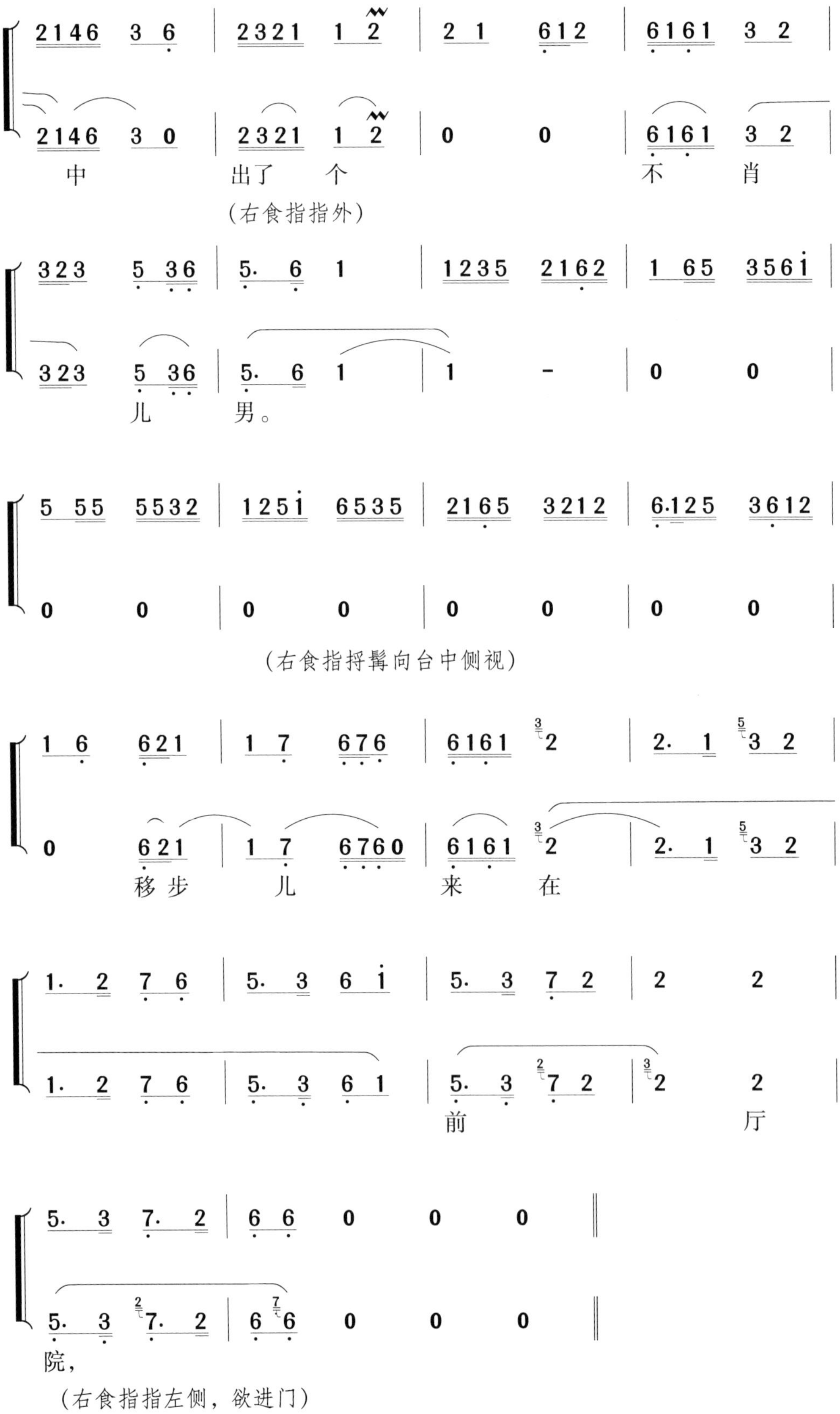
中 出了 个 不 肖
（右食指指外）
儿 男。
（右食指捋髯向台中侧视）
移步 儿 来 在
前 厅
院，
（右食指指左侧，欲进门）

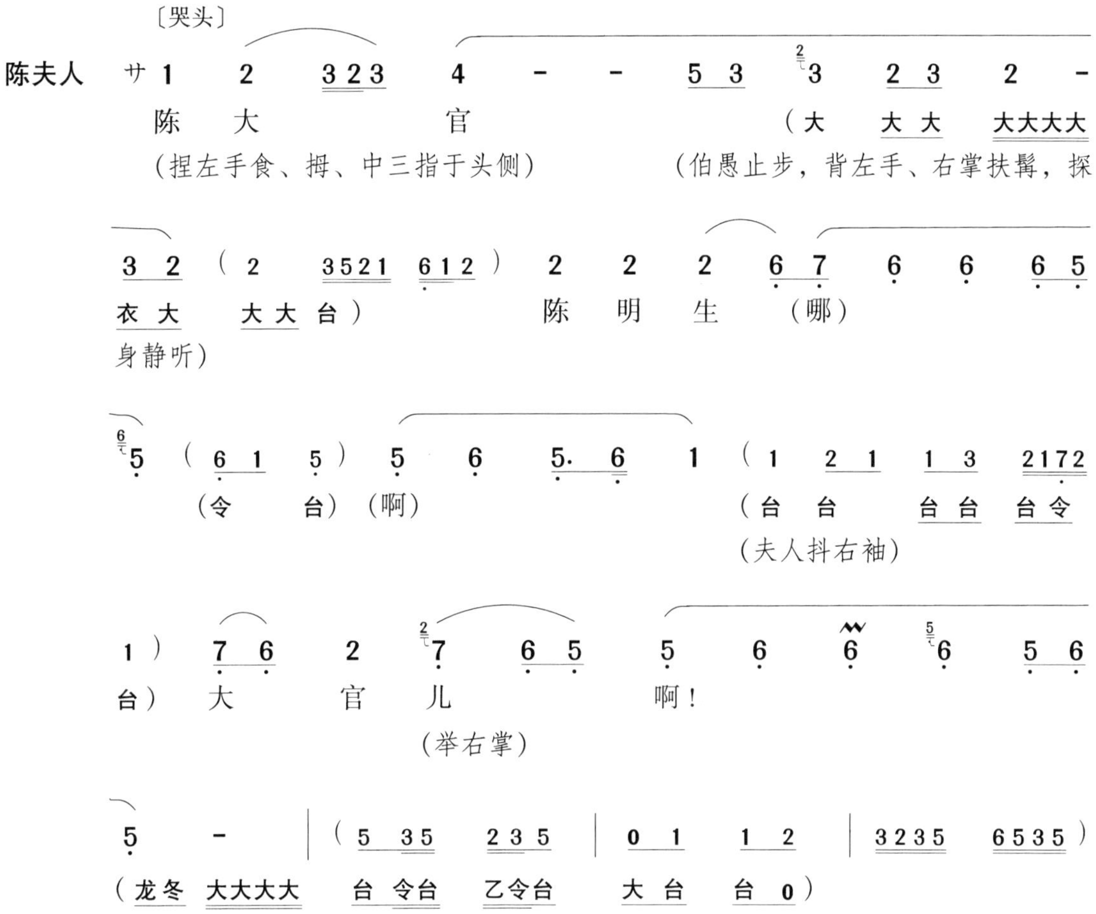

（夫人拭泪。伯愚进门至“大边”，夫人起身站“小边”。陈志将“小座”搬“大边”跨椅）

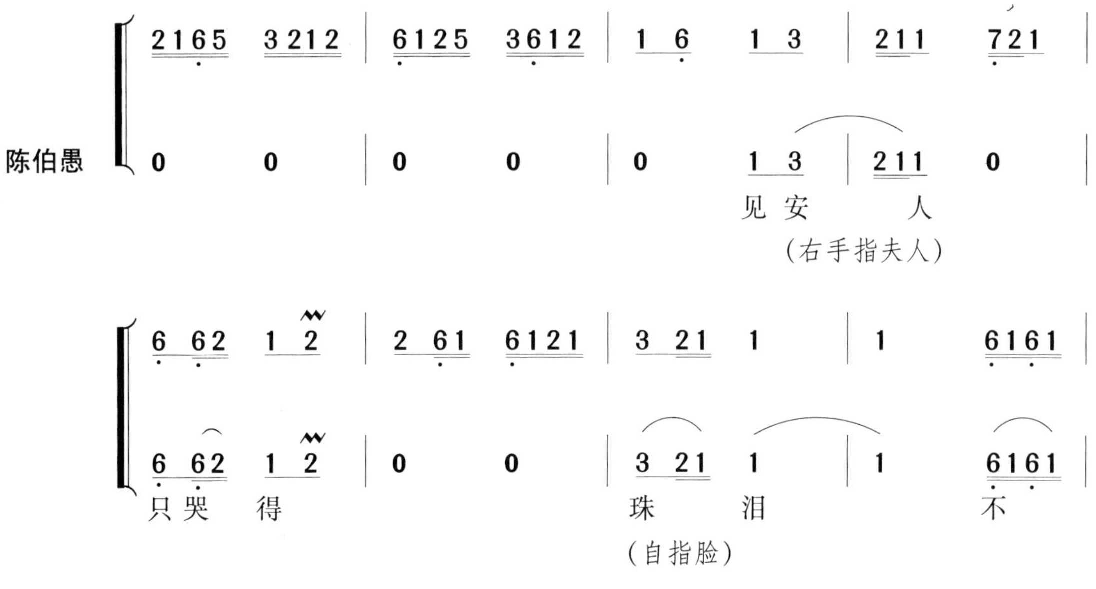

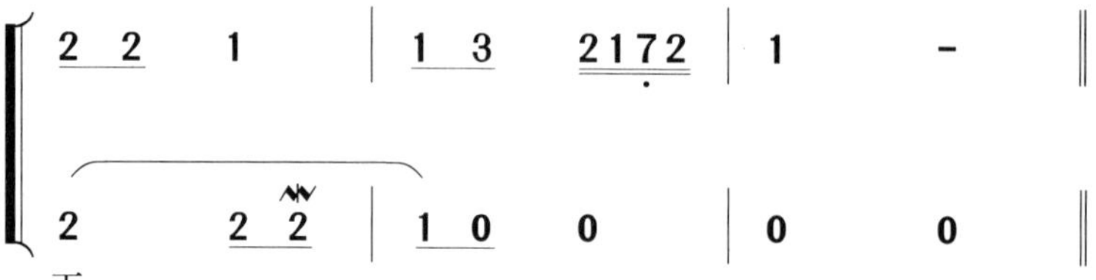

干。

（摊掌）

陈夫人　员外请坐。（二人互让落座，【小锣住头】伯愚环视周围）员外，看些什么？
陈伯愚　大官儿（摊右掌）哪里去了？
陈夫人　已然（手指外）走去了哇。
陈伯愚　哦，（摊掌）走去了？
陈夫人　正是。
陈伯愚　（指夫人）你，你可把什么东西与他呀？（右手指外）
陈夫人　哦……（摆双掌）不曾把什么与他呀。
陈伯愚　哎呀呀，（右食指点戳夫人）偌大年纪不会办事？陈志。
陈　志　有。
陈伯愚　（右手指陈志）你可把什么与大相公么？
陈　志　呃，（摆双掌）也未曾把他什么。
陈伯愚　（左食指点戳陈志）哎呀呀！（向外招手）叫他转来。
陈　志　是是是。（出门站“大边”一侧向“下场门”抬左掌招呼）大相公，喂！大相公。（向外摊双掌，进门站“大边”向伯愚禀告）大相公去远了。
陈伯愚　唉！（右掌扶桌左手指外）这个奴才有（左手自指）兴而来——
陈夫人　无兴而归呀。（单掌指外）
陈伯愚　唉！（扶桌长叹）
陈夫人　啊员外，只顾与大官儿吵闹，忘了（立右食指）一件大事。
陈伯愚　（摊右掌）什么大事？
陈夫人　明日乃清明佳节，（单手自指，再指伯愚）你我二老何不上坟祭扫？
陈伯愚　（右食指捋髯稍思点头）不是安人提起我倒忘怀了。陈志。
陈　志　有。
陈伯愚　准备祭礼，坟茔一祭。
陈　志　遵命。（“下场门”下）
陈伯愚
陈夫人　（二人同时离座）

〔西皮原板〕

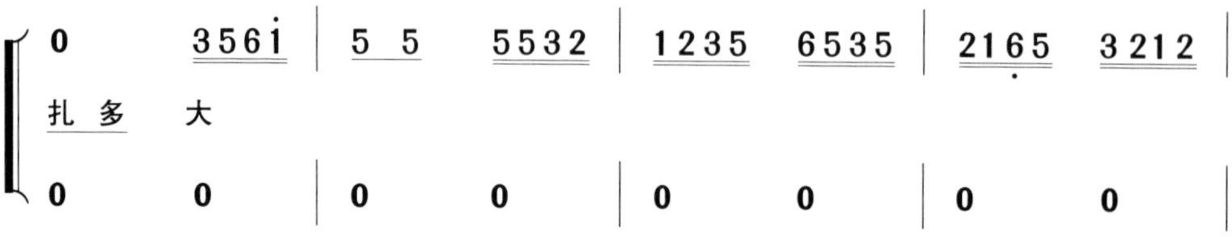

（与夫人离座。夫人站“小边”，伯愚站“大边”）

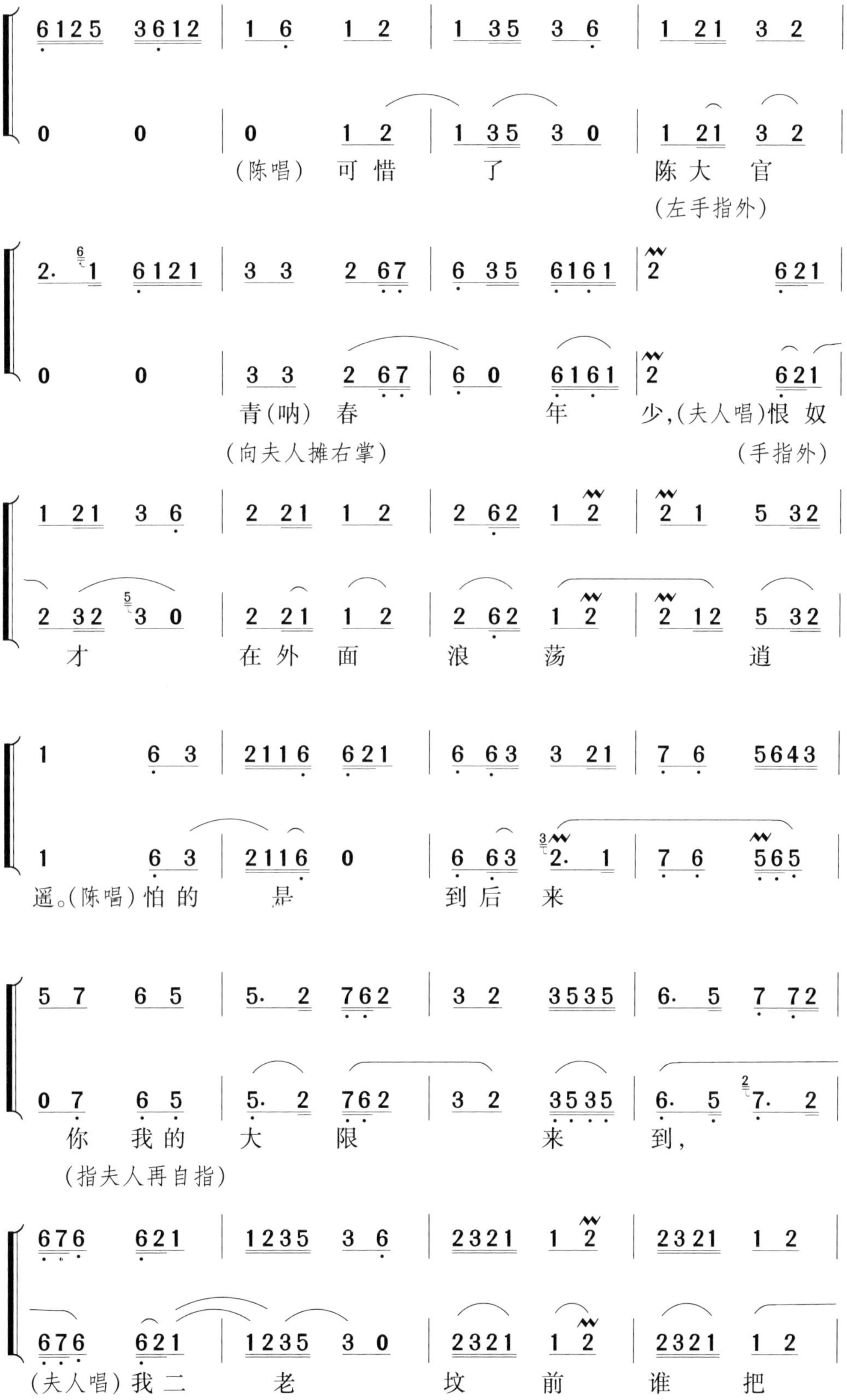
(陈唱)可惜了陈大官
(左手指外)
青(呐)春年少,(夫人唱)恨奴
(向夫人摊右掌)
(手指外)
才在外面浪荡逍
遥。(陈唱)怕的是到后来
你我的大限来到,
(指夫人再自指)
(夫人唱)我二老坟前谁把

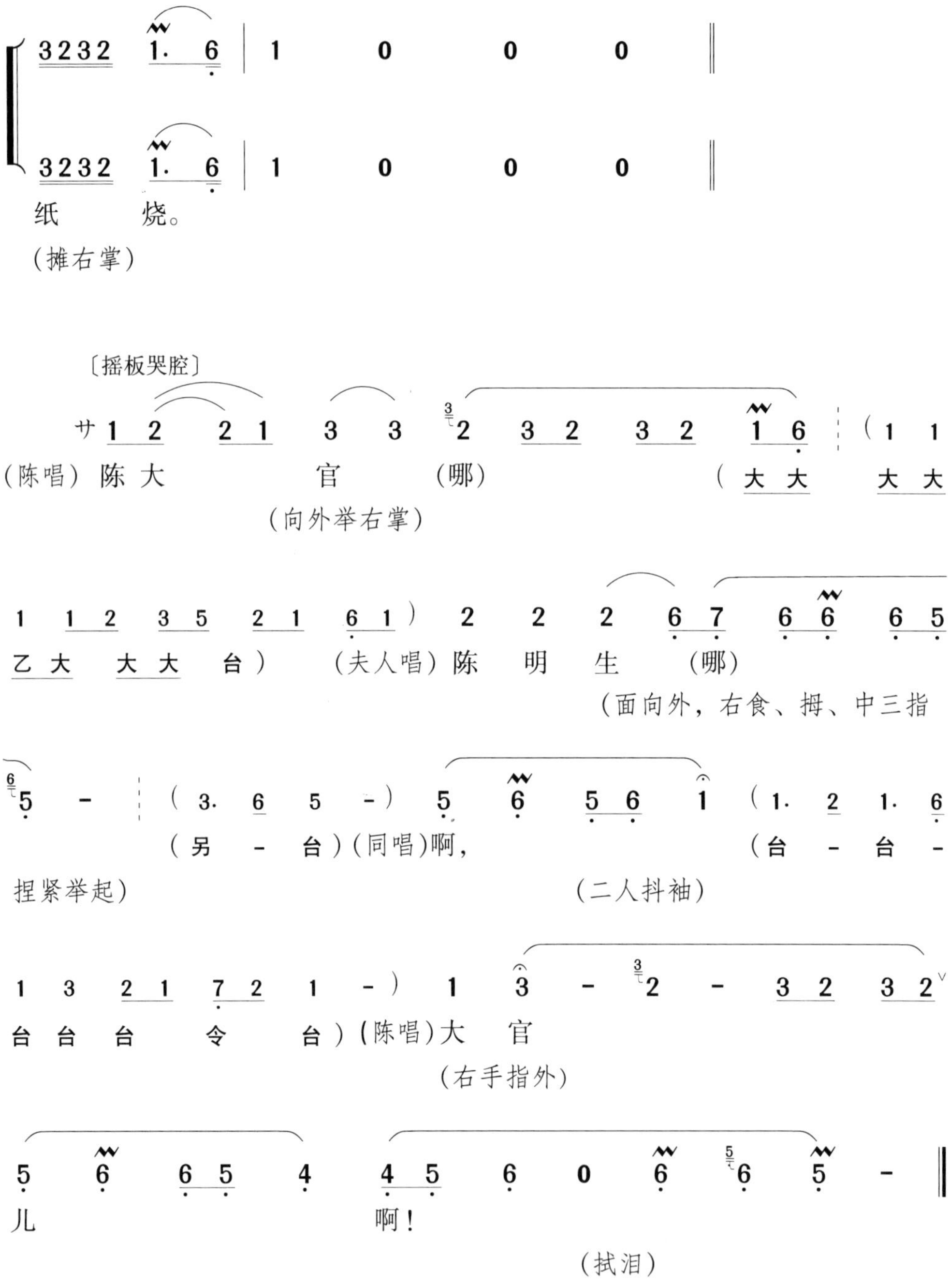

〔【小锣抽头】陈伯愚背袖“下场门”缓步走下，夫人随下。

第 五 场

〔【快小锣抽头】陈大官左手提篮“上场门”上，疾步至“九龙口”，右障袖护头，稍亮相即至“小边”台口摔右袖。

打侄上坟

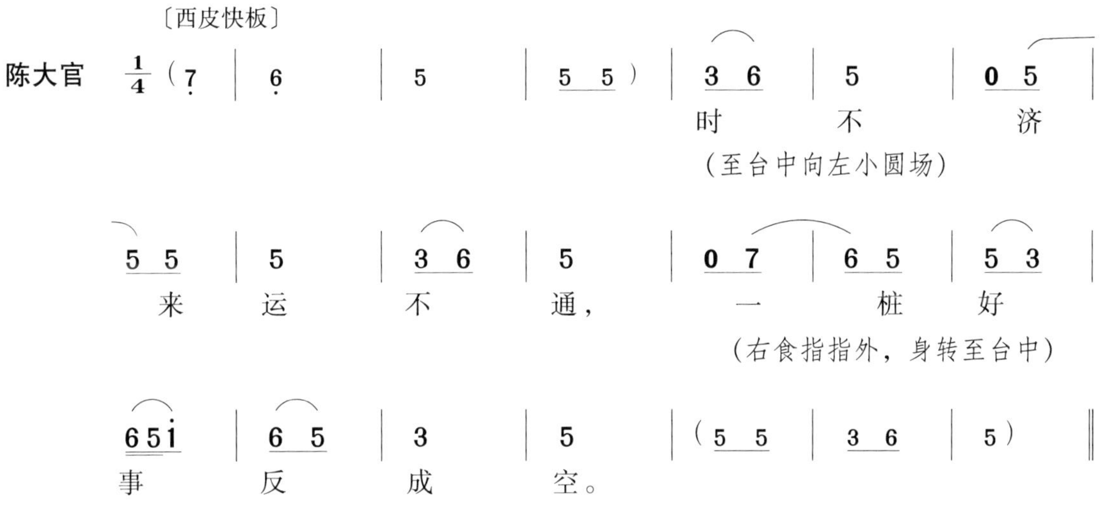

〔【小锣一击】右拳击左掌，顿足。

陈大官 唉！我真真的倒运哪！昨日我婶母赠我（伸右食、中二指）两大封银子，夜宿古庙之中，又被那（右手指点着“小边”方向）狠心的贼子（向“小边”抛袖）偷了去了。唉，我真真的倒运哪！咳，今当（向左走右掌随身而动）清明佳节，（回身向外）是我在街市上叫化了（指篮内）儿文铜钱，打了儿陌烧纸，不免与我（拱手）爹娘上坟便了。唉！（掉袖，左转身小圆场）我真真的倒运哪！两大封银子不是少哇，唉！（京白）“小二百块钱（至台中伸右食、中二指）没了！”（侧目望台中）到了。（向“下场门”台里）朱灿，（扬右掌）喂，朱灿！

〔朱灿内白：“啊哈！”【小锣五击头】“下场门”上至台中“大边”一侧。

朱　灿 忽听叫朱灿，
与人看坟院。
（双掌从中向左开门）
开开门儿来看，（出门）

陈大官 朱灿！

朱　灿 哟呵！原来是（右手指大官）陈大官。

陈大官 （上步，左食指指朱）唔！（又上步，右食指指朱）唔！（再上步，左食指指朱）又一个唔！

朱　灿 （扬右掌制止）得啦！你哪儿这么三唔啊你？

陈大官 陈大官也是你这个狗才叫得的吗？（逼向朱）啊！也是你这个奴才叫得吗？哼，什么东西！

朱　灿 （扬右掌阻止）咳咳咳！我不叫你陈大官我叫你什么呀？

陈大官 要叫（得意地晃动身子）大相公。

朱　灿 （向外）大…… （回身上步右指指大官）唔！（左指指大官上右步）唔！（右指指大官）唔！我照样还你三（双食指指大官）唔！

陈大官 哼，（左手指朱转身向外）什么东西！

朱　灿 什么？大相公？想当初大员外（伸左赞美指）活着时候，（上下打量大官同时手指其身）你是这样吗？也是前停马儿，后跟骡儿啊。（按双掌）那么些人陪着你，我看在银钱的分儿上叫你一声大相公。

陈大官 势利的小人!

朱 灿 今儿个你哪，都卖了(指大官穿戴)零碎儿绸子啦，咳，我还叫你大相公哪，干脆咱们还是陈大官!

陈大官 大相公!(逼向朱)

朱 灿 陈大官!(逼向大官)

陈大官 大相公!

朱 灿 陈大官!

陈大官 (边说边向右转头逼向朱)大相公，大相公，大相公，大相公，大相公!

〔朱退至"大边"捂双耳不听。大官回至台中。

朱 灿 哼哼，(指大官背)相公你也是穷相公。(回至台中抬手招呼)哎!你干什么来啦?

陈大官 与我(拱手)爹娘上坟来了。

朱 灿 上坟?

陈大官 嗯。

朱 灿 (双手叉腰)你还有坟哪?

陈大官 啊!(左手自指)我人穷罢了，我连坟(摊手)都无有了吗?啊!(上步要与朱理论)坟都无有了吗啊?什么东西!

朱 灿 (摆双掌)你别着急，不是我说你呀，有俩钱啊垫补着花得了。活着不孝，死了这不是(双掌互击后摊开)瞎掰吗这。

陈大官 (向朱)放屁!

朱 灿 呵!(右掌在面前一扇)这股子味儿。

陈大官 (摇头晃脑)带路!

朱 灿 呦呦呦，带鹿(路)哇，留神仙鹤吧，还带路哪，跟我进来咳!(进门向里小圆场)

陈大官 (随后进门。前后摆动右臂，左右晃着头，随朱灿小圆场)唉!

君子坦荡荡，

朱 灿 (行至"小边"回头看"大边"的大官，左手指大官)呵，还会说这个啊。

陈大官 小人常戚戚。

朱 灿 (行至"小边"台口，扬手阻止"大边"台里的大官)哎哎哎,少说废话行不行,啊?

陈大官 见事知长短，

(走到"小边"一侧右手指朱灿)

人面识高低。

朱 灿 (站在"大边"，左手上扯右袖后，双手叉腰)我说你还有完没有啊?碎嘴子。

陈大官 朱灿哪。

朱 灿 啊?

陈大官 (右手指左前再向右移)我爹娘坟墓到底在哪里呀，啊!(紧上步与朱辩理)还到得了到不了哇?

朱 灿 (立右掌阻止)你别着急，你别着急，地方(向左伸左掌)是大的，坟头(双掌从左至右)是多的，我得找到了。这玩意儿你要错上了坟，(大官向"上场门"台口一侧寻找)那是闹着玩的吗?

陈大官 胡说！倒底在哪里呀？（向前方远处张望寻找）

朱 灿 你别着急（看“小边”近处）我给你找找，（看“大边”近处）我给你找找。

陈大官 （问朱）是哪一个？哪一个？（向“上场门”远处张望）

朱 灿 （右手指“小边”近处大官面前的地方）哦，这儿哪，这儿哪！这个就是。

陈大官 （低头看坟）就是这个呀？

朱 灿 哦，就是这个，你瞧瞧。

陈大官 （看右脚下的坟右臂向左一缩）喔！（转到右边看左脚下坟，左臂向右一缩）喔！（左右晃身）喔！……

朱 灿 （指大官）你怎么学小尾巴鹊叫唤哪？

陈大官 （至朱面前）朱灿哪！你看这上面哪，（指面前脚下）这旁一个大曲洞，（绕至右方）那旁一个小曲洞。（京白）为何有许多的窟窿啊？

朱 灿 哦，（指坟）窟窿啊？咳，这是风水。

陈大官 （向外抬头）风水？

朱 灿 哎，（指坟头）这里头哇出芦花长虫、（左食、拇指稍屈）白屎壳螂才积得（右手指大官）你这样的子嗣哪！

陈大官 （立身）哈哈！（右手指朱）你这个奴才（右食指搬弄左掌各指算着）吃着我家的，喝着我家的，你也不管（右手指坟）修理呀？

朱 灿 （走近大官）怎么啦？

陈大官 唌！（右掌打朱耳光）我打死你这王八日的。（向朱抛右袖）

朱 灿 （扬左掌阻止）得得，得啦！张手就打人哪你。谁吃你的啦，（逼向大官）谁吃你的啦？这会儿我们吃的是二员外的，我们吃你的干什么？还张手打人呀你。（双手叉腰）

陈大官 （自觉理亏，双手“抟袖”）嗳！倒是这个奴才讲得是。

朱 灿 什么讲得是啊，怎么着？……

陈大官 （哀求）朱灿。

朱 灿 怎么着？

陈大官 我与你借样东西吧。（向朱拱手）

朱 灿 （上下打量大官）还借东西哪，借什么呀？

陈大官 借铲地儿。

朱 灿 （听不懂）啊？

陈大官 借铲地儿（拱手）

朱 灿 你好好说行不行啊？

陈大官 借铲地儿。（拱手）

朱 灿 说不上来（右手指大官）你是孙子！

陈大官 （伸左食指。用“京白”）铁锹！

朱 灿 （叉腰）这你怎么说出来啦？

陈大官 你骂人吗。

朱 灿 斗气儿吗你，等着。（ “下场门”取锹复上。大官将篮子放在“小边”台口，朱在“大边”将锹平扔在台中大官面前）噢啊号给你锹！

陈大官 【小锣冷锤】喂哟！（左脚落地抬右腿右转圈，双手捂住膝盖）喂哟……

朱　灿　（探身）怎么啦，怎么啦？
陈大官　喂哟！（操哭音儿说）砸了我的臁疮腿了。（京白）
朱　灿　（手指大官）可真能做作啊，铁锹（指腿前方）在这儿会砸了你的（指大官腿）臁疮腿了？你别做作了，起来，起来。
陈大官　（拿起铁锹）呸呸！（往掌心吐唾沫，双手端锹左右巡视坟墓）
朱　灿　干什么呀？
〔大官走至右方将锹插入土中上脚踩锹，费力地将土铲出培在坟上再用锹背拍拍，再铲土再培再拍。
朱　灿　嚄！（指大官）行啦，看坟的不发愁了，有了后啦。
陈大官　（指朱灿）我在此替你呀。
朱　灿　（扬手）我不稀罕。（看大官拍坟）拍结实点啊，留神裂喽！（面向外叉腰站立）
陈大官　（看朱不注意）我也给你锹！（将锹平扔在朱灿脚前）
朱　灿　（急蹲身）哎哟！
陈大官　（探身）怎么啦？
朱　灿　（摆手）没砸着。（朱"下场门"送锹复上）
陈大官　（手指朱）你也挨骂。朱灿！
朱　灿　哎。
陈大官　我再跟你借样东西吧。
朱　灿　啊，捡有的说吧。
陈大官　纸火签儿！
朱　灿　什么？（探身细听）
陈大官　纸火签儿！（凑近朱灿）
朱　灿　什么？（再探身）
陈大官　纸火签儿！（凑近朱耳边）
朱　灿　我说（手指大官）你又找骂哪是怎么着？
陈大官　（说白）火纸媒子。
朱　灿　这多省事呀，（欲走又返回）嗨！要火纸媒儿干什么？
陈大官　（挥手）你拿去吧。
朱　灿　（"下场门"取火纸捻，复上）得给你火纸媒儿。（一根长纸捻中间一折两头点着）
陈大官　啊，你这是怎样点法呀？
朱　灿　这个呀，送你个吉祥话儿。
陈大官　什么？
朱　灿　（指纸捻的两头）这头不着这头着。（大官接过纸捻）你要干么，放火是怎么着？
陈大官　（摆手）不放火呀。（右手在怀中掏摸）
朱　灿　（看着）掏虱子呢？
陈大官　嗯。（从怀中取出一枚大爆竹举在面前）放个爆竹。
朱　灿　嗨嗨，好家伙（手指大官）你真有那闲心，没事还放爆竹。
陈大官　崩崩（左手自指）我的晦气呀！
朱　灿　（右手指大官）崩崩你的穷气呀！
〔大官用左脚将地蹚平左手把爆竹立在台中。左手接火纸媒儿吹着，右手提褶襟慢蹲身左手颤巍巍的伸出火纸媒儿点爆竹。

朱　灿　着喽!

〔吓得大官马上收回左手。看爆竹没着，瞪朱一眼，右手拍胸慢步向前伸手欲点。

朱　灿　着喽!

〔大官收回火纸媒儿又瞪朱灿一眼，刚欲伸手。

朱　灿　着喽,着喽!

〔大官右手提褶襟，慢蹲身缓伸臂将爆竹点着即向“九龙口”跑去。朱灿跑至“大边”里首两手食指堵双耳。大官右手捂耳片刻未响，二人探步向前，大官捂耳侧身战抖着再点。

朱　灿　(突然)着着哪!

〔二人急分开，吓得大官双障袖护头。

陈大官　(抱头片刻，见爆竹还是不响，骂朱灿)什么东西!（小步上前用左脚将爆竹放倒搓搓、跺跺，还不响）唉!(丧气地放下双障袖)我人穷罢了哇，放炮都不响了。

朱　灿　是呀，明儿你放屁还不臭了哪。

陈大官　我叔父到来速报我知。

朱　灿　得啦得啦，别磨烦，快点快点啊。(捡起火纸媒儿、爆竹“上场门”下)

陈大官　(向坟拱手)爹娘……啊!……

〔西皮摇板〕

【小锣凤点头】 サ（ 7 6 5 55 36 55 32 12 65

（双手撩褶面向外双膝跪在“小边”一侧）

55） i5 76 i 5 6 i － 【小锣哭头】（ 1

爹娘 与咱 多 照

（拱手）（举右食、拇、

3 21 72 1） i 2. 7 65 7 65 5

应， 爹 娘 （啊）!

中三指互磨，双膝向前挪动）（拱手）

6 6 56 5 － 【小锣凤点头】（ 7 6 5 55 36

（揾泪）

55 32 12 65 55） 3 36 5 53 i

保 佑 着 你 孩

（拱手）

6ᵛ 1 5 6 6 3 5 3 5 3 5 - ‖
儿 及 早 成 名。
（右手指外） （拱手再拜）

朱 灿 哎哟！（【小锣长丝头】“上场门”跑上，边回头望，边吆喝至台中，与闻声慌忙起身的大官碰面。手指“上场门”）二员外来啦，二员外来啦！

陈大官 （大惊）啊！我往哪里走哇？（伸右臂）

朱 灿 （双手推大官右臂）咳，那边，那边，走……

〔朱灿右转身由中台口向台里首跑。大官左转身向台里首跑，二人台里碰面。【小锣一击】大官伸左手指“上场门”，被朱推开，右转身向外半圈，回中间台口。朱灿左转身向外半圈回中台口，【小锣一击】再推大官右手。朱右转身大官左转身二人到台中碰面。【小锣一击】

〔【小锣下场】大官把右袖由下向上抛出后撤左脚，同时朱灿向上挥左手向前上右步。大官再把左袖向上抛出后撤右脚，同时朱上挥右手，向前上左步。大官向上再抛右袖时左脚向左边涮步，同时朱灿上挥左手向后吸右腿。大官向上再抛左袖时右脚向右涮步，朱灿上挥右手向后吸左腿。大官向上再抛右袖时向前抬左脚，朱仍是上挥左手向后吸右腿。大官向上抛左袖抬右腿，抛右袖抬左腿，反复多次，节奏逐渐加快。朱灿挥右手后吸左腿，挥左手后吸右腿，反复多次，逐渐加快，靠近幕前即停。大官左转身面向“下场门”，右障袖护头，朱灿双手掐大官腰，二人“下场门”跑下。

第六场

〔二幕前：空场。

〔西皮原板〕

2/4 0 0 | 1·165 321 | 0 1 1 2 | 3 5 6535 | 2 5 5·532 |
龙大 大大大令 台 令台 乙令台 大 台 台
2/4 0 0 | 0 0 | 0 0 | 0 0 | 0 0 |

（陈伯愚在前“上场门”上至台中，夫人随后，陈志手托祭盘站“小边”）

1235 6535 | 2165 3212 | 6125 3612 | 1 6 1212 |
陈伯愚 0 0 | 0 0 | 0 0 | 0 1212 |
艳 阳

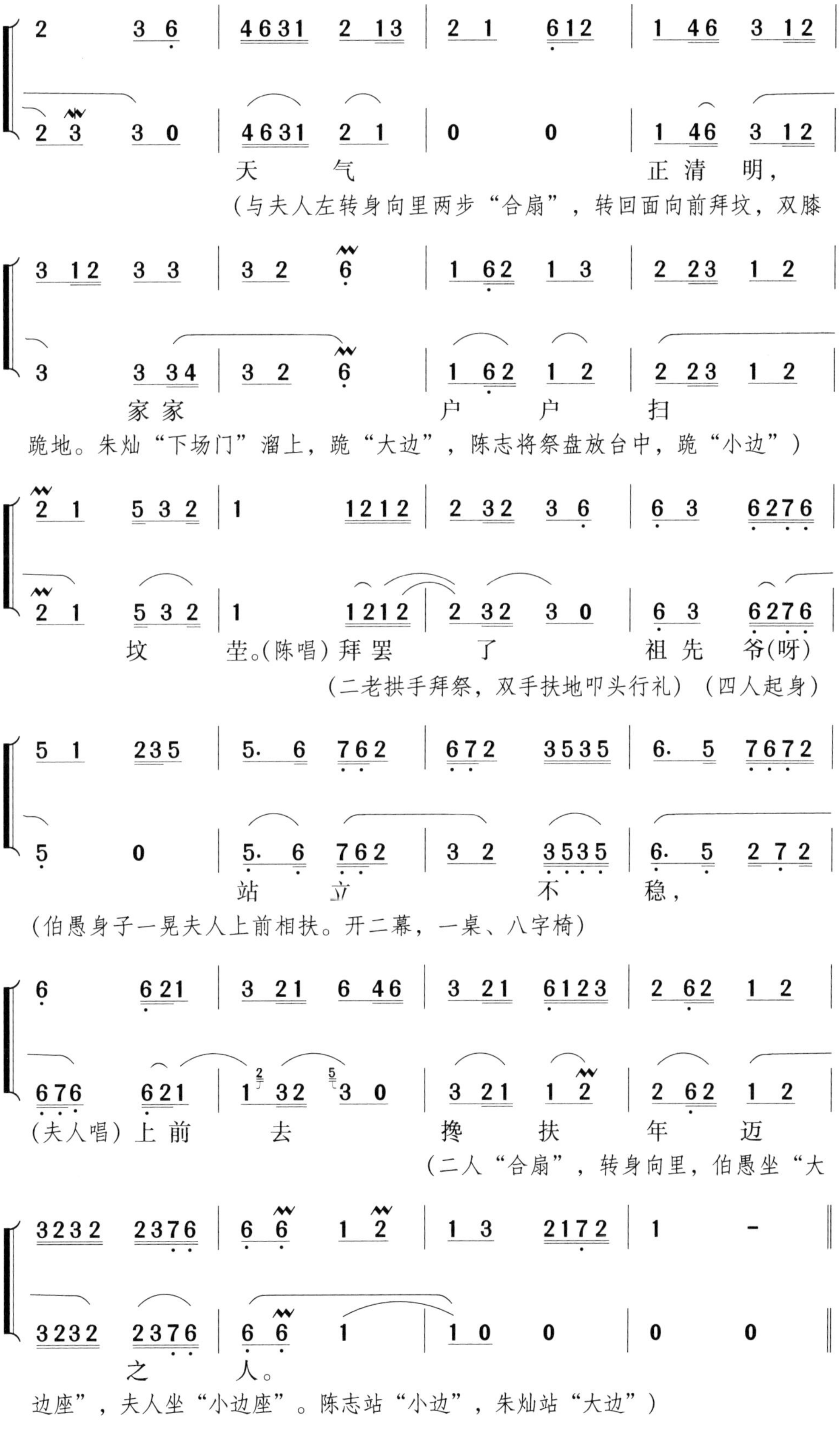
天 气 正 清 明，
（与夫人左转身向里两步“合扇”，转回面向前拜坟，双膝
家 家 户 户 扫
跪地。朱灿“下场门”溜上，跪“大边”，陈志将祭盘放台中，跪“小边”）
坟 茔。（陈唱）拜 罢 了 祖 先 爷（呀）
（二老拱手拜祭，双手扶地叩头行礼）（四人起身）
站 立 不 稳，
（伯愚身子一晃夫人上前相扶。开二幕，一桌、八字椅）
（夫人唱）上 前 去 搀 扶 年 迈
（二人“合扇”，转身向里，伯愚坐“大
之 人。
边座”，夫人坐“小边座”。陈志站“小边”，朱灿站“大边”）

朱　灿　（抱拳躬身行礼）参见员外、安人。
陈伯愚　罢了。（对陈志）将祭礼赏与朱灿。
陈　志　是。朱灿，（指台中祭礼）赏与你了。
朱　灿　哦是，（台中拿托盘回“大边”，单腿跪）谢谢！多谢员外、多谢安人！
陈伯愚
陈夫人　（同）不必谢了。
朱　灿　（向陈志躬身）大叔多谢。（陈志手指朱灿，朱灿“下场门”溜下）
陈夫人　啊员外，你我到（手指外）坟前游玩一番如何？
陈伯愚　年年如此，（摆右掌）不游也罢。
陈夫人　咳！只恐来年（手指伯愚，后自指）有你无我哇。
陈伯愚　呃！（指夫人后自指）有你无我。
陈夫人　（指伯愚后自指）有你无我。
陈伯愚　一样。
陈夫人　一样。（二人起身离座，出门）
陈伯愚
陈夫人　（同）哈哈哈！……
陈伯愚　（站“大边”一侧，捋髯向前望，**【小锣一击】**回身）啊安人，（手指“大边”上方）你看这青的？
陈夫人　是松。
陈伯愚　（手指台中“小边”下方）绿的？
陈夫人　是柏。
陈伯愚　松柏长青……（泛指两边）
陈夫人　（手指外）车马来行。
陈伯愚　啊？哈哈哈……（**【小锣一击】**单手捋髯，观赏周围）
陈夫人　（扭头看右下方）啊员外，（手指右下方）你看大员外坟前，何人与他上坟来了？
陈伯愚　（手指夫人，后自指）你我二老不与他上坟（摊掌）还有哪一个哇？
陈夫人　哦，你看哪，（指右下方）纸钱灰还未散呢。
陈伯愚　（单手扶髯观看，点头）是啊。（对陈志）唤朱灿。（回“大边”坐）
陈夫人　唤朱灿。（回“小边”坐）
陈　志　（向“下场门”招手）朱灿过来。
朱　灿　哎。来啦，来啦！（“下场门”上至“大边”台口，问陈志）什么事啊？
陈　志　（指内）员外唤你。
朱　灿　是。（二人进内，朱站“大边”，陈志站“小边”）员外、安人。
陈伯愚　朱灿，大员外的坟（摊掌）哪个上过了？
朱　灿　没人来上啊。（摊双掌）
陈夫人　呃，纸钱灰还未散呢。
陈伯愚　唤来人。
朱　灿　（手摸脖子）不是……哦……对了，今儿个清明佳节上坟的人多，八成儿是错上了坟了。
陈伯愚　呃，若是不讲，（吩咐陈志）与我掌嘴！（陈志上前伸右掌欲打朱灿）

朱　灿　（摆双手拦，双膝跪地）哎！别……（手指外）是陈大官来了。

陈伯愚　奴才！**【小锣冷锤】**陈大官（手指朱灿）也是你这奴才叫的么？

朱　灿　（忙摆双手）哦，不是不是，员外员外！（拱手）您问得急，（右手自指）我答应得快，我把这个“叔”字儿给落[1]下了，他是（自指鼻）我一个人儿的大官叔来了。

陈伯愚　哼，（向外招手）叫他过来！

朱　灿　哎，是。（至台中出门向“下场门”）喂，（招手）大官叔！

〔陈大官内白：“叔。”

朱　灿　大官叔！

陈大官　（“下场门”右手提褶子襟，胆战心惊地慢步上）叔。

朱　灿　叔！

陈大官　叔。

朱　灿　叔……（向大官招手）

陈大官　叔……（二人交错咬紧念）

朱　灿　（至“大边”二人碰面，伏耳对大官）二员外那儿叫你呢。

陈大官　啊！我不敢去呀……

朱　灿　（拉大官欲走又被大官叫回）啊，怎么着？

陈大官　（用京白）你呀，就告诉我（摆右掌）没来。（右障袖左手抓褶子，“下场门”溜下）

朱　灿　对，（右转身进门拱手禀告）啊员外，我大官叔说他没来。（左手指外）

陈伯愚　（左手点戳朱灿）不像话！

朱　灿　（出门、摊双手，向“下场门”招手）喂，大官叔！

陈大官　叔。（左手提褶襟“下场门”慢步上）

朱　灿　叔。（至“大边”外首）

陈大官　叔……（走至“大边”里首）

朱　灿　叔……（双手招呼大官）二员外叫你哪。

陈大官　不成啊！（摆右掌）

朱　灿　非你去不可。（双手往台中推大官）

陈大官　我不敢前去呀！（摆单掌，望右方往左走）

朱　灿　你就去吧。（双手向台中推大官）

陈大官　我不……不敢前去呀！（摆双掌）

朱　灿　（推大官）你就去吧！（抬右脚踢大官）

〔大官“屁股坐子”跌在“小边”一侧。**【撕边大锣一击】**

陈伯愚　啊！你这奴才为何将（手指大官）他推倒尘埃？

朱　灿　（摆双手）没……没有，（手指大官）他是眼神不好让坟头儿绊了个跟头。

陈伯愚　滚了下去！（朱灿“下场门”溜下。大官面向伯愚双膝跪在“小边”一侧，**【撕边大锣叫头】**）哎呀儿啊！我昨日打了（手指大官）你几下，莫非前来偷盗树木来了么？

陈大官　（**【撕边大锣叫头】**抖右袖上腕，拱手）哎呀叔父哇！侄儿怎敢前来偷盗树木，今当清明佳节，是孩儿在街市上（右手指外）叫化了几文铜钱，（右食指指点着左掌心）打了几陌烧纸，与我（拱手）爹娘……咳！上坟来……了！……（泣声拭泪）

---

① “落”字此处读“là”。

陈伯愚 哎呀安人哪！（右手捋髯看大官**【撕边大锣一击】**右掌指夫人，后自指）你我二老百年之后只恐（手指大官）他就不来……了！……（右手扶桌无语，夫人拭泪）

陈大官 （**【大锣叫头】**抖右袖上腕拱手）叔父、婶母！等你二老百年之后，（右手自指）侄儿也要前来（右掌自右至左点动着）烧钱化纸。（右手自指）儿此去（右手指外上方）靠山**【小锣二锣】**（右手指外下方）涧下死，（向两边按双掌）遇河**【撕边大锣一击】**水内亡！**【大锣住头】**儿是再也……（**八大仓**）（双膝向伯愚挪步）（**八大仓**）不、不、不来了……哇！……（**【撕边】**摆双掌）

陈伯愚 （起身、离座扬右掌）哎呀侄儿啊！**【纽丝】**（吓得大官快起身右手护左肩，站“小边”。夫人站椅前）

〔西皮散板〕

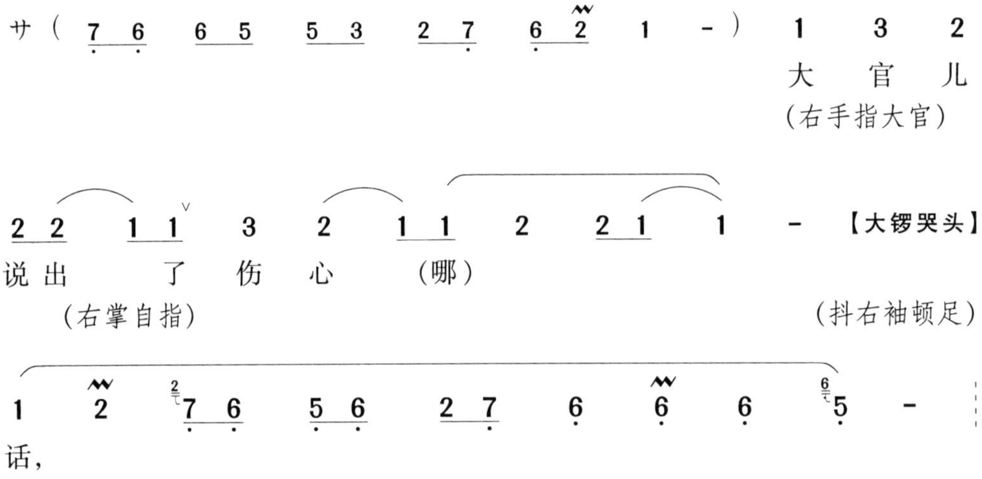

陈夫人 （**【大锣凤点头】**抖左袖伸右手，搀扶伯愚坐“大边座”）

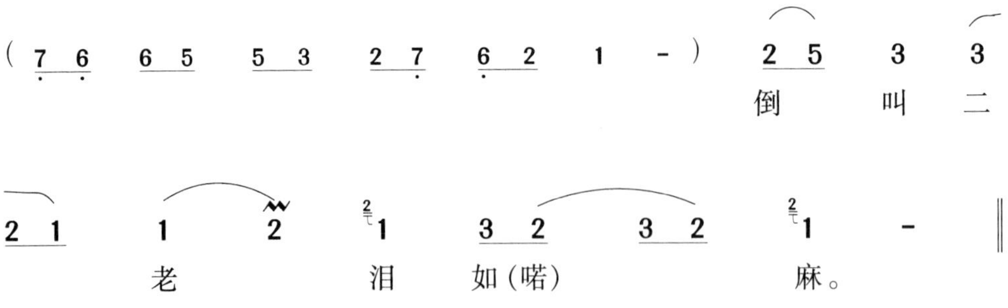

【住头】（夫人坐“小边”座。大官立在夫人旁边）

员外，看大官儿回心转意，不如拜在（先指伯愚，后自指）你我膝下，员外意下如何？（摊掌）

陈伯愚 （点头）但凭安人。（右手指夫人再指大官）

陈夫人 待我向前。（离座至大官左边）啊侄儿，你叔父有意收你做为义子，（指左侧伯愚）还不向前拜过。

陈大官 好好，如此（赶至台中向里抱拳躬身行礼）爹娘请上，受孩儿一拜！

陈伯愚
陈夫人 （同时伸手欠身）不必拜了。

〔西皮摇板〕

陈大官 【小锣凤点头】サ（7 6 5 55 36 55 32 11 65 55）

（站“小边”）

i 5 57 6 7 66（65 35 65 32 11 65）
叔 父 是 儿 亲 生 父，
（拱手再向伯愚深施一礼）

36 5 56 43 3 43 5 -（55 36 5 -）‖
婶 母 就 是 老 娘 亲。
（凑近夫人拱手施礼） （欣喜地快步至台中）

陈大官 （白）哎，实受大相公，（双掌在胸前相叠向下按）恢复原任。（回“小边”站）
陈伯愚 陈志。
陈　志 有。
陈伯愚 去取衣帽（手指大官）与你大相公。
陈　志 是。（走至台中）
陈大官 （迎至台中）哦陈志呀，做什么去呀？（摊掌）
陈　志 （右手指外）取衣帽去呀。
陈大官 取衣帽去呀？
陈　志 是啊。
陈大官 （伸左掌）我可要那好的。（此句多以京白来念）
陈　志 哦，知道了。（出门“下场门”下。大官回“小边”）
陈伯愚 （对夫人）回去吧。正是：（抖右袖）（扎）（二人离座至台中）
　　我儿改邪归了正，
陈夫人 　　莫学浪子花了心。
陈伯愚 　　败子回头（右赞美指）金不换，
陈大官 　　知过必改（胸前伸右赞美指）学好人。（郑重的姿态）
陈伯愚 回去吧。哈哈哈！……
陈夫人 回去吧。哈哈哈！……
〔【小锣一击】大官“抟袖”躬身。伯愚右转身缓缓向“下场门”走去，夫人随后。大官稍想，忙上前将夫人拉回台中，右手自指后摆手，指伯愚后伸右拳又自指，再指伯愚后双手推夫人。夫人点头明白，摆手后指伯愚。大官点头称是。
陈夫人 （向伯愚招手）啊员外请转，员外请转。
陈伯愚 （回至台中摊掌）何事？

陈夫人 大官儿他不回去了。

陈伯愚 （摊右掌）却是为何？

陈夫人 怕你打骂于他。

陈伯愚 （伸右掌让夫人）安人先行。（夫人从陈伯愚身后“下场门”走下。伯愚伸右掌站台中招呼大官）哎呀儿呀！

陈大官 （**【大锣一击】**急忙向“小边”一侧躲，右手护左肩）哎哟，打不起了！

陈伯愚 从今以后只要儿发奋攻书，力图上进，为父（右掌由左向右移）一份家财付儿执掌。成人也在你，这不成人也在你了……哇！……（拭泪）

陈大官 （抖右袖上腕拱手，**【小锣叫头】**）爹爹！从今以后，（右手自指嘴）有口（立右掌）不来骂我，（右食指指左掌后翻腕分掌）有手不来打我，只要我（右食、中指并拢从左掌心向外做翻书状）发奋攻书，力图上进，将这上等家私付与（左手自指）我执掌，这成人也在（右手自指）我，（摆右手）这不成人也在（左手自指）我？（眼睛向外一看，右拳击左掌，向伯愚拱手**【小锣叫头】**）哎呀爹爹呀！（抖右袖）有道是：（拱手）爹娘打骂（向两边分双掌）终何用，成人还要，唉，（右食指鼻下一抹，吸气）我（右掌拍右腿，伸右赞美指）自成人。（以上四个字用京白加重念出）

陈伯愚 （伸右赞美指）好啊！好一个成人还要儿自成人。随为父回家去吧。（伸右手抓大官左腕，转身欲走）

陈大官 哈哈哈！……（右手抚摸腹部，紧闭双目）哎哟！

陈伯愚 （回身，左手拍大官左手探身问）儿啊！儿啊！儿啊！怎么样了？

陈大官 （睁眼看伯愚）我呀，还没吃晚饭呢。（以上用京白）

陈伯愚 哎呀呀，（右手托髯）随为父（自指嘴）开饭去呀，啊，哈哈哈！……

〔唢呐奏曲牌＜小尾声＞伯愚右手拉大官左手“下场门”下。

——剧终

倪茂才　白荫棠　**整理**　　　　王连忠　**记谱**

逍遥津

根据辛宝达、吴钰璋《逍遥津》音配像整理

梨园行中历来有红、黄、蓝、白、黑五色“逼宫”剧之谓，这五出戏分别是《红逼宫》、《黄逼宫》、《打金砖》、《逍遥津》、《庆阳图》。因《红逼宫》中的司马师勾“红十字门脸”，故以“红”名之。以此类推，《黄逼宫》剧因杨广勾“油黄三块瓦脸”而得名，《打金砖》因剧中马武勾“蓝色碎脸”又名《蓝逼宫》，《逍遥津》因剧中曹操勾“粉白脸”而得名，《庆阳图》因剧中李刚勾“黑十字门脸”又称《黑逼宫》。现在京剧舞台上已难见红、黄、黑三出“逼宫”戏了，蓝“逼宫”也鲜有露演，唯有白“逼宫”还偶有演出。

《逍遥津》一剧取材于《三国演义》第六十六回“关云长单刀赴会，伏皇后为国捐生”，剧名似不恰合，实则前有张辽拒孙权，大战合肥情节，后演出多略去。该剧剧情如下：朝中文武官员议废汉献帝立曹操为帝，曹操假意不许，向献帝奏称吴、蜀未灭，实为心腹之患，请示处置之法。献帝令其自决。曹操因献帝讽己专权，恼羞成怒，朝堂之上要杀献帝。献帝惊恐回宫，告知伏后。二人定计，写下血诏，使太监穆顺交付国丈处理。曹操在宫门盘查穆顺，搜出血诏，剑劈穆顺。曹操又将人马埋伏宫外，与华歆一同入宫，擒获伏后及其二子，终将伏后乱棒打死，鸩杀二子，立曹妃为正宫。

《逍遥津》是后“三鼎甲”中孙菊仙独创的“孙派”唱腔戏之一，“他的声音特别大，有宽有窄、有高有低，音膛相合，五音具备，兼之气力充沛，用尖腔，使嘎调，高得极其自然”（见董维贤著《京剧流派》），〔二黄慢板〕中的十三句“欺寡人”真有悲泣之感，催人泪下。后这出戏被刘鸿声继承。高庆奎又继承了刘鸿声，从此《逍遥津》成了高庆奎的代表剧目之一。继承高派《逍遥津》的佼佼者中有三李，即李盛藻、李和曾、李宗义。1938 年第 4 期《立言画刊》有文称高庆奎自入戏校任教职，“其能戏《哭秦廷》、《赠绨袍》、《逍遥津》皆授予该校学生李和曾，李之嗓音腔调学高惟妙惟肖”。

汉献帝属“王帽”，归安工老生行，几个唱段唱词、板式、旋律和谐。“修诏”时的西皮唱段和“杀宫”时的二黄唱段已成经典。那句“父（哇）子们在宫院伤心落泪（呀)”，真是跌宕起伏、大气磅礴，将汉献帝的一腔悲愤，抒发得淋漓尽致。该剧不仅仅以唱取胜，念白的设计也很精致。曹操在金殿上述功时的大段表白，搜诏时与穆顺的大段对话，一个念韵白，一个念京白，激烈紧张，扣人心弦。这种布局足以说明剧作者的高明。

曹操在该剧中虽是二号人物，但在花脸行里却是个大活儿，因为戴“文阳”的曹操戏是最难演的。曹操封魏公后，在舞台上展现时要强调他的身份、气度，在该剧中要渲染他的霸气。“表功”时要表现他的威与傲，“盘宫”时要透出他的奸与诈，“杀宫”时要展示他的冷与狠。彼时和高庆奎同台的是有“活孟德”之称的郝寿臣，在“述功一段的念白，气吞湖海，迫使汉献帝俯首默听”（见郝寿臣艺术整理委员会编《郝寿臣表演艺术》)。

正因为该剧有很高的观赏价值，故在“文革”前上座率很高。特别是李和曾与景荣庆的联袂演出，真是珠联璧合。二人多次参加中南海的戏曲晚会，受到党和国家领导人的接见。记得 1962 年中国戏曲学校史若虚校长特邀李和曾、景荣庆二位老师给我们 58 班重排《逍遥津》，汉献帝、曹操、穆顺分别由耿其昌、马凤良、王琏饰演，彼时排戏的景况笔者还历历在目。景老师的曹操在继承先贤的基础上又融入自己的理解，某些地方做了微调，如曹操的第一次上场的锣鼓，就由【慢长锤】改为【急急风】。

应《中国京剧流派剧目集成》编委会之邀，李和曾的入室弟子倪茂才与吉林省京剧院的同仁，对该戏的舞台演出本进行了初步整理，后编委会又特邀白荫棠根据辛宝达、吴钰璋《逍遥津》音配像遵照《中国京剧流派剧目集成》体例予以加工，在此对他们的辛劳付出表示感谢。

常立胜

人物行当

夏侯渊	净	汉献帝	老生
曹　植	小生	伏　后	旦
司马懿	老生	曹　妃	旦
华　歆	丑	二皇子	娃娃生
贾　诩	老生	大太监	杂
张　辽	老生	四小太监	杂
曹　操	净	八校尉	杂
穆　顺	老生	四宫女	杂

服装扮相

夏侯渊　勾白花三块瓦。八面威、黑后兜、黑扎髯、黑耳毛子，紫褶子、黑蟒、苫肩、玉带，黑彩裤，厚底靴。

曹　植　俊扮。太子盔（粉穗），湖色褶子、湖色蟒、黑玉带，湖色彩裤，厚底靴。（后换白花箭衣、黑马褂、大带）

司马懿　俊扮。金踏镫、黪二涛，香色褶子、香色蟒、苫肩、黑玉带，黑彩裤，厚底靴。（后换白花箭衣、黑马褂，大带）

华　歆　勾大腰子形粉脸。狮子盔、后兜、黑王八须、耳毛子，蓝蟒、苫肩、黑玉带，红彩裤，朝方靴。（后换黑花箭衣、黑马褂、大带）

贾　诩　俊扮。纱帽、黪三，青褶子、紫蟒、苫肩、紫玉带，黑彩裤，厚底靴。

张　辽　俊扮。银荷叶盔、黑三，白蟒、苫肩、玉带，黑彩裤，厚底靴。

曹　操　大白粉脸。文阳盔、黪鬓发、黪满髯，黄褶子、黑玉带、红蟒，厚底靴。

穆　顺　俊扮。甩发、大太监盔（杏黄穗），烟色褶子、改良绿蟒、小绦子，彩裤，厚底靴。

汉献帝　俊扮。王帽（杏黄穗）、黑三，红褶子、黄蟒、黑玉带，黄彩裤，厚底靴。（后换杏黄穗九龙冠、甩发、面牌、黄帔）

伏　后　俊扮。大头、银头面、线尾子、凤冠（黄穗），青花褶子、白花腰包、黄帔，湖色彩鞋。（后摘凤冠、脱黄帔）

曹　妃　俊扮。大头、线尾子、改良凤冠（黄穗），湖色领衣、白花腰包、红帔，粉彩鞋。

二皇子　俊扮。都子头、孩儿发、双光箍、面牌，龙箭衣（一红一粉）、大带，红彩裤，厚底靴。

大太监　俊扮。大太监盔（粉穗），改良粉蟒、小绦子，红彩裤，厚底靴。

四小太监　俊扮。小太监盔，小太监衣，红彩裤，薄底靴。

八校尉 揉脸或俊扮。黑大板巾、大额子、牵巾、茨菰叶，紫素箭衣、黄素马褂、大带，黑彩裤，薄底靴。

四宫女 俊扮。大头、线尾子、过桥、粉穗，月色花褶子、粉云肩、白花腰包，彩鞋。

道具

桌　子	两张（一大一小）	**红色花椅披**	七份
椅　子	七把	**黄色桌围**	大、小各一份
云　帚	两把	**宝　剑**	三口
腰　刀	八把	**香　炉**	一个
文房四宝	一份	**黄绫密诏**	一份
回　文（白绸子）	一块	**药　酒**	一坛
马　鞭	一根	**水火棍**	两根
红色花桌围	一份		

第 一 场

〔空场。【一锤锣】夏侯渊等五人“上场门”“搭桥”上。夏侯渊右手提蟒居中，右侧是曹植，左侧站贾诩，里首是司马懿，外首曹植的右侧是华歆，五人行至“九龙口”前成一斜排。抖双袖后前行至中台口，成一横排。

〔闭二幕。【大锣归位】五人同抖左袖、右手扯左袖角搭左袖于掌上遮面，侧身同唱。

〈点绛唇〉

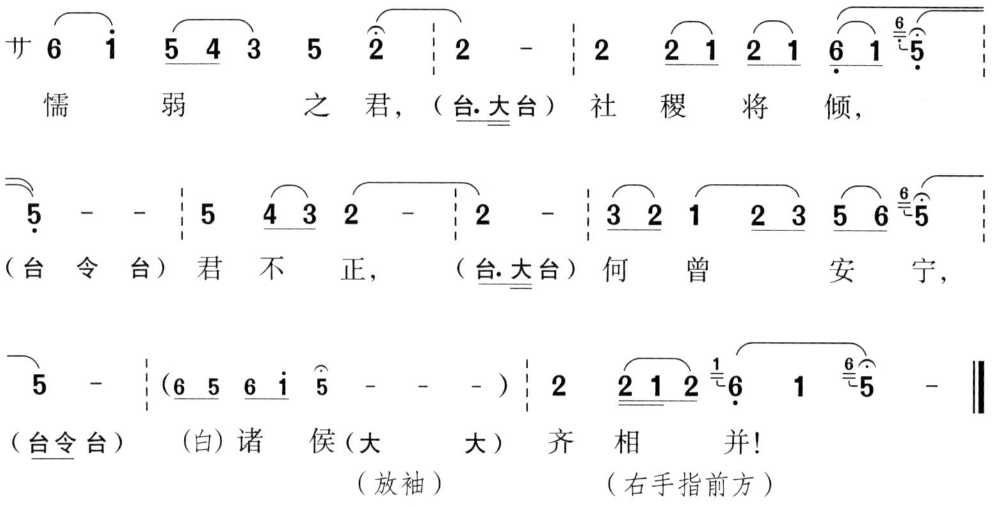

〔【大锣住头】众官抖左袖，右手扯左袖角搭左袖于掌上放胸前报名。

众　官　（同白）某！【撕边一锣】

夏侯渊　夏侯渊。

贾　诩　贾诩。

曹　植　曹植。

司马懿　司马懿。

华　歆　华歆。

〔【大锣住头】众官抖左袖。夏侯渊转身向里两步站中，其他四官成“八字”。

夏侯渊　（向众拱手）众位大人请了！

贾　诩
曹　植
司马懿
华　歆　（同，向夏拱手）请了！

夏侯渊　张将军相邀我等，不知为了何事，你我一同朝房去者。

贾　诩
曹　植
司马懿
华　歆　（同拱手）请！

〔【水底鱼】司马懿领华歆、贾诩、曹植等人“插门”，夏侯渊随后，众人小圆场。开二幕。

第 二 场

〔堂桌、“小座”，两边各三椅成八字。红色花桌围椅披。

〔前场【水底鱼】众官小圆场至“小边”一斜排，夏侯渊站众人前，同时张辽从“下场门”上至台中“大边”一侧，出门向众官拱手相迎。

张　辽　列位大人！

众　官　（向张辽拱手）张将军！

〔【一锤锣】夏侯渊领进门。司马懿领华歆、贾诩、曹植等“挖门”。夏侯渊至“小边”居中站。左侧贾诩、司马懿站里首，右侧曹植、华歆站外首，五官成“小边”一斜排。张辽“挖”至“大边”。

众　官　（向张拱手）张将军相邀我等，（摊右掌）为了何事？

张　辽　只因当今懦弱，（摆左掌）不能治理朝政，我有意将（左手指下方）龙床推倒，扶保（向外拱手）曹丞相登基。不知列位大人心意如何？（摊双掌）

众　官　（右掌指自身）吾等皆服此意！

张　辽　且候丞相到此再作商议。

〔幕内曹操喊：“校尉的！”众校尉：“有！”曹操：“打道朝房！”众校尉：“啊！”

〔【急急风】华歆、曹植、贾诩、夏侯渊、司马懿、张辽等六人依次至“大边”站斜排。同时四校尉握腰刀右“山膀”“上场门”上“一条鞭”。【撕边】曹操左手握剑柄疾步上至“九龙口”（八大仓）抓握右袖向外亮住。【水底鱼】前行至“小边”台口下轿。校尉甲撩轿帘，曹站中台口“小边”一侧。

众　官　（拱手上步相迎）丞相！

〔【放钹】曹操右手捋髯扫视众官，【原场】抖右袖。四校尉“上场门”“一条鞭”下。曹操上步站中台口左转向里坐中间“小座”；华歆领众官归站台中一横排，抱拳向曹操躬身施礼。司马懿坐“大边”八字中椅，左侧坐张辽，右侧坐夏侯渊；曹植坐“小边”八字中椅，左侧坐贾诩，右侧坐华歆。

曹　操　（扫视众官）列公因何来得甚早？（摊右掌）

众　官　（向张辽拱手）张将军相约，故而甚早（摊右掌）。

曹　操　文远，

张　辽　丞相。

曹　操　（扫视众官）相邀列公为了何事？（摊右掌）

张　辽　只因当今懦弱，（摆右掌）不能治理朝政，我有意将龙床推倒，（向曹拱手）扶保丞相登基。列位大人皆服此意（立右掌）。

众　官　（向曹拱手）吾等皆服此意！

曹　操　（扬摆左掌）唉！【撕边一锣】（晃身）自盘古以来，（右掌自指）哪有臣占（向外拱手）君位之理？

华　歆　（向曹拱手）啊，丞相，有道是：为君者，（按右掌向右移）有德的居之，（右手指下方）无德的失之。

曹　操　（向华歆甩出右袖）休得胡言！（华歆抱拳躬身）【撕边一锣】啊，（目视众官）列公。

众　官　（向曹拱手）丞相！

曹 操 （摇头）老夫不图别的，等我死后，（摊右掌指外）在我坟前立一碑记，（右手指外）上刻（晃身）“汉大丞相曹公之墓”，（右掌端髯）吾愿（晃身）足矣！（【撕边一锣】放髯）

众 官 （向曹拱手）我等记下了。

曹 操 如今尚有两处烟尘未扫，少时（向外拱手）万岁登殿把本启奏。正是：（【五锤】闭二幕。曹操起身上至中台口，众官随上至曹身后一排）君有道社稷牢，父仁慈子尽孝。

众 官 （按右掌向右移）但愿狼烟一齐扫。

华 歆 （拱手凑至曹身旁）啊承相！（摊左掌指曹袍）脱红袍换黄袍！（右手指外）

〔奏胡琴西皮曲牌〈小开门〉。

〔众小太监内喊：“咦！”

曹 操 （扬左掌慢捋髯得意微晃身）呵……

〔曹向华歆假甩右袖不满，华歆退归原位。曹操再抖左袖，众官随抖双袖、整冠、捋髯。曹左手扶剑右握袖“下场门”下。夏侯渊与贾诩“双出门”、互拱手，夏侯渊“下场门”贾诩“上场门”分下。司马懿“下场门”下，张辽随之。曹植“上场门”下，华歆随后。

第 三 场

〔小平台上放大堂桌、“大座”（黄色桌帷椅披），桌上放香炉。

〔接前场胡琴奏西皮曲牌〈小开门〉。

〔四小太监“上场门”上，“站门”。穆顺与大太监手持云帚随上，穆顺站“小边”，大太监归站“大边”。汉献帝双端带上至“九龙口”前稍亮，前行至台中“小边”一侧。此时曹操由“下场门”暗上，夏侯渊、司马懿、张辽随后。“上场门”贾诩、曹植、华歆同暗上。汉献帝两抖袖、整冠、捋髯后行至中台口，转头望见台口“大边”一侧扶剑捋髯的曹操，献帝惊恐，双手弹中绺髯双端髯，微微抖颤着退步、叹息、放髯，右转身归龙案后“大座”。穆顺随站案旁“小边”一侧，大太监站案旁“大边”一侧。四小太监分站案后“八字”。曹操进门站中，夏侯渊、司马懿、张辽与“上场门”上的贾诩、曹植、华歆同进门与曹操一起站台中一横排。众官抱拳躬身叩见汉献帝。

众 官 臣等见驾，吾皇万岁！

汉献帝 （摊双掌示意）众卿平身，丞相赐座。

众 官 万万岁！

〔小太监甲“下场门”搬椅放“大边”虎头椅后，回原位。司马懿站“大边”居中，左侧是张辽右侧站夏侯渊；曹植站“小边”居中，左侧是贾诩，右侧是华歆。

汉献帝 太阳一出照万方，
（摊右掌指桌）寡人有道坐许昌。
（按右掌向右移）南征北剿（慢转望曹）曹丞相（伸右赞美指），
忠心耿耿保（右掌端中绺髯）孤王。
（【小锣住头】左手扯右袖报名）孤大……

曹 操 （右手捋髯打断汉帝）嗯哼！【小锣一击】

汉献帝 丞相上殿（摊左掌）有何本奏？

曹 操 （目视献帝向外拱手）臣启万岁，目今尚有（伸右食、中二指）两处烟尘未扫（摊右掌指下方)。

汉献帝 哪两处?

曹 操 (左手指上方)东吴孙权,(左手指外)虎踞江东;西蜀刘备,(左手握剑柄右手端带晃身)稳坐西川。(伸右食、中二指)此二贼不灭,(右掌指胸)乃我朝心腹之患!(看献帝向外拱手)请旨定夺。

汉献帝 啊,(摊右掌)丞相说哪里话来!(右手端髯)想孤登基以来,(左手扯右袖立右掌点动着向左移)大权皆归丞相执掌,(双端髯)何必问朕呐!

曹 操 (右手捋髯)啊!【撕边一锣】俺曹鄙上殿(向外拱手)奏本,(摊右掌向右移后握拳)反道君国大权在曹掌握之中,(右手指左侧)若被外邦闻知,(右掌指胸)岂不道俺曹操有篡位之心(右指抖动揉胸后起身抖右袖搭上腕上步转向献帝【撕边叫头】右掌指献帝)昏王啊!

汉献帝 (惊,双掌扶案看曹)啊!

曹 操 昏王!(【五锤】献帝起身望两边,无奈落座。曹向献帝抖出右袖)今当(上步至台中摊双掌指两边众官)列公在此,(右掌指胸)将俺曹操(右手指地快上两步至"小边")当年(左手回指献帝)为你江山(按左掌)所做之事细表(【撕边】左手握剑,胸前按右掌,手指抖动向右移)一遍。(【回头】【一锤锣】左手捋髯慢转身看献帝,放髯、握剑,回至虎头椅前,抖右袖【大锣归位】坐)曾记得当年董卓专权,李傕、郭汜欺君罔上(向外拱手),那时曹操搬请(按右掌向右移)各路诸侯,(右手指左侧)灭了董卓,除了(立右掌)李傕、郭汜,(瞪献帝)才保(右手点戳献帝)你这昏王在许昌继位(右赞美指放胸前晃身)。【大锣住头】那时(右手点指献帝)你这昏王,哦!(左手拢右袖角按右掌)不过刚刚九岁,(按右掌比划身高)俺为你的江山,东挡西杀,(摊右掌指外)南征北剿。(起身)昔日(边上至台中边念)宛城遇张绣(左手指外),可怜我长子曹安命丧马前。(摊左掌指下方,后抬头看右前方)濮阳遇吕布,(右掌指胸)烧得老夫(前行两步摊右掌指"小边"台口)火内逃生!(转向"大边"台口)赤壁遇周郎,(看台中前方晃身)华容遇关羽,潼关(转望"小边"台口,右手指着紧上两步至"小边")遇马超,杀得我(摊右掌指胸前)割须(右掌指蟒下向右移)弃袍而逃(右手指外),不想被那马超(左手拢右袖胸前伸右食指)一眼看见,(左手指台中)他提枪就刺!(与"就"字同时右掌击左掌,"刺"字同时变"骑马拧枪式"【大锣一击】面向中台口亮住)哎呀呀!(吸冷气,原式摇头随身子抖动两下)真乃是(起身向外拱手)天(摇头)不绝曹(立右掌),一枪刺在(右手指前方)柳树之上,一时拔枪(摆右掌)不出,俺才得(右掌端髯晃身)活命呢!(【大锣住头】放髯抖右袖。小太监甲搬虎头椅"下场门"送下,回原位)俺为你的江山真可是(圈左掌做杯状)渴饮刀头血,倦在(左手扯右袖角,摊右掌指外)马上眠,桩桩(左手握剑右掌指胸)受辛苦,这每每(立右掌随后三个字点动)受熬煎。(【大锣住头】抖右袖)挣来了(按双掌)太平江山(左手指献帝)你坐,反道君国大权在曹一人(右手握拳于胸侧)掌握之中。若被(右手指"大边"台口,紧行几步至"大边"台口)外邦闻知,岂不道俺(双端髯)曹操是个大大的奸臣?(放髯)话已讲明,(按右掌指众官)今当列公此,不如(右手指献帝)将你这昏王(低头看左手剑)结果了吧!(右手握剑逼向献帝)

〔【乱锤】献帝大惊起身双掌招呼;穆顺、大太监"合扇"抬单臂遮挡护驾。曹操拔半剑冲向“大边”桌角。献帝颤抖双手怒指着曹操。众官伸双掌相劝、阻挡。曹操扫视两边，众官退回“大边”。曹操转身向外低头看剑，缓剑穗再次冲至桌前。献帝抬右臂遮面，众官再伸掌劝阻。曹操目视众官，转身向外再看剑，无奈插剑。**【五锤】**曹左手握剑右手提蟒襟行至中台口出门向外亮，**【撕边】**（八仓）右手握袖面向“下场门”亮住，**【冲头】**“下场门”下。夏侯渊与贾诩至中台口“双出门”。夏侯渊领司马懿、张辽“下场门”下；贾诩领曹植、华歆“上场门”下。穆顺随后出门站中台口“大边”一侧向“下场门”望，右回身进门站“小边”，面向献帝躬身禀报。

穆　顺　启万岁，曹贼下殿去了！（云帚指外）

〔（八大仓）汉献帝让髯在右臂上转向外，右手抖颤着指外。**【撕边】**

汉献帝　好贼！（**【纽丝】**四小太监归正场，大太监站“大边”台口，穆顺站“小边”台口。闭二幕。同时献帝行至中台口，抖右袖）

〔西皮散板〕

廿（6 5 i 3 2 1 7 2 1 －）1 3 3 3 3 3 2 3
可恨曹贼心不仁，
（左手指外）

（6 1 2 3 －）1 6 3 2 1 2 3 1 2 3 5 3
（仓）带剑上殿刺寡人
（立左掌）（左掌端髯）

2. 6 1 （7 6 2 1 －）1 2 2 3 2 （2 1 6 1 2 －）
（哪）。（仓）穆顺摆驾
（看“小边”，穆躬身听命）

1 3 1 2 － 2 3 4. 6 3 3 3. 5 2 －
回宫廷（呐啊），

穆　顺　（向外摆云帚）摆驾回宫啊！

〔**【纽丝】**四小太监“插门”“下场门”下；大太监、穆顺随后下；献帝双端带上步左转身行至“大边”，向外转抖右袖。

〔西皮散板〕

汉献帝　（过门同前）1 2 3 3 2 （2 1 6 1 2 3） 5 － 4. 5 3
忘记孤王爵
（双端髯）

3. 2 1 1 2 3 － 2 － 2 2 2. 3 1 1 －
禄的恩（呐）。
（双手抖颤着指外）

〔【大锣打下】汉献帝“下场门”下。

第 四 场

〔堂桌，“小座”，两边各一跨椅，黄色桌围椅披，桌上放文房四宝、黄绫密诏。

〔【撤锣】【小锣打上】四宫女“上场门”上，“站门”。曹妃、伏后同上至台中，伏后站“大边”，曹妃站“小边”，二人抖右袖。

伏 后 风吹玉佩响，

曹 妃 明月照纱窗。（摊右掌向右移）

〔穆顺内喊：“万岁回宫啊！”

伏 后
曹 妃 （同向外拱手）接驾！

〔【纽丝】四宫女归里桌边站“八字”。伏后、曹妃出门站“大边”台口，伏后右侧是曹妃。同时四小太监“上场门”上“一条鞭”。穆顺先上，大太监随后站小太监前；汉献帝双端带上，至中台口“大边”一侧抖右袖。

〔西皮散板〕

汉献帝 （过门同前）4 3. 2 1 2 1 2 （21 61 2 -）6 2 1 - 3 2 - 【撕边一锣】

方 才 殿 上 险 丧 （呃）命，

（摊右掌） （右手捋边绺髯，看二妃）

穆 顺 （向二妃摇云帚）接驾呀！

伏 后
曹 妃 （下蹲躬身施礼）接驾！【纽丝】

〔献帝搭右袖上腕向二妃示意平身，进门坐“小座”。穆顺、大太监弓步施礼叩见二妃，进门，穆顺站“小边”桌旁，大太监站“大边”桌旁。伏后进门，曹妃随后，二人台中施礼见驾。献帝伸双掌示意平身。二宫女已将两边跨椅分搬成“大、小边八字椅”，伏后坐“大边”椅，曹妃坐“小边”椅。

〔西皮散板〕

汉献帝 （过门同前）3 2 2 1 1 2 2 （21 61 2 -）1 61. 3 2 2 2 1 - ‖

君 后 对 坐 说 分 （呐） 明。

（摊左掌）

【大锣住头】咳！可恼！（甩左袖【大锣一击】）

伏 后 （向献帝拱手）万岁，今日回宫为何着恼？（摊右掌）

汉献帝 （面向伏后）梓童哪里知道，今日早朝，（右手指外）只因曹……（见曹妃在旁急用右掌捂嘴）【小锣一击】

伏 后 （向外稍思对曹妃）啊，御妹与万岁安排早膳去吧！（右手指外）

曹 妃 （垂右袖施礼）遵命。

〔【小锣五击】曹妃中台口出门，回望门内，摔左袖“上场门”下。同时一宫女搬“小边”椅“上场门”下，复上。众宫女两边下。

伏　后　（向献帝拱手）万岁，“曹”什么呀？（摊右掌）

汉献帝　（右手捋中绺髯略想）这个……（【小锣一击】右手指外）曹操带剑，（右手端髯）欲刺寡人，（按双掌）幸得众卿（扫视左右）、穆顺保驾，（右拳击左掌变双摊掌）险遭不测！

伏　后　（向外略思向献帝拱手）万岁就该（右手做握笔状）写下御诏，（双掌自指胸）命我父搬请（按右掌点动着向右移）各路诸侯，（左手指外）共灭曹贼。

汉献帝　言得极是，（看穆）穆顺！

穆　顺　（向献帝躬身）奴婢在。

汉献帝　溶墨伺候哇！

穆　顺　遵旨！

〔【冲头】献帝起身至台中两抖袖，同时伏后随行至台中“大边”一侧。大太监将“小座”改“大座”，将虎头椅改“大边”桌旁椅后，“下场门”下。献帝右转身入“大座”，伏后坐桌旁座，穆顺立“小边”桌旁研墨。【大锣导板头】

〔西皮导板〕

（汉献帝抖右袖，右手捋中绺髯略思。用食、中二指夹捋中绺髯）

汉献帝

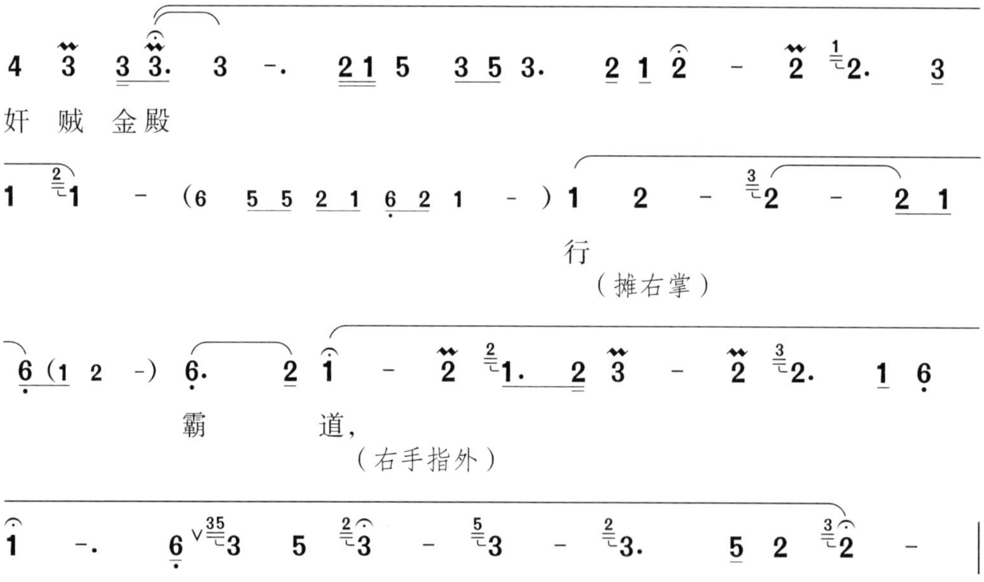

（【长锤】献帝两抖袖。【夺头】双食、中二指理中绺髯。接唱）

〔西皮原板〕

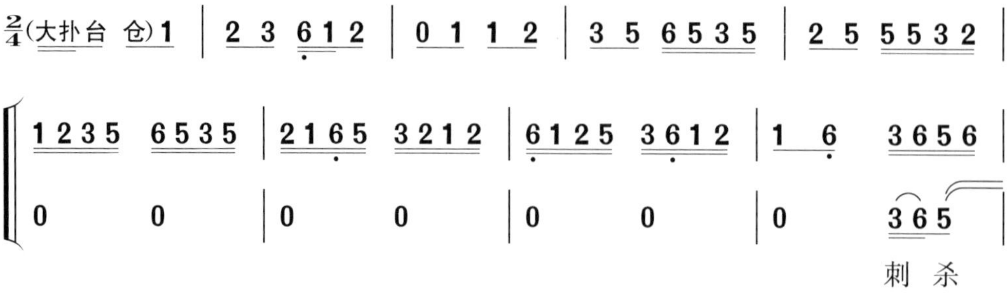

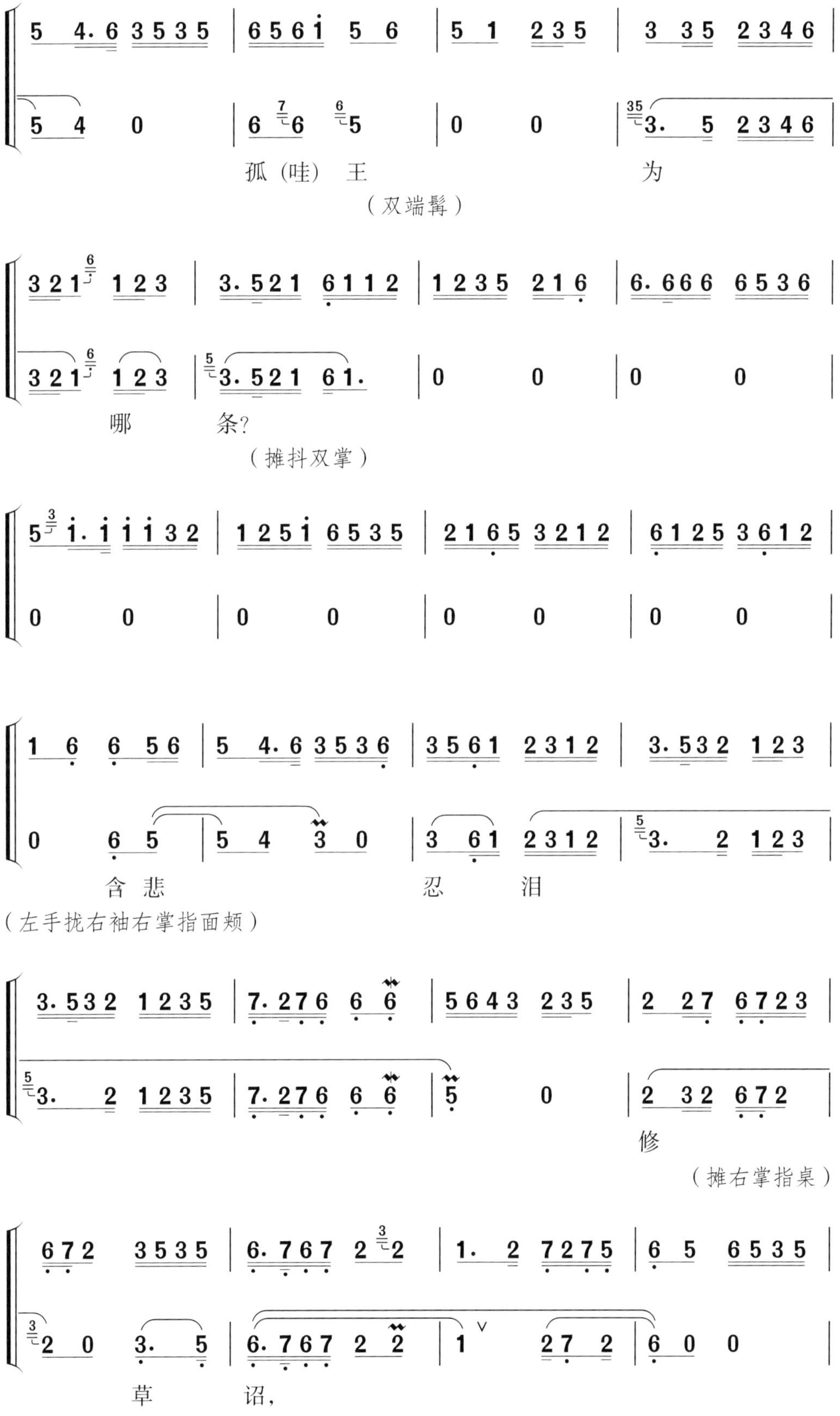
孤（哇）王
为
（双端髯）
哪
条？
（摊抖双掌）
含悲
忍
泪
（左手扰右袖右掌指面颊）
修
（摊右掌指桌）
草
诏，

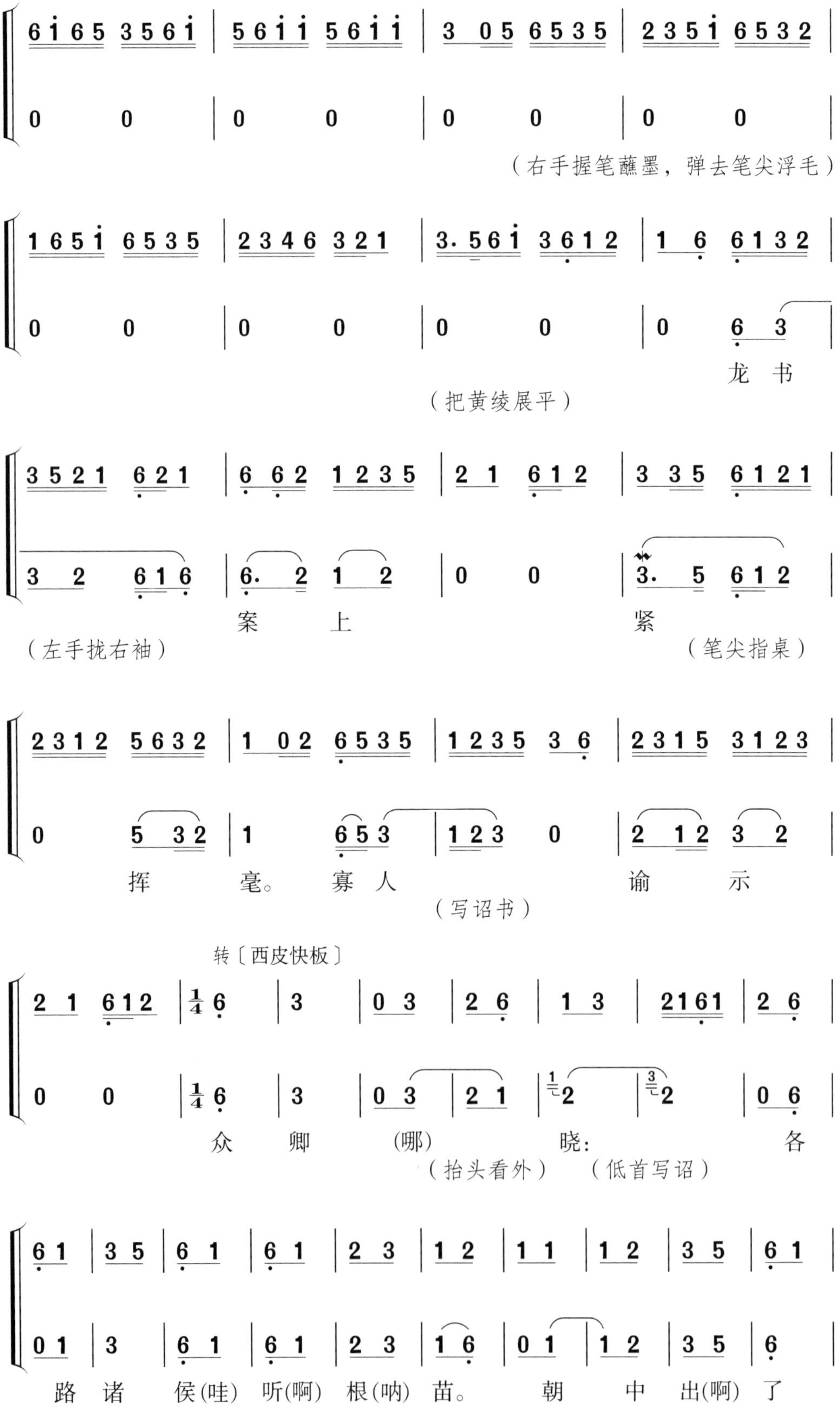
（右手握笔蘸墨，弹去笔尖浮毛）
龙 书
（把黄绫展平）
案 上
紧
（左手拢右袖）
（笔尖指桌）
挥 毫。寡 人
谕 示
（写诏书）
转〔西皮快板〕
众 卿 （哪） 晓： 各
（抬头看外） （低首写诏）
路 诸 侯(哇) 听(啊) 根(呐) 苗。 朝 中 出(啊) 了

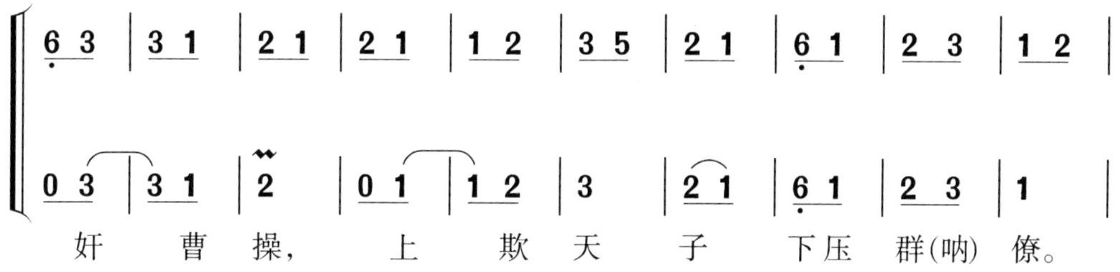

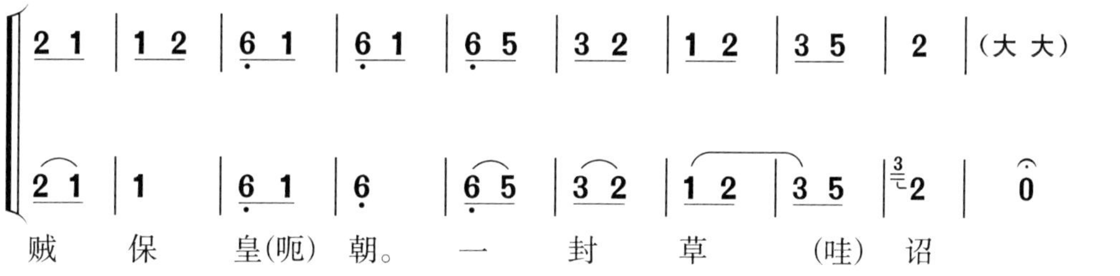

（右手握笔左手扯右袖向外亮）

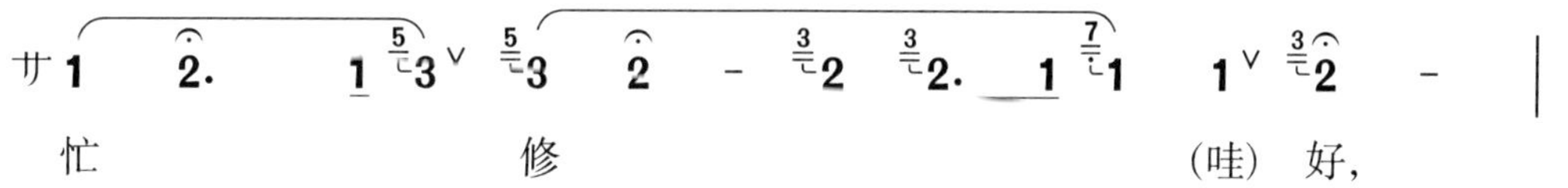

（左掌扶桌举笔于头侧）

（【纽丝】献帝离座，折黄绫至台中。穆顺将“大座”搬改成“小座”回原位站。“下场门”大太监暗上，将桌旁椅改搬成“大边”虎头椅复下。伏后随行至台中“大边”一侧，献帝左掌托诏书对伏后）

〔西皮散板〕

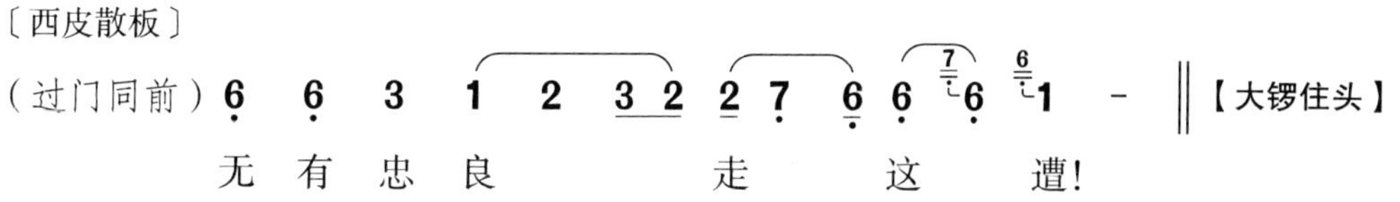

（摊双掌） （转向外摊抖双掌）（右掌按左手黄绫垂首后转向伏后）

无有忠良，（向伏后摊双掌）也是枉然！

伏　后（托腮稍思后右手指穆顺）我看穆顺倒也（右赞美指）忠心耿耿，（右手指穆顺后按右掌向左移）派他前去料无妨碍。（摊双掌）

汉献帝　（点头）好，不知穆顺可有此胆量？（摊右掌）

穆　顺　（握拳躬身）奴婢当报皇恩！（向外亮拱手相）

汉献帝　（伸右赞美指）好，社稷之臣，请上受孤（紧上两步屈左腿施礼，伏后随礼）一拜！

穆　顺　（忙上前跪右腿双手扶住献帝）折煞我也！（接诏书。【冲头】献帝坐“小座”，伏后坐“大边”椅。穆站“小边”向外绥云帚向里拱手【叫头】）万岁！

汉献帝　（向穆招右掌）穆顺！

穆　顺　（上左步向伏后拱手）娘娘！

伏　后　（招右掌）穆卿！

穆　顺　唉！（八大仓）（两顿足）万岁……

汉献帝
伏　后　（同）卿家呀……（【快原场】三人以袖拭泪）

〔二黄导板〕

穆　顺

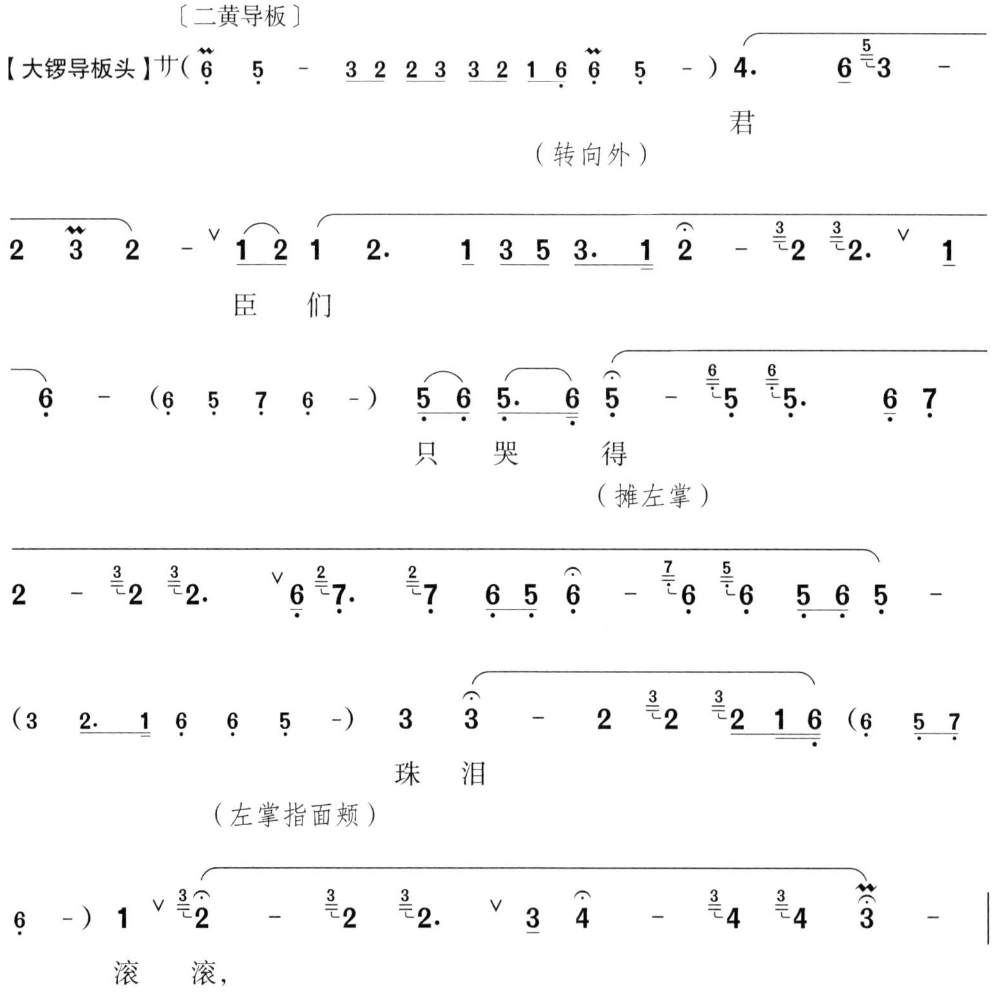

（【冲头】向外绥云帚，向献帝拱手【叫头】）万岁！

汉献帝　穆顺！

穆　顺　（转向伏后拱手）娘娘！

伏　后　穆卿！

穆　顺　咳！万岁……呀！（两顿足）

汉献帝
伏　后　（与穆同时）卿家……呀！

〔【撕边一锣】三人以袖拭泪，【快原场】穆顺握云帚向外上步。【帽子头】

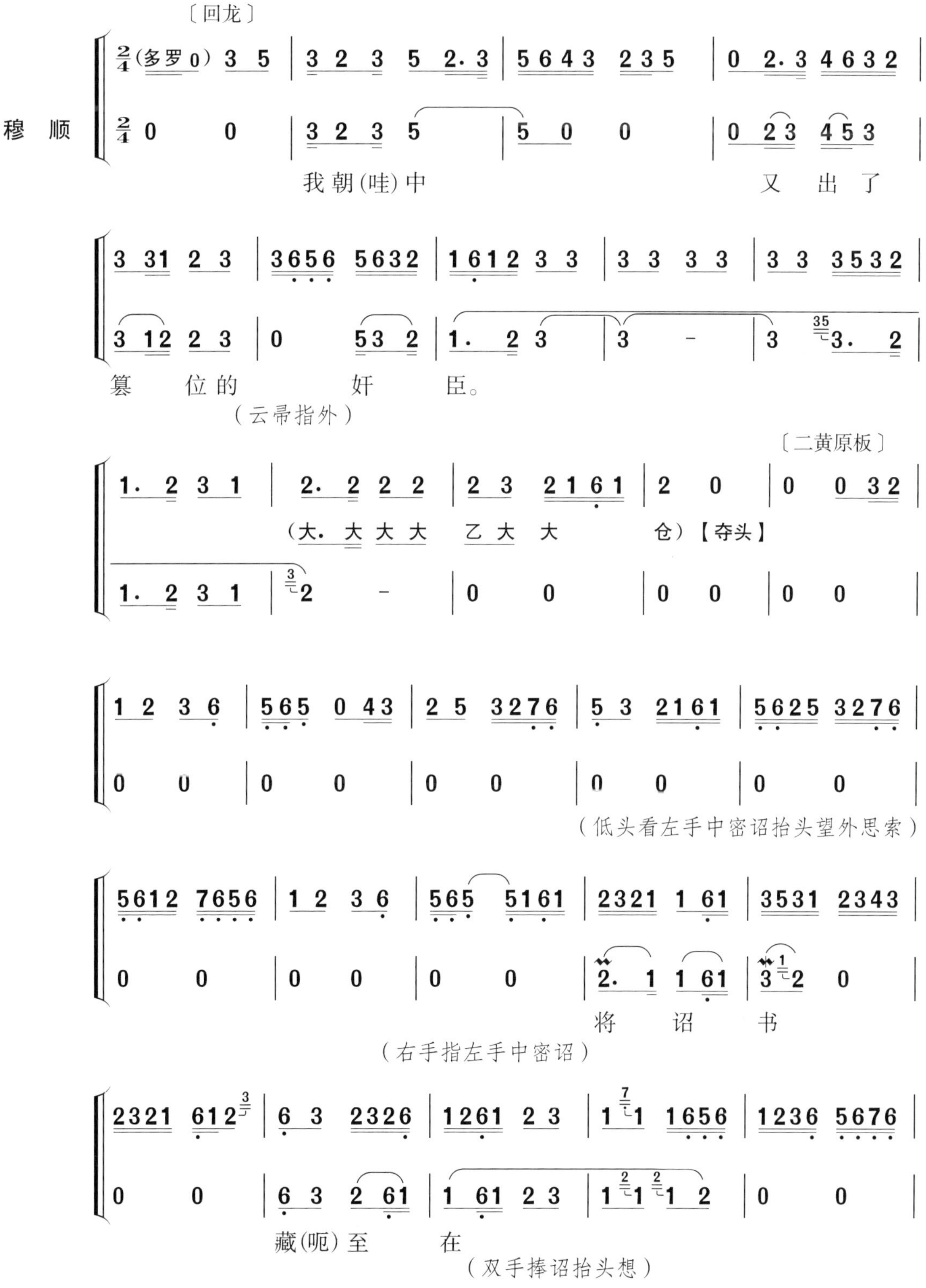

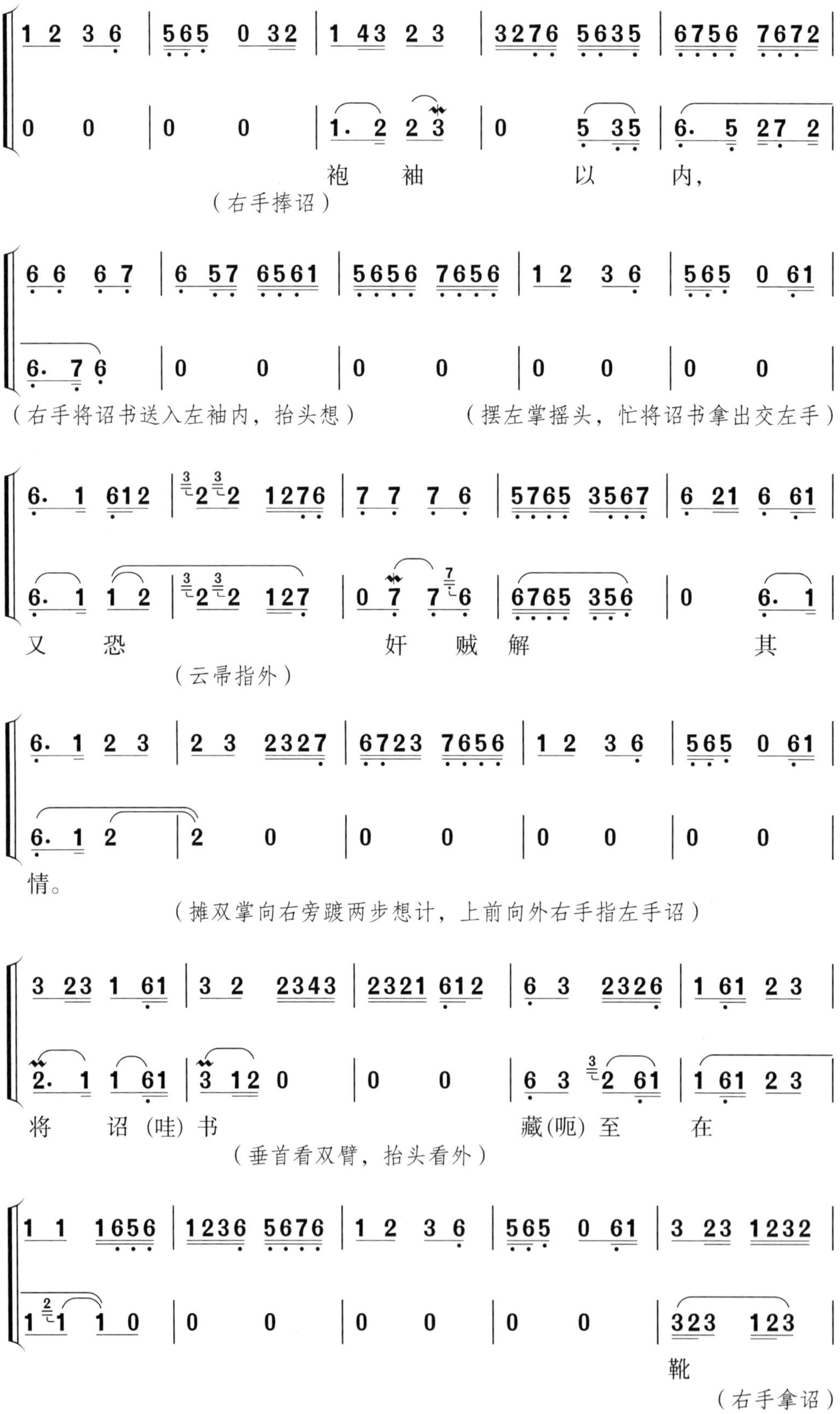
袍 袖 以 内，
（右手捧诏）
（右手将诏书送入左袖内，抬头想）
（摆左掌摇头，忙将诏书拿出交左手）
又 恐 奸 贼 解 其
（云帚指外）
情。
（摊双掌向右旁踱两步想计，上前向外右手指左手诏）
将 诏（哇）书 藏（呃）至 在
（垂首看双臂，抬头看外）
靴
（右手拿诏）

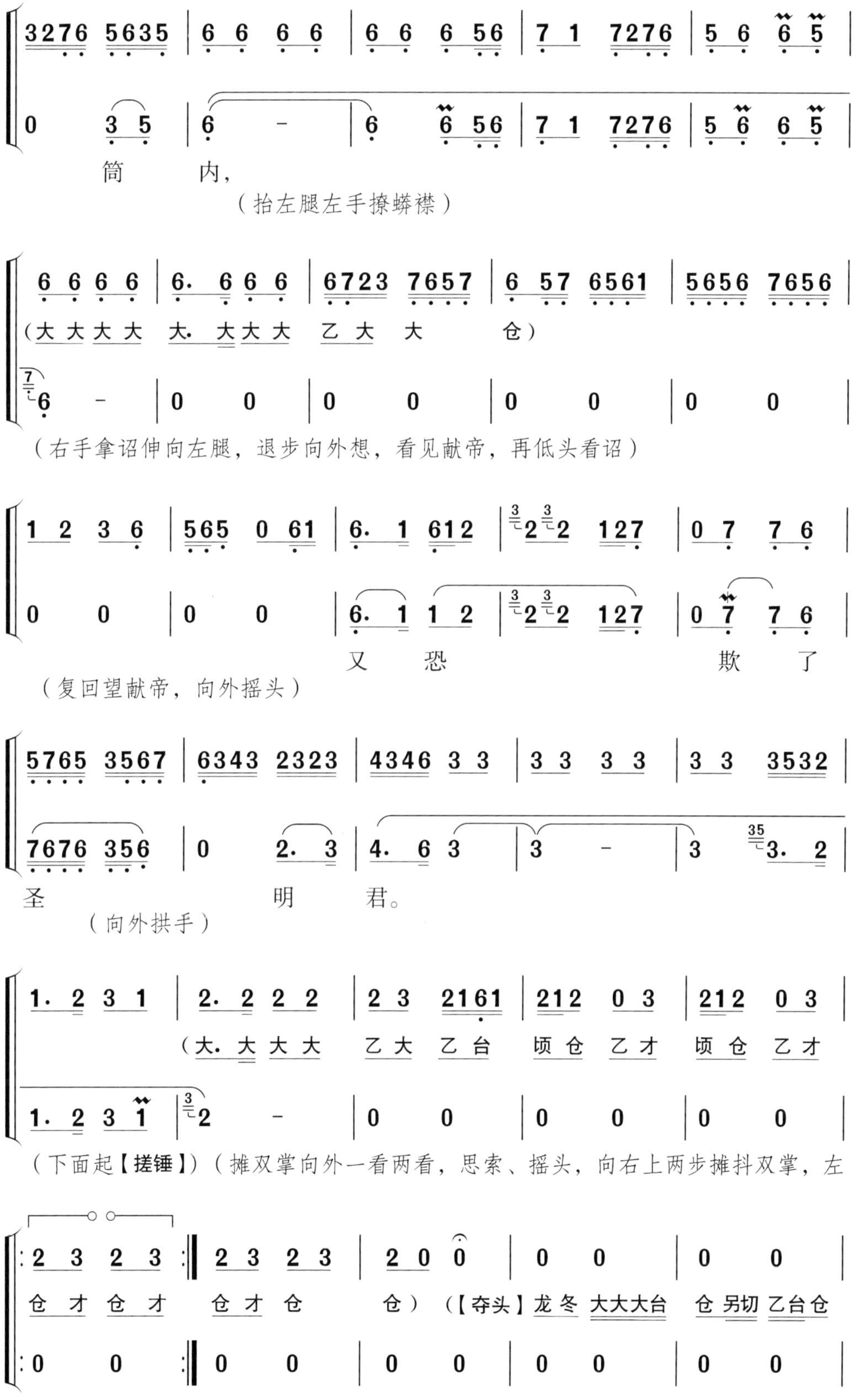

转向里走S型两掌揉胸后转向外右掌拍头，上至“小边”右掌扶头、抬头向外亮。随【夺头】

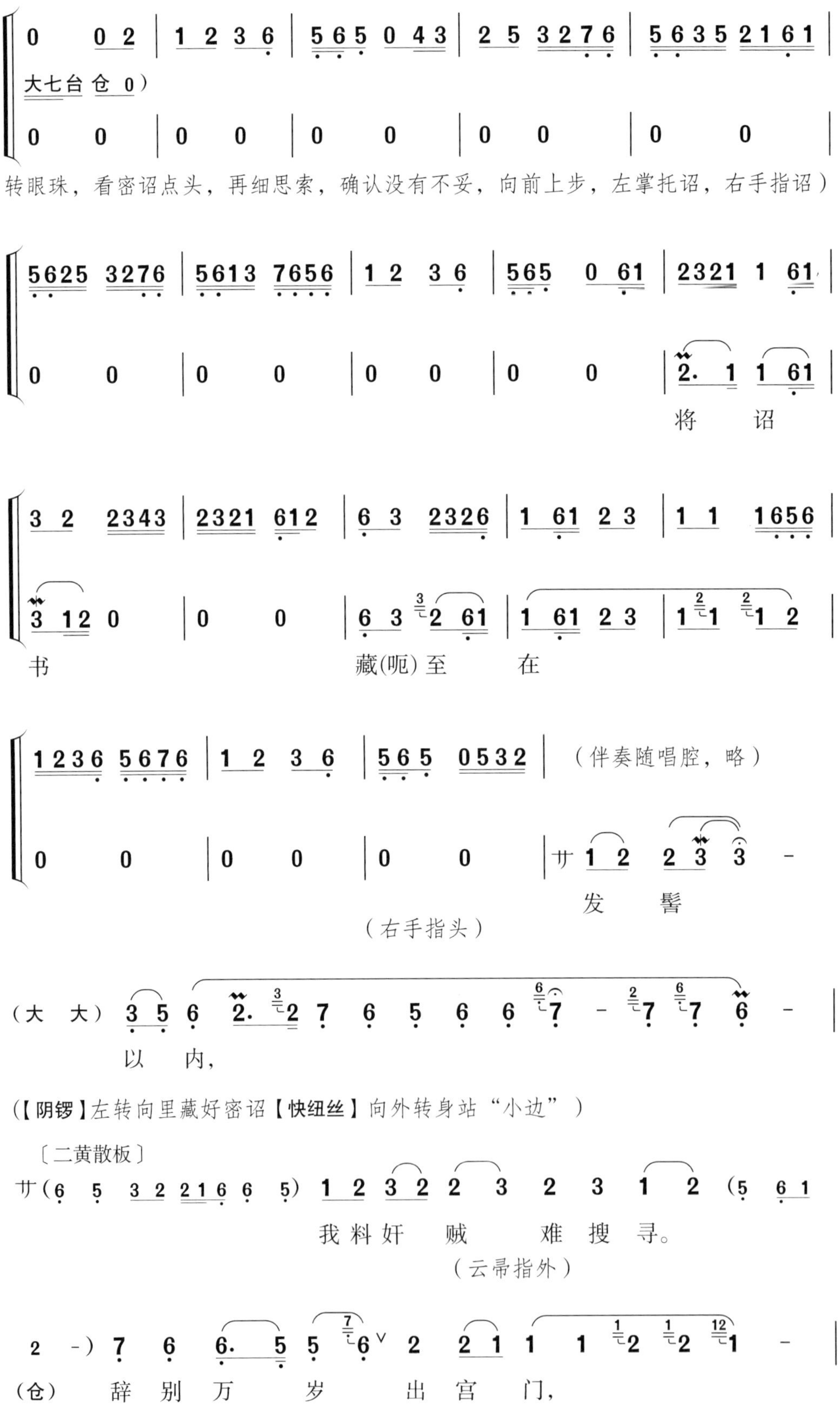
大七台仓 0）
转眼珠，看密诏点头，再细思索，确认没有不妥，向前上步，左掌托诏，右手指诏）
将 诏
书
藏(呃)至 在
（伴奏随唱腔，略）
发 髻
（右手指头）
（大 大）
以 内，
（【阴锣】左转向里藏好密诏【快纽丝】向外转身站“小边”）
〔二黄散板〕
我料奸 贼 难 搜 寻。
（云帚指外）
（仓） 辞 别 万 岁 出 宫 门，

（随尾音走至中台口“小边”一侧，抬左腿欲出门【大锣一击】）

汉献帝　（右掌招穆顺）卿家转来！〔亮弦〕

（6 7 6 1 －）

（匝 匝 匝）

穆　顺　奴婢在！（【纽丝凤点头】忙回至“小边”向献帝抱拳躬身）

〔二黄散板〕

（过门同前）2 2 12 2 3 － 21 1 2 －

万 岁 有 旨 降 龙 音！

汉献帝　（向穆招右掌）卿家呀！（【五锤】离位至台中，伏后随站“大边”）此番出宫（左手指外）须要小心，若是遇见（右手指左侧）奸曹，（摊右掌自指后指穆顺）君臣不能（摊双掌）相见了！（左手扯右袖拭泪，伏后随拭泪）

穆　顺　（拱手）万岁呀！

〔西皮散板〕

【快纽丝】（过门同前）12 1 2. 2 21 1 2 1（6 5 6 7

万 岁 只管放宽 心，

（向献帝拱手）

6 1 －）2 2 12 23 2 3 1 2 －（5 6 1

（仓） 穆 顺 自 然 见 机 行。

（左掌自指）（云帚扰左袖，左手指下）

2 －）7 － 6 2 7 － 6 － 6 3 6 5

（仓） 辞 万 岁 别 娘 娘

（向献帝拱手）（小赶步屈左腿向献帝施礼）（起身转向伏后）

6（6 5 7 6 －）62 1 21 1 － 2 2 1

忙 出 宫 廷，

（小赶步屈左腿向伏后施礼，伏伸右掌）（云帚指外）

汉献帝　（右手指穆顺）小心了！

〔【纽丝】穆顺抱拳躬身；献帝与伏后“合扇”转身，伏后搀扶献帝“下场门”下。穆顺中台口出门至“大边”台口回身上步向外。

〔二黄散板〕

穆　顺　（过门同前）1 2 12 2 3（6 12 3 －）21 1 － 1 2 －【放钹】

拼 着 一 死 保 圣 君。

（云帚指外）（向外拱手）

〔【大锣打下】穆顺“下场门”下。

第 五 场

〔空场。

〔【一锤锣】四校尉左手扶腰刀右“山膀”“上场门”上“站门”。夏侯渊左手扶宝剑右手举马鞭随上，至台中缓鞭勒马。

夏侯渊 将相本无种，男儿（左手扶剑，伸右赞美指）当自强。【大锣住头】（向外拱手）奉了丞相将令，（按右掌向右移）巡查御街。左右！

四校尉 有！【大锣一击】

夏侯渊 （右手指外）御街去者！

四校尉 啊！

〔【水底鱼】四校尉中台口“插门”，小圆场至台中后区一排；夏侯渊举鞭至台中后区校尉前。穆顺“上场门”上至中台口。【撕边一锣】穆顺至“大边”回头望“上场门”台口，夏侯渊赶至“小边”台口看穆顺。【冲头】穆顺“下场门”急下。四校尉右“山膀”至“上场门”“一条鞭”，夏侯渊至台中。

夏侯渊 （【叫头】扬右掌）且住！穆顺慌张出宫，不知为了何事。不免报与丞相知道。左右！

四校尉 有！

夏侯渊 （扬右掌）打道回！

四校尉 啊！

〔【大锣打下】夏侯渊加鞭左转“上场门”下，四校尉“一条鞭”随下。

第 六 场

〔堂桌，八字椅，红色花桌围椅披。

〔八校尉内喊：“噢！”

〔【一锤锣】八校尉左手握腰刀右“山膀”“上场门”上，“站门”；华歆（换箭衣马褂，挎剑）随后，站“大边”台口；曹操左手握剑柄随后至中台口抖右袖。【五锤】

曹　操 适才夏侯渊报道，穆顺出宫，不知为了何事？（摊右掌）左右！（扫视两边）

八校尉 有！

曹　操 （右手指外）打道午门！

八校尉 啊！（【大锣水底鱼】八校尉“一翻两翻”，华歆随后。曹操左手握剑柄上步左转向中后区上两步，右回身扬右掌下轿，同时校尉甲、乙上前撩轿帘后回原位，曹操站台中）来到午门！

曹　操 伺候了！

八校尉 啊！

〔【五锤】八校尉归里站“八字”。校尉甲“下场门”搬椅放“大边”外侧，曹操坐。华歆站“大边”。同时穆顺持云帚“上场门”上，至“小边”台口看见曹抬左掌背供。

穆　顺 我说我行早，（云帚指曹）还有早行人。怕遇见这个老贼，偏偏就遇见了，待咱家转去（右转身欲走）。

八校尉 （低声）呵！【小锣一击】
穆 顺 （回头看曹向外思索）我若转去，（云帚指曹）这老贼必定生疑。有了！有道是恼人（左掌自指胸）在腹内，见面又何妨。（摊双掌后转向曹）噢，（向曹拱手）大丞相，曹外公，哎呦哎呦，（边念边至中台口向曹拱手）我的曹老国丈啊！
〔（八大仓）曹操扬右掌捋半髯向外亮住，【撕边】慢转头看穆顺，【回头】起身，目不转睛的盯住穆顺，慢步走至中台口穆顺面前。校尉甲将“大边”椅“下场门”搬下，回原位站。曹操猛用双手抓住穆顺双腕，【一锤锣】审视穆顺。二人“推磨”，曹操走里首互换位置，二人各自退后分开。曹操伸左掌请穆顺坐，穆顺伸右掌回让。曹操抬左掌向外背供思索，转身望着穆顺坐在“大边”，思忖着坐“小边”椅。
曹 操 （左手握剑柄，右手端带）穆公公清早出宫（身微晃）为了何事？
穆 顺 请太医与（向外拱手）娘娘调治病症。
曹 操 （向外拱手）娘娘得何（摊右掌凑身询问）病症？
穆 顺 气脉（向外摆左掌）不和之症啊。
曹 操 （微晃头）太医因何不到？
穆 顺 （左手指外）要问病而下药。
曹 操 （摊右掌）下的是何药？
穆 顺 下的是君臣父子（左手拢云帚右手指下方）礼义汤。
曹 操 （抬左掌背供向外思索）啊！（左掌捋髯看穆【撕边一锣】）这药内（看外后看穆摊左掌）还有什么君臣么？
穆 顺 呵呵！（看曹）我朝没有君臣，难道说（云帚指外）这药内也没有君臣了吗？（摊双掌）
曹 操 我朝哪个（摊右掌向右移后回看穆）无有君臣？
穆 顺 （云帚指外后指下方）李傕、郭汜、董卓等。
曹 操 （转向外摊左掌）如今何在？
穆 顺 （向曹拱手）被大丞相剑下诛之。（立右掌）
曹 操 （面向外左手握剑柄，右手端带身微晃）嗯！（【撕边一锣】转看穆）我再问你，何药为君？
穆 顺 （左手指外）香附子为君。
曹 操 （右手指下方）何药为臣？
穆 顺 （按左掌由中向左移）藕节莲米为臣。
曹 操 （摊左掌看穆）何药为佐？
穆 顺 （云帚指左）东吴当归，（云帚指右）西蜀的橘红。
曹 操 （左手握剑柄）啊！（【撕边一锣】凑身向穆）当归就说当归，（转向外）橘红就说橘红，说什么（立右掌）东吴（右手指外）西蜀？
穆 顺 呵呵，它是这个（云帚指左）东吴出当归，（云帚指右方）西蜀出橘红，吃到肚内也好（左手拢云帚右手指下方）杀虫！
曹 操 杀的何虫？（摊左掌逼向穆顺）
穆 顺 （右手指点着下方）杀的是大大的奸虫！
〔穆顺右手指曹面向外亮。【冷锤】曹左手握剑柄掉右袖起身呆坐椅上，稍愣，左右两看。
曹 操 这虫子还有什么忠奸（左手指穆的下方）不成？
穆 顺 呵呵，大丞相您呐不知道，（左手指外后指胸）这个虫生在人的腹内，（左掌揉胸）

吞吃人的五脏，（看曹）能要人的性命，岂不是大大的（左手拢云帚右手指下方）奸虫吗？

曹　操　唔……（抬左掌背供，【撕边一锣】右手先指穆，后向下画圈）辩得倒也干净。噢，（右掌指自身再指嘴）如此老夫我多问了！

穆　顺　呵，（向曹拱手）您当问得。

曹　操　（向外摊右掌）请便。

穆　顺　咱家告辞了。（起身向里抱拳躬身行礼）

〔【五锤】穆顺中台口出门向前小蹉步，屈右腿，【撕边一锣】被尾随的华歆在中台口看见，【冲头】穆顺回头看，“下场门”急下。华歆右“山膀”望“下场门”后，回至桌前“大边”一侧，向曹抱拳躬身。

华　歆　丞相，（右手指左侧）穆顺有诈！

曹　操　（转向华歆）何以见得？

华　歆　（右手指左侧）平地之上（右手指下方）跌了一跤，（摊右掌）岂不是诈？

曹　操　（看地、看外，转向华歆抬左掌）唤他转来！

华　歆　（拱手）是。（至中台口向“下场门”扬右掌）穆公公转来！穆公公转来！（【大锣打上】穆顺“下场门”复上，至“大边”台口。华歆右拇指指头后）丞相唤你。（进门站“大边”）

〔穆顺中台口进门至“大边”一侧，曹操起身迎至台中“小边”一侧。

穆　顺　（向曹拱手）大丞相，咱家走得好好的，（摊左掌）叫我回来还有什么吩咐吗？

曹　操　你今出宫可有奸诈？（摊右掌）

穆　顺　（摆云帚）并无奸诈。

曹　操　既无奸诈，为何平地（缓右臂右手指下方）跌了一跤？【小锣一击】

穆　顺　（面向外）呵呵，（拱手）它是万岁爷赐咱家的蟒袍（左手撩蟒襟）长了些，行走不便，故而跌了一跤，大丞相何必多疑呢？（摊双掌）

曹　操　就该将它（摊右掌向外撒）去掉！

穆　顺　（按右掌阻止）哎！君赐臣物（摆右掌）不可毁坏！

曹　操　好个君赐臣物（摇头）不可毁坏。老夫，（摊右掌）我要哇……

穆　顺　（摊左掌）你要怎么着？

曹　操　（右手指下方）要盘！

穆　顺　好，请盘。（右手指下方）

曹　操　（扬左掌）穆公公！【五锤】（上步左手抓穆顺右腕。二人向前上两步，曹左手握剑柄右拳放胸前，穆持云帚，二人向外亮）今早出宫为了（摊左掌）何事？

穆　顺　（向外拱手）请太医，与娘娘调治病症。

曹　操　（向外拱手）娘娘得何（摊左掌）病症？

穆　顺　气脉（云帚拢左袖摆左掌）不和之症。

曹　操　（右手指下方）太医因何不到？

穆　顺　（右手指下方）要问病而下药。

曹　操　（右手指左下）下的何药？

穆　顺　下的是（按右掌由左向右移）君臣父子（右手指下方）礼义汤！

曹　操　（摊右掌指外）何药为君？

穆　顺　（扬右食指）香附子为君。

曹　操　（右手扶带）何药为臣？

穆　顺　（按右掌向左移）藕节莲米为臣。

曹　操　（左手指下）何药为佐？

穆　顺　（按左掌指左）东吴当归，（左掌指右）西蜀的橘红，（云帚指胸）吃到肚内，（立右掌）也好杀痞。（顿觉口误右掌捂嘴）

曹　操　啊！（【撕边一锣】后撤两步左手握剑、右手捋髯亮住）方才言道杀虫，（上步逼向穆）如今怎么说是杀痞？（左手指穆）讲！【冷锤】

穆　顺　哈哈哈……（【小锣一击】向曹拱手）大丞相，您哪不知道，（云帚指外）这个虫啊生在人的腹内，（左掌指肚后揉胸）吞吃人的五脏，（摆左掌）百药降它不住。（摊左掌向左撤）天长日久，（按左掌向左移）日久天长，（云帚指右下方）这个奸虫它可就成了痞了！

〔（八大仓）穆顺抱云帚向外亮；曹操顿右足扬右掌，拔半剑向外亮住。

曹　操　（虎食）嗯……（【撕边一锣】转向穆顺）你语中带刺，（插剑）老夫我还要哇……

穆　顺　（转向曹）你还要怎么着？

曹　操　（右手指下方）要搜！【冷锤】

穆　顺　（点好）好，（云帚指曹）请搜！

曹　操　（举左掌）撑起来！（站“小边”）

〔【冲头】校尉甲、乙至台中将穆顺双臂架起；曹操左手握剑柄，右手暗指穆示意华歆。华歆上前搜穆顺身；【乱锤】曹右手捋髯观看。华歆转向外，向曹暗摆右掌。

曹　操　（左转背身伸右掌）去吧！

〔【长尖】校尉甲、乙回原位。穆顺中台口出门两步小蹚步，【撕边一锣】左掌扶头回看，又被尾随的华歆在中台口看见。【冲头】穆顺“下场门”急下。华歆出门望下“下场门”，复进门站“大边”向曹躬身禀报。

华　歆　丞相，穆顺一定（右手指下方）有诈！

曹　操　（摊右掌）诈在何处？

华　歆　（右手指头）在发髻之内！

曹　操　（【冷锤】抓右袖向外亮住，后扬左掌）招回来！

〔【冲头】华歆中台口出门向“下场门”扬右掌。

华　歆　穆顺回来！穆顺回来。（【大锣打上】穆顺“下场门”急上至中台口）丞相唤你！

穆　顺　（稍想进门站“大边”向曹甩云帚）呕！【大锣一击】三番两次，敢是戏耍你（左掌拍肚）穆老爷不成吗？

曹　操　你这奸诈（摊左掌自指）老夫看出来了！

穆　顺　（摊左掌）诈在何处？

曹　操　（左手指穆头）发髻之内！【冷锣】

穆　顺　（大惊，急向曹拱手）告辞了！（上步欲走）

曹　操　（甩出右水袖打穆顺头）拿下了！（【阴锣】穆顺踉跄至“大边”里首，校尉上前摘穆盔和云帚，华歆取出回文（白绫绸）递曹。曹操站台中，左手上、右手下拿回文观看【搜场】。曹将回文对折交左手【大锣叫头】搭右袖上腕）穆顺，老夫待你不薄，为何搬请诸侯，共灭老夫？（两掌互击后摊双掌）是何道理？

穆　顺　（【撕边叫头】将甩发甩至头后，左手扯右袖角右手点指曹）曹操哇！

曹　操　啊！

穆　顺　我把你这大大的（右手指出顿右足）奸贼！

曹　操　呸！（转向外【大锣住头】）

穆　顺　（向曹甩右袖转向外）只因你带剑上殿，（向外拱手）有刺皇杀驾之意，（回首看曹）万岁爷回得宫去与（向外拱手）娘娘商议修下草诏，（右手指曹）共灭你这老贼！（拳掌互击顿左足）哎！也是（向外拱手摇头）天不佑汉哪，不想大事败露，（右手指曹）回文被你搜去。（右掌拍肚）你穆老爷我这一死（向外拱手）是为国尽忠，（右手指曹）只怕你这老贼，（按右掌向左移后向右移）要落个骂名千载，遗臭万年。（右手指曹）曹操哇！【叫头】

曹　操　嗯！

穆　顺　（右手点戳着曹操，顿右足）曹奸贼！（【五锣】抖右袖）

曹　操　呸！（站台中，左手扶剑柄右手端带面向外）

穆　顺　（右手颤抖着点戳着曹）我恨不得食尔之肉、饮尔之血、剥尔之皮、抽尔之筋，（右掌拍肚）方消我的心头之恨，（两抓袖）我就跟你拼了吧！【撕边】（八大大仓）

〔穆顺紧上几步至台中伸双臂扑向曹操；曹抓右袖向里上步闪身，甩右袖打穆"抢背"。【乱锤】穆顺从"小边"台口爬起，手点戳着曹走向"小边"里首；曹操左手握剑右手指穆。穆顺向前赶步再扑台中的曹操；曹撤步向里左转身甩左袖，将穆打跪在台中。穆顺怒视曹，右手点戳着，面向外，向上苍拱手，双腿跪，将甩发甩向前面，叩首拜，再把甩发甩至头后，向上拱手，反复三次。曹操双手抖指着穆，退至"小边"桌角。穆顺怒指着曹操，起身踉跄着站在"大边"，将甩发叼于口中，【三击】左、右、左三跨腿同时右袖甩向左肩，左袖向右肩甩，同腿甩三次。曹操左手握剑鞘右手拔半剑至"小边"。【软四击】穆顺双抓袖上前用头撞曹腰，被曹左臂推开，二人"一盖两盖"，"合扇"向里转身。曹操拔剑砍杀穆。校尉甲、丙上前架穆顺双臂。

华　歆　穆顺已死！

曹　操　拖了下去！

华　歆　（向甲、丙二校尉扬右掌）拖下去！

〔【冲头】校尉甲、丙将穆顺"下场门"拖下，复上站原位。曹插剑入鞘。

曹　操　华歆听令！

华　歆　在！

曹　操　（摊撒右掌）抄杀伏相府满门，去至宫中将伏后抓来（右手指外）见我！

华　歆　得令！

〔（八仓）曹操抓右袖左转身面向"上场门"背右手亮，华歆缓双手右"山膀"向"下场门"亮。【大锣打下】曹操"上场门"下，后四个校尉随曹操后"斜门"下，前四校尉随华歆后"插门""下场门"下。

第　七　场

〔堂桌，"小座"，黄色桌围椅披。

〔【纽丝】伏后双手牵二皇子"上场门"上至"大边"，汉献帝同上至台中"小边"一侧抖右袖。

逍遥津

〔二黄散板〕

汉献帝 （过门同前）1 2 1 2 – 2 3 2 2 1 2 2 1 （6 7 6 1 –）1 2

穆　顺　　出宫无　音（哪）信，　（仓）倒教

（摊右掌）

3 1 2 3 （6 1 2 3）3 2 –. 1 3 2 1 6 1. 2 – ‖

孤王　　我挂　　在（呀）　心。

（双手端中绺髯）

〔【冲头】献帝右转身坐“小座”，伏后随归“大边”里首，二皇子分站伏后两侧。大太监持云帚左手端蟒襟，慌张从“上场门”急上，进门站“小边”，抱云帚躬身向献帝禀报。

大太监 启奏万岁，曹操在午门（立右掌）剑劈穆顺，抄杀了伏相的满门，又命华歆带剑进宫来了！

汉献帝 （【冷锤】抓右袖呆坐椅上）啊！

伏　后 喂呀……（搭双袖于手腕上蹲跪在地）

〔【快纽丝】大太监出门“上场门”下。汉献帝起身双掌搀扶伏后。二皇子以袖拭泪。献帝抖右袖站台中。

〔二黄散板〕

汉献帝 （过门同前）5 3 3 3 3 2 3 3 （6 1 2 3）2. 6

听　说　华　歆　进　宫　廷，　（仓）吓

（右手指外）　（双手端中绺髯）

1 2 3 2 3 5 2 1 1 2. （5 6 1 2 2）7 – 6 6 6

得　孤　王（呃）胆　怕　惊！　（仓）回　头　便

（转向伏后）

3 6 5. 3（6）1 1. 6 5 6 1 6 5 3 2 1 0 3 5 2 1 1 6 1 2 ‖

把　梓　童　叫，带（呀）领（着）皇　儿就去　逃　生！

（按右掌向右移）　（缓右手向外指）

〔【大锣一击】献帝抖右袖，伏后垂右袖下蹲施礼。

伏　后 遵命！（【纽丝凤点头】起身向外以袖搌泪）

〔二黄散板〕

（过门同前）i i – 6 3 6 5 6 6. 5 5 6 i – ‖【纽丝】

辞　别　万　岁　出　宫　廷，

（至台中向献帝施礼）（转向外中台口出门，手牵二皇子至“大边”台口转向外抖右袖）

（接唱）〔二黄散板〕

サ5 $\overset{3}{}$2. 3 7 6 5. 6 7 – $\overset{7}{}$6 5 5 3 5 $\overset{2}{}$7. 6 5 6 – $\overset{5}{}$6 –. $\dot{1}$ 5 6 5 – ‖

御花　　园　内　去　逃　　生！

（右掌自指）　　　　　　　　（摊右掌）

〔（**八大仓**）伏后搭右袖上腕左转身面向“下场门”亮。【**冲头**】母子互相搀扶“下场门”急下。四校尉左手握腰刀右“山膀”“上场门”上“一条鞭”，【**水底鱼**】华歆随后上至中台口进门站“小边”，向献帝拱手。

华　歆　（不屑状）万岁请了！（转向外）【**冷锤**】

汉献帝　啊？！华歆带剑进宫何事啊？（起身站台中摊右掌）

华　歆　我来问你（望左、右后摊右掌），伏后哪里去了？

汉献帝　这个……（右手捋中绺髯略想）

华　歆　讲！【**撕边一锣**】

汉献帝　呵呵。（摇头）未曾参驾，（右掌端髯退两步）孤王不晓！（【**五锤**】右手抓袖左手抓黄帔襟“下场门”下）

华　歆　（上至台中转向外右手指左侧）他倒不晓！（回望“下场门”【**撕边叫头**】扬右掌）且住！（转向外右手指左侧）看那御花园（晃右掌）门环尚动，想是伏后（右手指左侧）藏在里面。（右手拔剑放右腰间）曹丞相啊曹丞相，你若有九五之尊，（顿右足左手指剑）就在俺一剑之上！（赶至“大边”向“下场门”方向劈三剑【**三击**】，抬左脚踹门（**八仓**），【**冲头**】持剑向“下场门”冲去。【**急急风**】左手抓伏后右腕复上。伏后扬左掌招二子，二皇子呼唤着追上。伏后已摘掉凤冠，脱去黄帔）

二皇子　母后！

伏　后　皇儿！

〔华歆将伏后拉至“小边”，校尉甲抓伏后右腕，校尉乙抓伏后左腕，四校尉拥伏后“上场门”下。华歆站台中伸左臂拦住追上的二皇子。一皇子双手抓华歆左臂，【**四击**】三人向“小边”“扯”。【**四击**】三人回台中“两扯”。【**三击**】右、左、右原地“三扯”。（**八仓**）华歆抬左脚踢二皇子倒地。

华　歆　（左手指点着二皇子）我把你这两个小孽子！

〔（**八仓**）华歆左手反握剑柄，按右掌向外亮住，【**冲头**】“上场门”冲下。二皇子扬双掌向“上场门”呼唤。

二皇子　母后……（分站台中两边，以袖拭泪）

〔同时汉献帝“下场门”上至台中，按双掌招呼两旁二皇子。

汉献帝　啊儿呀，（【**撕边一锣**】双手牵二皇子手腕）你母亲往哪里去了？

二皇子　（同白，手指外）被华歆掠了去了！

汉献帝　（左手抓袖背身后）噢！（右掌捋中绺髯【**撕边一锣**】）被华歆掠了（左手搂中绺髯右手指外【**撕边一锣**】）去了？！

二皇子　正是。

汉献帝　哎呀！此去性命难保，（望身边二子）儿啊，你（右手端髯）我父子藏躲起身！

〔（**崩登仓**）献帝右手牵“小边”皇子手，缓左手抓“大边”皇子腕向外亮。【**急急风**】三人牵手同转身面向“下场门”，稍停，快冲下。

第 八 场

〔堂桌，“小座”，红色花桌围椅披。

〔**【急急风】**四校尉左手握腰刀，右“山膀”“上场门”上“站门”，司马懿左手握剑柄右“山膀”随上站“小边”。曹操双端蟒冲至“九龙口”前稍亮，两涮步，快步上至中台口放蟒，双抓袖，**【放钹】**双甩袖，**【快冲头】**抓右袖，左转向里坐“小座”。四校尉归里站“八字”，司马懿随归站“小边”里首，华歆“上场门”上中台口进门站“大边”。

华 歆 （向曹拱手禀报）伏后抓到了！

曹 操 押上来！

华 歆 （向外扬右掌）押上来！

〔**【急急风】**四校尉左手握腰刀右“山膀”“上场门”“搭轿”上（伏后夹在中间），“挖门”。四校尉归里站“大八字”，伏后进门站“小边”。

曹 操 （右手指伏后）好贱婢呀！（抖右袖**【快纽丝】**）

〔二黄散板〕

（过门同前）5 3 3 3 3 2 2 3 （6 1 2 3 -） 2 2 3

一 见 伏 后 怒(哇) 气 生， （仓） 平 白 无

（右手指伏）

3 3 1 2 2. （5 6 1 2 -） 2 2 1 2 2 1 2 1 6

故 害 忠 臣！ （仓） 今 朝 犯 在 曹 某 的 手，

（右手端髯）

（6 7 6 1 -） 1 2 3 3 6 (6) 2 1 1. 3 2 - ‖

（仓） 要 想 活 命 万 不 (哇) 能。

（摆左掌）

〔**【纽丝】**司马懿暗上至“小边”外首，伏后转向外稍想后抖右袖，向司马懿拱手。

〔二黄散板〕

伏 后 （过门同前）i 5. 6 6 6 3 6 5 6 i - （6

司 马 将 军 救 我 命，

（双腿跪台中）

5. 6 7 6 1 -） 7 6 5 6 7 7 - （6 5 6

（仓） 丞 相 台 前

（司马忙随跪“小边”）（向外拱手）

7） 6 6 5 3. 5 6 - 6. i 5 - 5 -

讲 人 情！

（躬身施礼）

〔【纽丝凤点头】司马懿右手捋髯稍想，向伏后拱手。

〔二黄散板〕

司马懿 （过门同前）3 3 2 2 1 1 ∨ 1 2 1 1̇ – 1 1 –

官 卑 职 小 难 救 命，

（右掌自指） （摆右掌）

华 歆 （右手指司马）司马懿！【撕边一锣】你那里莫做好人！

〔【纽丝凤点头】司马懿向华歆拱手后转向伏后，抬左掌背拱。

司马懿 噢！

〔二黄散板〕

（过门同前）1 2 3 2 2 3 ∨ 1 2. 2 2 – ‖

那 旁 哀 告 华 将 （呃）军。

（摊右掌指华）

〔【纽丝】二人站起，司马懿回原位站，伏后立"小边"抖右袖。

〔二黄散板〕

伏 后 （过门同前）1̇ 5 6 6 6 3 6 5 6 ∨ 1̇ （6 7 6 1 – ）

官 卑 职 小 难 救 命， （仓）

（立右掌，背供，左手指右后司马）（摊双掌）

7 6 5 6 7 7 –. 6（7. 6 5. 6 7 –）6 3 5

向 前 哀 告 华

（抬左掌，背供，右手指华） （拱手慢步至台中"大边"一侧）

3 5 – 7 – 7. 6 5 6 – 6. 1̇ 5 5 – ‖

将 军。

（双腿跪在华歆面前）

华 歆 （对伏后）呸！

〔二黄散板〕

【快纽丝】（过门同前）2. 5 3 2 3 2 ∨ 3 2 2 1 2 1. （6

你 害 忠 良 人 人 恨，

（右手指伏后）（按右掌向左移） （撒右掌）

5. 6 7 6 1 －）5. 1 1 2 3 2 1 1 2 （5
（仓）　哪　个 是　你　保　驾　臣！
（右手点戳伏后）

6 1 2 －）3 3 3 3 2 2 2 1 1 2 1
（仓）　恨　不　得　一　足　要　你　的　命，

〔（八　大大　仓）华抬右脚踢伏后，伏后起“屁股坐子”倒在台中“小边”一侧，华歆赶步上前拔半剑逼向伏后稍亮。

华　歆　嘿嘿！

伏　后　喂……呀……（以袖揾泪【纽丝凤点头】）

华　歆　（插剑）

〔二黄散板〕

（过门同前）3 1 2 3 1 2 3 3 2 1 6 1 2 －
我　与 你 君　不　君　来　臣(呐) 不(哇) 臣。
（右手指伏后）　（撒右掌）

伏　后　罢！（【纽丝凤点头】抖双袖，起身站“小边”）

〔二黄散板〕

（过门同前）3 6 5 5 6 ∨ 6 3 6 5 6 1 ∨① 7 6 5 6 7 6
将　身　站　在　丹　墀　等，看　你　把
（右手指地）　（扫视曹操）（右掌自指）

7 2 6 6 5 3 5 6 6. 1 5. 6 5 －｜（八　大大　仓）
我　怎　样　行。
（向曹甩扔右袖）

曹　操　（搭右袖上腕）校尉的！

八校尉　有！【纽丝凤点头】

〔二黄散板〕

曹　操　（过门同前）3 3 3 2 3 3 3. 2 2 3 －
人　来　将　她　忙　典　刑，
（右手指伏后）

司马懿　（伸右掌阻拦）且慢！

---

①　下面要垛着唱。

〔二黄散板〕

【纽丝凤点头】(过门同前) 1 2 3 2 2 3 1 2 2 - ‖

丞 相 息 怒 且 稍 停!

(向曹拱手) (摆右掌)

曹　操　(【大锣住头】摊右掌)为何拦阻?

司马懿　(向曹拱手)她乃一朝国母,望丞相赏她(右手指伏后)个全尸!

曹　操　(扬左掌)校尉的!

八校尉　有!【撕边一锣】

曹　操　扯了下去乱杖(右手指伏后)击死!

八校尉　啊!【撕边】(八大仓)(伏后反绕双袖,华歆挥手,校尉甲、乙赶至"小边"台口伏后两旁,分抓伏后双腕三人亮)走!

〔【快冲头】校尉甲、乙扯伏后"下场门"下,华歆随下。【乱锤】【快冲头】校尉甲、乙右手举水火棍"下场门"上,单腿跪台中面向曹操横举棍。华歆随后上,站"大边"向曹操躬身。

华　歆　伏后已死!

〔曹操扬右掌【五击】,二校尉两边下送棍,复上站原位。曹操起身站台中。

曹　操　(晃头)伏后哇伏后,(右掌自指)害人先害己,人容(向外拱手)天(摆右掌)不容!

〔【撕边回头】曹操得意地晃身【一锤锣】两抖袖、双捋髯,左转坐"小座";华歆看着曹坐稳,稍停,向外背供后向曹拱手。

华　歆　啊!丞相,难道此事就罢了(摊双掌)不成?

曹　操　午门剑劈穆顺,(按右掌向右移)伏相满门抄斩,丹墀(得意地晃头)杖毙伏后,(看华歆后摊左掌)也就够了。

华　歆　宫中还有伏后(伸右食、中二指)两个小(右手指外)孽子!

曹　操　(【撕边一锣】心头一震,稍想)哎!(立摆左掌)母罪与子(向华歆垂放左袖)何干?

华　歆　(凑向曹)丞相,有道是斩草(摆右掌)不除根,(右手指左侧)萌芽又复生。你不杀他,日后(向外举双掌)长大成人,(右手指下方)他定要(右手指外)为母(立右掌做杀状)报仇!

曹　操　【冷锤】(抓右袖向外亮,转向华)依你之见?

华　歆　(两按掌后立右掌)搜宫杀院!

曹　操　(搭右袖上腕起身)校尉的!【撕边一锣】

八校尉　有!

曹　操　(颤抖着右掌向外指,冲至台中)打道进宫!

八校尉　啊!

〔【急急风】曹操反绕右袖右回身上轿,司马懿放轿帘,同时八校尉"插门""下场门"急下,华歆、司马懿随后。曹操立身冲至中台口,缓双臂平放右侧,垂双袖,右丁步亮住。两个【撕边一锣】原地向右后微滑双臂两晃身。【急急风】慢涮左、右两步,后上左、右两步成右"丁字步"【撕边】(顷仓)"小云手":右手搭袖于腕上放右腰间,左手反搭袖成左"山膀"向外亮住。【急急风】向左拧双脚成左"丁字步",向后走小圆场回至中台口,胸前向左缓双臂横放右侧稍停,缓双袖"下场门"冲下。

第九场

〔堂桌，“小座”，黄色桌围椅披。

〔【冲头】【叫头】

〔幕内汉献帝白：“伏后、御妻，【住头】咳！【撕边一锣】妻——呀——！”【快原场】【导板头】内唱。

〔二黄导板〕慢起渐快

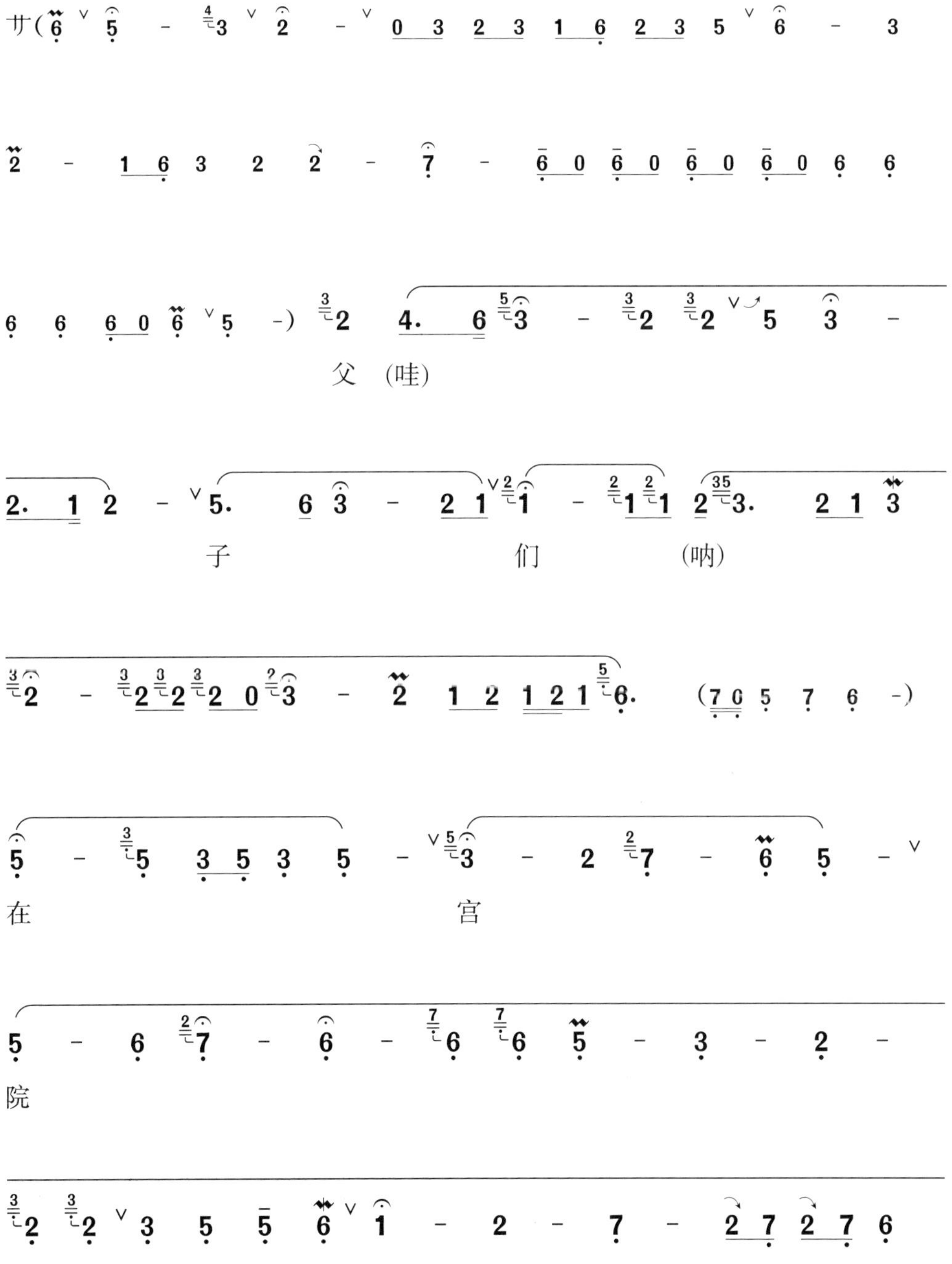

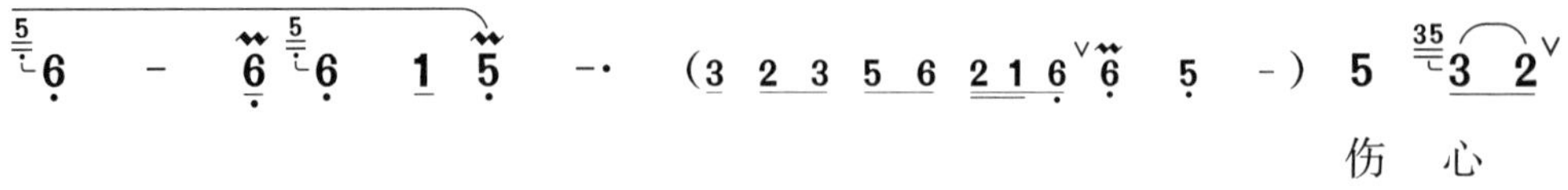

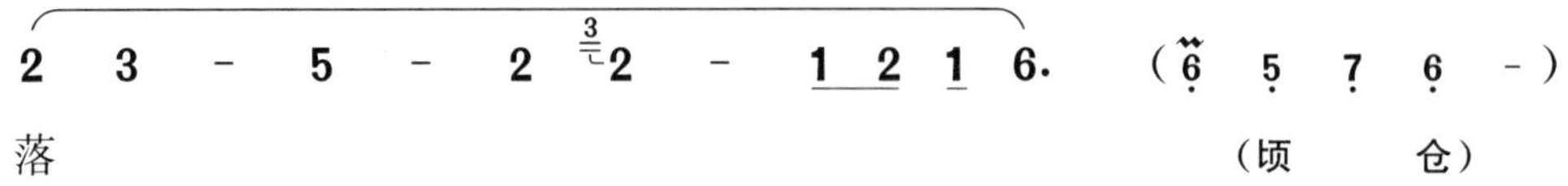

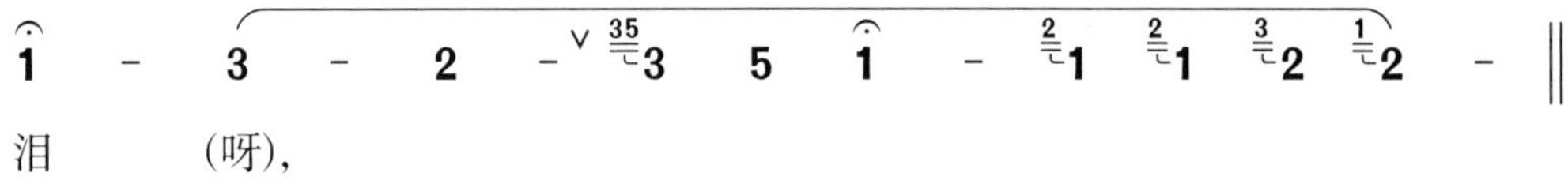

〔【回头】【一锤锣】二皇子“上场门”上，至“九龙口”两边，以袖搌泪。【撕边放钹】汉献帝上至“九龙口”前稍亮，上前两步，右手捋甩发，【帽子头】将甩发扔至头后，抖右袖上步。

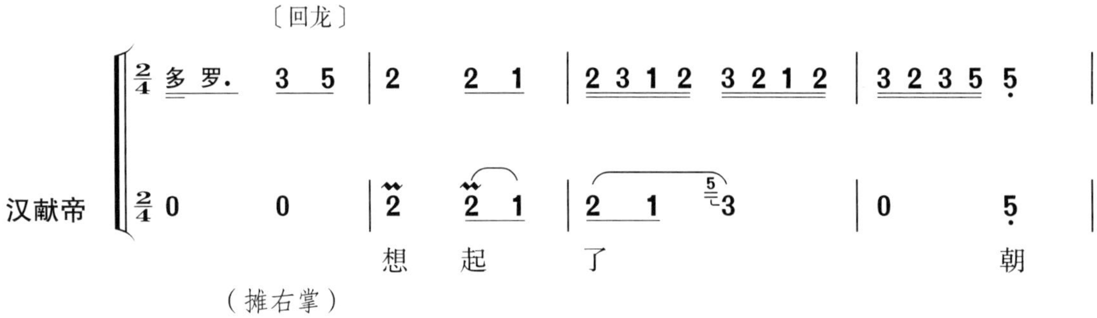

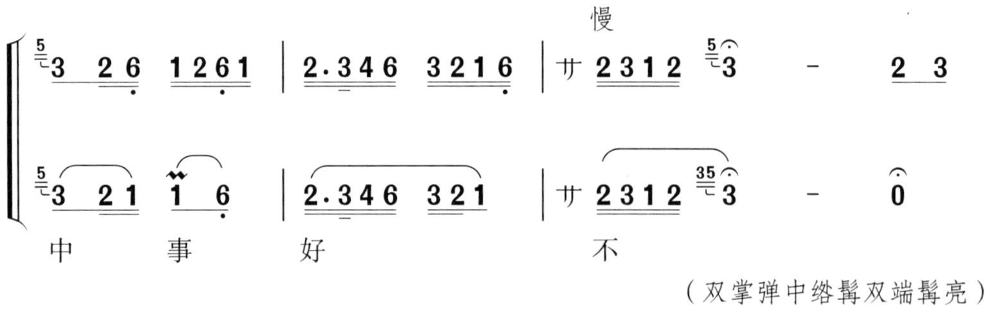

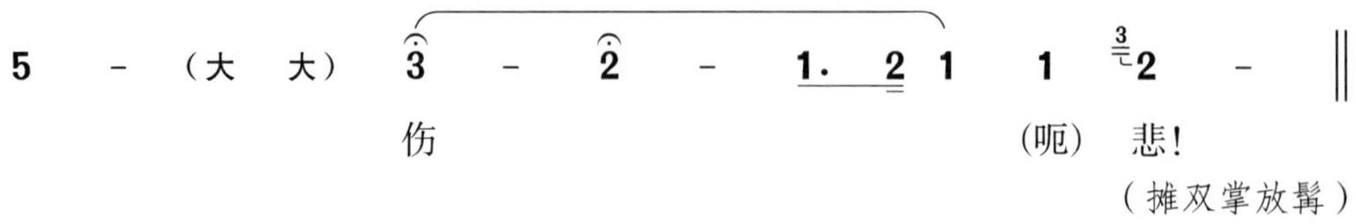

〔【长锤】二皇子前行，一个站“大边”，另一个站“小边”。汉献帝抖右袖左转向里走，右手捋甩发右转身，前行至中台口。

逍遥津

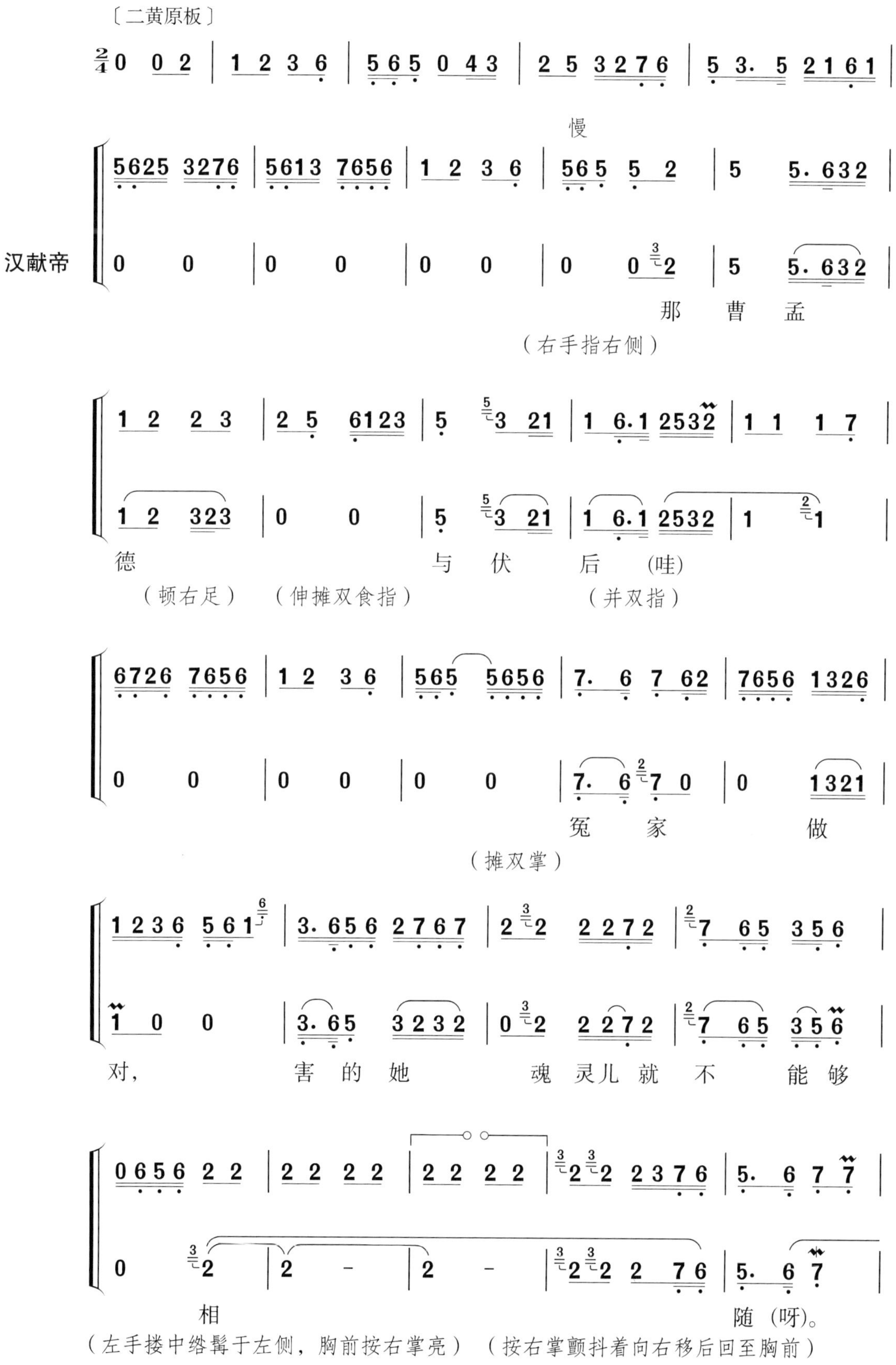
〔二黄原板〕
慢
汉献帝
那 曹 孟
（右手指右侧）
德 与 伏 后 (哇)
（顿右足） （伸摊双食指） （并双指）
冤 家 做
（摊双掌）
对，害 的 她 魂 灵儿 就 不 能 够
相 随 (呀)。
（左手搂中绺髯于左侧，胸前按右掌亮） （按右掌颤抖着向右移后回至胸前）

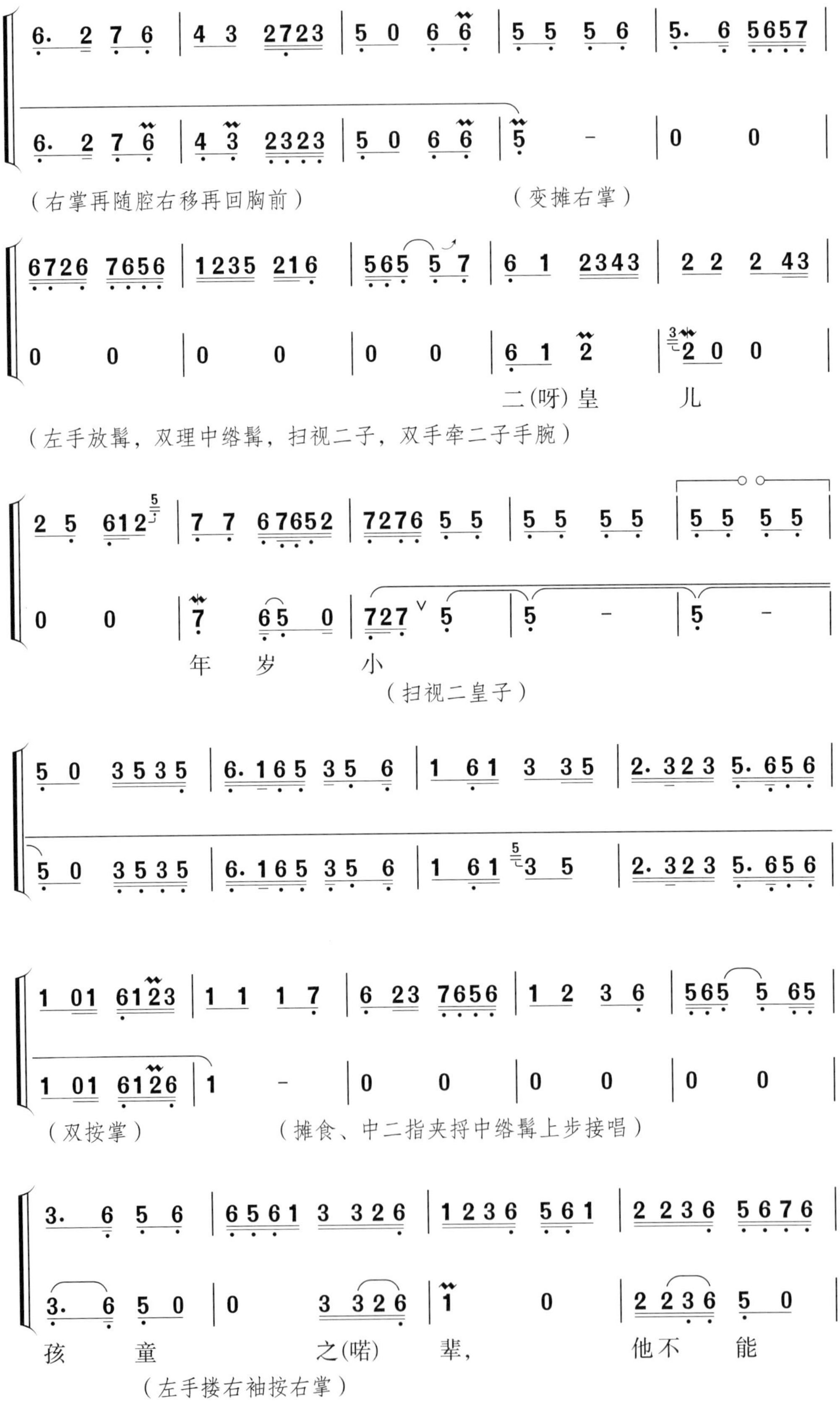
（右掌再随腔右移再回胸前）
（变摊右掌）
二(呀) 皇 儿
（左手放髯，双理中绺髯，扫视二子，双手牵二子手腕）
年 岁 小
（扫视二皇子）
（双按掌）
（摊食、中二指夹捋中绺髯上步接唱）
孩 童 之(喏) 辈， 他不 能
（左手搂右袖按右掌）

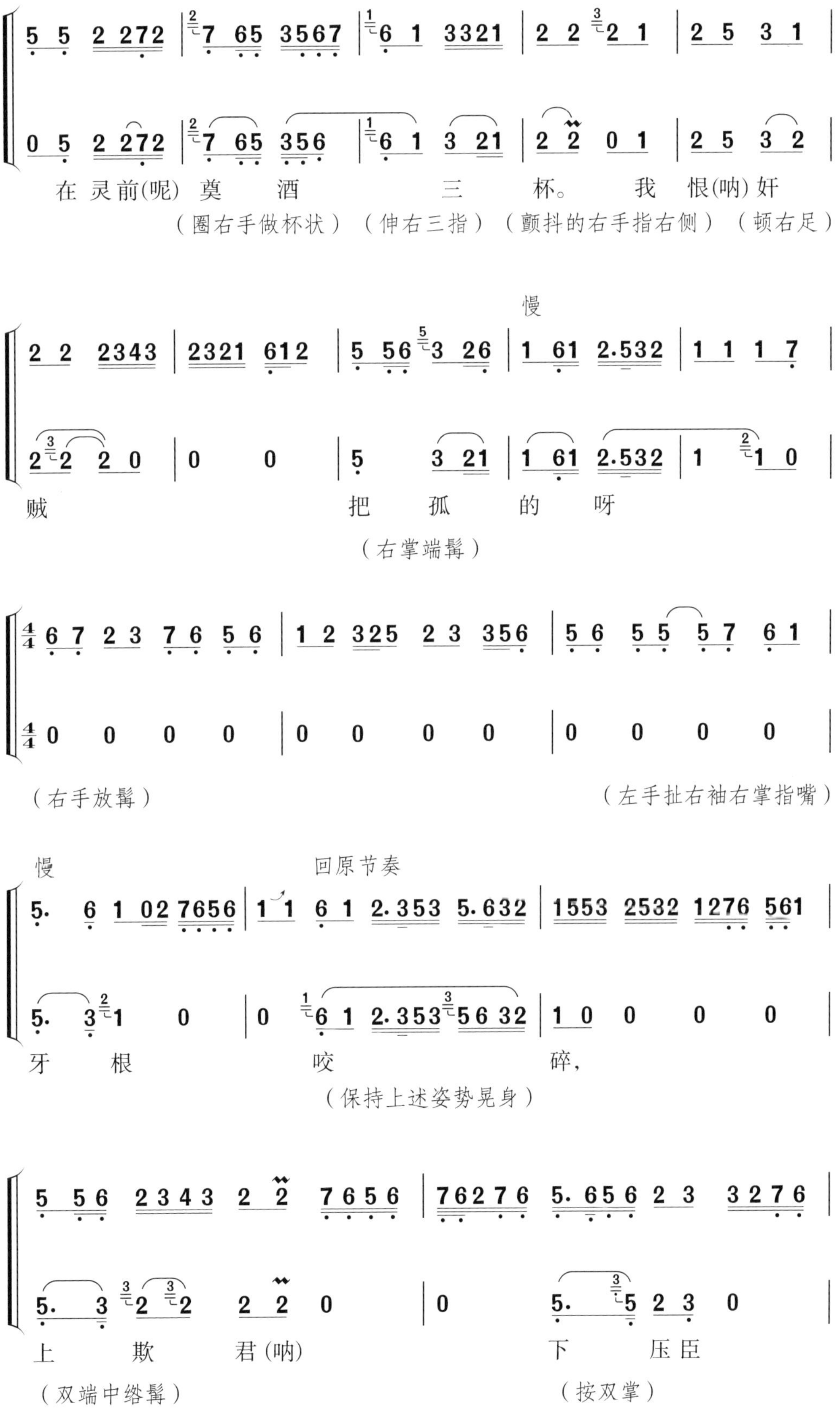
在灵前(呢) 奠 酒 三 杯。 我 恨(呐)奸
（圈右手做杯状）（伸右三指）（颤抖的右手指右侧）（顿右足）
慢
贼 把 孤 的 呀
（右掌端髯）
（右手放髯）
（左手扯右袖右掌指嘴）
慢
回原节奏
牙 根 咬 碎，
（保持上述姿势晃身）
上 欺 君(呐) 下 压臣
（双端中绺髯）
（按双掌）

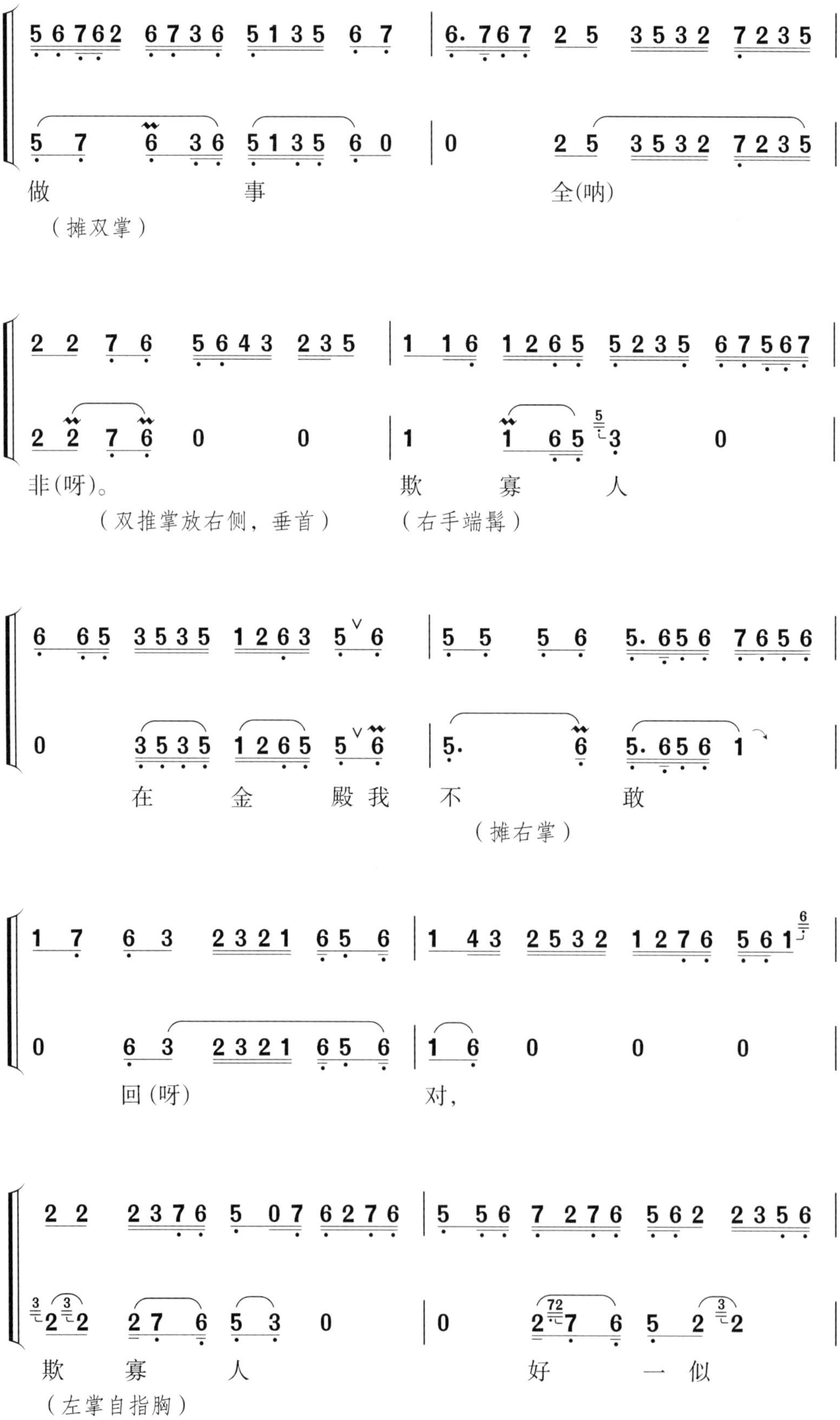
做 事 全(呐)
（摊双掌）
非(呀)。 欺 寡 人
（双推掌放右侧，垂首） （右手端髯）
在 金 殿 我 不 敢
（摊右掌）
回(呀) 对，
欺 寡 人 好 一 似
（左掌自指胸）

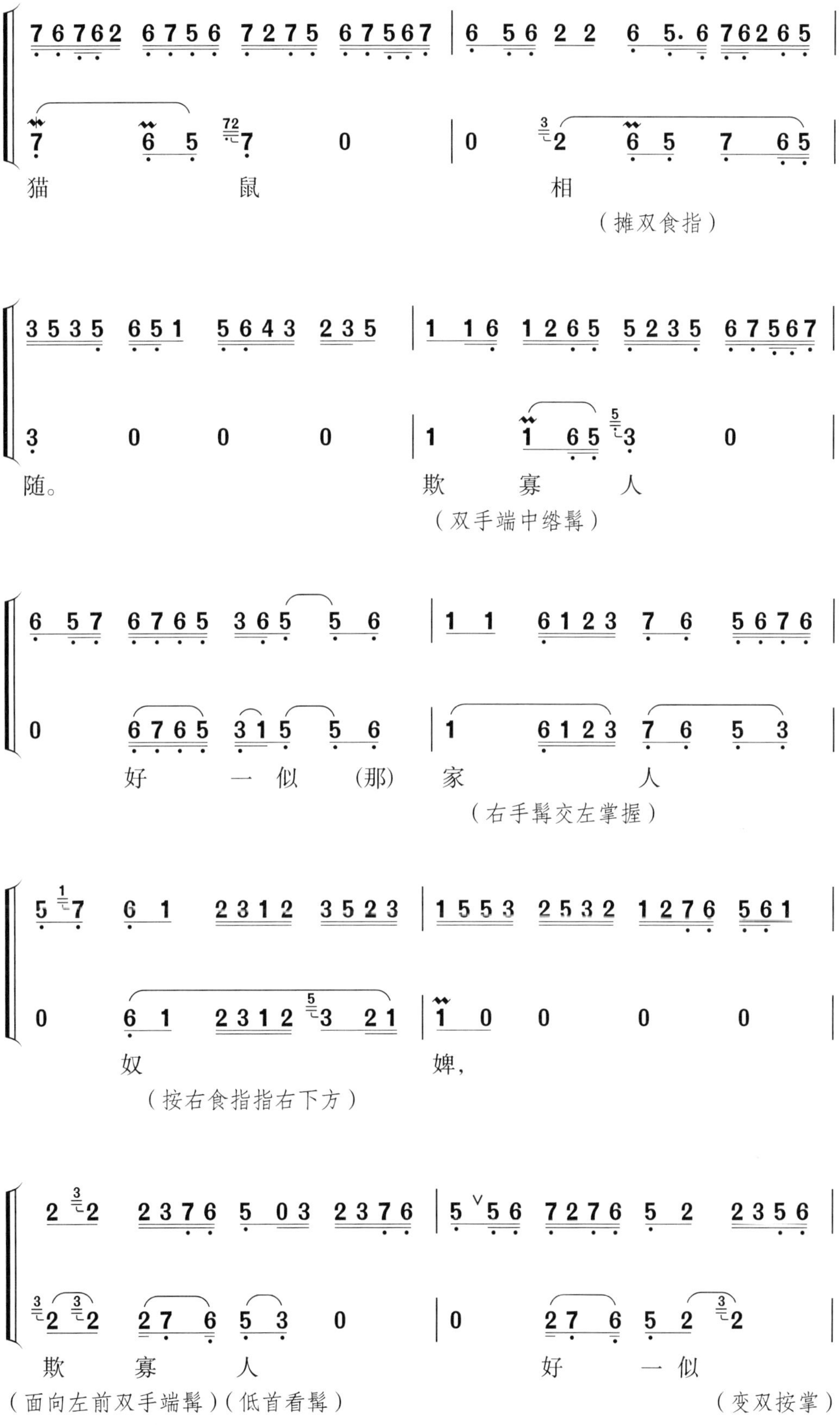
猫 鼠 相
（摊双食指）
随。 欺 寡 人
（双手端中绺髯）
好 一 似 （那） 家 人
（右手髯交左掌握）
奴 婢，
（按右食指指右下方）
欺 寡 人 好 一 似
（面向左前双手端髯）（低首看髯）
（变双按掌）

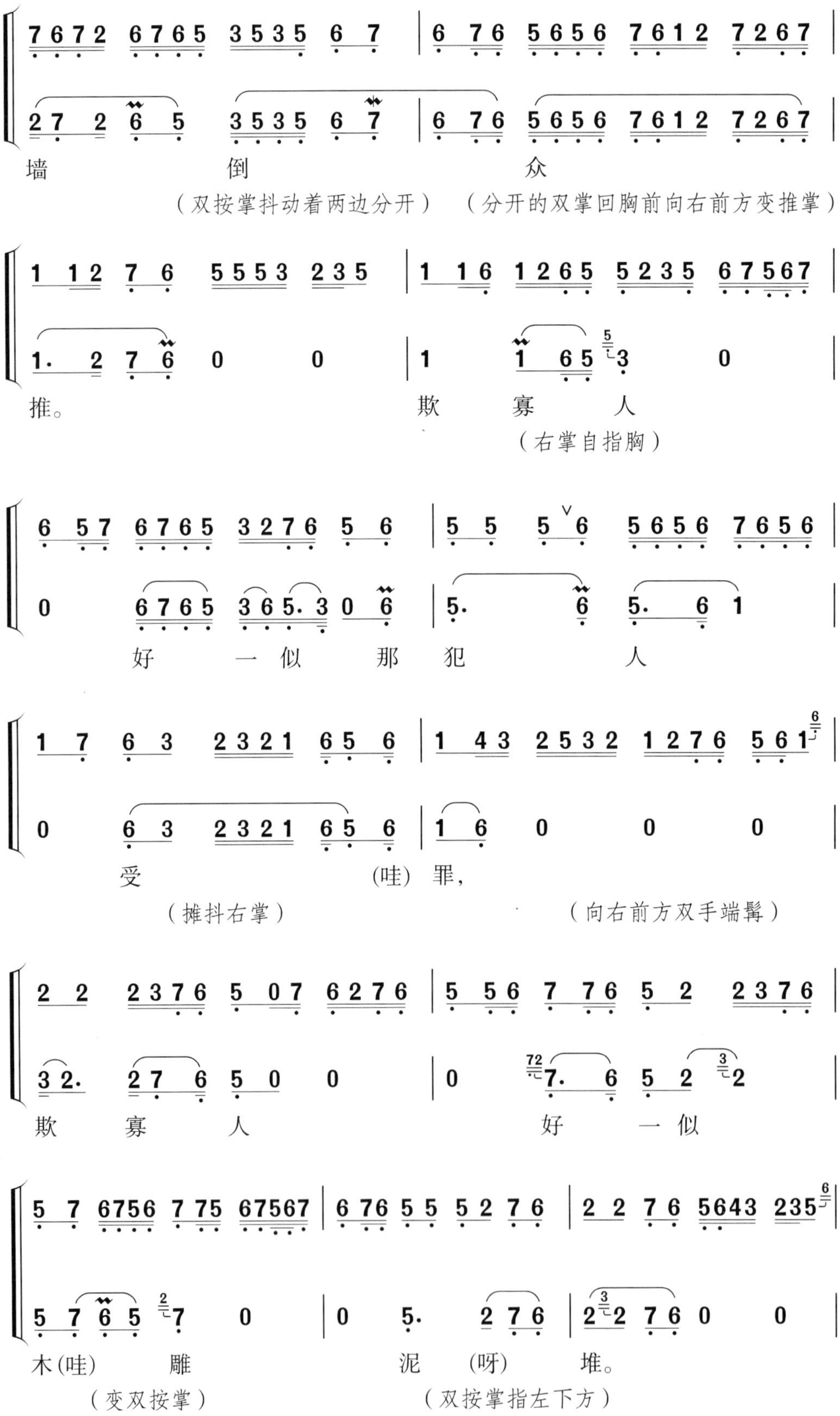
墙 倒 众
（双按掌抖动着两边分开）（分开的双掌回胸前向右前方变推掌）
推。 欺 寡 人
（右掌自指胸）
好 一 似 那 犯 人
受 (哇) 罪，
（摊抖右掌）
（向右前方双手端髯）
欺 寡 人 好 一 似
木(哇) 雕 泥 (呀) 堆。
（变双按掌）
（双按掌指左下方）

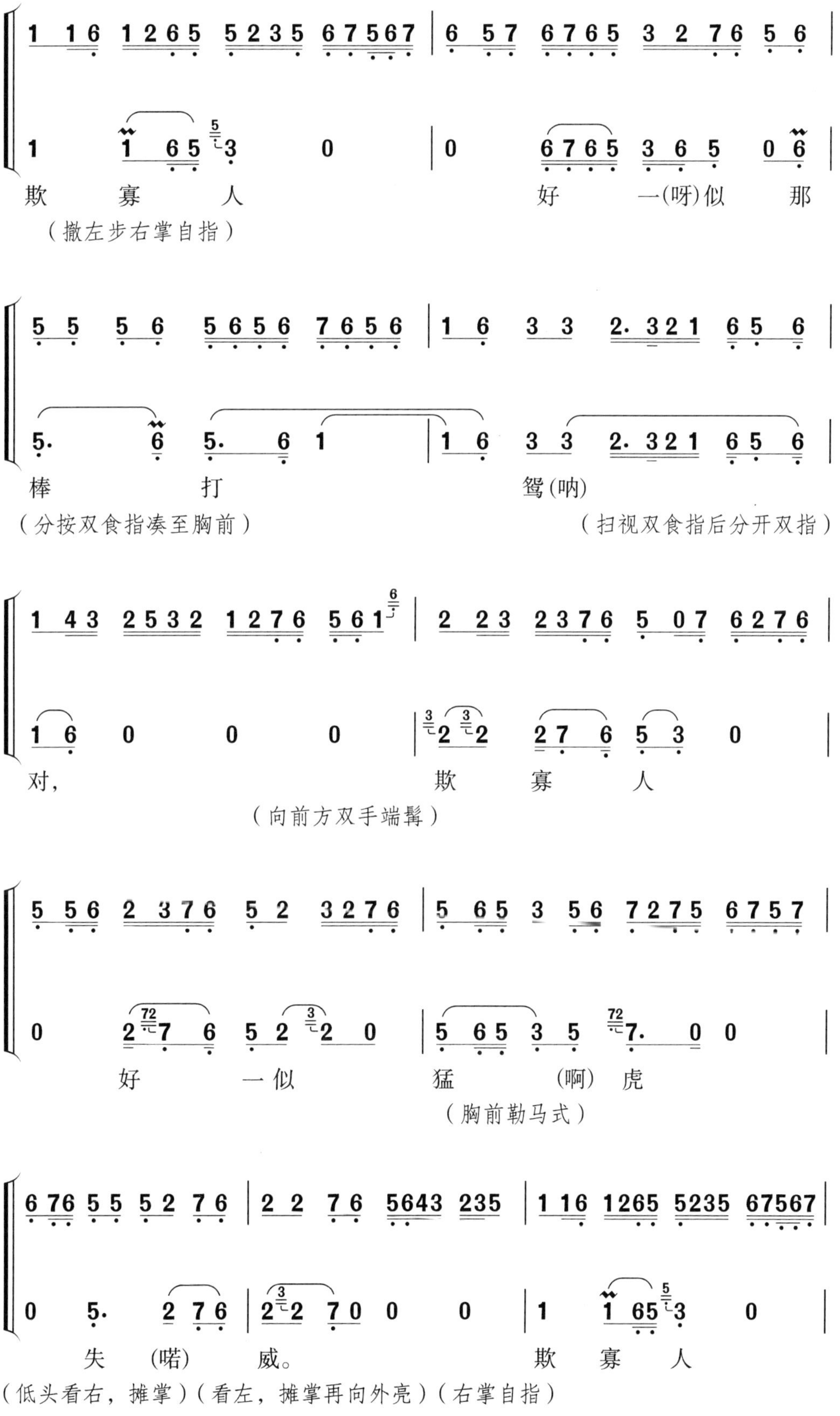
欺 寡 人
好 一(呀)似 那
（撤左步右掌自指）
棒 打 鸳(呐)
（分按双食指凑至胸前）
（扫视双食指后分开双指）
对，
欺 寡 人
（向前方双手端髯）
好 一似 猛 (啊) 虎
（胸前勒马式）
失 (喏) 威。
欺 寡 人
（低头看右，摊掌）（看左，摊掌再向外亮）（右掌自指）

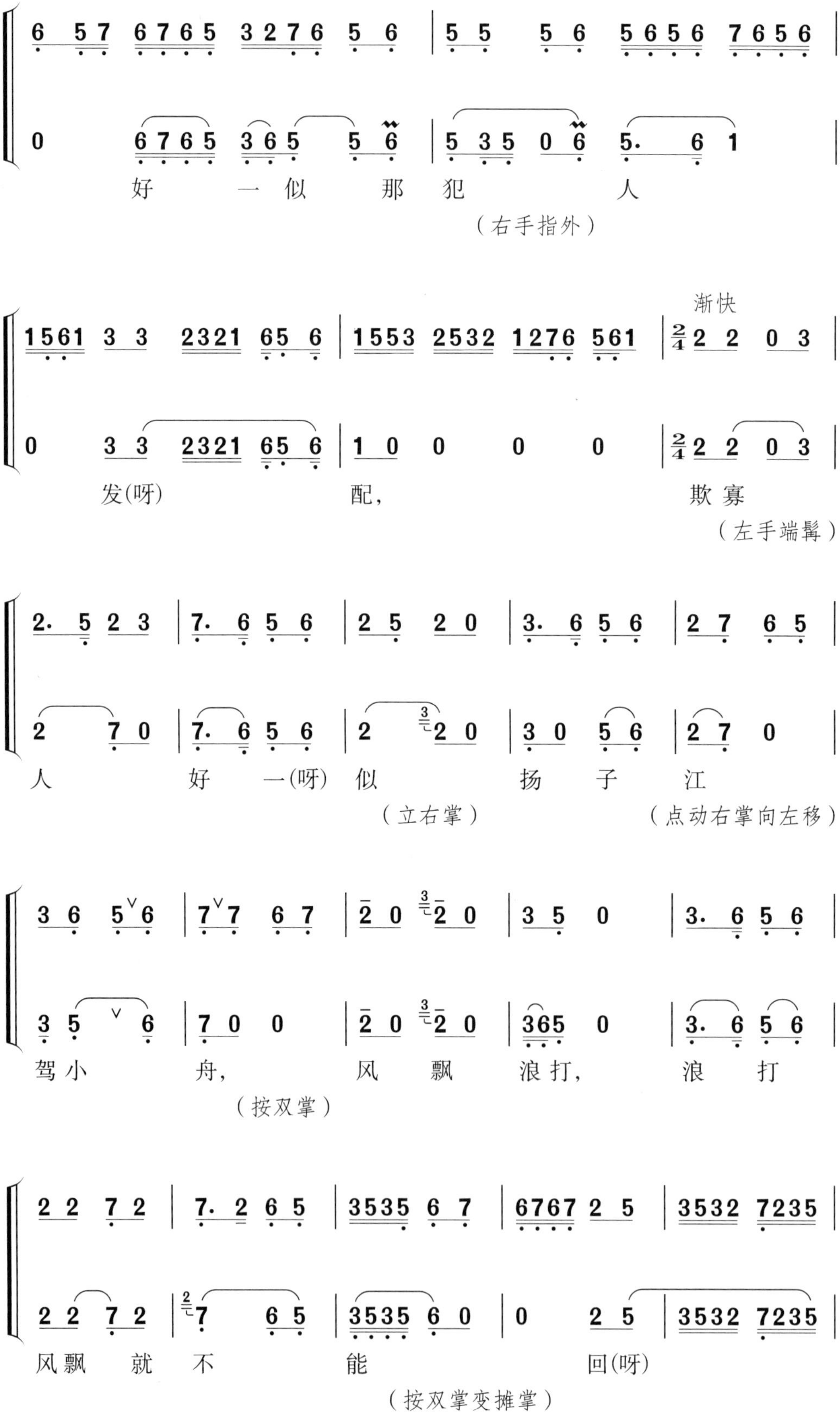
好 一 似 那 犯 人
（右手指外）
渐快
发(呀) 配, 欺 寡
（左手端髯）
人 好 一(呀) 似 扬 子 江
（立右掌）
（点动右掌向左移）
驾 小 舟, 风 飘 浪 打, 浪 打
（按双掌）
风 飘 就 不 能 回(呀)
（按双掌变摊掌）

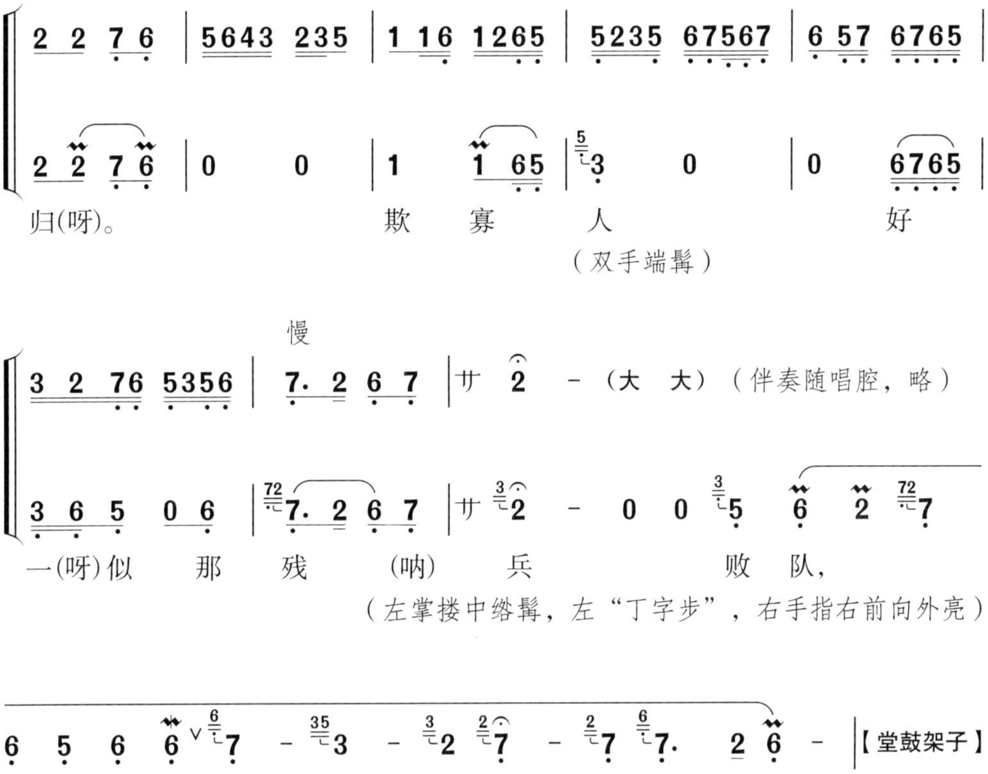

（汉献帝右转身望“上场门”里，二皇子随看）（八 大大 仓）啊！（【快纽丝】献帝冲至“九龙口”，再看，左回身右手将甩发甩至身后回台中“小边”一侧，左手扯右袖举右拇指指身后）

〔二黄散板〕

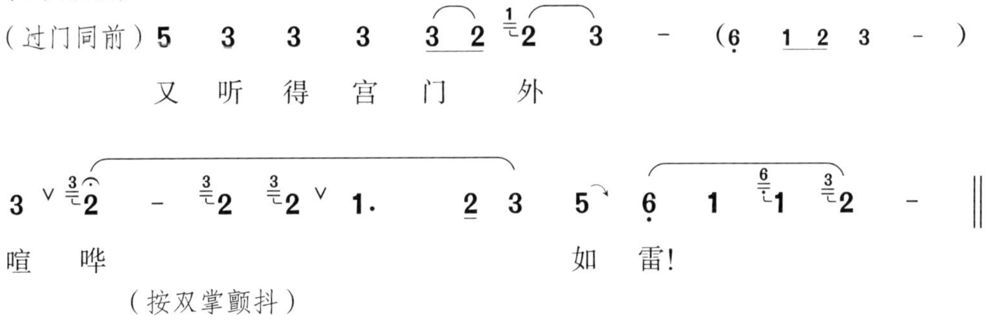

（八大仓）汉献帝左转向里，二皇子“合扇”转向里，献帝分抓二子手腕至“小边”里首。【急急风】校尉甲左手抱药酒坛，右“山膀”，与左手握腰刀右“山膀”七校尉“上场门”冲上，“挖门”站两边，华歆随后站“大边”，司马懿站“小边”。曹操右手举白绸条（回文）左手握剑冲至“小边”稍亮，至中台口进门“挖”至“大边”，将“回文”交左手右回身扬右掌招献帝。二人至台中。献帝立双掌，曹操右手抓献帝左腕。

曹 操 昏王！（向左横迈左步“蹲裆式”，右手指左手“回文”）看呀！

【撕边导板头】汉献帝垂双袖，反翻右袖上举护头，搭左袖上腕，“右弓箭步”看“回文”。曹操收右脚站八字步，左手举“回文”右手夹“回文”下边。校尉丙“下场门”

搬虎头椅放“大边”。

〔二黄导板〕

汉献帝 廿(6 5 3 2· 1 6 6 5) 3 2 - 2 5· 6 7· 6
一 见 奸 贼 (呀)

6 5 1 3 2 1 3 2 - 1 1 2 2 - |
进 宫 廷 (那),
(双袖抖回)(曹将“回文”折好放左袖内，献帝揉双掌、双中指搌睛)

曹　操　校尉的！(八 大大 仓)(左手握剑向后缓右臂搭右袖上腕放腰间站台中左“丁字步”向外亮，献帝右手捋甩发)

八校尉　有！

曹　操　(搭袖，右掌向外画圈，撤左步)打进宫门！(顿右足，搭袖，掌指外)

八校尉　啊！

〔【四击头】曹操反翻右袖，抬左腿，左手撩蟒襟，正翻右袖搭腕上放腰间快步至“虎头椅”前向外亮住；献帝将甩发扔至头后上至中台口“小边”一侧，双弹中绺髯双端髯向外亮。【撕边】(八大· 顷 仓)曹扔右袖垂袖再亮；献帝左手接髯扣腕变搂髯放腰间，缓右手指曹亮住。

〔二黄散板〕

汉献帝 廿 7 0 7 0 7 0 7 0 7 7 7 7 5 2 7 6 5 0 1 1 2
他 他 他 他 他 他 他 他 二 目 圆 睁 那

7 6 5· 6 7 - (5 5· 6 7 -) 6· 7 6· 7 2 - 2
吓

5 - 3 - 2 2 2 7 - 6 6 5 6 7 2 7 6 5
煞
(摊右掌)

3 5 6· 7 5 6 7 7 - 6 5 6 - 6· 5 6· 1 5 -
人 (那)。
(放左手髯)　(摊双掌)

(3 2· 1 6 6 5 -) 3 6 5 - 6 6 2 1 2 1 -
(仓)　走 向 前 来 忙 跪 (呀) 定，
(走至曹面前)(右手抓袖，左手抓帔襟迈步欲跪)

【撕边一锣】〔亮弦〕

(6 7 6 7 6 1 －)

(匝 匝 匝)

〔曹操欠身伸右掌欲搀献帝，华歆右手扯曹左袖摆左掌，曹操看华歆再看献帝，转向外不睬，端坐椅上。献帝无奈屈右腿跪在曹操面前，二皇子随跪左右。【纽丝凤点头】

〔二黄散板〕

汉献帝 (过门同前) 3 3 6 1 6 1 2 2 － ‖

尊 声 国 丈 听 分 明。

(拱手)

(【撕边叫头】搭右袖上腕拱手) 曹国丈啊，魏公啊！(右掌自指) 孤在金殿之上，(伸右食指) 失于检点，一言冒犯，如今已在午门 (左手扰右袖立右掌) 剑劈穆顺，(按右掌指外) 丹墀杖毙伏后，(双按掌抖动着向两边分) 伏相满门抄斩，(双掌互击变摊双掌) 谅必也就是了！(抬头看曹) 如今进宫，(按双掌看左、右二子) 还要杀我两个孩儿。将他杀死，(摊抖双掌) 不大要紧，(双手端中绺髯) 只恐绝了我刘门的香烟！(抬头望曹) 有道是：(摇头) 母罪与子无干！如今要 (拱手) 求丞相开一 (向外拱手) 条天高地厚之恩，(看二皇子后按双掌颤抖着分开) 赏他二人海走天涯。(双掌在右侧互击变"拧枪式") 遇枪，(【撕边一锣】拧枪式抽泣晃身) 枪扎死；(台·大 台) 这遇刀，(左手搂中绺髯于左侧，立右掌在胸前【撕边一锣】立右掌点动) 刀下亡！(【大锣住头】颤抖的右手指外) 讨饭求乞，饿死他乡！自古道：(右掌指眼后指胸) 眼不见，心不痛！(向曹拱手) 曹国丈！【撕边一锣】魏公啊！(抖右袖【快纽丝】)

〔二黄散板〕

(过门同前) 3 1 2 － 2 3 6 5· 3 2 1 2 1 － (6 7 6

千 错 万 错 孤 王 (呃) 错，

(双手端中绺髯)

1 －) 5 2 7 6 5 5 6 7 － 6 6 5 5 6 6· 1 5 6 5 －

(仓) 一 时 不 明 罪 难 容。

(左手扯右袖摊右掌)

〔【纽丝凤点头】献帝、二皇子以袖拭泪，曹操起身垂右袖抬右掌背供向外。

〔二黄散板〕

曹 操 (过门同前) 2 1 2 3 2 2 1 2 1· (6 5 6

他 父 子 哭 得 如 雷 震，

7 6 1) 5 5 6 1 1 6 1 2 － 2 2 － ‖【大锣住头】

(仓) 铁 石 人 儿 也 伤 (呃) 情。

(右掌自指) (摊右掌)

曹　操　（坐稳，摊右掌示意）起来，起来！

汉献帝　（点头）呵呵，起来。（【五击】献帝起身，被二皇子扶至桌旁）

曹　操　司马将军！

司马懿　（向曹操躬身抱拳）丞相！

曹　操　（晃身）他父子哀告可怜，（立右砍掌）杀得是？（摊右掌指外）放得是？

司马懿　（向曹拱手）杀也在丞相，（摊右掌指外）放也在丞相。有道是（向曹操拱手）“饶人是福”！

曹　操　噢！（左掌扶髯）“饶人是福”！【撕边一锣】

华　歆　唔……！

曹　操　华将军！

华　歆　（向曹操拱手）丞相！

曹　操　（用头指献帝）他父子哀告可怜，（看华）杀得是？（摊左掌指外）放得是？

华　歆　（向曹操拱手）杀也在丞相，（按右掌指外）放也在丞相，有道是（摊左掌指外）“放虎容易（勒马式）擒虎难”！

曹　操　（八 大大 仓）（右抓袖起身，复坐）哼哼！

汉献帝　（左手指华歆）好贼！【快纽丝】（冲至台中，二子随往前站。抖右袖）

〔二黄散板〕

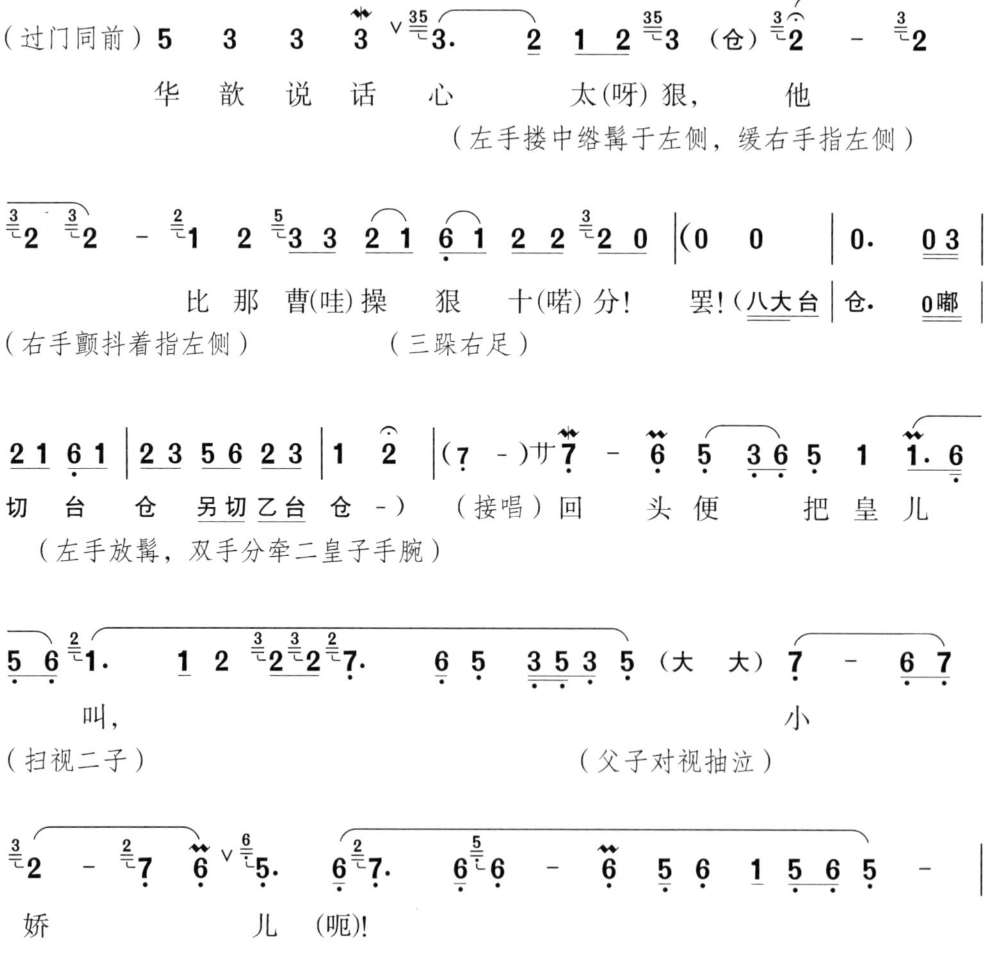

逍遥津

(【撕边纽丝凤点头】二皇子"合扇"转向里单臂分别扶在献帝两肩上哭泣)罢!(复牵二子手腕)

〔二黄散板〕

(过门同前)1 2 3 3 - 5 6 1 2 -

向 前 哀 告 曹 外(呀)公。

(视二子) (摆摊右掌向二子示意)

〔【纽丝】献帝回"小座"拭泪,二皇子对视,屈右腿跪在曹面前。

〔二黄散板〕

二皇子 (过门同前)1 3 1 2 - 3 2 (5 6 1 2 -) 1 3 2 2

弟 兄 们 跪 宫 廷 珠

(右掌自指)

2 1 1 2 1 (6 5 6 7 6 1) 7 7 6 5 6 7 6 6 5 3 5

泪 滚 滚, (仓)尊 声 外 公 听 分 明:

(拱手)

6 1 5. (3 2 1 6 6 5) 3 3 6 5 6 6 3 6 5. (1 7)

(仓)我 二 人 虽 不 是

(右掌自指) (向外拱手)

6 7 6 5 6 1 5 2 7 6 5 5 6 7. (6 5 6 7 -) 3. 6

曹 母 所 养,论 恩 情 犹 如 曹

(向外拱手转望曹操)

5 7. 6 5 6. 6. 1 5 6 5 - (3 2 1. 6 6 5) 5 3 2

母 生! (仓)曹 丞

(拱手)

1 - 1 1. 2 3 - 4 - 3 - 3 3. 5 2 -

相!

3 2 (5 6 1 2) 2 7 6 5 7 6 - 6. 1 5 -

【撕边一锣】 曹 外 公(呃)

(3 2 1. 6 6 5 -) 5. 6 |【哭头】5 7 6 6. 1 5 - ‖

(顷 仓) 啊! 外 公 啊!

(双腿跪, 拱手)(二子跪步至曹脚下双扯曹操蟒襟)(二子扯蟒摇动)

〔【快纽丝】曹操向二皇子甩右袖起身，二皇子跪卧台口。曹妃“上场门”暗上，站“小边”台口窥视、窃听。

〔二黄散板〕

曹　操　（过门同前）2 1 2 3 ³2 2͡1 2 ²1 （6̣ 7̣ 6̣ 1） 5̣ 5̣͡6̣ 1

他 二 人 哭 得 如 山 倒，（仓）口 口 声

（右手指皇子）

1 ¹6̣͡1 1 2 － （5̣ 6̣1 2 －） 2 2 3 ³2 2· 2 1 |

声 要 我 饶。（仓） 我 将 青 锋 拉 出 鞘，

（右掌自指）（摊右掌后低头看剑）

〔【撕边一锣】曹操拔半剑逼向皇子，二子分卧两边躲，献帝至二子中间按双掌望曹操。曹妃急至中台口。

〔亮弦〕

（6̣ 7̣ 6̣ 6̣ 1 －）

（匝 匝 匝）

华　歆　（随曹操屈身向前逼向二皇子）杀！

汉献帝　啊丞相，你饶了吧！

〔曹妃向曹操抬左臂摆右掌示意。【纽丝凤点头】

曹　操　噢！（点头同意插剑入鞘。献帝通过曹操的眼神发现台中曹妃，忿怒地向曹妃甩摔右袖后回“小座”。曹妃向献帝回甩左袖，背左手“上场门”下）

〔二黄散板〕

（过门同前）2 ³2 1͡2 3 2 1 6̣ 1 ³2 － ‖

看 在 内 亲 将（呃）你 们 饶。

（右手扫指二子）

（【住头】曹操坐，伸摊右掌示意）起来，起来，不杀你们就是！

汉献帝　谢过外公。

二皇子　（抱拳躬身）多谢外公！

〔【撕边一锣】献帝按双掌招皇子，二子回到献帝身旁。

华　歆　（向曹操拱手）丞相，为何（立右砍掌）停剑不斩？

曹　操　看在内亲分上，饶了他们！

华　歆　丞相可记得（右手指外）晋国屠岸贾（右手左、右两指向下画圈后指地）搜孤救孤之故耳？！

曹　操　唔！（【冷锤】抓右衣袖放背后凑向华歆）依你之见？

华　歆　（右手指外，后摊双掌）药酒毒死也就完了！

曹　操　（向外想，回望华歆摊右掌）未曾带来。

华　歆　（从校尉甲手中抢过酒坛给曹看）我早就预备下了。

曹　操　但凭于你！
华　歆　校尉的！
八校尉　有！【大锣一击】
华　歆　将两个孽子绑了！
八校尉　啊！【乱锤】
二皇子　父皇！父皇……

〔"小边"校尉乙、丁上前分抓献帝及右侧皇子双腕"上场门"扯下；"大边"的校尉甲、丙分抓另一皇子手腕随下。

汉献帝　皇儿！皇儿……

〔华歆捧酒坛过台中，被身后的献帝双手扯住左臂，华歆左臂"轰开"，"上场门"下。献帝向左倒步双手抖指着曹操，曹操拔半剑相逼，献帝无奈回"小座"。"大边"校尉将虎头椅"下场门"送下，复上站原位。【冲头】华歆"上场门"上至"小边"台口。

华　歆　（向曹拱手禀告）孽子已死！
曹　操　（插剑，站台中"大边"一侧）二位将军听令！
司马懿
华　歆　（二人站"小边"里首，右侧是华歆。二人向曹拱手）在！【撕边一锣】
曹　操　整顿人马，（左手指外）大下江南！
司马懿
华　歆　（同）得令！

〔【急急风】司马懿出门"下场门"下，华歆随后，四校尉"插门"随下。曹操随走至中台口，左转身向里抖左袖，右手抓左袖尖，向献帝躬身施礼。

曹　操　老臣告退！

〔【扫头】曹操左转，抬左腿侧身出门，站中台口"大边"一侧，向右摔甩右袖，【冲头】反翻右袖背右手"下场门"下。献帝冲至中台口搭右袖上腕。【叫头】

汉献帝　伏后，御妻……【仕头】喂呀，妻呀……（【撕边】哭，左手扯右袖揾泪）
曹　妃　（"上场门"上至中台口向献帝拱手）啊，万岁，妾妃在此。（上前欲扶献帝）
汉献帝　哼！

〔【冷锤】向曹妃摔右袖，抓右袖背右手向"下场门"亮。曹妃无趣摔左袖"上场门"下。
〔唢呐奏〈尾声·合头〉。

——剧　终

倪茂才 白荫棠 **整理** 王连忠 李春雁 **记谱**

斩黄袍

根据李和曾演出录音及音配像整理

民国王梦生《梨园佳话》中说："《斩黄袍》一出内多'拔尖子'腔，与《战太平》相类，惟不须'打靶'，故喉佳者均可唱也。此类佳剧甚多，不胜记录。"的确，没有嗓子是唱不了这出戏的。"戏之佳处全在声音悦人，患寂者弦管以哗之，患郁者金鼓以震之，抱不平者妙歌缓节以柔下之，悲作客者闲情艳唱以慰劳之。"这也是《梨园佳话》中的警句。

《斩黄袍》是传自刘鸿声经高庆奎唱红了的一出戏。该剧情节梗概如下：五代后周柴荣既死，赵匡胤黄袍加身，纳河北韩龙妹韩素梅为妃，终日居韩宫，颇有晏安骄淫之态。因韩妃故，封韩龙为卿。赵匡胤义弟郑恩（子明），素憨直，入谏，不听。郑在殿前斥赵匡胤昏聩无道。赵匡胤怒甚，命缚之殿前，含怒入宫。妃悉其状，因与兄乘机构陷，将赵灌醉，矫旨出宫斩郑。高怀德数次飞章入宫力保，均为韩龙兄妹所匿。郑恩遂屈死。既而郑恩妻陶三春知之，率兵逼临城下。赵匡胤惧，始懊悔不及，唯苦求高怀德调停保护。高怀德即怒斩韩龙于御前，请杀韩妃，封荫郑恩妻子并赐黄袍，以谢郑恩魂于地下。赵匡胤不得已，一一从之，陶三春乃退兵。

我们收录的是高庆奎的高足李和曾的演出本。主演赵匡胤属红生，勾红脸，眉子勾盘云头，左龙右痣，象征帝王之像。整出戏从黄袍加身到斩黄袍止计 12 场，要演约 85 分钟。该剧以唱为主，以〔西皮摇板〕"梦里只见大兄王，江山大事付玄郎"开唱，后有多段朗朗上口的〔西皮流水〕，如十二句"他三人把话一样讲，在陈桥闷坏赵玄郎……"，十句的"天作保来地作保，在陈桥扶起龙一条……"等，都给观众带来美的感受。特别是那段脍炙人口的〔西皮二六〕"孤王酒醉桃花宫，韩素梅生来好貌容。寡人一见龙心宠，兄封国舅他妹封在桃花宫。内侍臣摆驾上九重……"，是当时的流行曲，大街小巷皆有人哼唱。

吴小如《京剧老生流派综说》在谈到高庆奎时说："高庆奎唱法的上的特点，除调门高，气力足，嗓音宽亮刚劲之外，快板比刘鸿声节奏鲜明，吐字比刘鸿声有顿挫，不像刘只能放不能收，只能高翻不能低转。然而高的禀赋毕竟不同于刘，没有刘的那种高爽美脆、清澈无尘滓的感觉，而代之以铿锵有力，疾徐有节，轻重有层次。另外，高还有两个明显的特点，亦为刘所无。一是高派独有的'疙瘩腔'，这与谭派的'疙瘩腔'名同实异。……高派的疙瘩腔则锋芒毕露，每个音符之间的转换曲折十分清晰，起伏变化异常明显，声带发音不用'擞儿'和颤音，而是把一个个音符有棱角地唱了出来，弄得不好，失之矫揉造作。现在李和曾还能掌握这个特点。"

《斩黄袍》是 20 世纪五六十年代李和曾经常演出的剧目，辅之以娄振奎之郑子明，李世霖之高怀德，珠联璧合，上座率很高。李和曾擅唱，在剧中无论是〔散板〕、〔流水〕、〔快板〕、〔二六〕，还是在〔摇板〕中的"嘎调"，尺寸快慢有致，口齿吐字有力，"嘎调"响入云霄，听其唱真是一种美好的享受。娄振奎乃铜锤三奎（另外二人为王泉奎、赵文奎）之一，他的嗓子宽厚高亢，唱腔气势宏伟。他饰演的郑子明性格爽直，念白用怯口（山西方言），一句对"雌雄眼能观天下，枣阳槊保定邦家"念得斩钉截铁，声震屋瓦。六句〔西皮快板〕"郑子明泪如梭，道声匡胤咱的哥。你坐江山亏哪个，全凭咱老郑枣阳槊。认悲含泪我就下殿角，看看何人把本托？”字字珠玑，感情真挚，令人动容。李世霖之高怀德，把一个文武老生应工的角色，拿捏得非常准确。保本未成，他心急如焚，弹髯口，抖水袖，几次欲闯宫与太监的一拦一闯，都到火候。脱蟒换靠后，露出万里侯的真容，挎宝剑、跨腿、蹉步很见功力。他的张扬与赵匡胤听说陶三春反后的懦弱，形成反差，一张一弛，极具喜剧效果。

这样一出高派的经典剧目，却少见于舞台，究其原因，一是演员功力不够，难以胜任；二是院团领导不够重视，没有把力量用在挖掘传统、培养人才上。但愿有识之士、有志之士，勉力而行，使经典剧目重见天日！

常立胜

人物行当

赵匡胤	红生	家　院	老生
郑　恩	净	黄门官	老生
高怀德	老生	二旗牌	杂
苗　顺	老生	四大铠	杂
陶三春	旦	二大太监	杂
韩　龙	丑	四小太监	杂
郑　英	小生	四龙套	杂
韩素梅	旦	四校尉	杂

服装扮相

赵匡胤　勾红色整脸。金踏镫、黑鬓发、头发黑三髯，红蟒、红褶子、苫肩、黑玉带，红彩裤，厚底靴。（第一场后换黄穗王帽、黄蟒、红玉带；第七场换黄穗九龙冠、黄帔；第十一场换甩发、面牌）

郑　恩　勾黑破脸。黑台顶盔、黑扎髯、黑耳毛子，黑蟒、紫褶子、苫肩、黑玉带，黑彩裤，厚底靴。（第九场换黑高方巾、黑素褶子）

高怀德　俊扮。纱帽、黑三，白蟒、红褶子、苫肩、黑玉带，黑彩裤，厚底靴。（第十一场换帅盔、白龙箭衣、白硬靠、红靠绸）

苗　顺　俊扮。改良相纱、杏黄绸条、黪鬓发、黪三，香色蟒、香色褶子、黑玉带，黑彩裤，厚底靴。（第八场换金相貂，第十一场摘相貂露黪发鬏）

陶三春　俊扮。梳大头、线尾子、水钻红头面、面牌，白花帔、湖色褶子、白花腰包，粉彩裤，白彩鞋。（第十二场换白七星额子、黑白腿翎子、黑白穗子、白硬靠、薄底鞋）

韩　龙　勾豆腐块。荷叶巾、八字吊搭，绿花褶子、小红绦子，黑彩裤，朝方靴。（第五场换圆纱帽、红官衣、红玉带、红褶子）

郑　英　俊扮。月色武生巾（红穗），月色花褶子、湖色衬褶子，湖色彩裤，厚底靴。

韩素梅　俊扮。梳大头、线尾子、水钻红头面，粉花帔、浅绿褶子、白花腰包，粉彩裤，月色彩鞋。（第五场换大过桥、黄穗、红宫装、红云肩）

家　院　俊扮。黑素软罗帽、黑三，黑素褶子、紫大带，黑彩裤，厚底靴。

黄门官　俊扮。纱帽、蓝绸条、白三，绿蟒、黑玉带，红彩裤，厚底靴。

二旗牌　俊扮。黑大板巾、黑三，蓝花箭衣、黑花马褂、苫肩、大带，红彩裤，厚底靴。

四大铠　俊扮。红铠盔，红大铠服，红彩裤，薄底靴。

二大太监　俊扮。大太监盔（黄穗），大太监衣、小绦子，红彩裤，厚底靴。

四小太监　俊扮。小太监盔，小太监衣，红彩裤，薄底靴。

四龙套　俊扮。蓝小板巾，蓝龙套衣，黑彩裤，薄底靴。

四校尉　揉脸。黑大板巾、小额子、牵巾，紫素箭衣、黄素马褂、苫肩、大带，黑彩裤，薄底靴。

道具

桌　子	两张（一大一小）
腰　刀	四把
托　盘	两个
酒　斗	四个
香　炉	一个
黄　绫	一块（上写“乾德元年赵”）
马　鞭	两根（黑、黄各一根）
折　扇	一把
牙　笏	两个
惊堂木	一块
金瓜棍	两个
彩　头	一个（红绸盖着）
蓝标旗	四面
金杆女大刀	一把
红色花桌围	一份
烟色花桌围	一份
黄龙桌围、椅披	各一份
湖色花桌围、椅披	各一份
黄素小帐子	一个
椅　子	四把
宝　剑	两口
酒　壶	两个
红蜡扦	两个
荷包枪	四杆
黑　布	一块
文房四宝	两份
圣　旨	一份
红　帖	两张
金瓜锤	两个
白绸条	一个
云　帚	两个
城墙片	一个
黄　袍	一件
红色花椅披	四份
烟色花椅披	两份
肉色花桌围、椅披	各一份
黄素桌围	一份

第一场

〔大堂桌、八字椅。红色花桌围椅披。

〔**【大锣打上】**四大铠（左手扶腰刀右"山膀"）、二旗牌（左手提箭衣襟，右"山膀"）"上场门"上"站门"。**【四击头】【扬钹】**赵匡胤左手握剑柄右手提蟒襟，郑恩左手握袖右手提蟒襟，二人"上场门"款步"搭轿"上，至"九龙口"前亮住，赵匡胤站里首，右侧是郑恩。**【一锤锣】**二人前行两步抖双袖、整冠、捋髯再前行，赵匡胤站中台口，右侧是郑恩。二人同抖单袖**【大锣归位】**。

赵匡胤 少打关西闯帝邦。

郑　恩 董家桥前（右手指外）摆战场。（双按掌）（台·大 台）①

赵匡胤 铜坠董龙、董虎丧，（右手指外）

郑　恩 咱保大哥（右手指外）柴氏王。（拱手）

赵匡胤 （右转向郑拱手）三弟！**【一锤锣】**

郑　恩 （向赵拱手）二哥。

赵匡胤 （右掌让坐）请坐。

郑　恩 （伸左掌让坐）坐下，坐下。

〔四大铠、二旗牌归里站"八字"，赵匡胤坐"大边"座，郑恩坐"小边"座。

赵匡胤 啊三弟！

郑　恩 （拱手）二哥。

赵匡胤 （向外拱手）兄王晏驾，不知傅后怎样传旨下来？（摊双掌）

郑　恩 少时（向外拱手）先生（右手指外）、御亲驾到，便知（右手二指向下画圈）明白。

〔幕内架子："先生、御亲到！"

旗　牌 （向赵拱手禀告）先生、御亲到！

赵匡胤 （向外拱手）有请！

旗　牌 （向外拱手）有请！

〔奏唢呐曲牌〈小傍妆台〉

〔赵匡胤前行至中台口，出门站中台口"大边"一侧；郑恩随后出门，站赵右侧。同时二旗牌两边下，搬椅子放桌旁"八字椅"的外侧后回原位。苗顺"上场门"上，高怀德随后，至中台口与赵、郑互拱手、礼让，苗顺进门站台中"大边"一侧，高怀德随后站"大边"。郑恩进门至"小边"，赵匡胤随后进门站台中"小边"一侧。四人"合扇"转身互拱手，台中一横排，面向堂桌行躬身礼。苗顺坐"大边"桌旁跨椅，高怀德坐其左侧；赵匡胤坐"小边"桌旁跨椅，郑恩坐其右侧。曲牌止。

赵匡胤
郑　恩 （同拱手共念）不知先生、御亲驾到，未曾远迎，当面恕罪！

苗　顺
高怀德 （同拱手共念）岂敢！我等来得鲁莽，二家千岁海涵。

---

① 此剧郑恩念怯口（山西语音），如后面"坐下"的"下"读hà。

赵匡胤
郑　恩　（抱拳躬身）岂敢。

赵匡胤　（向外拱手）兄王晏驾，不知傅后怎样传旨（摊右掌）下来？

苗　顺　（单手指外）傅后传旨下来：无论哪家沾亲带故之人，（伸三指）执掌三年五载，（向外拱手）候幼主成龙，原业（摊双掌指外）归宗。

郑　恩　（拱手）二哥！

赵匡胤　三弟。

郑　恩　（右掌指外）傅后虽是女流之辈，（伸右赞美指）倒有男子的度才！

赵匡胤　（伸右赞美指）男子的度才！

苗　顺
高怀德　（二人起身拱手）告辞！

赵匡胤　（伸双掌起身拦）且慢！备得酒宴，（拱手）与先生、御亲同饮？

苗　顺
高怀德　（拱手）到此就要叨扰！

赵匡胤　（按双掌）
郑　恩　（左手掏“扎”）（同）酒宴摆下！

〔奏唢呐曲牌〈小傍妆台〉。

〔二旗牌两边下各取一托盘，上放一酒壶、二酒斗放桌上站回原位；四大铠分别将桌旁跨椅改成“大座”和“中偏椅”；将两边椅改成桌旁椅后回原位。四人前行。赵匡胤站台中“小边”一侧，右侧站郑恩；苗顺站台中“大边”一侧，左侧是高怀德。四人抖双袖、整冠、捋髯，“合扇”转向里躬身施礼。赵匡胤从“小边”一侧入桌后坐“大座”；苗顺走“大边”一侧入桌后坐“中偏椅”；郑恩坐“小边”桌旁跨椅；高怀德坐“大边”桌旁跨座。二旗牌斟酒后回原位。曲牌止。

赵匡胤　（端酒斗让、请）先生、御亲、三弟请！

苗　顺
高怀德　（端酒斗拱手）二家千岁请！

〔奏唢呐曲牌〈园林好〉随曲牌起四人单袖遮面饮酒，互亮酒斗。二旗牌再斟酒，四人互让再饮。赵匡胤酒醉放酒斗右袖挡面。**【小锣带锣】**苗顺起身出位站堂桌前；高怀德站台中“大边”一侧。

苗　顺　（右手背供，摊左掌指外）三千岁请过来。

郑　恩　（前行至“小边”一侧）先生做啥？（摊右掌）

苗　顺　（右拇指指身后）看二千岁酒醉，何不将（扬右掌指头）冲天冠、（右掌自指身上）赭黄袍，与他穿戴起来。（摊右掌）

郑　恩　啊！（左拇指指身后赵）他醒来若问？（摊左掌）

苗　顺　啊，（向外拱手）就说上苍所赐。

郑　恩　啊！（右手指上方）上苍所赐？哈哈哈……

苗　顺　哈哈哈……

〔奏唢呐曲牌〈小傍妆台〉。

〔苗顺站桌前，右侧是高怀德左侧是郑恩；旗牌、大铠“合龙口”，旗牌站苗顺背后，身后是大铠，众人皆背对观众而立。赵匡胤“下场门”下换装①，换上王帽、黄穗、黄蟒、红玉带后回“大座”。曲牌止。

众　人　万岁醒来！

〔【撞金钟】苗顺回“大边”桌旁，左侧是高怀德；郑恩站“小边”；大铠、旗牌回原位站定。赵匡胤右手扶桌、左手握剑柄。

〔西皮散板〕

赵匡胤　サ(7 6 6.5 5 5 i 3 2 7 6 2 1 1 -) 3. 6 5 5. 6 5.
梦 儿里只见

(5 3) 5. 3 5 6. i 5. (2 3 6 5 -) 4 - 3
大 兄 (呃)王， (仓) 江 山

3 2 3 3 2 3 5 - 2 1 3. 5 2 3 2. 1 6 1 i -
大 事 付 玄 郎。

(6 5 5 2 1 6 2 1 -) 1 2 3 3. 2 (2. 1 6 6. 1 2)
(仓) 猛 然 睁 开
（双掌互揉两揉眼）

2 2 1. 2 3 3 - 2 - 2 2. 2 1 2 -
丹 凤 眼 (哪 呃)，
（按双拳看外）

苗　顺
高怀德　（三人向赵躬身、抱拳、施礼）万岁！【撕边一锣】
郑　恩

〔赵匡胤双掌扶桌望众人后看外。【撕边一锣】

〔亮弦〕

(6 1 2 -)

〔【快纽丝】赵起身左手握剑柄从“小边”一侧出桌到台中。苗顺前行站“大边”，左侧是高怀德，与“小边”的郑恩形成“八字”。

---

① 旧戏班是“跟包的”上台给演员换装，净化舞台后演员下场换装。鉴于赵匡胤酒醉的剧情或可由苗顺、高怀德搀扶下场换装，也可考虑由二旗牌搀下。

斩黄袍

〔西皮散板〕

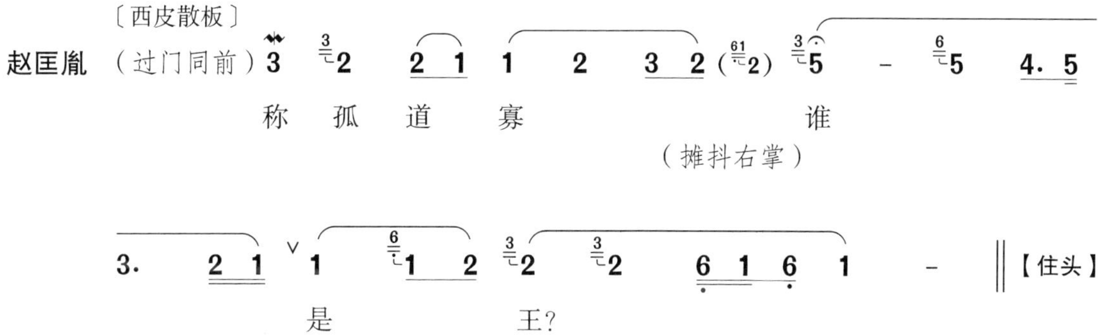

郑　恩　（拱手）恭喜咱的二哥！贺喜咱的二哥！

赵匡胤　（摊右掌）喜从何来？

郑　恩　（左掌指赵头）你头戴冲天冠，（摊双掌指自身）身穿赭黄袍，（伸双赞美指）做了皇帝，哦，（拍双掌）岂不是一喜！（摊双掌）

赵匡胤　（右手自指头再指自身）这冲天冠赭黄袍，（摊右掌）是哪里来的？

郑　恩　哦，（向外摊双掌）这个……**【撕边一锣】**

苗　顺　啊，（上前向外拱手）上苍所赐。

郑　恩　啊！（向外拱手）上苍所赐！

高怀德　（向外拱手）上苍所赐！

赵匡胤　噢，（右手捋髯思索、摊右掌）这倒奇了！

〔亮弦〕

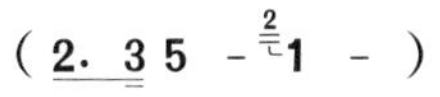

〔西皮流水板〕

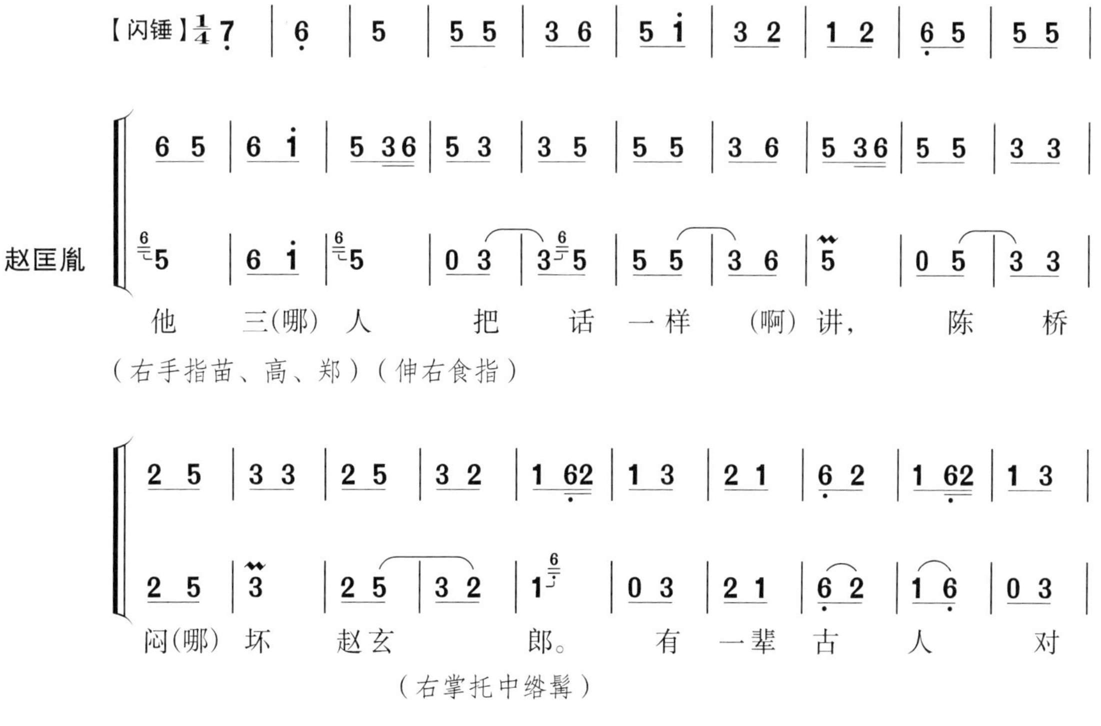

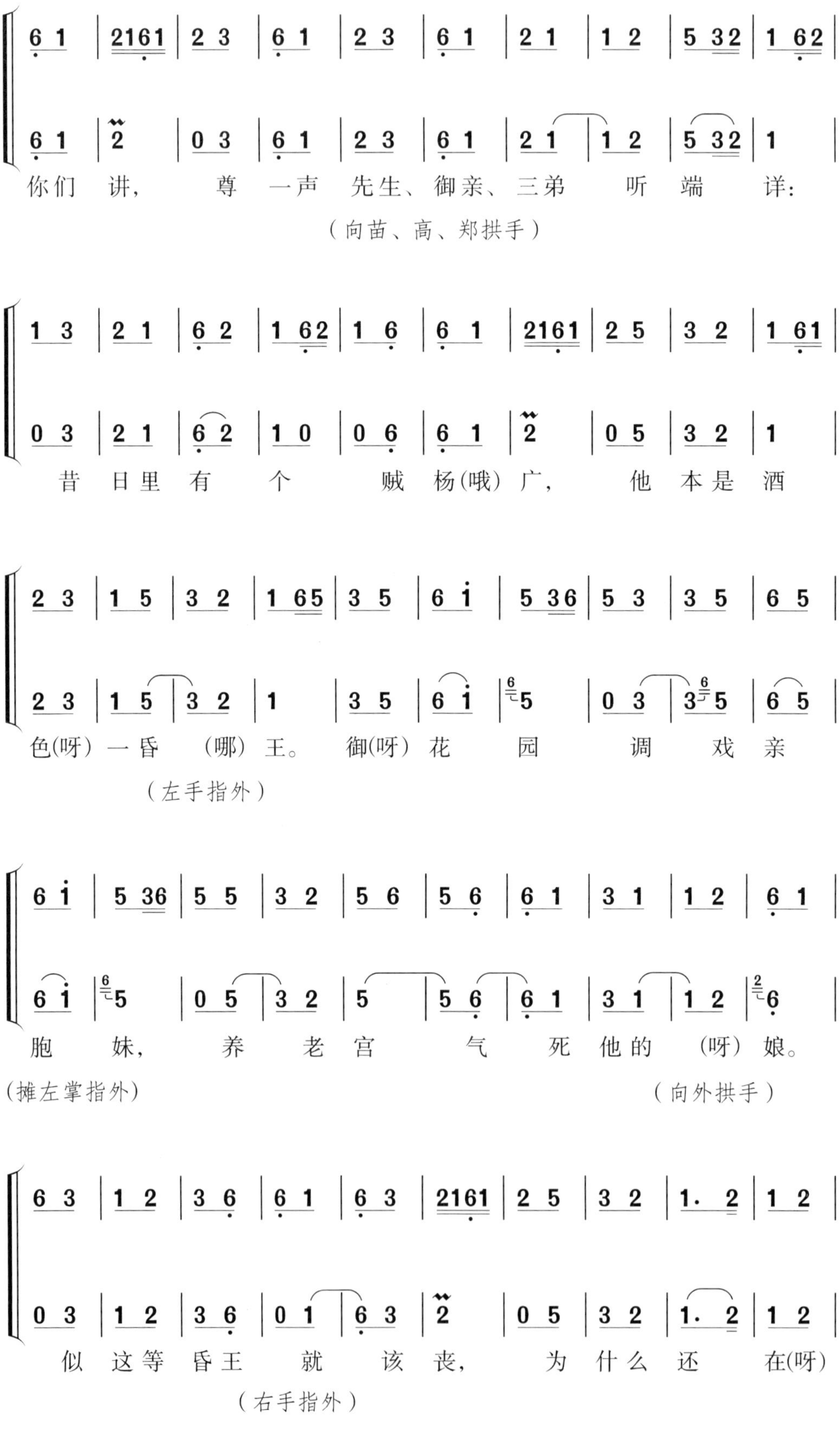
你们 讲, 尊 一声 先生、御亲、三弟 听 端 详:
（向苗、高、郑拱手）
昔 日里 有 个 贼 杨(哦) 广, 他 本是 酒
色(呀) 一昏 (哪) 王。 御(呀) 花 园 调 戏 亲
（左手指外）
胞 妹, 养 老 宫 气 死 他的 (呀) 娘。
(摊左掌指外)
（向外拱手）
似 这等 昏王 就 该 丧, 为 什么 还 在(呀)
（右手指外）

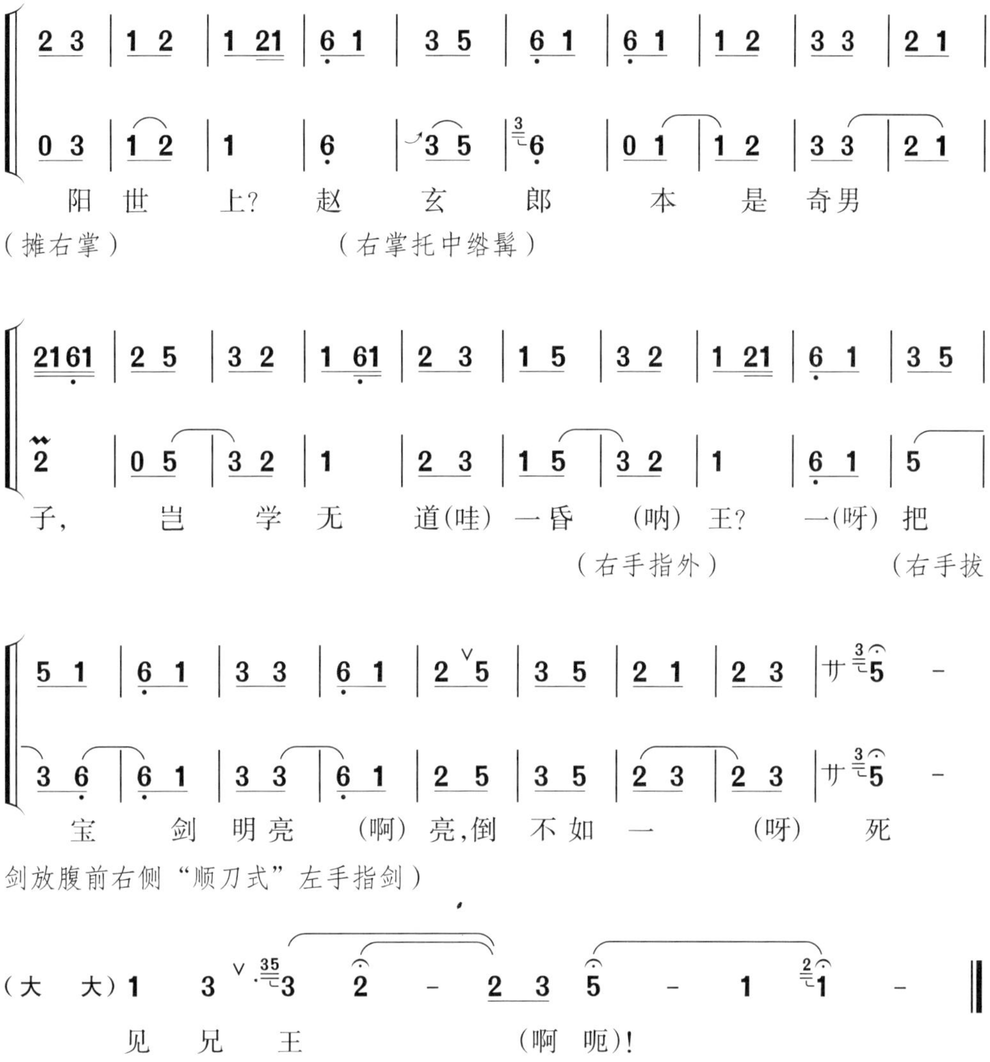

〔赵匡胤横剑右肩上欲自刎，【长尖】苗顺、高怀德伸左掌拦阻，郑恩左手抓赵右腕，右手夺剑递给右侧旗牌，旗牌接剑，“上场门”送下复上回原位。

郑　恩　（摊左掌指外再指赵）嘿，二哥，做皇帝也在你，（摇摆右掌）不做皇帝也在你，为何寻此短见呢？（双掌互击后摊双掌【撕边一锣】）

苗　顺　大家不必如此，（向外拱手）请到天地坛祈告上苍。天赐哪家国号，（摊右掌）哪家执掌。

赵匡胤　好，（右手指外）打道天地坛。

苗　顺　（左手指外）打道天地坛。

〔奏唢呐曲牌〈小傍妆台〉。

〔四大铠、二旗牌依次“插门”“下场门”下；高怀德在前，苗顺、郑恩随后，赵匡胤最后“下场门”下。

第 二 场

〔中场后设祭坛:堂桌、黄素桌围、黄小帐子、两蜡扦、一香炉,帐子正中悬一黄绫,上写:“乾德元年赵”。绫上附黑布遮挡。

〔在唢呐曲牌〈小傍妆台〉中高怀德、苗顺、赵匡胤、郑恩依次“上场门”上至台中一横排,同抖双袖、整冠、捋髯,“合扇”转向里单腿跪拜。苗顺上前取下黄绫,双手捧绫领引高怀德、郑恩、赵匡胤向前走小圆场“上场门”下。

第 三 场

〔堂桌、“大座”(黄龙图案桌围椅披),桌上放一托盘(内有文房四宝)、圣旨、尚方宝剑。

〔奏唢呐曲牌〈小傍妆台〉。

〔苗顺双手捧黄绫“上场门”上,至台中“大边”一侧;郑恩随后至“小边”一侧;一旗牌双手捧托盘暗上站“小边”,盘中有文房四宝。曲牌止。

苗　顺　(左手持黄绫右手指台中)啊,三千岁请过来。

郑　恩　(摊右掌)先生做啥?

苗　顺　(右手指黄绫)请来添上一笔。

郑　恩　(看外再看苗)你又来取笑。

苗　顺　怎么?

郑　恩　(左掌自指)明知俺老郑(摇摆左掌)不识字,岂不是(摊双掌)取笑?

苗　顺　原要个不识字的。(右手指郑)

郑　恩　噢,原要个(摆右掌)不识字的,好,(招右掌)看笔来、看笔来、看笔来!(旗牌递托盘,郑恩右手满把攥住笔放在胸前)

苗　顺　呃,三千岁你(用下颌指郑手中笔的握姿)这是怎样的拿法呀?

郑　恩　(左手指右手笔)这还有个名堂啊。

苗　顺　什么名堂?

郑　恩　(左手扯右袖看右手笔后举右拳)神仙一把抓!

苗　顺　哎呀,(伸右赞美指)好个神仙一把抓!

郑　恩　(向外拱手)当年柴大哥登基,(左手扯右袖亮右手笔)是咱老郑这一笔;(向右前拱手)如今二哥登基,(先亮右手笔左手再指笔)又是咱老郑这一笔;(左手扯右袖,右手握笔向下方画圈后举笔)万里江山一点墨。

〔郑恩握笔上前在苗顺双手捧的黄绫上点一笔。【撕边一锣】扯下黄绫上的黑布连笔交与旗牌“上场门”送下。同时高怀德在前赵匡胤在后二人“上场门”上,高走苗顺身后至“大边”苗的左侧,赵走郑恩身后至台中“小边”一侧,右侧是郑恩,四人成“八字”站立。

苗　顺　(向外)哈哈……(双手举黄绫)万岁请看!

赵匡胤　(【撕边一锣】右手捋中绺髯看黄绫后摊右掌指读绫上字)“乾德元年赵”。(向苗拱手)

先生请！（摊左掌让）

苗 顺 （退步躬身）万岁请！（将黄绫压在桌上托盘下）

赵匡胤 （向高怀德拱手）御亲请！

高怀德 （拱手躬身）万岁请！（摊右掌让）

赵匡胤 （回身向郑拱手）三弟请！（摊右掌指里）

郑 恩 （拱手向前）二哥，你就坐下了罢！（摊双掌）

赵匡胤 （双手弹中绺髯、双托髯）玄郎【**大锣一击**】（向外拱手）不恭了！

〔亮弦〕

サ（5 － 1 －）

【**闪锤**】抖双袖。

〔西皮流水板〕（过门同前）

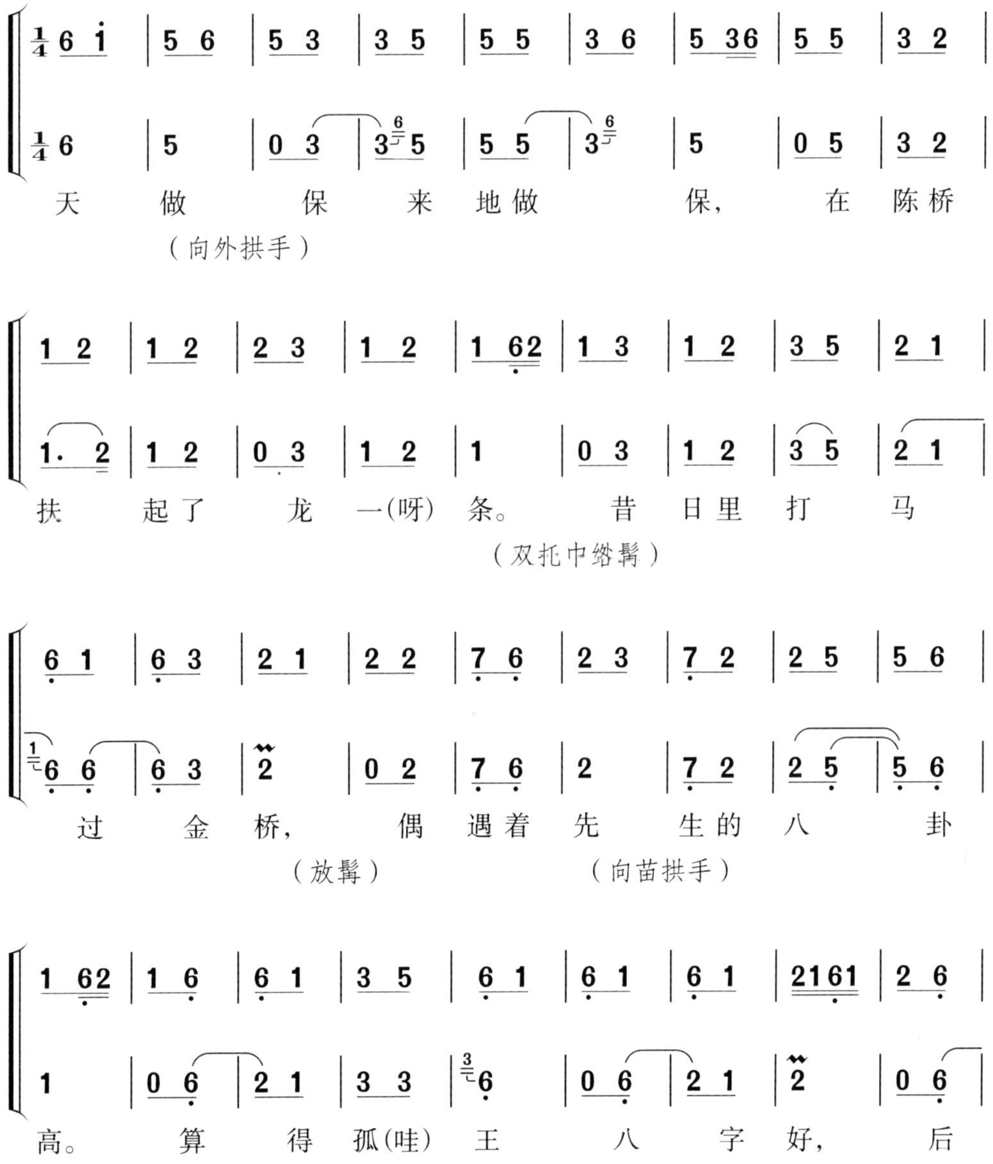

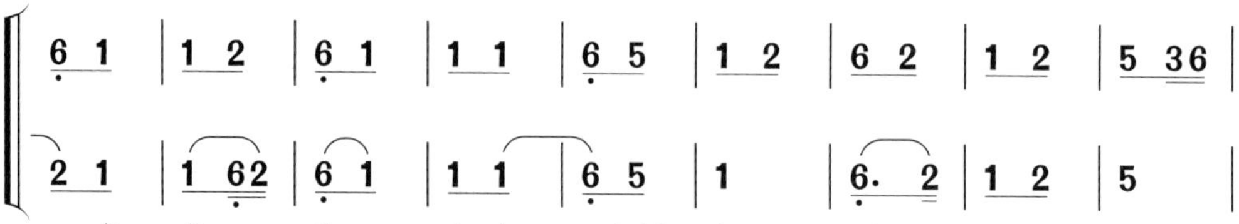

来 必 定 坐 九 (哇) 朝。 到 如(喏) 今

（伸右赞美指）

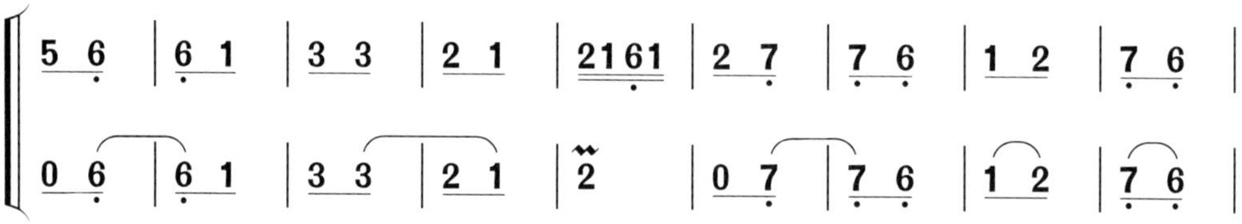

果 应 前 言 兆, 你 比 诸 葛

（右掌指下方） (右掌搂左袖角伸左赞美指)

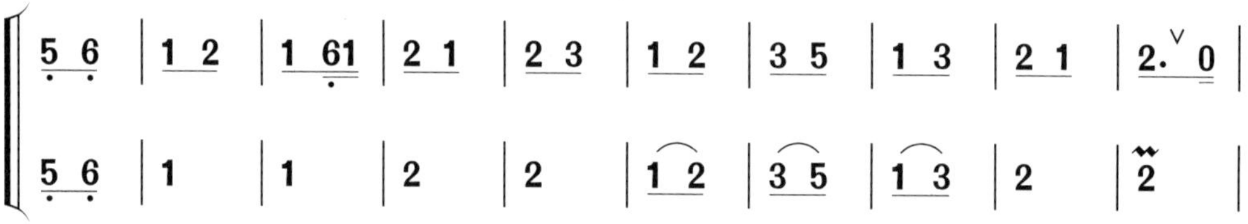

不差 分 毫。 施 罢 一 礼 坐 陈 桥,

（向苗顺拱手躬身施礼后转向郑拱手）

廿(大 大) 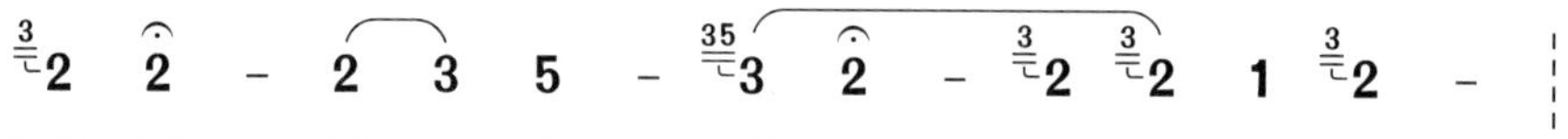

（双托髯）玄 郎 不 恭 了 (哇 呃),

［【闪锤】赵匡胤右转身入“大座”，苗、高、郑向赵抱拳躬身。苗顺站“大边”，左侧站高怀德，郑恩站“小边”。同时四小太监“瓜锤”领“瓜棍”两边上，站后排“八字”；二大太监右手持云帚同时两边上站桌两旁。

〔西皮流水板〕（过门同前）

赵匡胤 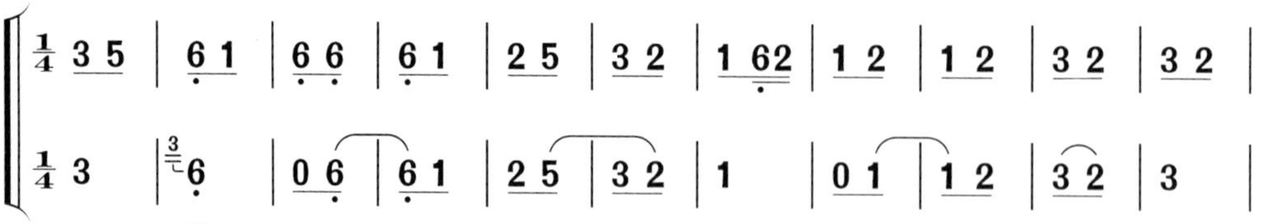

三 弟 近 前 听根 苗: 你 若 真 心

（右掌招呼郑）

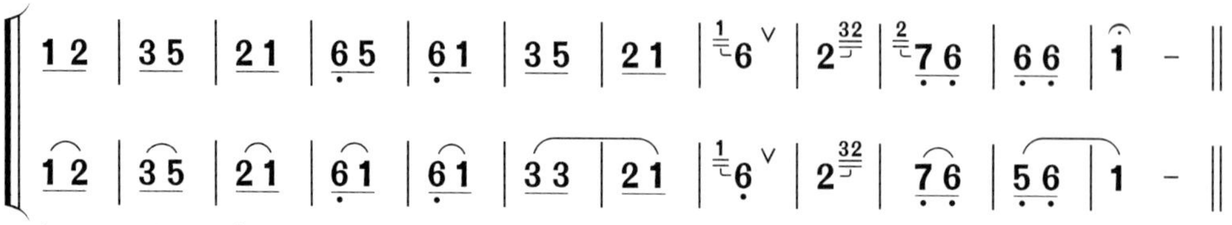

把 孤 保, 北 平 王 位 永 在 朝。

（右掌自指） （伸右赞美指）

郑 恩 （向外拱手）老王封过。

〔西皮流水板〕（过门略）

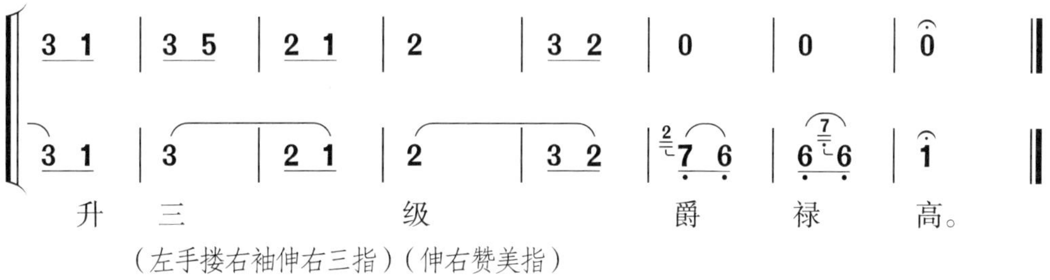

郑 恩 （向赵拱手）谢万岁！

【闪锤】〔西皮流水板〕（过门同前）

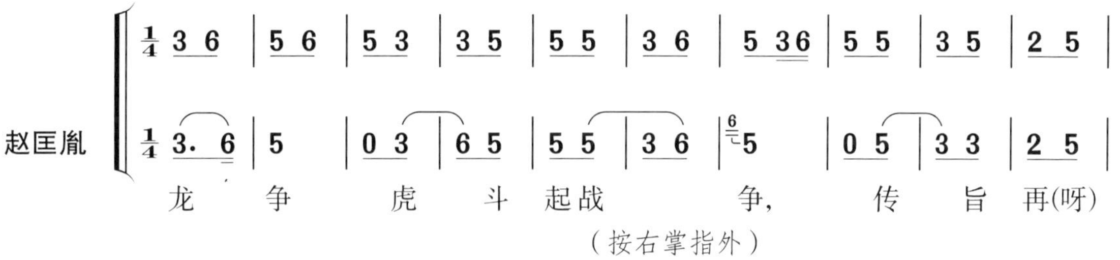

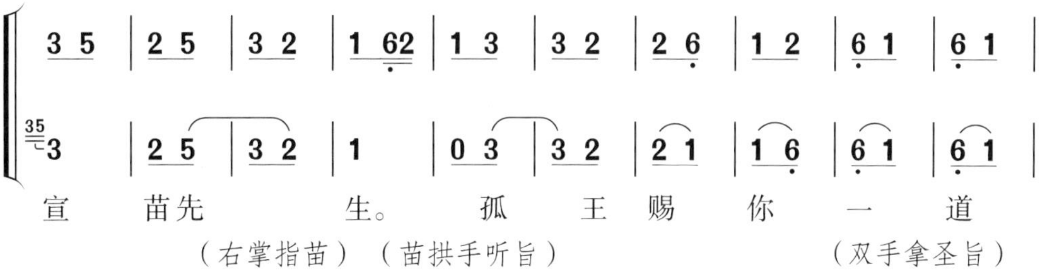

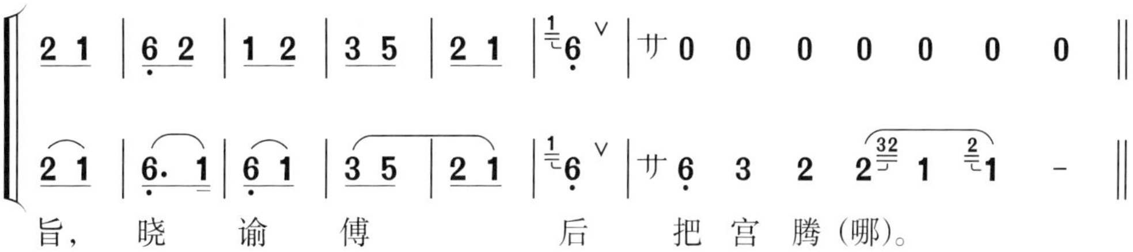

〔“大边”的大太监接旨递苗顺。**【散长锤凤点头】**

苗 顺 领旨！（双手接旨转向外）

〔西皮摇板〕

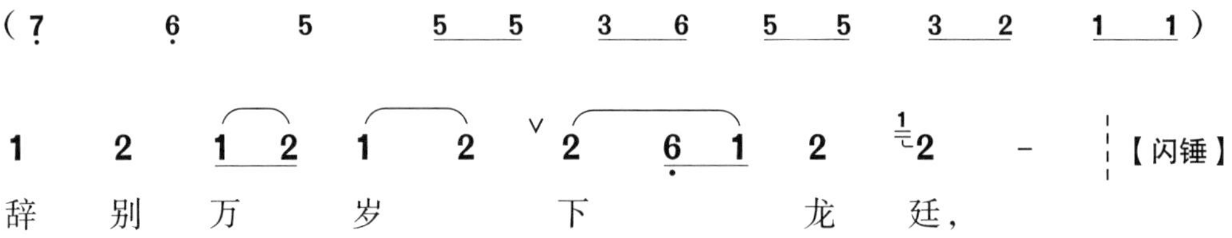

（上至台中向赵躬身行礼，左转出门行至“大边”台口回身）

〔西皮摇板〕

（过门同前）

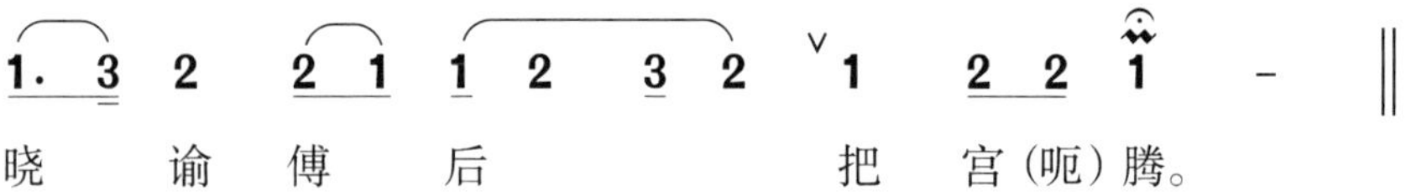

〔【闪锤】苗顺“下场门”下。

〔西皮流水板〕（过门同前）

赵匡胤

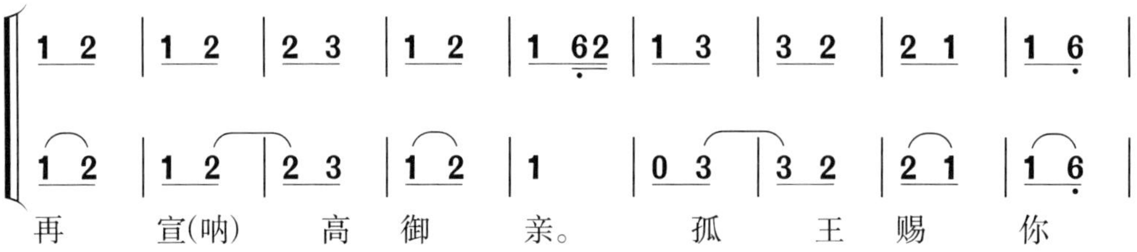

（左掌招高） （高怀德躬身）

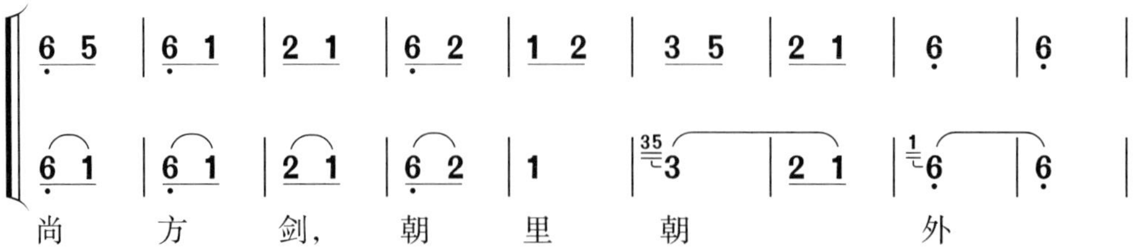

（桌上拿宝剑）

〔“大边”的大太监接剑递高怀德。【散长锤凤点头】

高怀德 领旨！（躬身拜、接剑、左手抱剑转向外）

〔西皮摇板〕

（过门同前）1 2 1 3 ³2 2 1 1. 3 ³2 – 【快长锤】

陈 桥 奉（呃）了 万 岁 （呀）命，

（向外拱手）

（随唱尾音至台中向赵躬身施礼，左转出门至“大边”台口抖右袖）

（过门略）6. 2 1 1 3 ³2 2 1 1. 6 1 –

朝 里 朝（哇）外 查 得 清。

（按右掌向左向右平移） （右手指外）

〔【闪锤】高怀德“下场门”下。

赵匡胤 （双捋髯、右手拿笔蘸墨、略想）

〔西皮流水板〕（过门同前）

| 1/4 4 6 | 3 5 | 3 5 | 3 3 | 3 5 | 3 2 | 3 4 | 3 6 | 6 1 |
| 1/4 4 | ³⁵3 | 0 5 | 3 2 | 3 5 | 3 2 | 3 | 0 6 | 6 1 |

孤 王 金 殿 出赦 条， 晓 谕

（扶案疾书）

| 2 3 | 1 6 | 2 5 | 3 2 | 1 62 | 1 3 | 3 2 | 2 1 | 1 2 |
| 2 | 1 | 2 5 | 3 2 | 1 | 0 3 | 3 2 | 2 1 | 1 6 |

天 下 皆 知 晓： 一 赦 钱 粮

| 1 5 | 6 1 | 2161 | 2 6 | 6 1 | 2 3 | 1 6 | 2 5 | 3 2 |
| 0 6 | 2 1 | 2 | 0 6 | 6 1 | 2 | 1 | 2 5 | 3 2 |

和 钱 钞， 二 赦 囚 犯 出 监

（放笔拿帖） （将帖交“大边”大太监摊右掌指外；

| 1 | 2 | 1 5 | 3 5 | 3 1 | ³2 | 4 3 | 2 1 | 6 1 | 2 |
| 1 | 2 | 1 | ³⁵3 | 1 2 | 2 | 0 | 0 | 0 | 0 |

牢。 此 地 不 是

大太监接帖出门“下场门”下）

转〔西皮摇板〕

廿 2. 3 1 2 ∨ 3 5 – 3 – – 3 3. 5 2 –

藏 龙（啊） 道，

（右手指外）

〔（6. 1 2 –）郑恩搭左袖上腕举至肩头向外亮相。

（顷 – 仓）

〔西皮摇板〕

郑　恩　2. 5 3 3 2 1 2 2 ∨ 1 2. 5 3 2 – 3 2 1 1 –

咱 保 二 哥 坐 九 朝。

（右手扯左袖向赵拱手）　（按右掌向右移）

〔【住头】抱拳躬身向赵禀告。

此地不是藏龙所在，请驾转去汴梁！（右手指外）

赵匡胤　（右手指外）摆驾汴梁！

众　啊！

〔【长尖】四大铠持荷包枪两边上；四小太监归正；大太监从桌边取下黄绫对折左手端捧。大铠甲为赵匡胤、乙为郑恩带马鞭至中台口，后回原位。郑恩、赵匡胤上马。

〔奏唢呐曲牌〈香柳娘〉四大铠领四小太监台中“插门”，“下场门”下；【一锤锣】大太监捧黄绫、郑恩持马鞭随下；赵匡胤中台口加鞭下。

第 四 场

〔堂桌、“小座”。肉色花桌围椅披。

〔【撤锣】

〔韩龙内白：“嗯哼！”【小锣上场】右手持扇“上场门”上至“九龙口”前稍亮，即至中台口抖左袖。

韩　龙　手拿白纸扇，（左手扯右袖，再亮扇）

终日问签占。（扇指左下方）

一心做高官，（扇交左手横握，右手伸赞美指）

每日常思叹。（扎）（右手拿扇击左掌）

在下湖北韩龙。忆当年赵匡胤避难我家，（右手扇指外）是他言道：日后若登大宝，（右手扇扰左袖伸左赞美指，后扇指“上场门”）封我妹一宫。闻听人言，他在汴梁继位，（右手扇指“上场门”）不免将小妹唤出，（扇指外）一同前去讨封。啊，（向“上场门”扬右手扇招呼）贤妹哪里？（转身坐“小座”）

〔韩素梅内白：“来了！”【小锣旦上场】“上场门”上，至“九龙口”前稍亮，抖右袖至“小边”。

韩素梅　忽听（向外拱手）兄长唤，（右手指台中）向前问根源。（抖右袖台中进门）【小锣一击】

兄长。（站台中“小边”一侧）

韩　龙　（离座至台中“大边”一侧）啊，贤妹。

韩素梅　（右掌自指胸）将小妹唤出（摊右掌）有何吩咐?

韩　龙　昔日赵匡胤避难我家，（扇指下方）是他言道：日后若登大宝，（扇指素梅）封妹一宫。闻听人言，（扇指外）他在汴梁继位，将贤妹唤出，（扇指右前方）一同前去讨封。

韩素梅　你我（摊右掌）几时启程?

韩　龙　（扇指下方）即刻登程。正是：（扎）（抖左袖扇指下方）
收拾行和李，（“下场门”下）

韩素梅　早登（右手指右前方）凤凰城。（【小锣打下】“下场门”下）

第　五　场

〔堂桌、内“大座”（黄龙桌围椅披）。桌上摆放香炉、圣旨。

〔奏京胡曲牌〈西皮小开门〉。

〔四小太监“上场门”上“站门”，二大太监右手持云帚随上；赵匡胤双端带健步上至“九龙口”前稍亮，前行至中台口抖右袖，右掌抚中绺髯。

赵匡胤　（念〔引子〕汴梁登大宝，（按双掌）众文武

サ 1 2 1 2 5 3. 1 2 - 3 2 3 2 6 7.6 5 6 5 7 6 - ‖

庆　贺　早　朝。

〔赵匡胤右转身入“大座”；四小太监随归里站“八字”，大太监站桌两旁。同时黄门官左手抱牙笏“上场门”上，中台口进门站中，向赵躬身行礼。

黄门官　臣黄门官见驾，吾皇万岁!

赵匡胤　（伸右掌）平身。

黄门官　谢万岁！（站“大边”。曲牌止）

赵匡胤　黄门官，上殿有何本奏?

黄门官　（双手抱牙笏向赵）臣启万岁：今有湖北韩龙，前来进妃，现在午门候旨。

赵匡胤　（右掌抚中绺髯稍想）宣韩龙冠带上殿（右手指外）。

黄门官　领旨。（左手抱牙笏站台中）万岁有旨：（右手指外）韩龙冠带上殿。

〔韩龙内白：“领旨！”【小锣打上】

〔黄门官出门“下场门”下。韩龙左手抱牙笏“上场门”上，至“小边”台口抖右袖。

韩　龙　为登龙虎榜，（向外拱手）上殿见君王。（【小锣一击】台中进门站中，向里躬身）臣，韩龙见驾，（跪右腿）吾皇万岁!

赵匡胤　下跪何人?

韩　龙　湖北韩龙。

赵匡胤　前来做甚?

韩　龙　前来进妃。

赵匡胤 进的何人？

韩　龙 吾妹韩素梅。

赵匡胤 （伸右掌示意）平身！

韩　龙 谢万岁！（【小锣一击】起身左手抱牙笏站“小边”）

赵匡胤 内侍。

大太监 （躬身）有。

赵匡胤 （右手指外）宣韩素梅容装上殿。

大太监 遵旨，（站台中向外）韩素梅容装上殿哪！（向外甩云帚后归原位）

〔韩素梅内白：“领旨！”

〔【小锣旦上场】韩素梅“上场门”上至“小边”台口抖右袖。

韩素梅 （向外拱手）几载未见君王面，（右掌自指脸）今日才得面龙颜。

〔【小锣一击】中台口进门，台中向里跪双腿。

韩素梅见驾，吾皇万岁！

赵匡胤 下跪何人？

韩素梅 韩素梅。

赵匡胤 为何不抬起头来？

韩素梅 有罪不敢抬头。

赵匡胤 恕你无罪！（伸右掌示意）

韩素梅 谢万岁！（抬头）

赵匡胤 （右掌扶中绺髯望韩）哈哈哈……【小锣一击】孤王有言在先：（右掌指桌）若登大宝，（右手指外）封为桃花宫院。内侍！

大太监 （“大边”大太监躬身向赵）有。

赵匡胤 领进桃花宫。

大太监 遵旨，（上前向韩素梅躬身）娘娘随奴婢来呀！（出门，“下场门”下）

韩素梅 万万岁！（起身向外出门边念边走）不是万岁宠，怎占桃花宫。（右手指外【小锣一击】“下场门”下）

赵匡胤 韩龙听封。

韩　龙 臣！（向赵单腿跪“小边”）

赵匡胤 （右手指韩龙）封你为大理寺正卿。

韩　龙 谢主龙恩！

赵匡胤 （伸右手三指）夸官三日。（摆右掌）千万不要撞着三千岁，若是撞着，（双掌端中绺髯）孤王不管（从桌上拿圣旨）！领旨下殿。

韩　龙 谢万岁！（上前接旨）

〔胡琴奏〈西皮小开门〉。

赵匡胤 （摊双掌示意）退班！（离座“下场门”下）

韩　龙 请驾回宫。

〔众太监两边下；韩龙送赵下后出门，【小锣打下】圣旨放牙笏上双手捧托，“下场门”下。曲牌随锣鼓声收住。

第六场

〔空场。

〔【一锤锣】【水底鱼】四龙套“上场门”上“站门”；郑恩左手提蟒襟握右袖上至台中抖右袖。

郑　恩　适才校场习过咱的枣牙槊，娃子的！（望众人）

四龙套　有。

郑　恩　（挥左掌）打道回！

四龙套　啊！

〔【水底鱼】四龙套“插门”后走小圆场至“小边”站“一条鞭”；郑恩随小圆场至台中。同时韩龙“下场门”暗上至台中，与郑恩碰面相遇，【撕边一锣】韩龙急翻右袖护头，在“大边”背身而立。【撕边一锣】

郑　恩　（左手扯右袖右手指身后韩龙）他是何人？

四龙套　韩龙过去！（韩龙想避开走去）

郑　恩　（招左掌）唤他回来！

四龙套　（甲招右掌）韩龙转来！

〔【撕边一锣】韩龙转向外，【五锤】行至“大边”台口看郑后转向外。

韩　龙　（伸右掌“背供”，右手指郑）哎哟，怕遇着他，偏偏就遇见了。唉！（右手指郑）只得向前。啊，三千岁！喏喏喏，（左手扯右袖屈左腿给郑行礼）小官有礼了。

郑　恩　你乃何人？

韩　龙　湖北韩龙。

郑　恩　（右掌指下方）前来做啥？

韩　龙　前来进妃。

郑　恩　（摊左掌）进的何人？

韩　龙　（右手指外）我妹韩素梅。

郑　恩　（向外拱手）万岁是怎样的传旨？

韩　龙　（右手指左后）封为桃花宫院。

郑　恩　（右手掏扎，左手指韩）你呢？

韩　龙　（双端带）大理寺正卿。

郑　恩　（抬左掌“背供”）哎呀二哥！（【撕边一锣】右手指外）这就是你的不是了！（向外拱手）当年柴大哥登基，（摊右掌指外）南唐窦瑶（掌指下方）前来进妃，到后来（按双掌）火烧了药王庙；（摊右掌指韩龙后指下方）如今韩龙又来进妃，（摊双掌）真是不祥之兆！哎呀这这这……（右掌拍头略想【撕边一锣】）嗯！（手背击手掌，左手拢右袖右手指左边韩龙）我打发他娘的回去。（双端带）韩龙！

韩　龙　（转身向郑抱拳躬身）啊三千岁。

郑　恩　（招左掌）近前来，有话对你言讲。

韩　龙　哎呀，（摊双掌向后退步）他怎么叫我过去？

郑　恩　哎，近前来！

韩　龙　（犹豫着凑近）啊，有何话讲？（郑恩右掌打韩耳光，韩龙右转右手捂左脸向外亮）

哎哟哎哟！

郑　恩　（左手指韩龙）哪里走！

〔**【大锣原场】**韩龙“下场门”逃下；郑恩追下，四龙套随下。

第　七　场

〔堂桌、“大座”（黄龙桌围椅披）。桌上放香炉、惊堂木、圣旨。

〔**【撤锣】【小锣打上】**四小太监“上场门”上“站门”；一大太监左手扶赵匡胤右掌，赵踉跄着走至台中**【小锣归位】**抖左袖。

赵匡胤　韩龙进妃到，每日（扬左掌摇动）乐逍遥。

〔赵匡胤右转身左掌扶大太监右臂入“大座”；四小太监随归里“站八字”；大太监站“大边”桌旁。**【小锣长丝头】**韩龙“上场门”双端带慌张跑上，进门，双腿跪台中。

韩　龙　哎呀，万岁做主哇！**【小锣一击】**

赵匡胤　（双捋中绺髯望韩）啊，为何这等模样？（摊右掌）

韩　龙　为臣遇见三千岁，将我暴打一顿。（作揖叩首）望万岁做主哇！

赵匡胤　（右掌捋中绺髯）嗯！（**【小锣一击】**右掌指桌）孤王有言在先，（右手指韩后摆右掌）叫你不要撞着三千岁，你偏偏撞着，（左掌端中绺髯）孤王不管！（右手拿惊堂木击桌）

韩　龙　（拱手）啊万岁，还要看在吾妹的分上啊！

赵匡胤　（右掌抚髯略想，左手指下）藏在龙书案下。

韩　龙　多谢万岁！

〔大太监掀起案帘，韩龙钻桌下或躲入“大座”后。

〔同时郑恩内白：“韩龙！”**【冲头】**郑恩左手提蟒襟右手握袖“上场门”急上，至“九龙口”前。

郑　恩　韩龙休走，（边念边至中台口）老子咱来赶你呀！**【撕边一锣】**

大太监　（站中台口“大边”一侧甩云帚）咋！（向外拱手）万岁在此！（回原位）

郑　恩　（抬左掌“背供”）唔！（**【撕边一锣】**向外拱手）见个驾儿。（**【住头】**台中进门站“小边”）郑子明见驾，吾皇万岁！（抱拳躬身屈左腿向赵行礼）

〔赵匡胤右掌扶桌不理。

大太监　（向外拱手看郑）万岁酒醉，（云帚指郑）你要高声些！**【撕边一锣】**

郑　恩　（一愣转向外，左掌“背供”屈右手指做杯状）又吃醉了。嗨！（转向里右手抓袖上两步）咱，郑子明见驾，吾皇（左手抓袖上步至桌角）（**八大仓**）万岁！（两拳击桌，**【撕边一锣】**双端带面向外站）

赵匡胤　（双掌互搓、振睛看郑）哦，三弟怒气不息，（摊双掌）为着谁来？

郑　恩　（左手指赵）俺就为你来！（摔左袖向外站**【大锣一击】**）

赵匡胤　（摊左掌）为我何来？

郑　恩　（撒右掌）金殿之上，（双端带晃身）穿红袍的官儿，他是何人？

赵匡胤　（右手指外）湖北韩龙。

郑　恩　（向赵欠身追问）前来做啥？

赵匡胤　（右掌指桌）前来进妃。
郑　恩　（左掌指前方）进的何人？
赵匡胤　（右手指左后方）他妹韩素梅。
郑　恩　（左手指赵后指外）你是怎样的传旨？
赵匡胤　（右手指外）封为桃花宫院哪。
郑　恩　（左掌指外）那韩龙呢？
赵匡胤　（右手指桌）大理寺正卿哪。
郑　恩　（向后退步）二哥这就是你的不是了。（右手指赵）
赵匡胤　（摊双掌）怎见得？
郑　恩　（向外拱手）当年柴大哥登基，（右手指外）南唐窦瑶，（摊右掌指远处再指近处）前来进妃，到后来（按双掌分向两旁）火烧了药王庙；（左手扰右袖摊右掌指赵）如今韩龙又来进妃，（右手指下方）这是不祥之兆！（摊左掌自指胸）依咱老郑之见，（摊双掌指桌后甩向外）将他兄妹赶出了汴梁；如若不然，（摊双掌指自身）咱老郑的火性（两抓袖随念晃身摇臂）又要发暴了！（**【撕边一锣】**双握袖向外亮）
赵匡胤　（右手指郑）动不动你的火性就要发暴，（摊右掌）难道说你的火性就无人敢灭么？
郑　恩　哼，（抓握右袖看赵）别人的火性好灭，（右拇指指自身）咱老郑的火性，（双掌互击后摊双掌）哪个敢灭？**【撕边一锣】**
赵匡胤　（右手抚中绺髯笑）呵哼……（郑右手掏扎看外再回首望赵，**【撕边一锣】**四校尉跨腰刀两边暗上）孤王今日，（右手指郑）就要灭灭你的火性！（郑两掏扎向外亮。赵右掌抚中绺髯）殿前武士！
四校尉　有！
赵匡胤　（右手拿惊堂木击桌）绑了！
四校尉　啊！（向台中上步）
郑　恩　（急至台中向“大边”校尉抓其左袖“比粗”）啊，哪个敢绑？！（**【大锣一击】**向“小边”校尉抓其右袖“比粗”）哪个敢绑？！（**【撕边一锣】**校尉退回）
四校尉　（同跪右腿向郑拱手）启禀三千岁，这江山社稷乃是你家的。今日若不受此一绑，恐怕满朝文武不服。（摊单掌）
郑　恩　咦，咦，（扬双掌）哈哈哈……**【撕边一锣】**哎，（摊左掌示意“大边”校尉）起来，（摊右掌示意“小边”校尉）起来。他们说得有理，江山社稷乃是（摊右掌指自身）咱家的。（左手扯右袖右手指左侧校尉）如不受他一绑，（按双掌）又恐满朝文武不服。（招左掌唤“大边”校尉）娃子的！
二校尉　有！
郑　恩　（左手指“大边”校尉）咱叫你们绑，就绑。
二校尉　是！
郑　恩　（右手指“小边”校尉）我叫你们松绑，（右手指下方）就松绑。
二校尉　是！
郑　恩　来！
四校尉　有。
郑　恩　绑了，绑了。
四校尉　啊！

〔【阴锣】校尉甲从袖中抽出白绸条，与校尉乙将绸条搭郑恩肩上，分将双臂绕紧绸头交郑手。郑晃摇双臂欲挣脱不得。

郑　恩　哎，不得劲儿，不得劲儿，不得劲儿！【撕边一锣】哎，娃子的！

四校尉　有！

郑　恩　松绑，松绑，松绑！

四校尉　（拱手）无有万岁旨意，（摊单掌）我等不敢松绑。【撕边一锣】

郑　恩　（撤左腿惊呆）怎么讲？

四校尉　不敢松绑。

郑　恩　不好了！（跺右脚，【住头】奏唢呐曲牌〈急三枪〉上前两步回身望里，赵匡胤不睬，郑无奈回“小边”向赵）二哥，小弟在董家桥前救驾有功，（头向外指）只可以赦，（摇头）不可以斩。

赵匡胤　（右手指外）不提董家桥，还则罢了，提起董家桥，孤是定斩（惊堂木击桌）不赦！【大锣一击】

郑　恩　（向外亮再转向赵）你当真要斩？

赵匡胤　（点头）当真要斩！

郑　恩　（向前欠身）果然要斩？

赵匡胤　（转向郑恩）果然要斩！

郑　恩　（转向外）你就（顿左足）斩、斩、（顿右足瞪赵）斩！（【闪锤】回身向外摇头，向前上两步）

〔西皮流水〕（过门同前）

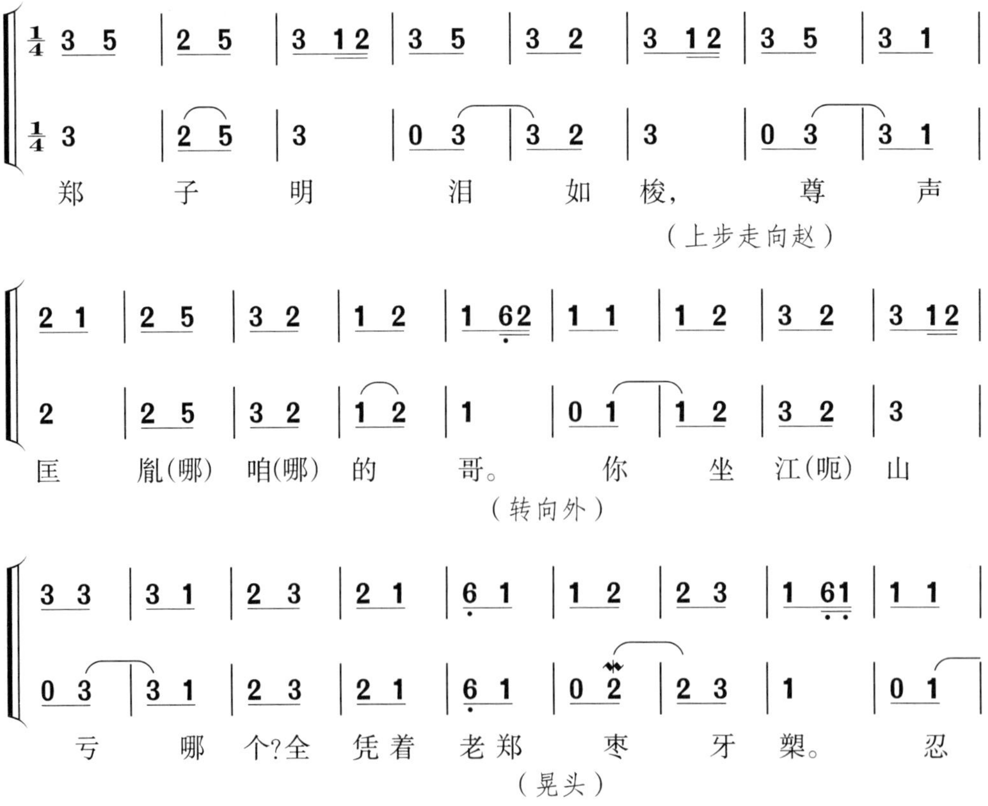

〔【快长锤】台中出门至“大边”台口稍想，回身向外。

〔西皮摇板〕

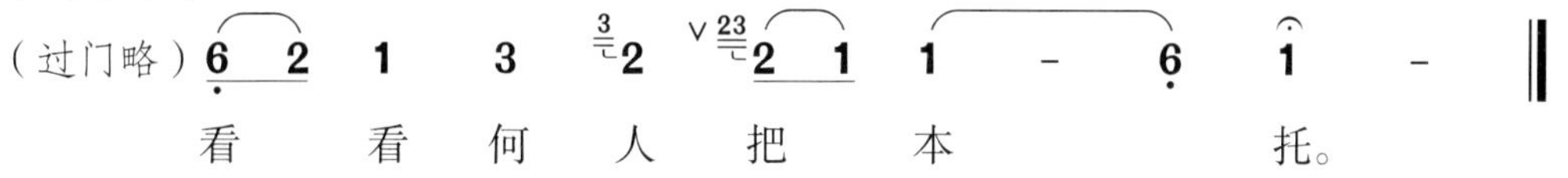

〔【一锤锣】四校尉“搭轿式”押郑恩“下场门”下。【冲头】大太监掀桌帘，韩龙桌下钻出至中台口，撩右袖上腕望“下场门”后至“小边”向赵跪右腿抱拳。

韩　龙　臣启万岁，三千岁犯罪，命何人监斩？

赵匡胤　（右手指韩龙）难道说命你监斩不成？

韩　龙　（起身）领旨！

赵匡胤　（急抬右掌阻拦）啊！【撕边一锣】乃是一句戏言。（伸右食指）

韩　龙　（向赵拱手）有道是君无戏言哪！

赵匡胤　（右手指韩）好！就命你监斩，（桌上拿旨）领旨下殿。

韩　龙　（上前接圣旨）领旨！

赵匡胤　（右手用惊堂木击桌）退班。（大太监扶匡胤“下场门”下，小太监两边下）

韩　龙　正是：（【住头】抖右袖站台中向外拱手）金殿领圣命，法场（立右掌向左、右点动两下后手指外）斩仇人。

〔【一锤锣】左手捧旨背右手“下场门”下。

第 八 场

〔空场。

〔【冲头】【撞金钟】苗顺左手抱牙笏，右手提蟒襟缓步“上场门”上，至台中。

〔西皮散板〕

苗　顺

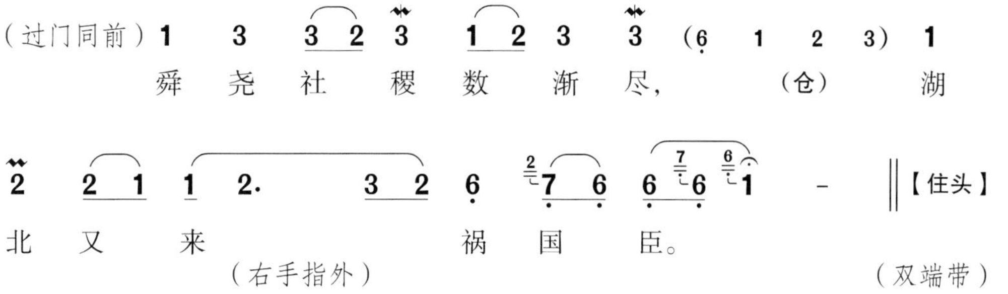

新主登基，不想（抱牙笏的左手指外再指下方）湖北韩龙前来进妃。万岁听信谗言，（立右掌做斩状）将北平王斩首，本当上殿保本，（向外拱手）怎奈万岁酒醉西宫，不免暂退朝堂，他有来言我有去语。（右掌指自身）

〔西皮散板〕

【散长锤凤点头】（过门同前）1 2 3 1 2 2 6. 2 1. 3 2 –

迈 步 撩 袍 朝 房（呃）进，

（向“大边”台口上步）

〔高怀德内喊：“先生，【大锣一击】慢走！”

〔亮弦〕

〔（匝 匝 匝）（6. 1 2 –）【凤点头】苗顺右回身望“上场门”里，转向外抬右掌“背供”，左手指“上场门”。

〔西皮散板〕

苗　顺（过门同前）1 2 2 1 1 2. 3 2 2 1 1 – 1 6 1 –

那 旁 来 了 高 御 亲。

（右手指外）

〔【急急风】苗顺“下场门”下。高怀德左手提蟒，右手横握牙笏，“上场门”急上至“九龙口”亮住，浑身抖颤着向台中后区迈四小步，向右横迈左腿回至“九龙口”，左腿在前成侧身骑马式，“让髯口”至左臂上，颤抖着涮左、右、左三步，左袖搭在牙笏上遮面斜冲至台中，【撕边一锣】双手放胸前向外望，【撕边一锣】右手持牙笏成“右山膀”望“下场门”（八大仓）反绕双袖背于腰后向外亮住。

高怀德　反了哇，【大锣一击】反了哇！（【撕边快纽丝】抖右袖站中台口向外拱手）

〔西皮散板〕

（过门同前）3. 6 5 3 6 5 – 3 6 5 4 3 3 5 – 5 5 3 5 –（仓）

听 说 要 斩 北 平 王 （呃 啊），

俺！【撕边一锣】万里侯高怀德。【住头】北平王身犯何罪，推出午门问斩？（左手指外）俺怀德不来保本哪，（摊左掌【大锣一击】）等待何时？

〔西皮散板〕

【快纽丝】（过门同前）1 2 1 2 3 1 2 1 （7 6 2 1）

（抖左袖） 斩 断 我 朝 架 海 梁。 （仓）

（伸左赞美指）

2. 5 3 3 2 2 3 2. 2 2 – 【撕边一锣】

迈 步 撩 袍 金 殿（哪）上，

（左手撩蟒襟向“下场门”走三步）

〔大太监“下场门”内白：“万岁酒醉西宫啊！”

斩 黄 袍

〔亮弦〕

〖(7̣ 6̣· 1̱ 2 －)高怀德退回台中。

(匝 匝 匝)

高怀德 噢!

〔西皮散板〕

【凤点头】(过门同前)6̣2 1 1 2 3 3 1 (7̣ 6̣ 2 1̂) 5 3 3 1 2 2 3 3 2 －

万 岁 酒 醉 西 宫 墙。 (仓)急 急 忙 忙 西 宫 往,

〖【快纽丝】高怀德抬左手撩蟒向左转小圆场,至台中"小边"一侧。同时小太监右手持云帚"下场门"上,站台中"大边"一侧,二人碰面。

〔亮弦〕

(7̣ 6̣· 1̱ 2 －)

(匝 匝 匝)

〖【快纽丝】高怀德放蟒襟,向外拱手。

〔西皮散板〕

高怀德 (过门同前)6̣ 1 3 2 1 1 2 3 2. 6 1 － ‖【住头】

见 了 公 公 问 端 详。

(向太监拱手)

公公。

大太监 万里侯,(摊左掌)慌里慌张为了何事呀?

高怀德 (向外拱手)北平王身犯何罪,(左手指外)推出午门问斩?俺怀德有道本章,(从右袖内取出奏本放牙笏上双手递上)请公公转奏。

大太监 (双手接本)好,待咱家替你转奏。(【小锣五击头】"下场门"下)

〖高怀德摊左掌面向外站。幕内大太监:"喳!(匝 匝 匝)喳喳喳……"(八大仓)【冲头】大太监左手横握剑右手云帚托剑柄"下场门"急上至台中。

大太监 万里侯,大事不好了!(高摊右掌退步惊【撕边一锣】)万岁酒醉,娘娘(右手指高)将你的本章压下,再要保本,提头来见哪!

〖大太监向高横剑示意,高让髯至右臂上抖颤着。

高怀德 噢……(退后三步【撕边一锣】)万岁酒醉,(左手指前上至台中"小边"一侧)娘娘将我的本章压下了?(【撕边一锣】稍想)

大太监 (点头)压下了!

高怀德 待我(左手指"下场门")闯进宫去!

〖【冲头】高左手撩蟒冲向"下场门",大太监抬右掌拦阻。【冲头】高怀德右转身向台中后区冲,大太监左转身至台中后区再拦。高怀德左转身向中台口冲,大太监右转身至中台口左手举宝剑【撕边】(八 大大 仓)亮住。

大太监 (右手云帚指高)万里侯,你就不要脑袋了吗?!(左手抱剑"下场门"下)

〖(八大仓)高怀德将髯让在左臂上右手横牙笏放腰间向外亮住。【撕边】(八大仓)全身抖颤着向后退至"九龙口"前,将髯抖下,摊双掌向外亮住。

高怀德 哎呀!(【乱锤】摊双掌抖动,抖右手牙笏揉胸至"小边",抖动着左掌扶纱帽想计。回至台中,左掌抚中绺髯略想,扬左掌【叫头】)且住!(向外拱手)万岁酒醉,(左

手指外再指下方）娘娘将我的本章压下。这臣不能见君！（向外拱手【大锣一击】）君不能见（左手指下方）本！【大锣一击】哎呀！这、（双掌互击向外摊双掌亮住）（八大仓）这、（低头看下抬首望外）（八大仓）这这这……（摊双掌左、右抖动着，【乱锤】用右手牙笏击打纱帽走向台中后区，左掌扶纱帽想计，转向外，抖颤着双掌回至台中，左掌抚中绺髯略想，向外扬左掌【叫头】）哦，（点头）有了！俺不免回得府去，（右手牙笏按左手拳，变左掌按右腕随念向后撤两步）全身披挂，站在午门，（左手指外）这来文哪，（【冲头】抬左腿左手撩蟒向左转小圆场回至台中放蟒，左丁步站立，立左掌）杀文；（牙笏倒在左手握【住头】右手指右前方）遇武，（【冲头】抬右腿右手撩蟒向右转小圆场回至台中，右丁步站定放蟒立右掌）斩武！（【住头】牙笏倒在右手握变左丁步，左手拢右袖右手按牙笏放胸前向外亮）我（晃身点头）就是这个主意呀，（八大仓）啊！（【撕边一锣】右手牙笏横于头侧，左手端带向外亮）我就是这个（右手走外左掌走里双臂互绕后放胸前，【硬三锤】右掌背击左掌心两次同时顿左足）主意呀！（【快扫头】左掌至右胸前护髯，右手横握牙笏按至胸前抬右腿亮，向右转小圆场回至台中。抬左腿左手撩蟒，上左步向前小蹉步，上右步左转身，面向外缓右臂，右手横握牙笏举至头侧，抬右腿亮住）

〔【大锣打下】“上场门”急下。

第九场

〔摆“高台”、虎头椅。

〔【监斩鼓】【急急风】四龙套“站门”上，韩龙“上场门”双端袍上，至台口，撂袍，【回头】【冲头】上“高台”。

韩　龙　将郑恩押入法场！

四龙套　啊！

〔郑恩内唱。

〔西皮导板〕

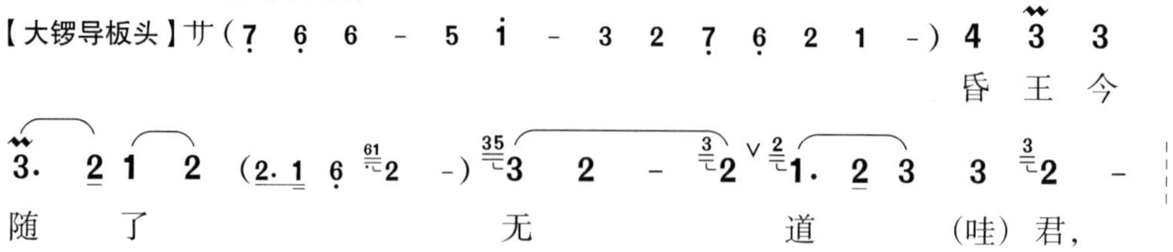

〔【快长锤】四校尉左手扶腰刀“右山膀”“上场门”上“站门”；郑恩换黑高方巾、黑素褶子随上，至“九龙口”前稍亮后走至台中。

〔西皮流水〕（过门同前）

郑　恩

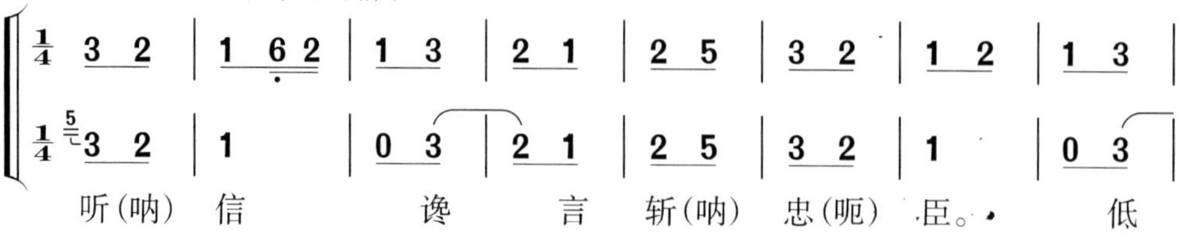

2 3 | 1. 2 | 3 5 | 2. 2 | 2 3 | 2 1 | 6 1 | 2 |

2 2 | 1 2 | 3 3 | 2 | 0 3 | 2 1 | 6 1 | 2 |

头 不 (哇) 语 把 法 场(呃) 进,

〔【快长锤】郑恩摇头。“上场门”校尉丁领乙归至“下场门”站校尉丙的右侧，四校尉成“虎头椅”后一斜排；郑行至“虎头椅”前。

〔西皮摇板〕

郑 恩 （过门同前）2. 5 3 3 2 1 2 ∨ 1 2. 5 3 2 2 1 1 – ‖

咬 定 牙 关 等 时 辰。

〔【大锣抽头】家院“上场门”上站“小边”台口，郑英随上，至“小边”抖单袖。

〔西皮摇板〕

郑 英 （过门略）3 5 5 7 6 (6 5 3 5 6) 6 5 6 7 7 2 6 –

大 胆 且 把 法 场(啊) 进,

（左手扯右袖右手指台中）（抬左腿左手撩褶子向台中上步）

四校尉 唔……【大锣一击】

韩 龙 （捋“吊搭”胡须向外望）什么人?

四校尉 （向韩拱手）三千岁公子。

韩 龙 （向外挥右掌）一齐斩首!

四校尉 （向韩拱手） 有道是家无全犯。（摆右掌）

韩 龙 （双端带）哼，说什么家无全犯，（左手指郑恩）先斩这个老的，（右手指郑英）然后再斩那个小的。

郑 英 （左手指韩龙）好贼子!

〔【散长锤凤点头】至台中跪右腿向郑恩拱手，家院随跪在郑英右侧。

〔西皮摇板〕

（过门同前）i 6 5 5 6 5. 5 6 5 5 – ‖

爹 爹 醒 来 问 分 明。

爹爹醒来!

〔西皮小导板〕

郑 恩 【散长锤凤点头】（过门同前）サ 3 2 5 3 2 3. 2 1 2

法 场 上 绑 得 我

(2. 1 6 2) 3 2. 2 1. 2 3 2 –

昏 迷 不 醒,

（转头见郑英，惊）

郑　英（向郑恩拱手）爹爹醒来！【大锣一击】

郑　恩　啊！（惊）

〔亮弦〕

（6. 1 2 －）

〔西皮流水板〕

【闪锤】（过门同前）1/4 4 5 | 3（1 2 | 3）3 | 3 5 | 3 | 1 2 | 1（6 2 | 1）2 | 1·2 |

抬　头　只　见　小　郑(呐) 英。　不　在那

（向外）　（转向郑英）

3 2 |（2）2 | 2 3 | 2（6 1 | 2）3 | 2 3 | 1（2 | 6 3）| 2（3 | 2）1 | 6 | 1 | 1 ‖

南学　把　书　念，　来　在　法　场　你　为　何　情？

（转向外）（向郑英）

郑　英　爹爹！（向郑恩拱手）

〔西皮摇板〕

【一锣凤点头】（过门同前）3 5 7 6 7 6 3. 5 6（6 5 3 5

孩　儿　回　府　发　人　(哪)马，

（向外按右掌）

6 5 3 2 1 1）i 5 6 6 5. 5 6. 6 5 － ‖

杀　他　天　子　大　昏（哪）君。

（右手指外）

郑　恩　呸！

〔西皮快板〕

【紧锤尾】1/4 1 2 | 3（5 | 3）3 | 3 2 | 4 5 | 3 2 | 3（5 |

（欠身向郑英）郑　家　本　是　忠　良　后，

3）3 | 2 3 | 1（6）| 2 5 | 3（2）| 1 2 | 1（5 | サ 3 2 1 1）

岂　肯　做　那　叛　逆　臣。

（转向外）

〔摇板〕

2. 5 3 3 3 1 2 2 2 1. 2 3 2 － 【大锣一击】

恨　不得　一　足　踏　死　你，

（顿左足，抬右脚踢郑英，郑英向后坐地。家院伸双掌阻拦）

家 院 三千岁使不得!

〔西皮摇板〕

郑 恩 【散凤点头】(过门同前) 6 1 1 3 2 7 6 6 6 1̇ - ‖

郑 家 就(哇) 是 这 条 根。

(摇头坐回)

〔家院双手扶起郑英站“小边”台口。

郑 英 哎呀!

〔【闪锤】站中台口“小边”一侧抖左袖。

〔西皮摇板〕

(过门同前) i̇. 5 5 7 6 5 6 3 5 6 (6 5 3 5

千 言 万(呐) 语 父 不 信,

(左手“背供”) (右掌指郑恩)(摆右掌)

6 5 3 2 1 1) 3 5 6 6 6 5 5 3 5 (6 5 3 6 5 5

(摊双掌) 法 场 急 坏 小 郑 英。

3 2 1 1) i̇ 5 5 7 6 6 5 6 7 7 2̇ 6 7 6 -

家 院 带(呀) 路 回 府(哇) 门,

(转向家院) (挥右掌)

〔【快长锤】家院“上场门”下,郑英至“小边”转向外。

〔西皮摇板〕

(过门同前) 3 5 5 6 5 5 6 - 5 5 - ‖【长尖】

(拱手) 见 了 母 亲 说 分 明。 (“上场门”下)

韩 龙 (向校尉) 刀斧手!

四校尉 有!

韩 龙 时辰可到?

四校尉 时辰未到。

韩 龙 (转向外稍想) 管他到与不到,(挥左掌) 拿去开刀! (面向“上场门”坐)

四校尉 (向郑恩拱手) 请千岁归天位! (**崩登仓**)

郑 恩 (惊起身看外【扬钹】) 唔……(回头看里)

〔【一锤锣】郑恩向韩龙冲去,校尉乙“右山膀”拦住;校尉丙、丁抬虎头椅“下场门”送下。郑恩转向外稍想,顿右足。白:“唉!”面向“下场门”亮住,【冲头】“下场门”急下。

〔校尉甲、乙“合扇”随下。(冬冬匡) 韩龙右手捋胡须望“下场门”。(冬冬匡) 韩转向外,(冬 仓 0) 韩点头。【冲头】四校尉举刀“下场门”上,至台中一排跪右腿,横刀头上,请韩龙验刀。

四校尉 斩首已毕。

韩　龙 起过了。（起身向外拱手）随我上殿交旨。

四校尉 啊！

〔**【一锤锣】**四校尉起身“合扇”转向外，“插门”“下场门”下；龙套“插门”“下场门”下，韩龙出座至台中双端带向“下场门”亮，款步而下。

第十场

〔堂桌、“小座”。月色花桌围椅披。

〔**【撤锣】【小锣抽头】**陶三春“上场门”疾步上，至“九龙口”稍亮，抖右袖至台中。

〔西皮摇板〕

陶三春 （过门同前）1 1 3. 6 5 7 7. 6 5. 6 5 （6 5 3 5 6 5
适 才 间 家 院 报
（拱手）

3 5 6） 5 6 6 3 5 6 （6 5 3 5 6 5 3 2 1 1） 5 1
夫 君 有 险， 、 等 娇
（撒右掌）

1 2 6 5 5 6 6 3 5 6 5 6. 1 5. 6 5 －
儿 回 家 来 细 问 根 源。
（右手指外）

〔**【长尖】**陶三春归“小座”，家院“上场门”急上，至中台口进门站“小边”，郑英随后进门站“大边”，与家院同向三春抱拳躬身。

郑　英 启禀母亲，大事不好了！（摊双掌**【撕边一锣】**）

陶三春 （摊右掌）莫非你爹爹出了什么意外不成？

郑　英 我爹爹被韩龙捆绑法场！（左手指外**【撕边一锣】**）

陶三春 （惊）喂呀夫哇！（**【撕边快纽丝】**母子二人以袖拭泪）

〔西皮散板〕

（过门同前）1 1. 2 3. 6 5 7 6 3 5 6
昏 王 做 事 心 太 狠，
（右掌揉胸）

（6. 5 3 3. 5 6） 3 5 5 3 5 6 6 5 5 3 5 （2
（仓） 咬 牙 切 齿 骂 昏 君。
（左手指外）

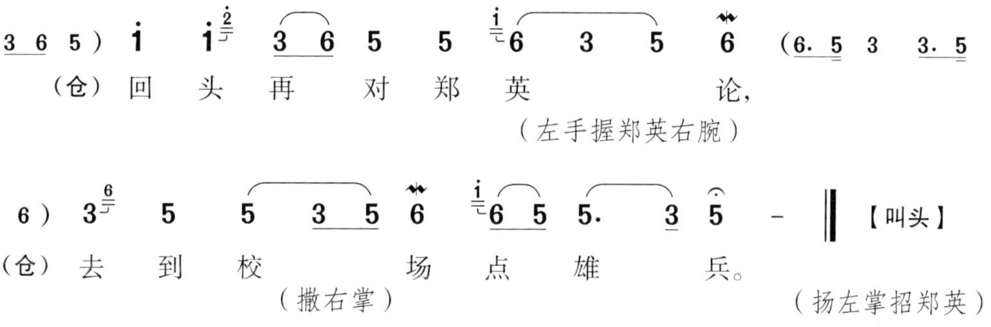

郑英听令！（郑英拱手听命，三春按右掌向右移）吩咐大小三军，（按右拳放胸前，摊左掌指右拳）（仓）全身披挂，（右手指外）（仓）集合听点。

郑 英 （躬身）遵命！

〔（八大仓）陶三春反绕双袖背于背后，面向“下场门”亮住，【急急风】向“下场门”冲下；郑英、家院双出门两边下。

第十一场

〔堂桌、“大座”。黄色龙桌围椅披。桌上放香炉、圣旨。

〔【急急风】高怀德扎硬靠、挎宝剑“双提甲式”“上场门”急上，至“九龙口”前亮住，涮左、右、左三步吸左腿上至台中，反翻右下甲望“上场门”里，扔双下甲。【撕边一锣】按左拳放胸前，摊右掌至左腋下“一整”，【撕边一锣】按右拳左掌至右腋下“两整”。（八大仓）右掌拉“山膀”。【四击头】踢左腿、跨右腿、右掌背击右腿、左转身，吸左腿落左腿成蹲裆式，左手端剑向内绕剑穗、右手拔半剑向外亮住，【撕边一锣】抖动着向“上场门”内望。插剑，左手握剑柄面向“下场门”，在“大边”站定。

〔【慢长锤】大太监左掌托赵右臂中，赵匡胤右掌按扶太监左肩，“上场门”醉步走上，至“小边”桌角前，右手捋甩发。接奏【夺头】

〔西皮二六板〕

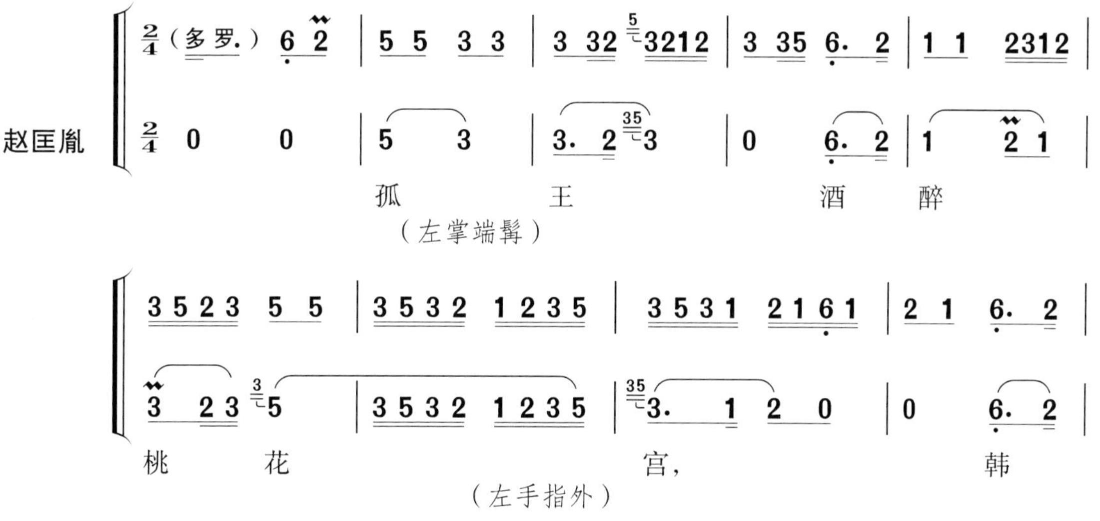

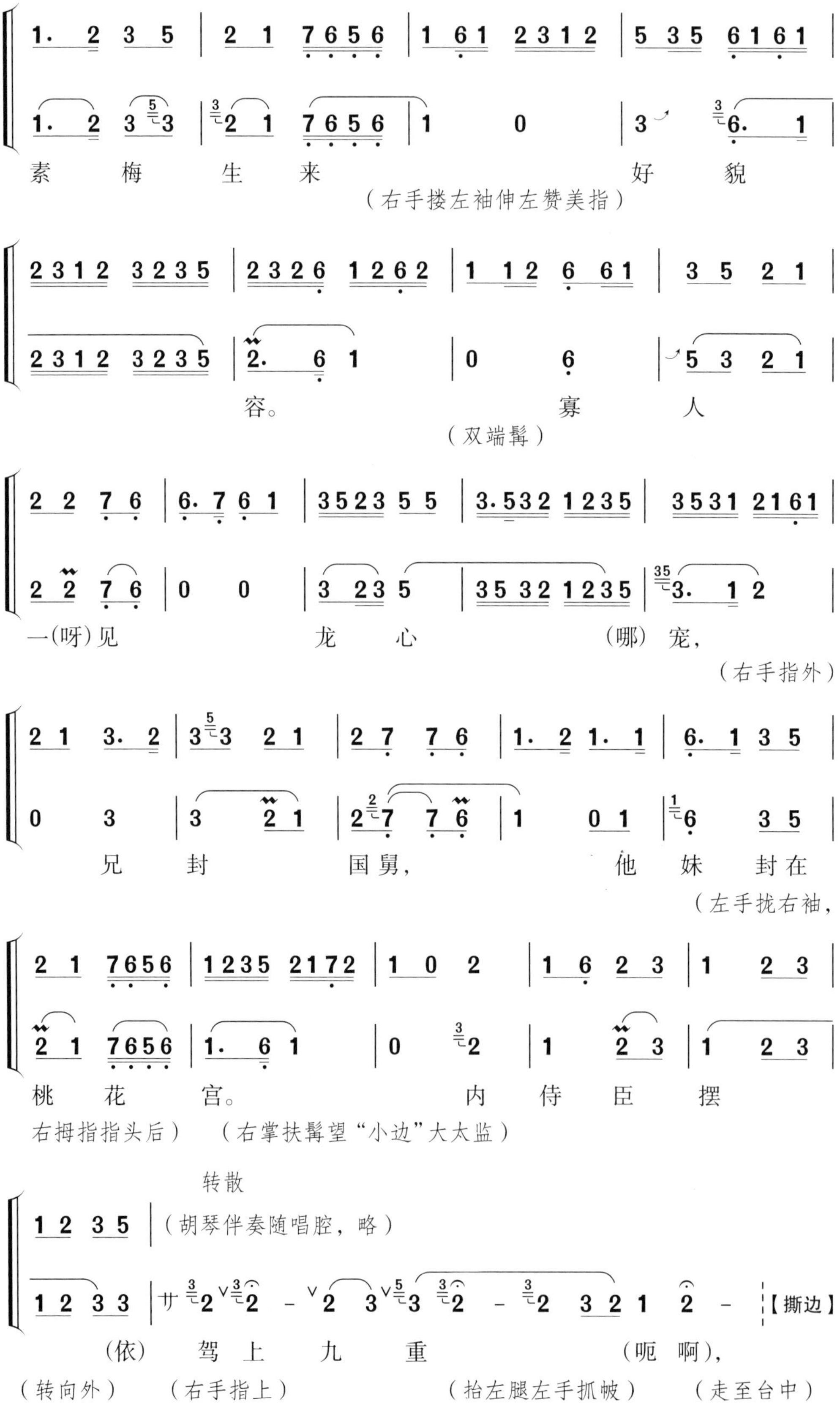
素 梅 生 来 好 貌
（右手搂左袖伸左赞美指）
容。 寡 人
（双端髯）
一(呀)见 龙 心 (哪) 宠，
（右手指外）
兄 封 国舅， 他 妹 封 在
（左手拢右袖，
桃 花 宫。 内 侍 臣 摆
右拇指指头后）（右掌扶髯望“小边”大太监）
转散
（胡琴伴奏随唱腔，略）
【撕边】
(依) 驾 上 九 重 (呃 啊)，
（转向外）（右手指上）（抬左腿左手抓帔）（走至台中）

斩 黄 袍

高怀德 （右手指赵）呔！昏王，（八 大·仓）你来了！你来的好！

〔亮弦〕

〔高转向外（6 1 2 －）【撕边凤点头】赵放帔向外摊双掌，左手捋边绺髯。

〔西皮散板〕

赵匡胤 （过门同前）3 1 3 2 － 2 （2. 1 6 1 2） 2 1 1 －
高 御 亲 发 怒 你 为
（转向高怀德） （摊双掌）

1 7 1 2 3 5 － 6 5 1 1 － 【撕边叫头】
哪 宗？

高怀德 （右手指赵）昏王！北平王身犯何罪，你为何将他（右手指外）（八大仓）（抬左腿落地成“骑马式”立右掌抖颤；同时赵匡胤双手弹中绺髯后变双端髯向外亮）斩首？！（掌拳互击向赵摊双掌）

赵匡胤 （抖颤着）哎呀！（【撕边快纽丝】顿右足、放髯、抖右袖）

〔西皮散板〕

（过门同前）5 5 3 6 5 5 5 6 5 －（2 3 6 5 －）1 1 3 2
听 说 斩 了 北 平(哪)王， （仓） 不 由 孤 王

2 1 6 1 －（7 6 2 1 －）3 3 3 2 3 3 2 3 2 3
心 内 慌。 内 侍 摆 驾 金 殿 进(哪 啊)。
（右手指太监） （左转进门）（至桌前拿旨）

〔【扫头】高怀德与大太监双进门，高站“大边”，太监站“小边”。赵匡胤拿圣旨递太监，太监捧旨欲出门，遇“上场门”双手捧托盘上放“彩头”的校尉，大太监回“小边”站。高怀德急至台中夺过校尉手中托盘，抬右脚踢校尉“抢背”，校尉“上场门”下。高怀德将“彩头”交赵匡胤，【撕边】（八 大大 仓）高右手指“彩头”，赵双手捧“彩头”抬左腿右手捋甩发。【四击头】赵迈左步、上右步、左转身撤左腿侧身向外，将甩发甩至头后顿左足“骑马式”双手托盘亮侧身相；高伸左掌转身背向外站“大边”；大太监将旨放桌上回“小边”站。【撕边】赵向中台口蹉步，白：“哎呀！”【快纽丝】赵匡胤顿左足、屈右腿跪在中台口；大太监伴跪在其右侧。

〔西皮散板〕

赵匡胤 （过门同前）5 5 5 5 5 3 6 5 （2 3 6 5 －）3 5 3 4 3 －
一见 人头 珠 泪 滚， （仓） 不 由 孤 王
（左手拿托盘扬右掌）

2 3 5 1 （7 6 2 1） 1 2 2 1 2 1 2 3 2
痛(呃)伤 情。 （仓） 我 哭 哭 一 声 郑(呐)三 弟，
（右掌抚彩头）

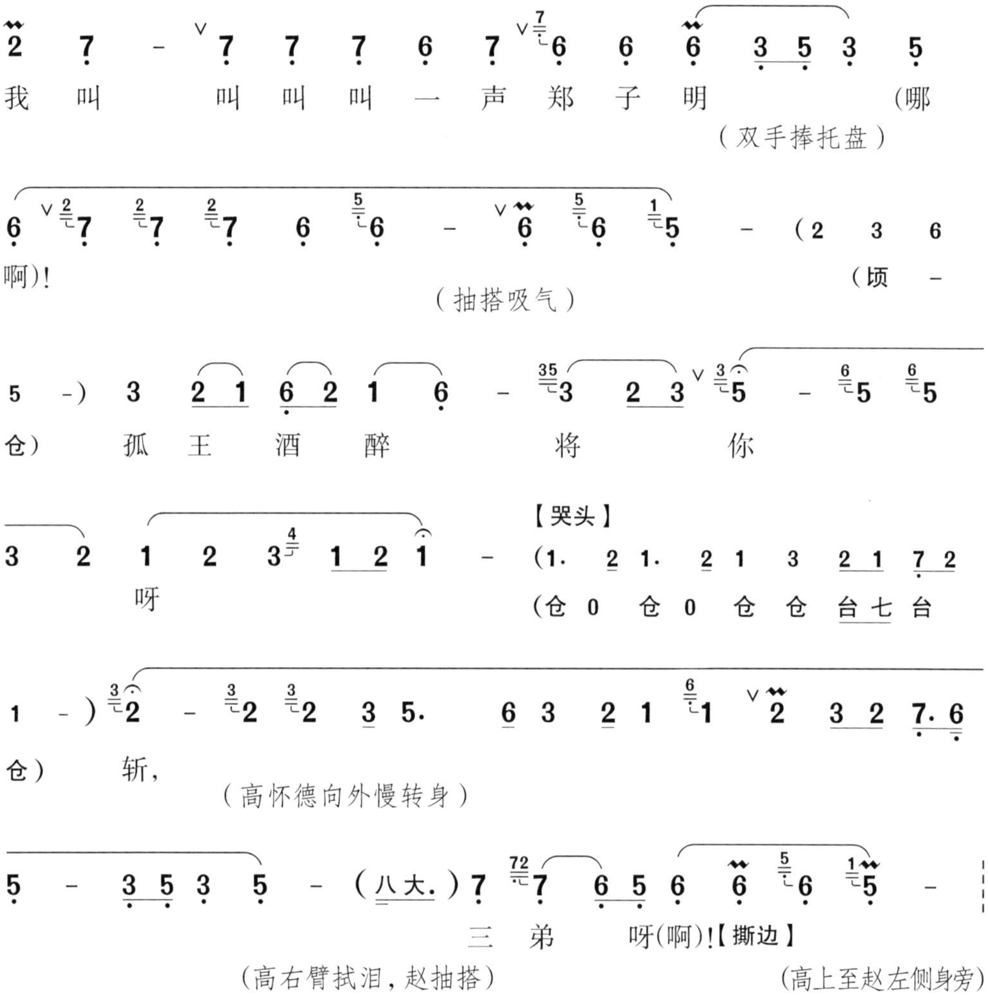

高怀德 （右手指赵）昏王！（八大·仓）（赵跪坐台中抬左腿亮）你也悲伤了？！

〔亮弦〕

「【撕边】(3 5 6 6 5 –)

赵匡胤 唉！（【纽丝凤点头】大太监扶赵起身，赵站台中抖右袖）

〔西皮散板〕

（过门同前）1 3 2 6 2 1 2 2 1 1 5 6 2 1 – ‖【住头】

凌 烟 阁 上 标 美 名。

（伸右赞美指） （转向大太监）

内侍！

大太监 （躬身听命）有！

赵匡胤 三千岁尸首，不可损坏，孤王赐他金井玉葬。

大太监 （双手接过“彩头”）遵旨！（【五锤】“上场门”送下，复上站“小边”）

赵匡胤 （面向“下场门”双手捋中绺髯后右手推中绺髯转向外）啊？【撕边一锣】三千岁犯罪，（右手指下方问大太监）何人监斩？

大太监 （右手指外）韩龙监斩。

高怀德 （右手指大太监）宣韩龙！

赵匡胤 （掉右袖无奈地示意大太监）宣韩龙。

大太监 （云帚指外）韩龙上殿哪！

〔韩龙内应："领旨。"【**小锣打上**】韩龙"上场门"上至"小边"；同时赵匡胤入"大座"；高怀德站"大边"；大太监站"小边"桌旁。

韩　龙 （向外拱手）万岁传旨（单手捋"吊搭"）宣韩龙……

〔【**快冲头**】高怀德冲至中台口，出门右手抓韩龙脖领、左手握剑柄，韩龙双端带，二人亮在中台口。

高怀德 （欠身逼向韩）你是湖北的韩龙？【**大锣一击**】

韩　龙 （忙点头）是韩龙。

高怀德 三千岁犯罪，（左手抖指韩）可是你的监斩？

韩　龙 （右掌自指胸）是我监斩。（八大仓）

高怀德 万岁宣你，你要仔细了！（八大仓）你要与我（八大仓）（高提起韩龙在手下转一圈，左手颤抖着指韩；韩龙垂双袖哆嗦着）打点了！【**撕边**】（八大仓）（【**四击头**】高怀德抬左腿冲回"大边"，向右绕剑穗右转身面向韩龙拔半剑亮相；韩龙向"小边"台口倒步伸双掌亮）宣韩龙！（八仓）（高将剑插回）

韩　龙 （惊后退，紧上两步向高）你也不要凶，早晚叫你死在我的手中。（转向外右手捋胡须）想是监斩有了功。（【**小锣一击**】中台口进门，向赵抱拳躬身）韩龙见驾，（双腿跪于台中）吾皇万岁！

赵匡胤 （右手惊堂木击桌）哇！（【**撕边一锣**】左手拢右袖右手指韩）胆大韩龙，三千岁犯罪，不来保本，反讨下监斩，似你这等欺君祸国的臣子，就该……【**撕边**】（八大仓）（赵话音未落，高怀德拔剑砍韩龙头。赵匡胤两袖垂于桌外沿惊呆。大太监看韩愣住。赵慢抬头向外）哎呀！

〔西皮散板〕

【**快纽丝**】（过门同前）3 6 5 3 6 5· 3 6 5 4 ∨3 6 5· 3 5 –

一 个 斩 字 木 出 唇（哪 啊），

〔【**撕边**】（八大仓）高怀德上前抬右脚踢韩龙，韩向右翻身仰面向上。赵匡胤："哎呀！"【**快纽丝**】赵匡胤收袖，从"小边"一侧出桌至韩右侧；高抬左脚擦剑入鞘站"大边"。

〔西皮散板〕

赵匡胤 （过门同前）4 – ∨3 0 3 2 1 2 0 3 2 2 1 1

血 淋 淋 的 人 头 滚 埃 尘 哪！

（按双掌指韩尸）

（7̣ 6̣ 2 1 –） 1 – 1 1 1 ∨5 – 【**撕边**】

（仓） 我 哭……

（左手抓帔襟迈左步扬右掌）

高怀德 （右手指赵）呔！（【**大锣一击**】赵向后倒身）不准你哭！

赵匡胤 （点头）噢！

高怀德 （右手点戳着赵向左移）我看你们哪一个（再点戳着向右移向赵指出）大胆的（左手握剑柄，向前绕剑穗，右手拔半剑逼向赵）（**八大仓**）（抖动剑）敢哭？【**撕边**】（**0 八大 顷仓**）（高面向外站；赵右袖搭上腕）

〔西皮散板〕

赵匡胤 （6） 5 - 6 6 1 -

啊……

（眼望韩欲走近）

高怀德 （右手怒指赵）呔！（【**大锣一击**】右手向赵指出）也不准你嚎！

赵匡胤 （点头）我不嚎，我不嚎。

高怀德 （右手点戳着赵向左移）我看你们（点戳的右手再移至右）哪一个（右手向赵指出）大胆的（左手握剑向前绕剑穗，右手拔半剑逼向赵）（**八大仓**）（抖动剑）敢嚎？（【**撕边**】（**0 八大 顷仓**）向右绕剑穗插剑亮住）

〔西皮散板〕

赵匡胤 廿 1. 1 1 5 - （八 0 仓） 5 - 5 -

我 哭…… 哭 也

（由外转向高） （高拔半剑相向，赵向后倒身，大太监左掌托扶）

3. 2 1 1 1. 6 1 6 1 5 - 6 5 3

不 敢 哭

（慢慢看高） （摊抖左掌）

2. 6 7 - 7 7 6 5 6 6 6. 1 5 6 5 -

（哇），

〔【**纽丝凤点头**】高插剑面向外站，大太监站“小边”，赵抖右袖。

〔西皮散板〕

（过门同前）6 2 1 3 1 2 3 2 2 1 1 1 2 2 1 -

死 在 阴 曹 休 怨 寡 人！

（左手指韩） （右掌托髯）

〔【**住头**】右手捋甩发转向大太监。

内侍！

大太监 （躬身）有。

赵匡胤 （右手指左方）韩龙尸首（左掌“背供”摆右掌）亦不可损坏，（右掌托髯）孤王赐他金井玉葬。

大太监 遵旨。

高怀德 （右手指赵）住了！（【**撕边一锣**】右手点戳韩龙）似这样的乱臣贼子，哪有什么金

井玉葬，来呀！（“右山膀”向外亮）

〔四校尉内应：“有。”【大锣一击】两边暗上。

高怀德 拖至荒郊！（摊右掌指外）

四校尉 啊！

〔【冲头】四校尉抬韩龙四肢“下场门”下；赵匡胤站台中；高怀德站“大边”；大太监站“小边”。

赵匡胤 （背左手右掌抚髯想）【撕边一锣】啊！三千岁犯罪，军师不来保本，（转向大太监）往哪里去了？

高怀德 （右手指大太监）宣军师！

大太监 （稍愣）啊！

赵匡胤 （右腕向内涮，右袖向大太监甩出）宣苗顺！

大太监 （云帚指外）苗顺上殿哪！

〔苗顺内应：“领旨！”【小锣打上】苗“上场门”上至“小边”；赵匡胤入“大座”；高站“大边”桌旁；大太监站“小边”桌旁。

苗　顺 （右掌指台中）身在帝王边。

高怀德 （【快冲头】冲出门外站中台口右手指苗顺）你就是护国军师？！

苗　顺 （握拳躬身）正是。

高怀德 （右手指苗上步相逼）万岁宣你，你要仔细了！【大锣一击】

苗　顺 （躬身）噢……

高怀德 你要与我（八大仓）（左手握剑右手拔半剑相逼，苗顺翻右袖护头亮住，高全身抖动着）打点了！【撕边】（八大仓）（抬左腿冲回“大边”向外缓剑穗入鞘，右手指苗）宣军师！

苗　顺 （收袖、上步、摊双掌）如羊伴虎眠。【小锣一击】（中台口进门站“小边”向赵握拳躬身）臣，苗顺见驾，（跪右腿）吾皇万岁！

赵匡胤 （惊堂木轻击桌）嗯！【撕边一锣】苗顺，三千岁犯罪，（右手指苗）你不来保本，往哪里去了？（惊堂木击桌【大锣一击】）

苗　顺 （向赵拱手）臣保本，（抬头望赵）万岁酒……

赵匡胤 （右掌抚中绺髯）嗯！【撕边一锣】上殿言君之过，（右手指苗）似你这等臣子，也该……（左手握拳立右掌做斩状）

高怀德 （右手指苗）斩！（八 大 大 仓）

〔【冲头】高怀德拔剑右转身至桌前半剑欲斩苗顺；赵匡胤急从“小边”一侧出桌至台中，左掌托高右腕、摆右掌；同时苗顺慌忙起身向右转身站“小边”“骑马式”向高伸双掌阻拦。【大锣叫头】

赵匡胤 哎呀，御亲哪！自盘古以来，哪有斩军师的道理？（右手指着转向苗顺）先生你将幞头象简，放在龙书御案，你、（抽搭着）你、你、你逃命去罢！（顿右足向苗抖右袖）

苗　顺 （向赵握拳躬身）谢万岁！

〔西皮摇板〕

【散凤点头】（过门同前）1 2 3 3 2 2 2 1 1 2 1 2 1 $\frac{3}{}$2 -

早 知 为 官 不 长 久，

（转向外）（摆右掌）（摇头）（转向里摘盔）

〔【闪锤】大太监接盔放桌上，苗顺中台口出门站“小边”，左转身向外。

〔西皮摇板〕

（过门同前）6 2 1 2 2 2 1 1. 6 1 –

不 如 深 山 把 道 修。

〔【快长锤】苗顺“上场门”下；赵匡胤中台口出门站台中“小边”一侧望“上场门”抖右袖，转向外右手指“上场门”。

〔西皮摇板〕

赵匡胤 （过门同前）3 2 1 6 2 1. 6 6 3 2 1 1 2

金 殿 去 了 苗 广 （啊）

（向“上场门”，拇、食、中三指互揉）

2. 3 1 – 【哭头】（1 1 1 3 2 1 6 2 1） 【哭头】1 2 7. 6

（仓 仓 仓仓 台七台 仓） 义，

（右、左两顿足）

5 – 5 7 7 6 5 6 6 5 – 【快纽丝】

好 先 生（哪）！

〔亮弦〕

〔随尾腔左转身进门站台中“小边”一侧，看见“大边”高，（5 – –）左手指高，

（匝 匝 匝）

【凤点头】抖右袖转向外。

〔西皮散板〕

（过门同前）6. 2 1 1 2 5. 6 1 – 【撕边叫头】

回 头 再 问 高 御 亲。

（站台中右手扰左袖扬左掌）

御亲啊！三千岁犯罪，（左手指高）你不来保本，（双掌互击后摊双掌）往哪里去了？

高怀德 （右手指赵）住了！

〔赵“骑马式”向右倒身伸双掌，大太监左掌扶赵右肘二人亮侧身相。【大锣一击】高右手指赵。

高怀德 你这昏王酒醉（右手指外）桃花宫院，（右掌指自身）俺臣不能见（向外拱手）君，君不能（向右摊双掌）见本，俺是怎的（掌心掌背互击变摊双掌抖动）不曾（摊双掌指赵）保过本来？！（转向外）【撕边一锣】

赵匡胤 哦，如此说，（立身背右手左手指赵）你保过本来？

高怀德 （右手指赵）保过本来！

赵匡胤 好，（慢转向大太监）内侍！

大太监 （躬身听命）有。

赵匡胤 （左掌“背供”，右手指大太监）你到桃花宫院，（右手指左侧）单查万里侯的（右手指大太监）本章。

大太监 遵旨。（“上场门”下）

赵匡胤 （背右手转向高）有了你的本章,还则罢了,若无有（左手指高）你的本章么,呵呵!（左掌端中绺髯）孤王也要……（立右掌做斩状）

大太监 （“上场门”上至中台口“小边”一侧跪右腿）万里侯本章到！（双手斜托奏本。**【小锣一击】**赵转向外再向大太监点头示意）万岁，是他的。

赵匡胤 （京白）我知道哇！（右手夺奏本）

高怀德 （右手指赵）昏王,（右手指赵手中奏本）你要看哪!

赵匡胤 （点头）噢，我看！（双手拿两本奏折慢看）“诚惶诚恐，万里侯高”……

高怀德 （上前右掌拍赵左肩）呔！昏王,（**八大仓**）（赵两手拿两本奏折“骑马式”倒身望高，大太监左掌托赵右肘亮住；高右手指赵）你要（右手指奏折）看哪!

赵匡胤 （京白）我这儿不是看哪吗?

高怀德 （右手指赵）你要与我（**八大仓**）（右手指本）看哪!

赵匡胤 （与高同时）看哪!

〔**【紧锤】**赵、高二人“合扇儿”向里转身，同抬右腿冲至中台口，赵双手捧两奏折放右侧，高凑身同观，大太监随上至中台口“小边”一侧随观。

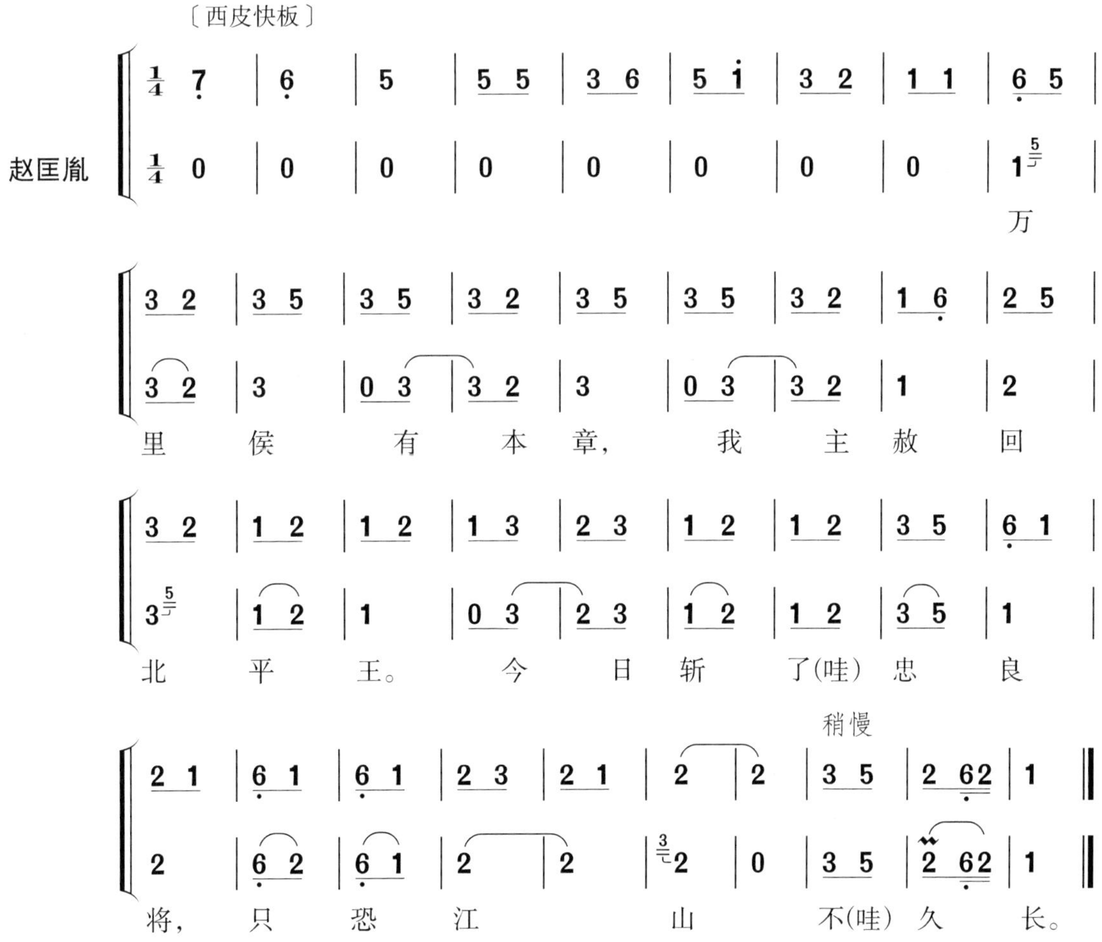

〔**【大锣长丝头】**大太监接赵手中奏本“上场门”送下；赵匡胤左转向里站台中；高怀德回站“大边”；大太监乙“上场门”报上，站“小边”。

太监乙 （躬身启奏）陶三春反朝!

〔太监乙“上场门”下；太监甲复上站“小边”。【撕边】（八大仓）

赵匡胤 （右手捋甩发扔至身后）哎呀！（【快纽丝】摊双掌抖双袖上至中台口）

〔西皮散板〕

（过门同前）5 5 3 5 5 6 5 （2 3 6 5） 5 3 4 3 2 1

听说反了陶三春，（仓）不由孤王胆

（右手指上方） （左掌端髯）

6 1 （7 6 2 1） 6 2 1 1 2 1 2 2 –

怕 惊。（仓）回 头 我 对 御 亲 论，

（转向高）

〔亮弦〕

〔（仓）（7 6 1 2 –）

（匝 匝 匝）

（扬左掌招呼高）御亲哪！【纽丝凤点头】（抖双袖）

〔西皮散板〕

（过门同前）3. 3 2 1 1 2 3 2 2 3 4. 6 3 2 1 6 1 –

三 春人 马 你 呀 担 承。

（摊右掌指高）

高怀德 （高举双掌）啊！【撕边一锣】哈哈……（【快纽丝】向左转一小圆场回“大边”两整袖）

〔西皮散板〕

（过门同前）3 3 1 2 1 3 2 （6 1. 2）3 3 1. 2 2 1 6 1 –（仓）

听说反了陶 三 春，（仓）不由 怀 德 喜 在 心。

（右手指外）（右掌拍肚） （右掌揉胸）（左手扶剑柄左弓箭步）

任她（立右掌）杀！

【撕边一锣】任她反！

（立身斜托掌）

（6. 1 2）3 2 5 3 2 1 1. 2 2 2 1 1 – 6 3 2. 6 1 –【撕边八大仓】

（顷 – 仓）俺 怀 德 不 管 你的闲 事(啱)情。

（左手握剑柄左弓箭步右手指外，右掌拍肚）（摆右掌）（右手点戳赵）（赵左掌端髯）（右手向赵指出）

赵匡胤 （左掌向高扔髯）呸！（【快纽丝】抖右袖向前上步）

〔西皮散板〕

（过门同前）3 5 3 5. 3 6. 5 4 3 6 5. 3 5 –

骂 声 怀 德 是 奸 臣 （哪 啊）！

（右手指左方高） （跨右步迈左步右手欲指高怀德）

高怀德 （右手指赵）呔！【大锣一击】昏王！（赵横跨左步迈右腿成右弓箭步向右伸双臂按双掌；大太监双手扶赵看高；高向后缓右臂，右掌指自身）俺是忠臣，（撤右步向

后缓右臂，右掌指自身）俺是大大的（**八大仓**）（向后缓右臂上左步伸右赞美指，**【撕边】**抖右赞美指）忠臣！**【大锣一击】**

大太监 （探身向赵）万岁，他是忠臣！

赵匡胤 （向大太监，京白）我早知道了！（向大太监抖右袖）

〔西皮散板〕

【凤点头】（过门同前）1 (5)3 2 1 2 3 1 3 2 (6)1 (7 6 2 1) 4

仰 面 朝 天 笑 寡 人， （仓）孤

（左手扯右袖右掌自指脸） （双端髯）

3 3 2 4 3 (5)3 - 2. 3 4 (35)3. 2 3 -

王 传 旨 将 你 斩（哪 啊）……

（左掌端髯立右掌） （横迈右步上左步逼向高）

高怀德 （右手指赵）呔！**【大锣一击】**（赵横跨左步上右步成右弓箭步，双按掌向右伸双臂；大太监双掌扶赵看高）你们哪个敢斩？你们（按右掌向右移）哪一个大胆的（**八大仓**）（左手按剑柄左弓箭步涮右腕立右掌向前亮，**【撕边】**抖右掌）敢斩？！（立身向前缓剑穗右手拔半剑、右丁步向赵亮）

大太监 **【大锣一击】**（向赵探身）万岁，忠臣可斩（摇头）不得！

〔赵看大太监再转向外摊左掌。

（清唱“梆子腔”）

赵匡胤 2 5 3 3 2 1. 7 6 5 5 5 5. 3. 1 5 5 -

哎 哟 哟 王 我 明 白 了 哇，

（**大台仓才仓台台七台乙台仓**）（高插剑背身站“大边”；赵两抖袖）

〔西皮散板〕

赵匡胤 （过门同前）1 3 2 1. 2 3 5 2 1 6 1 (7 6 2 1) 3

哪 个 敢 斩 高 御 亲！ （仓）走

（立右掌）

【哭头】

2 1 6 2 1 6 3 (3)2. 1 2 (1)2 (3)1 (1 1 1 3 2 1 6 1)

向 前 来 忙 跪 （呀） （仓 仓 仓仓 台七台 仓）

（右手抓右袖） （左手抓帔襟上左步）（右、左两涮步至台中）

【哭头】

1. 6 2 7 6 5 5 7 7 6 6 (6)5 -

定， 御 亲（哪 啊）！

（台中跪右腿拱手；大太监扶赵陪跪）

〔西皮散板〕

【凤点头】（过门同前）6 1 6 3 1 2 2 1 2 2 1 -

不 看 孤 王 看 先(哪) 人。

（向外拱手）

〔【撕边】(八大仓）高怀德向右缓双臂，骑马式向赵摊掌伸双臂。【撕边】蹉步向前。

高怀德 哎呀！（【纽丝】跪在赵匡胤左侧身旁，双手扶赵）（闭二幕）

〔西皮散板〕

（过门同前）3.3 1 2 1 3 2 2 (6 2) 3 3 2 1 1 1 6 1 2 2 1 -

尊声万岁快 请 起，(仓)三 春 人 马 我 担(哪)承。

（搀起赵） （右掌指自身）

赵匡胤 啊！（转面向外点头，抖右袖）

〔西皮散板〕

【凤点头】（过门同前）1 3 3 2 3 3 2 3. 2 3

内 侍 摆 驾 敌 楼 进 （哪 啊），

（右手指外）

大太监 （躬身领命）遵旨！

〔【纽丝】大太监出门引高怀德、赵匡胤“下场门”下。

第 十 二 场

〔“下场门”二幕后斜放城墙片。

〔接前场【纽丝】赵、高等三人登城。赵匡胤站中，左侧是高怀德，右侧站大太监。

〔西皮散板〕

赵匡胤 （过门同前）3 2 1 1 2 3 2 3 2 1. 6 1 -

观 看 弟 妹 发 来 兵。

（右手指“上场门”）

〔陶三春内唱。

〔西皮导板〕

【导板头】（过门同前）2 i i - 2 7 6 (3.6 5) i 5 3 i 6. 7 6 5 -

北 平 府 逼 反 了

3 3 2 (2.1 6 6.1 2) 2 i 2 i 6 i 2 - 2 2 i i -

陶 三 春，

〔【急急风】(加堂鼓)四龙套持标旗“上场门”上“斜胡同”;陶三春右手持大刀冲至“九龙口”前垂提式稍亮,变旁背式快步上至中台口,缓刀变护腰式向外亮住。【紧锤】向右转小圆场至台中,左手握刀杆中间“右山膀”拉开成一字式,冲上至中台口,左手握刀贴腰式,右拳放胸前亮住。

〔西皮快板〕

陶三春 (过门同前) 1/4 3. 6 | 5 | 0 i | 6 5 | 4 3 | 2 3 | 5 |

号 炮 不 住 响 连 声。

〔西皮摇板〕

i i. 2 3 5 ∨7 6 3 5 - 6 - ¦

人 来 与 我 城 围 定,

(扬右掌至头侧)

〔【快长锤】四龙套举标旗台中“插门”,小圆场至“九龙口”前斜一排放标旗站定;同时陶三春后退,右手握刀背刀式从“小边”冲至台中“大边”一侧,左手点戳城上,退回台中护腰式向外亮住。

〔西皮摇板〕

(过门同前) 3 5 6 6 6 5 5. 3 5 - ‖

要 与 昏 王 把 命 拼。

〔【冲头】赵匡胤右手将甩发甩至头后,【导板头】右掌抚髯望城下,双掌扶城。

〔西皮导板〕

廿(6. 5 3 5 6 2 7 6 5 - i - 3 2. 3 5 5 2 1 7 2 1 -)

赵匡胤 5 5 3. 6 5. 3 6 5 4 (4. 6 3) 3 3 3 i i - ¦

丹 凤 眼 来 看 端 详(呃),

(揉搓双掌揉睛)

〔【紧锤】三春左转上步回望城楼,退回台中转向外站。赵匡胤左手拢中绺髯。

〔西皮快板〕(过门同前)

1/4 3 5 | 3 2 | 3 5 | 5 3 | 2 1 | 1 7 | 6 2 | 1 2 | 3 5 |

赵匡胤 1/4 3 5 | 3 2 | 3 5 | 0 3 | 2 1 | 1 7 | 6 2 | 1 | 3 |

果 然 是(呃) 一 座 好 战 场。 人

(按右掌指城下) (看城下)

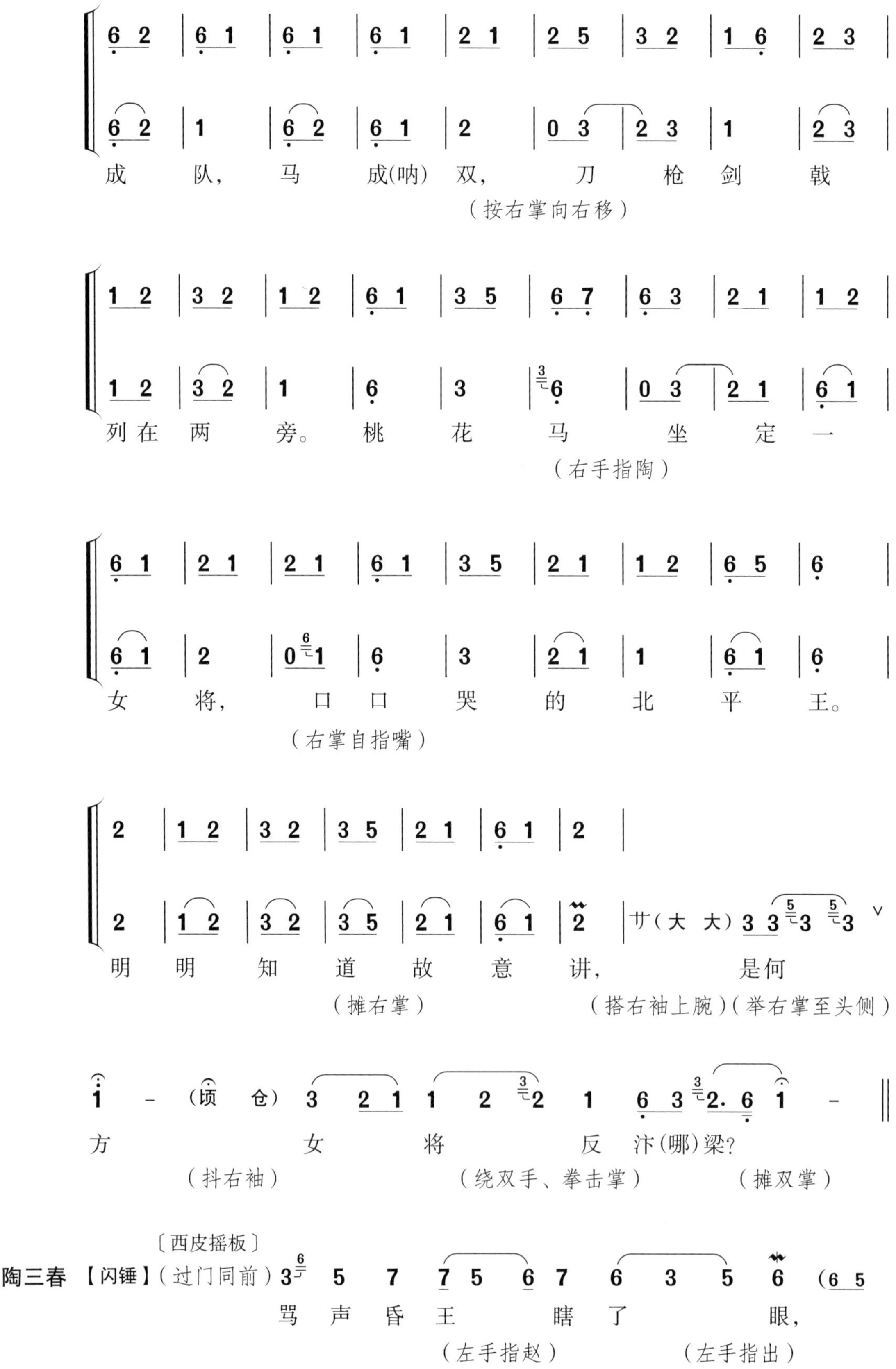
成 队， 马 成(呐) 双， 刀 枪 剑 戟
（按右掌向右移）
列在 两 旁。 桃 花 马 坐 定 一
（右手指陶）
女 将， 口 口 哭 的 北 平 王。
（右掌自指嘴）
明 明 知 道 故 意 讲， 是何
（摊右掌） （搭右袖上腕）（举右掌至头侧）
方 女 将 反 汴(哪)梁?
（抖右袖） （绕双手、拳击掌） （摊双掌）
〔西皮摇板〕
陶三春 【闪锤】（过门同前）
骂 声 昏 王 瞎 了 眼，
（左手指赵） （左手指出）

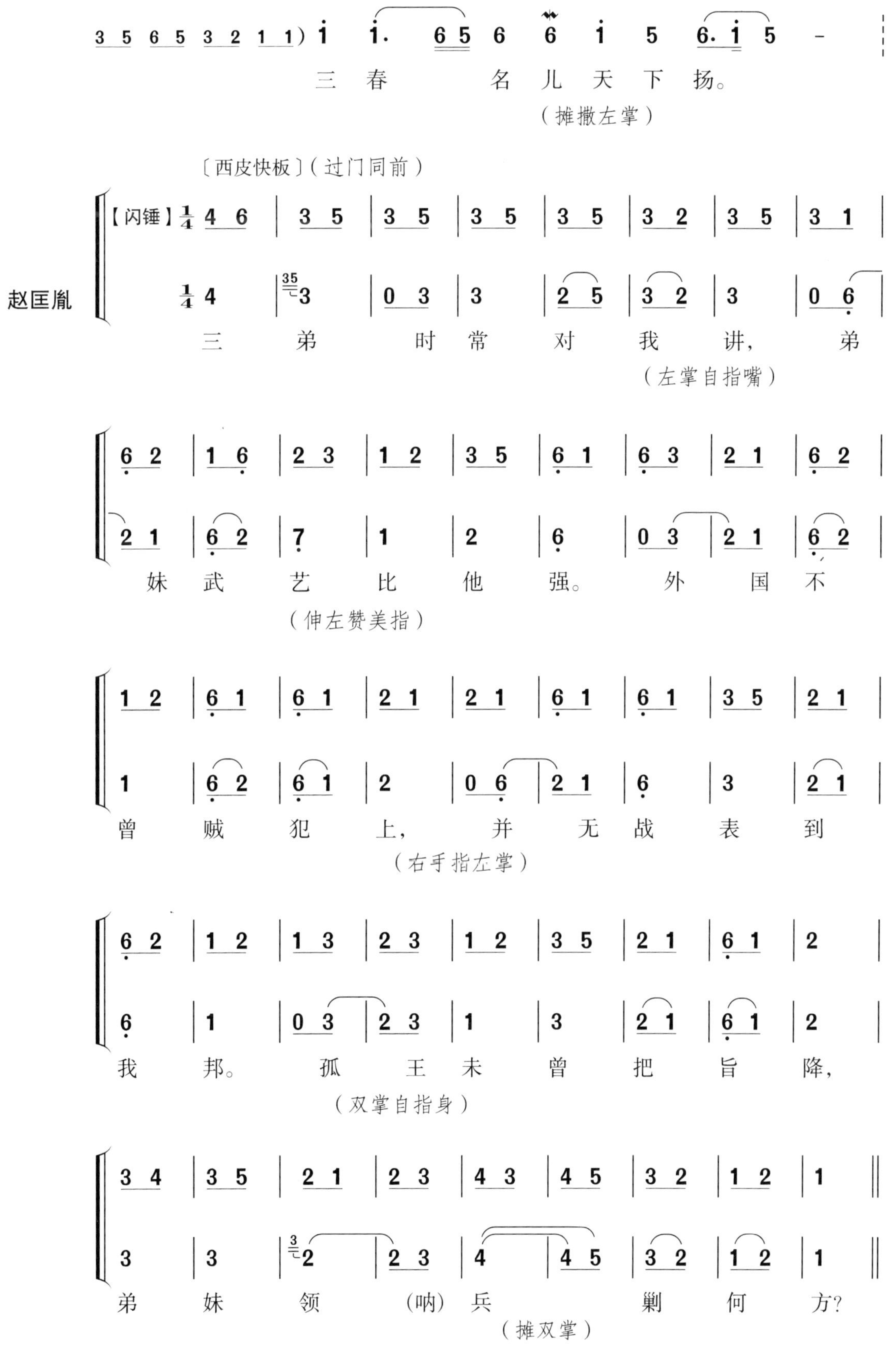
三 春 名 儿 天 下 扬。
（摊撒左掌）
〔西皮快板〕（过门同前）
【闪锤】
赵匡胤
三 弟 时 常 对 我 讲， 弟
（左掌自指嘴）
妹 武 艺 比 他 强。 外 国 不
（伸左赞美指）
曾 贼 犯 上， 并 无 战 表 到
（右手指左掌）
我 邦。 孤 王 未 曾 把 旨 降，
（双掌自指身）
弟 妹 领 （呐） 兵 剿 何 方？
（摊双掌）

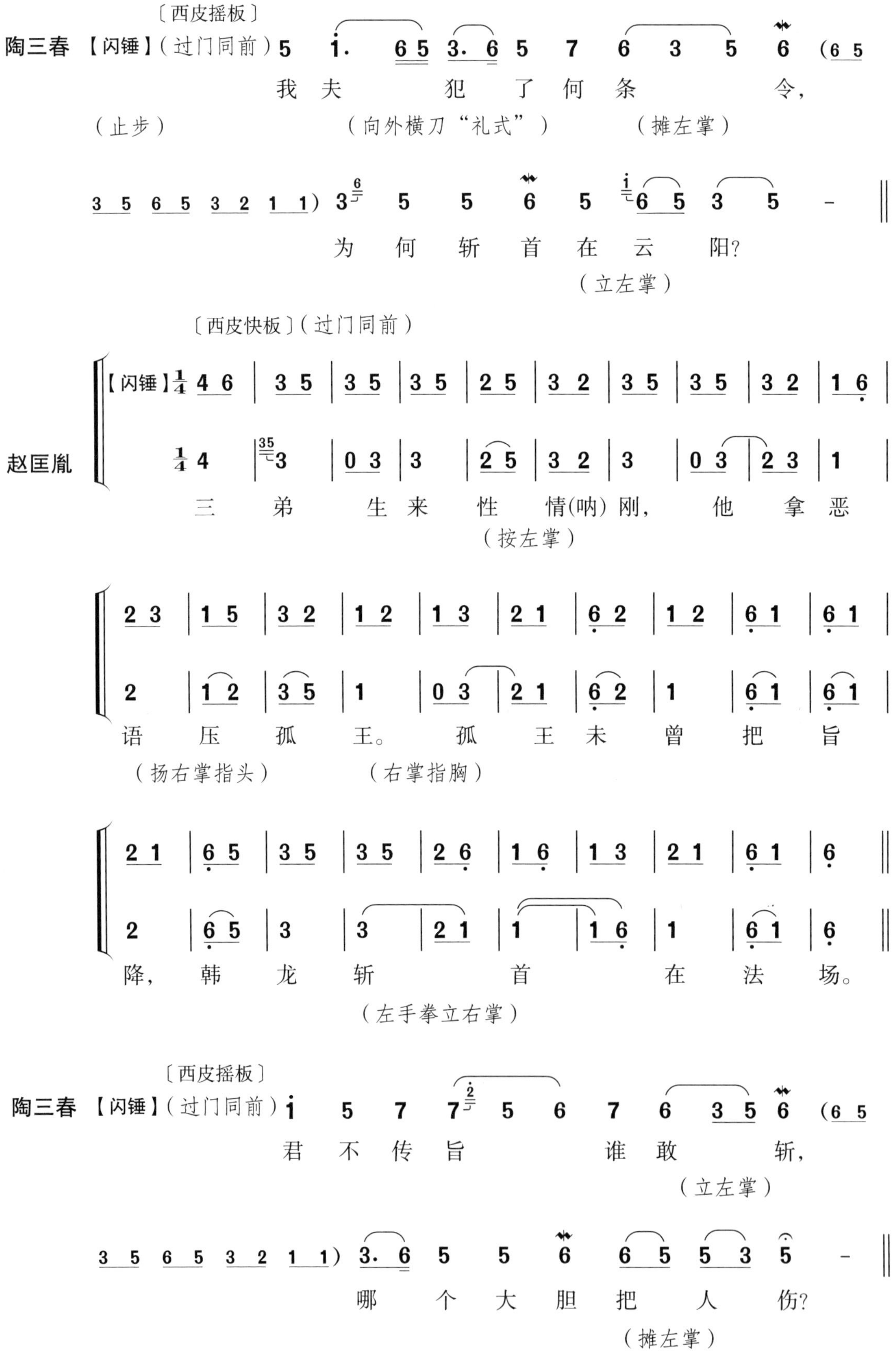
〔西皮摇板〕
陶三春 【闪锤】(过门同前)
我夫犯了何条令,
(止步) (向外横刀“礼式”) (摊左掌)
为何斩首在云阳?
(立左掌)
〔西皮快板〕(过门同前)
【闪锤】
赵匡胤
三弟生来性情(呐)刚,他拿恶
(按左掌)
语压孤王。孤王未曾把旨
(扬右掌指头) (右掌指胸)
降,韩龙斩首在法场。
(左手拳立右掌)
〔西皮摇板〕
陶三春 【闪锤】(过门同前)
君不传旨谁敢斩,
(立左掌)
哪个大胆把人伤?
(摊左掌)

斩黄袍

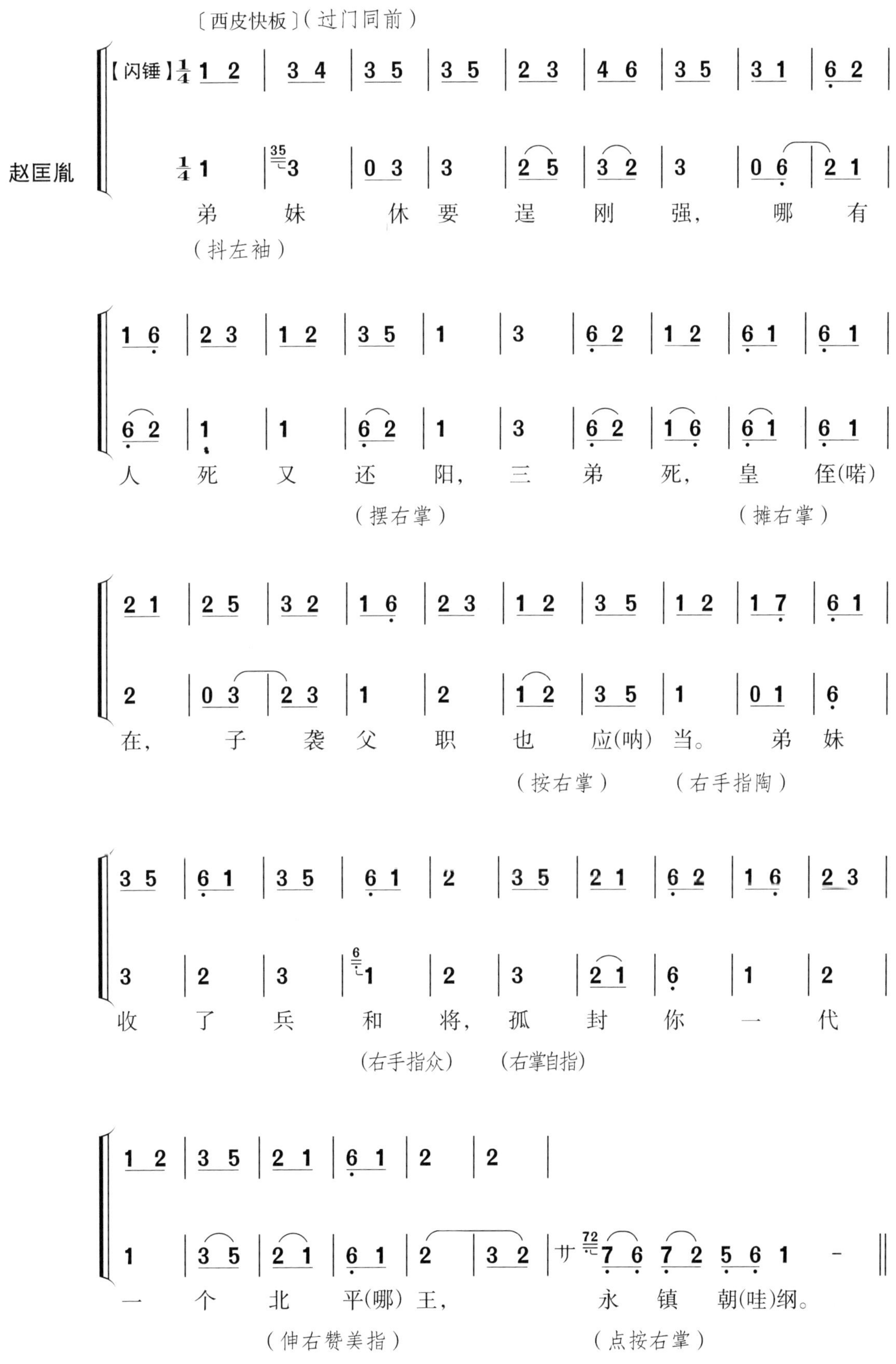

〔西皮快板〕（过门同前）
【闪锤】
赵匡胤
弟妹 休要逞刚强，哪有
（抖左袖）
人死又还阳，三弟死，皇侄(喏)
（摆右掌）
（摊右掌）
在，子袭父职也应(呐)当。弟妹
（按右掌）
（右手指陶）
收了兵和将，孤封你一代
(右手指众)
(右掌自指)
一个北平(哪)王，永镇朝(哇)纲。
（伸右赞美指）
（点按右掌）

陶三春

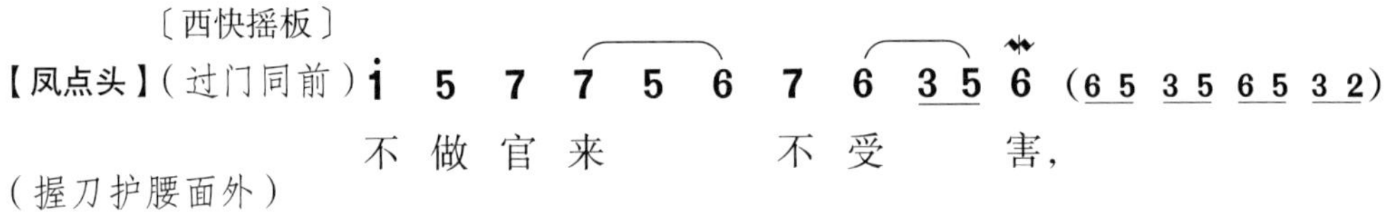

赵匡胤 啊？

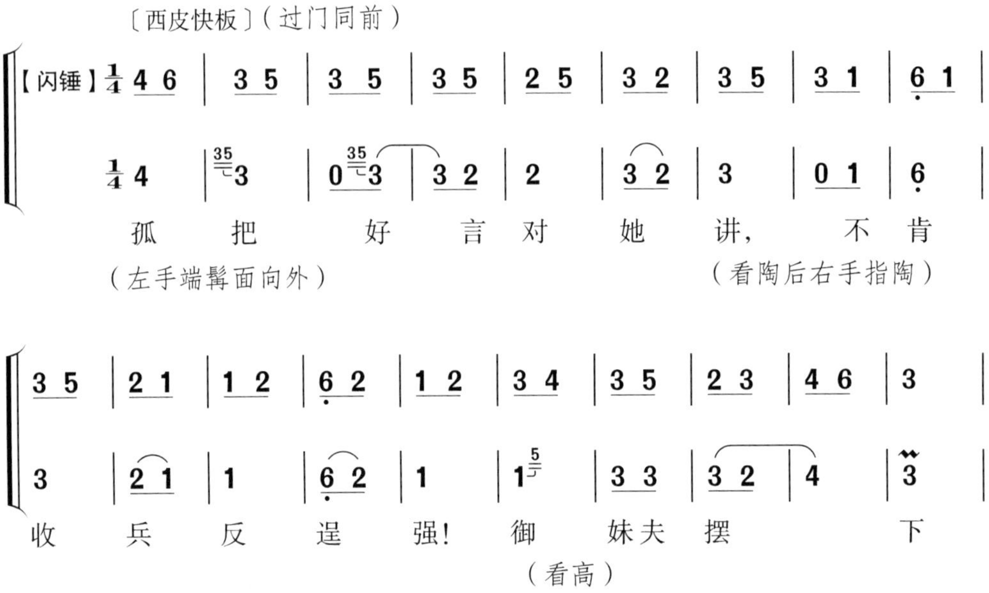

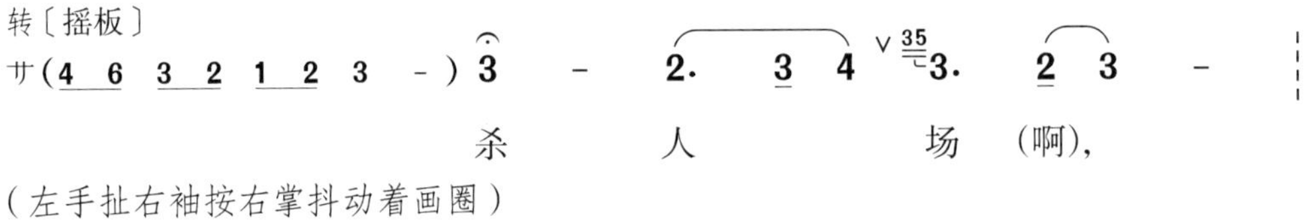

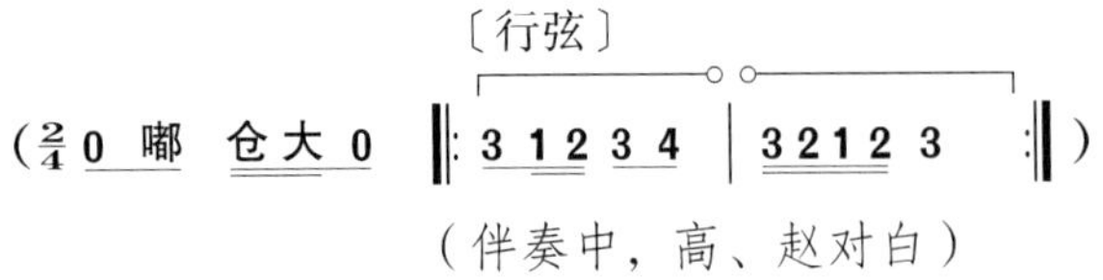

高怀德 （摇摆右掌）不得胜！
赵匡胤 （右掌抚中绺髯探身侧听）啊？
高怀德 （摇右掌）不得胜呵！
赵匡胤 （再探身放声问）啊？
高怀德 （摆右掌大声答）不得胜！
赵匡胤 （抖右袖）唉！（〔行弦〕收住）

斩 黄 袍

〔西快摇板〕

【闪锤】（过门同前）1 3 2 2 6 2 1 2 2 2 7 6 5 6 1 － ‖

不 得 胜 也 落 两 无(哇)伤。

（摊双掌） （掌背击掌心） （摊双掌）

〔【闪锤】陶三春右手缓刀背刀式左拳勒马式亮。

〔西皮摇板〕

陶三春 （过门同前）1 1 － 3. 6 5 2 1 2 － 1 1 －

人 来 与 我 城 围 上，

（左手向外指出）

〔【急急风】陶三春后退；四龙套举标旗抽心“二龙出水”经台中翻回至“九龙口”前斜一排放标旗站定；陶三春冲至台中横刀护腰式亮住。

〔西皮散板〕

陶三春 【风点头】（过门同前）3 5 5 6 1 5 3. 1 6. 3 5 － ‖（八大仓）

哪 个 放 走 奸 贼 王。

赵匡胤 （扬右掌至头侧抖动着）哎呀！

〔西皮散板〕

【快纽丝】（过门同前）1 3 3 3 3 4 3 （6 1 2 3） 6 1 2

一 句 话 儿 错 出 唇， （仓）城 外 逼

（抖右袖） （举右食指）

1 2 3 2 1 （7 6 2 1） 3 2 1 1 6 3 2 1 6

反 陶 三 春。 （仓）眼 望 着 养 老 院

（右手指陶） （左手扯右袖）（按右掌）（望“上场门”）

3 2 3 5. 6 5 3 2 6 2 3 1. 1 【哭头】（1 1 1 3 2 1 6 1）

高 （哇）声 （哪） （仓 仓 仓 仓 台 七 台 仓）

（扬右掌） （右手拇、食、中三指互揉）

【哭头】

1 2 2 2 7. 6 5 － 3 5 7. 6 5. 6 7 6 6. 5 6 5 －

叫， 儿 的 娘 啊！

（拭泪）

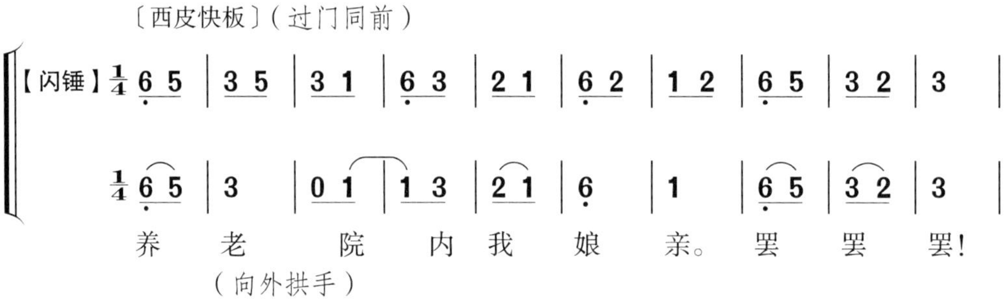

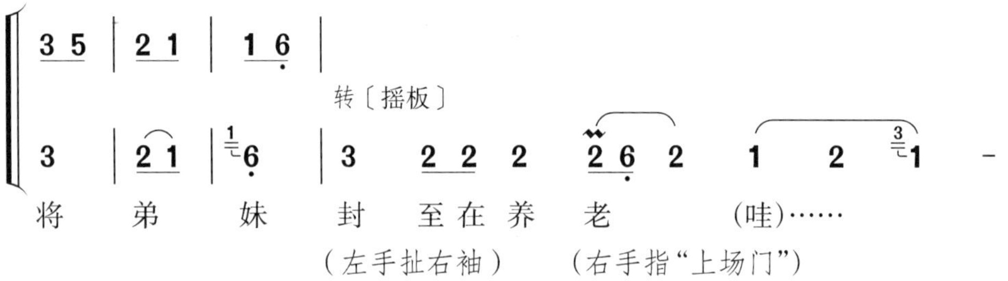

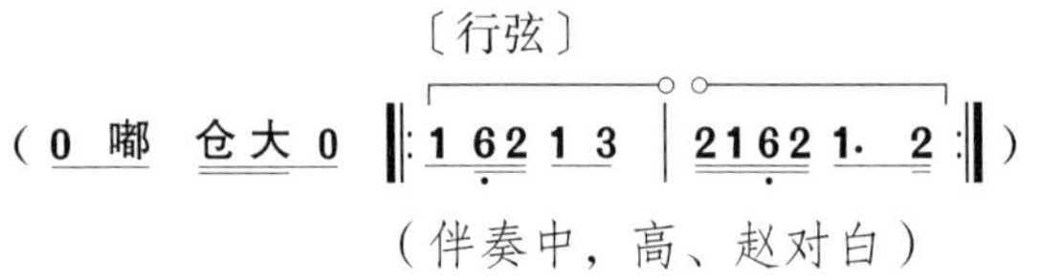

高怀德 （右手指赵眼前）院！
赵匡胤 （慢转头看高后转向外摆右掌）封不得！
高怀德 （右手指下方）封得的！
赵匡胤 （转向高摆右掌）封不得！（转向外）
高怀德 （右手向下点戳）封得的！
赵匡胤 （望着高）封得？
高怀德 （右手指下方）封得！
赵匡胤 （点头）哎！好，封啊！

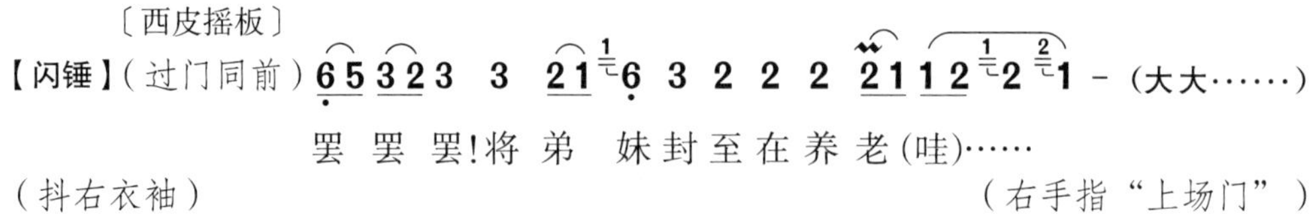

高怀德 （右手指赵胸前）院！
赵匡胤 （看高）

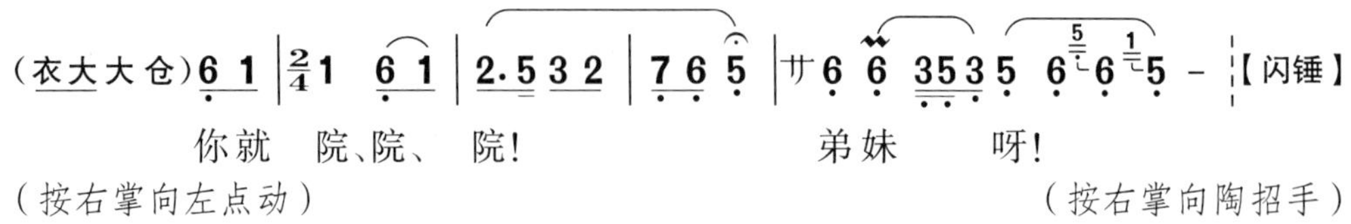

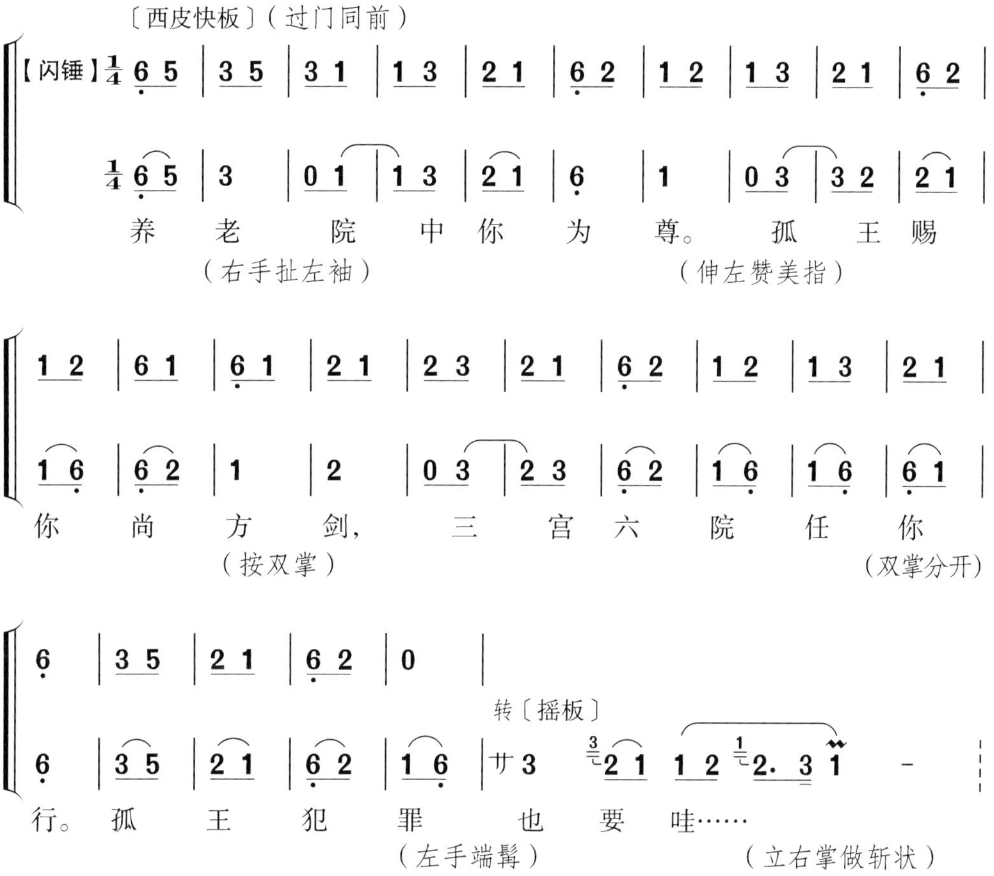

高怀德　（在赵面前立右掌）斩！

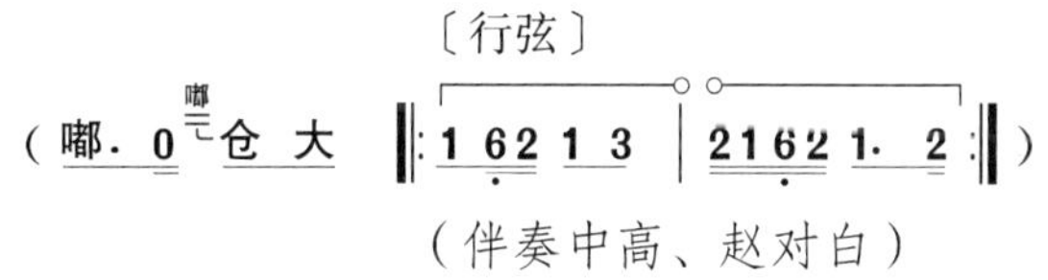

赵匡胤　（转头看高摇头）斩不得！（转向外）
高怀德　（看赵立右掌）斩得的！
赵匡胤　（看高右掌拍头）孤的龙头是（摊右掌）如何斩得？
高怀德　（向赵立右掌）斩得的！
赵匡胤　（凑向高）哦，斩得？
高怀德　（立右掌）斩得。
赵匡胤　（点头）好，斩得！（摇头抖右袖）

高怀德 （向赵立右掌）斩！（大大……衣大大仓）

赵匡胤 （看高再看陶，点动右掌）

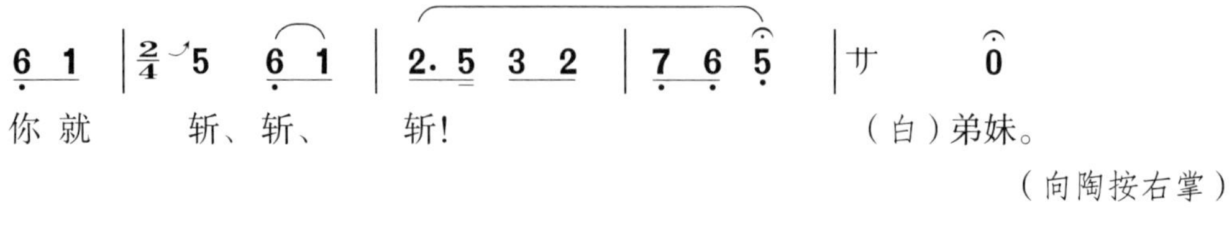

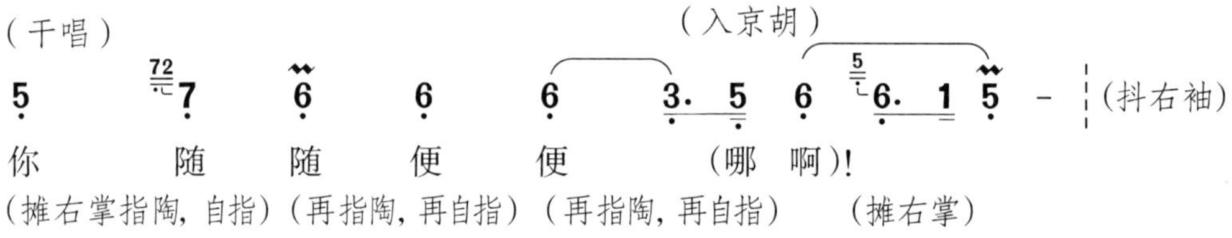

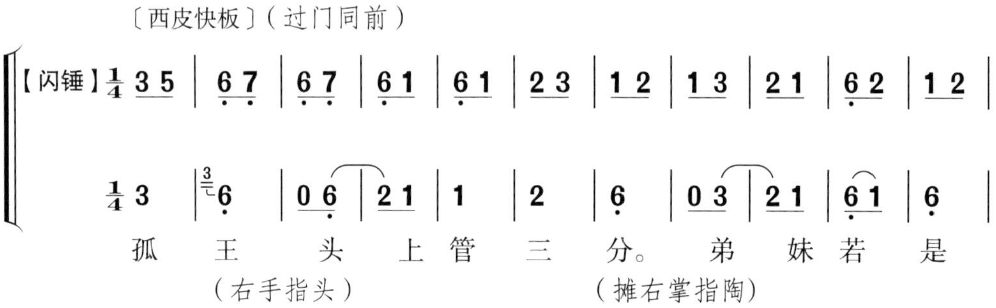

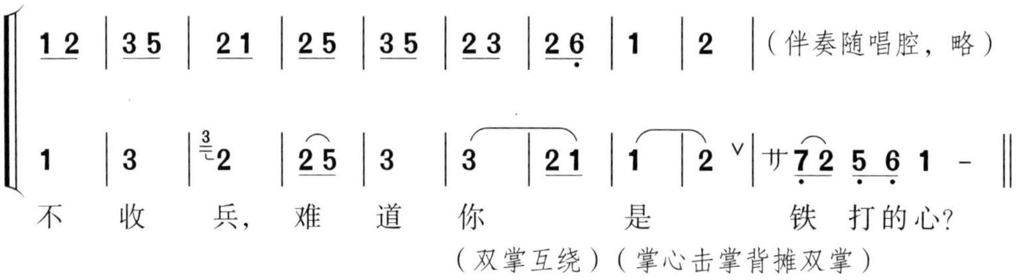

陶三春

高怀德 （向赵摊右掌）要证凭！

斩黄袍

〔【闪锤】赵点头右手理甩发。

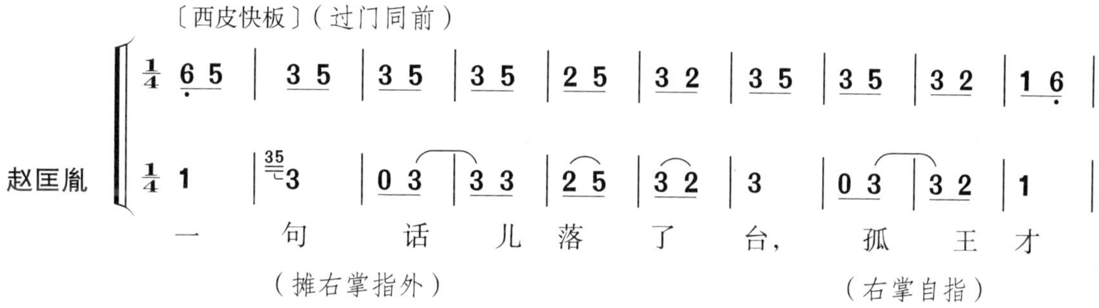

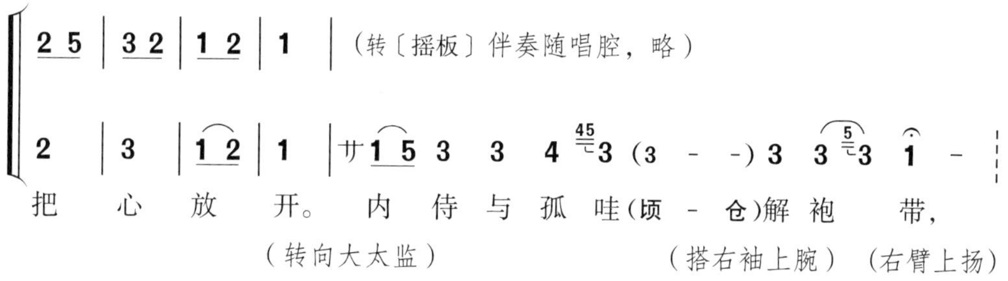

〔【紧锤】抖右袖，双手从大太监手中接过尚方剑转向外。

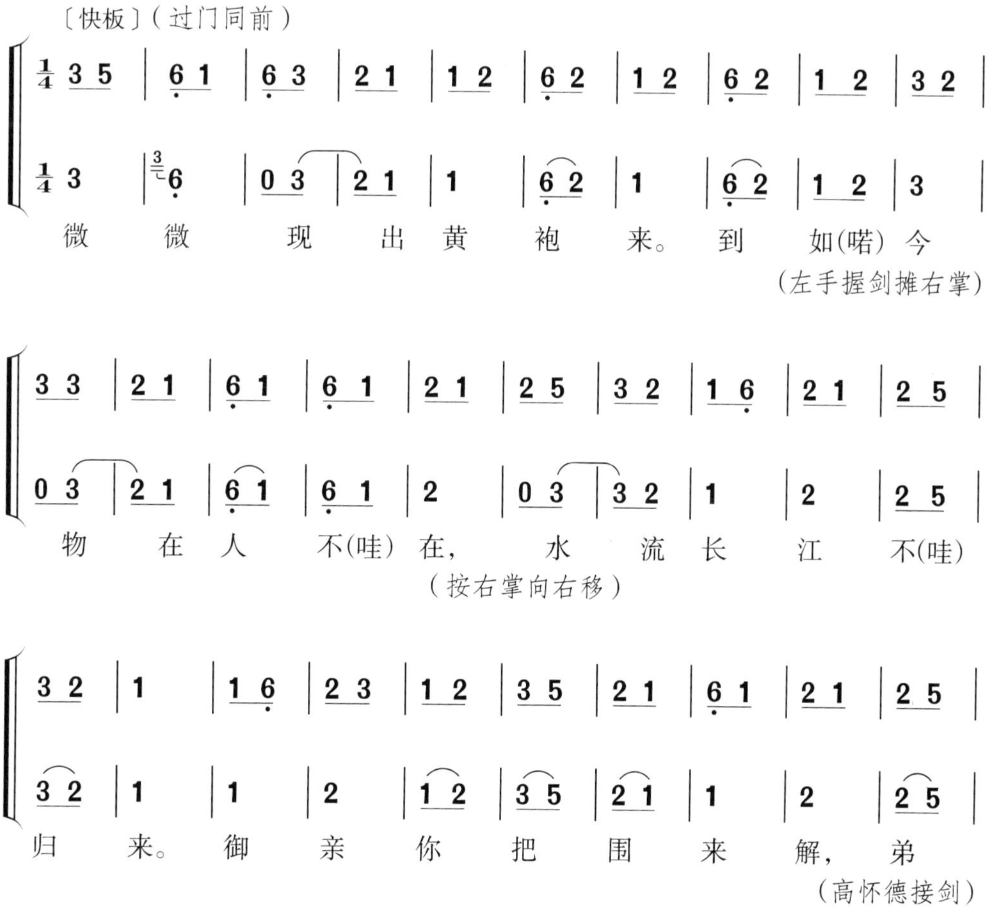

扳慢收住

35	35	26	1	6	5 ∨	1	2	2	1 ‖
33	3	21	1	6	5	1	2	2	1 ‖
妹的	人			马	你		安	(呐)	排。

（摊右掌上扬）

〔【扫头】陶三春转身下马，龙套接刀，陶站台中。高抱剑，大太监持黄袍，二人出城。高站“大边”，右侧站大太监。高怀德递剑，陶拔剑出鞘。高左手握剑鞘，右手与大太监将黄袍撑起，陶上前举剑斩黄袍。【住头】大太监抱黄袍、剑进城送下。陶站台中“小边”一侧，高站台中“大边”一侧。

高怀德 （拱手躬身）请皇嫂收兵。

陶三春 要我收兵，（按立右掌）却也不难，必须叫这（左手指城上赵）昏王，（摊右掌指外）去至北平王府，祭奠七七四十九日罗天大醮，（摊右掌）方可收兵。

高怀德 （点头右转，至城下抱拳躬身）启万岁：请皇嫂收兵不难，必须在（左手指外）北平王府，高搭坛台，（举右手四指）设下七七四十九日罗天大醮，（向赵躬身）方可收兵。

赵匡胤 （向高扬右掌）哎呀，御亲哪！（【撕边一锣】左手扯右袖，捏右拇、食、中三指）慢说七七四十九日罗天大醮，就是周年半载，（摊双掌）又待何妨！（京白）弟妹你（摊右掌连挥）收兵吧，别叫（双端髯）哥哥我着急了！

陶三春 （向上挥右掌）收兵！

〔奏唢呐曲牌〈尾声·前半段〉。四龙套举标旗，丁领引乙、甲、丙依序由“九龙口”经“小边”，台中小圆场“上场门”下。高怀德赶步向前拱手屈左腿拜谢陶三春，陶参礼回拜。【冲头】陶三春冲至中台口【叫头】向“大边”台口拱手，白：“夫君！”向“小边”台口拱手，白：“我夫！夫啊……”【乱锤】右掌拭泪（八大仓）陶三春向外摊扔双掌。〔奏唢呐曲牌〈尾声·合头〉。【急急风】陶三春“上场门”急下。

——剧 终

辛宝达　费玉明　整理　　费玉明　记谱

辕门斩子

李和曾演出本

京剧老生戏中有“三斩一碰”之说，“三斩”指《辕门斩子》、《斩黄袍》、《斩马谡》，“一碰”指《碰碑》，都是吃重的老生唱功戏。

《辕门斩子》是全部《穆桂英》中的一折。写杨宗保在穆柯寨私自招亲，娶了穆桂英，返营后其父、宋军元帅杨延昭按军法要将他斩首，孟良、焦赞、佘太君、赵德芳（八贤王）先后讲情均无效。后穆桂英来献降龙木，并称能破辽方的“天门大阵”，杨延昭才饶了杨宗保。

《辕门斩子》原为梆子戏，京剧界前辈把它移植过来，并把剧中主要人物杨延景改为杨延昭。经王九龄、刘鸿声、高庆奎等人的舞台实践，该剧最终成为高庆奎的代表作之一。

高庆奎系清末名伶高四保之子，幼年师从贾丽川等学老生，12 岁登台。他博采众长，初宗老谭，后又根据本身嗓音高宽亮的特点，吸收了孙菊仙、刘鸿声的长处，形成了具有独特风格的高派演唱艺术。他的弟子李和曾继承了他的演唱艺术，并取得了突出的成绩。

20 世纪 50 年代，李和曾就职于中国京剧院，由琴师圣手费文治为他操琴，二人配合十分默契，不仅排演了大量的高派传统戏，还共同创作新编历史剧，如《孙安动本》、《暂斩鲁斋郎》等，佳腔迭出，深受观众喜爱。这出《辕门斩子》就是根据二位名家的演出实况记录整理的。

《辕门斩子》一剧以唱取胜。其唱腔朴实大方、激昂挺拔，高低音跨度大。例如：“只气得杨延昭咬碎钢牙”和“问小姐她不在那山东潇洒，来到了宋营中有（哦）何话答”这两句唱腔，高低音跨十四度，演唱起来难度很大，但李和曾却是游刃有余。他的唱高亢淋漓，每次听都有绕梁三日的感受。

《辕门斩子》中的〔快板〕也极有特色。例如：“我大哥替宋王把忠尽了，我二哥短剑下命赴阴曹。我三哥被马踏尸骨难找，我四哥和八弟无有下梢。我五哥弃红尘削发修道，我七弟被仁美射死芭蕉”这段〔快板〕，特点是“夺板抢字”。其中“我二哥”、“我三哥”、“我四哥”、“我五哥”、“我七弟”的唱腔按照传统〔快板〕格式可以过板唱，“我二哥”、“我三哥”、“我四哥”、“我五哥”在板上唱，叫“夺板”，意思是不能慢，正夺在板上，这样节奏才鲜明有力。“抢字”“是短剑下”、“被马踏”……过板后抢着唱，不能拖沓，如疾风骤雨，扑天盖地而来，确切地表达了剧中人物的激愤之情。

李和曾先生已于 2001 年 1 月去世，现我们把他生前演出的《辕门斩子》整理出来，借此表达我们对他缅怀和思念。

高淑娟

人物行当

杨延昭	老生	赵德芳	老生
焦　赞	净	穆桂英	旦
孟　良	净	穆　瓜	丑
杨宗保	小生	四文堂	杂
佘太君	老旦		

服装扮相

杨延昭　俊扮。纱帽、黑三，白蟒，红彩裤，厚底靴。

焦　赞　勾黑三块瓦。扎巾盔、黑扎，黑软靠，黑彩裤，厚底靴。

孟　良　勾乌眼窝红葫芦脸。扎巾盔、红扎，红软靠，红彩裤，厚底靴。

杨宗保　俊扮。武生巾，花褶子，粉红彩裤，厚底靴。

佘太君　俊扮。梳老旦头，香色女蟒、老旦裙、绦子、朝珠，福字履。

赵德芳　俊扮。金大镫、黑三，绿蟒，红彩裤，厚底靴。

穆桂英　俊扮。七星额子、翎子、斗篷，改良女靠、云肩，粉彩裤，彩鞋。

穆　瓜　勾小丑脸。大板巾，蓝布箭衣、卒背心、大带，白布袜、圆口鞋。

四文堂　俊扮。白文堂服装。

道具

大　帐（红色）	一份	马　鞭	两根
荷包枪	四杆	女宝剑	一口
柬　帖	四张	宝　剑（挂大帐右上方）	一口
开门刀	四把	降龙木	一根
龙头拐	一根	红桌围椅披	一份
腰　刀	三把	文房四宝	一份
桌　子	一张	印　匣	一个
椅　子	三把		
山　头	一座		

〔台中央放桌子一张，挂大帐，帐门卷起，大帐右上角挂宝剑一口。“大座”，桌上左边放文房四宝，右边放黄布印匣，中央放惊堂木一块。大帐后面两椅。（一把八贤王、佘太君等上场后坐；另一把作门椅，杨宗保被绑后坐）

【大锣圆场】接唢呐曲牌〈水龙吟〉

快收

サ 6 i 5 - | 2/4 6 56 i 7 | 6 i 6 5 | 3. 2 3 5 | 65 i 4 5 | 6 - ⁞

〔**【急急风】**四文堂上“站门”。焦赞、孟良上分立“大、小边”。杨延昭手端蟒袍下襟上。**【四击头】**亮相，**【急急风】**至中场台口站住，放下蟒袍。**【五锤】**

杨延昭　山东把阵败，**【住头】**怒气满胸怀。（**【大锣原场】**杨延昭撩袍向右转身归“大座”）

〔**【乱锤】**焦赞台口叫孟良。

焦　赞　啊二哥这里来。

孟　良　做什么？

焦　赞　看元帅今日升帐与往日大不相同，你我弟兄要仔细了。

孟　良　小心了。

焦　赞
孟　良　（同）大家小心。（二人回原位）

杨延昭　孟良、焦赞。

孟　良
焦　赞　（同）在！（向杨延昭拱手哈腰）

杨延昭　宗保到此，叫他报门而进！（拍惊堂木）

孟　良
焦　赞　（同）遵命！（转身面外）

焦　赞　二哥，小本官到哪里去了？

孟　良　不知去向。

焦　赞　呃，寻找寻找。

孟　良　瞭望瞭望。（二人出门分左右瞭望）

〔杨宗保内白：“马来。”

〔**【小锣归位】**杨宗保上场至“小边”台口。**【小锣归位】**

杨宗保　离了穆柯寨，来此是大营。**【小锣二击】**（下马，拴马，将马鞭丢地上，转身见焦赞、孟良）

焦　赞
孟　良　（同）哎，小本官来了。

杨宗保　参见二位叔父。

孟　良
焦　赞　（同）罢了。

杨宗保　我父帅可曾升帐？

焦　赞　升帐多时。

杨宗保　喜在哪里？恼在哪里？

焦　赞　他恼在那里，你要小心了。

杨宗保　待我转去。

焦　赞　且慢，**【大锣一击】**大丈夫只有向前，哪有退后之理。二哥，你给他报门。

孟　良　报，小本官告进！

〔**【大锣原场】**杨宗保随孟良“挖门”归“大边”，宗保中间向里跪下。焦赞“挖门”归“小边”。

孟　良
焦　赞　（同）小本官当面。

杨延昭　下跪可是宗保？

杨宗保　正是宗保。

杨延昭　焦、孟二将。

孟　良
焦　赞　（同）在！（仓）

杨延昭　掌起面来。

孟　良
焦　赞　啊！

〔（八仓）焦赞、孟良同时上前，焦赞拉杨宗保左手，孟良拉右手，各以另一手托住杨宗保后肩。杨宗保仰脸看杨延昭。

杨延昭　好奴才！

〔西皮散板〕

【撕边快纽丝】サ（6 - 66 5 i 3 2 6 2 1）36 5 5
怒 恼 杨

36 5（2 3 6 5）4 3 3 23 5 1（62 1）
延(呐) 昭，（仓）蠢 子 听(呐) 根 苗。（仓）

62 1 44 3（6 1 2 3）4 3 3 23 5 1
命 儿 巡营 哨，（仓）私 自 把 亲 招。

（62 1）5 5 5 35 6. 1 5（2 3 6 5）62
（仓）抢 挑 穆 天（呐）王，（仓）桂

1 2 532 1（6 2 1）1 2 3 21 2ˇ 3～～ -
英 下 山 巢。（仓）将 父 擒 马 下，这

i i - 0 4 - 3 3 23 5 23 4.6 32 1
笑（哇） （仓）笑 坏 众（呃）英 （呐）豪。

【快凤点头】（过门同前）3 2 12 3 2（6 1 2）1 3
焦 孟 一 声 叫，（仓）将 奴

2 21 61 2 32 35 13 2.6 1
才 绑 法 标[①]，定 斩（呐）不 饶。

孟　良
焦　赞　（同）啊！

〔【原场】焦赞、孟良将杨宗保绑在“大边”门椅上。宗保沮丧低头而坐。

焦　赞　啊，二哥这里来。（向孟良招手，二人站台口）
孟　良　做什么？
焦　赞　想小本官犯罪乃是你我弟兄二人的引诱，必须进帐与他讲个人情。
孟　良　恐怕这个人情讲不下来。
焦　赞　（京白）哎不要紧的，元帅喜欢的就是我。
孟　良　（京白）怎么着？喜欢的是你？
焦　赞　哎。
孟　良　好！
孟　良
焦　赞　（同）一同进帐。

〔【住头】二人进帐下跪。

孟　良
焦　赞　（同）元帅在上，焦、孟二将叩头。
杨延昭　尔等施礼为何？
焦　赞
孟　良　（同）小本官犯罪，理当斩首，念在我弟兄二人，鞍前马后，有些小的功劳，请元帅开恩饶恕。
杨延昭　敢是与宗保讲情？
焦　赞
孟　良　（同）不敢，元帅开恩。
杨延昭　哈……（假笑）【撕边一锣】
焦　赞　嘿二哥，怎么样？（二人半转身交流）

---

① 绑法标：戏曲中，死刑犯背后插一书写姓名、罪名的木牌，名斩标。罪犯犯法，戏曲中用“法标”代指刑罚场所。此句一般均唱作“将奴才绑辕门”。

孟　良　真有你的。

杨延昭　哇！【快五锤】宗保犯罪乃是你二人引诱，先斩宗保，然后再取你二人首级！

焦　赞
孟　良　（同）哎呀！喳喳喳……　（八大仓）【乱锤】（二人起立出帐站台口）

孟　良　哎！【撕边一锣】我说这个人情讲不下来，你说有你！

焦　赞　你说有你！

孟　良　你说有你！

焦　赞　你说的！

孟　良　呸，招打！（【大锣一击】举拳）

焦　赞　哎二哥。【撕边一锣】别着急，看好了法标，我搬老太太去。

孟　良　嘿，你快点去。

〔【撞金钟】焦赞由“上场门”下。随即扶佘太君（拄龙头拐杖）上，至“九龙口”。

焦　赞　哎老太太，您快点走，您快点走。（佘太君险些跌倒，焦赞扶住）您倒是慢着点。

〔佘太君站“小边”台口。

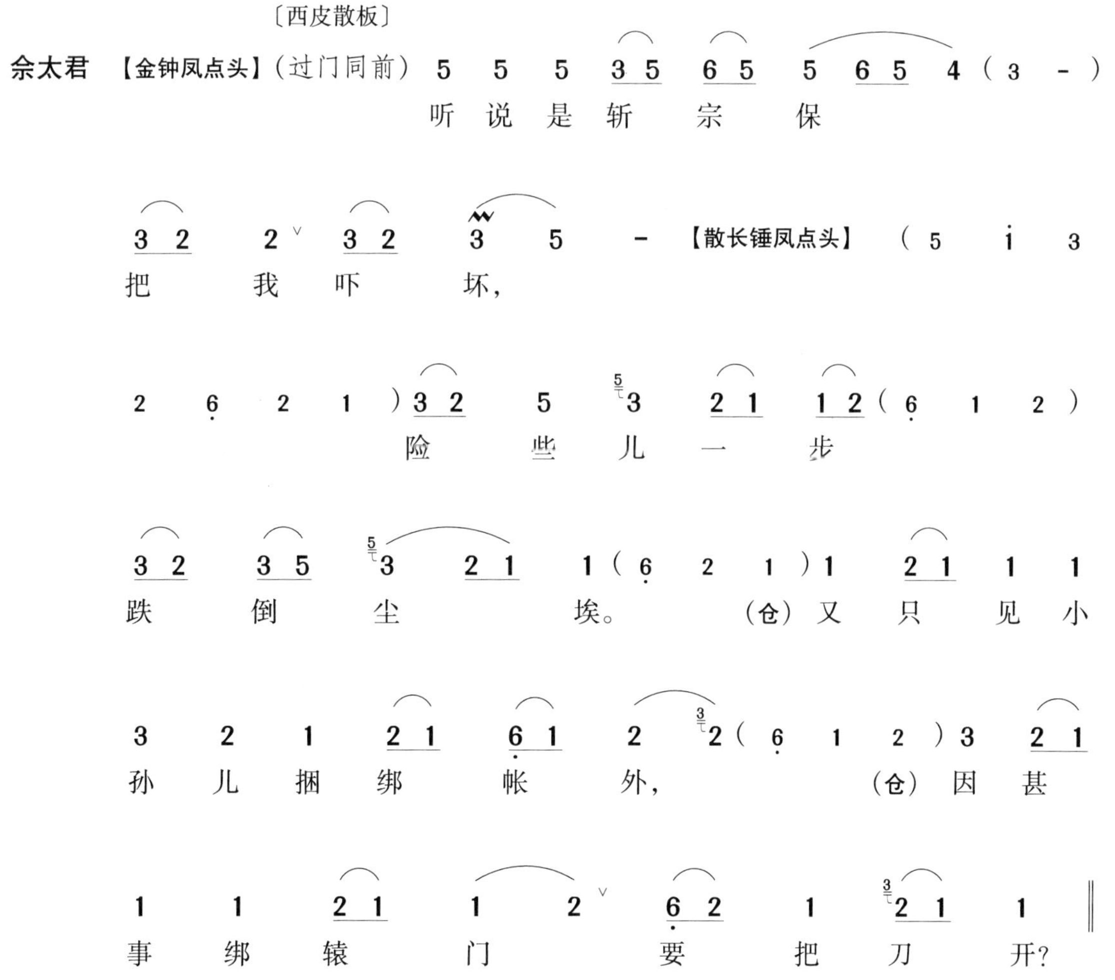

孟　良　小本官醒来。

〔西皮散板〕

杨宗保 【单键凤点头】（过门同前）i 6 3 5 7 7 6 5 6 6 5 6
都只 为招亲事穆柯山 寨，

（4 3 5 6）i 6 5 5 5 6 6 3 5 6 5 －‖
（仓）因此 上绑辕门 要把 刀 开。

佘太君 噢！

〔西皮散板〕

【单键凤点头】（过门同前）3 3 2 3 4 3 3 1 3 2
原 来 为 招 亲 事 犯 了

1 2 3（6 1 2 3）1 3 2 2 2 1 1 2
令 戒， （仓）有 为 婆 进 帐 去

1 3 2 1 1. 2 3 3 2 1 6 1.（6 2 1）1
把 情 讲 来。 （仓）叫

2 2 2 1 5 3 2（6 1 2）3 2 3 3 1
焦 赞 你 与 我 前 把 路

2 . 3 4. 6 3 3 3 2 2 －｜【撞金钟】切住
带，

（焦赞引佘太君进帐，至“小边”台口，落座）

〔亮弦〕

（6 1 2）

嗯—！

【单键凤点头】（过门同前）3 3 2 3 2 1 1 2（2 1 6 1
大 胆 的 杨 延 昭

2）3 2 1 1 2 3 2 2. 1 6 1 －‖
不 下 位 来。

孟 良 （转身向元帅）太娘到哇！

〔西皮导板〕

杨延昭

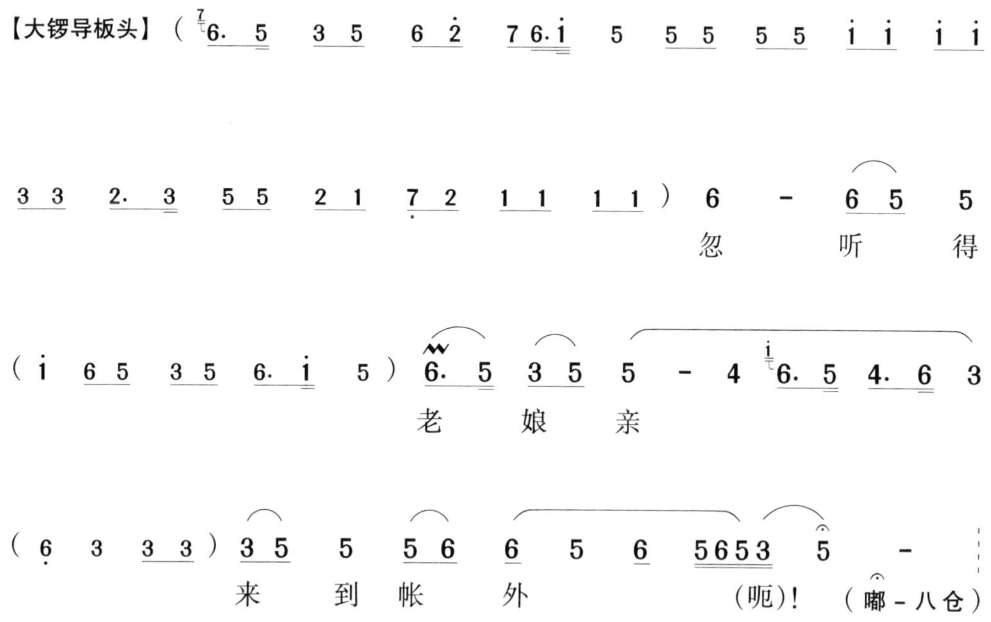

焦　赞　掩门。

〔四文堂两边翻下。

〔**【四击头】**焦赞跨右腿，踢左腿，站台中面朝外，双手撕扎。**【撕边】**

焦　赞　太娘到——哦！

〔杨延昭起立，面向外一望。

〔西皮三眼〕

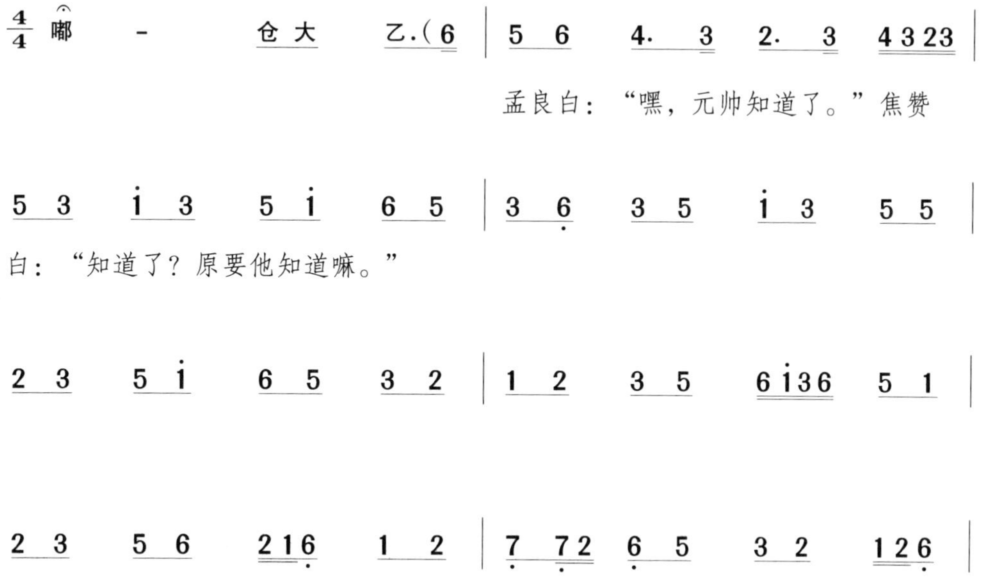

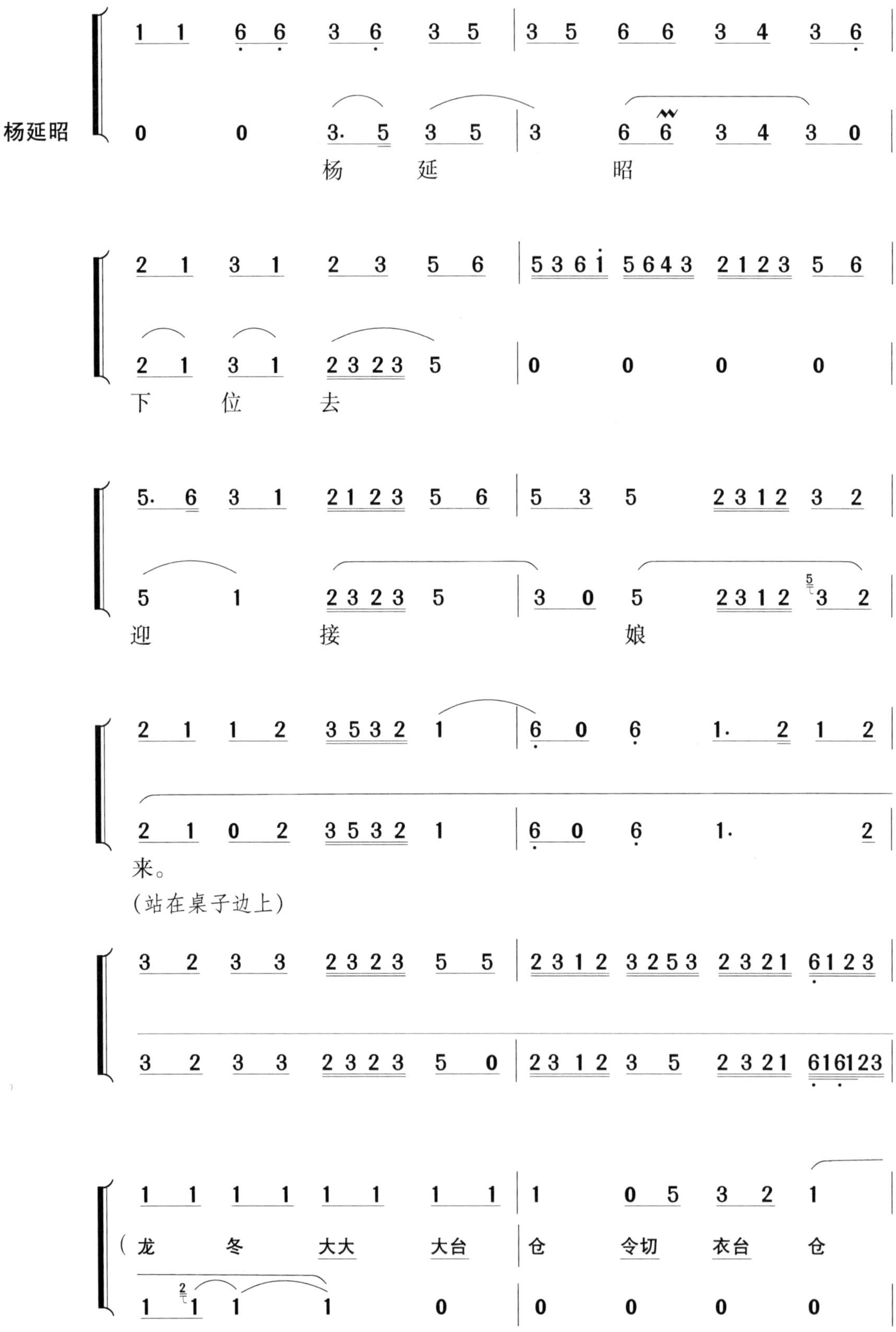
杨延昭
杨 延 昭
下 位 去
迎 接 娘
来。
(站在桌子边上)
(龙 冬 大大 大台 仓 令切 衣台 仓

辕门斩子

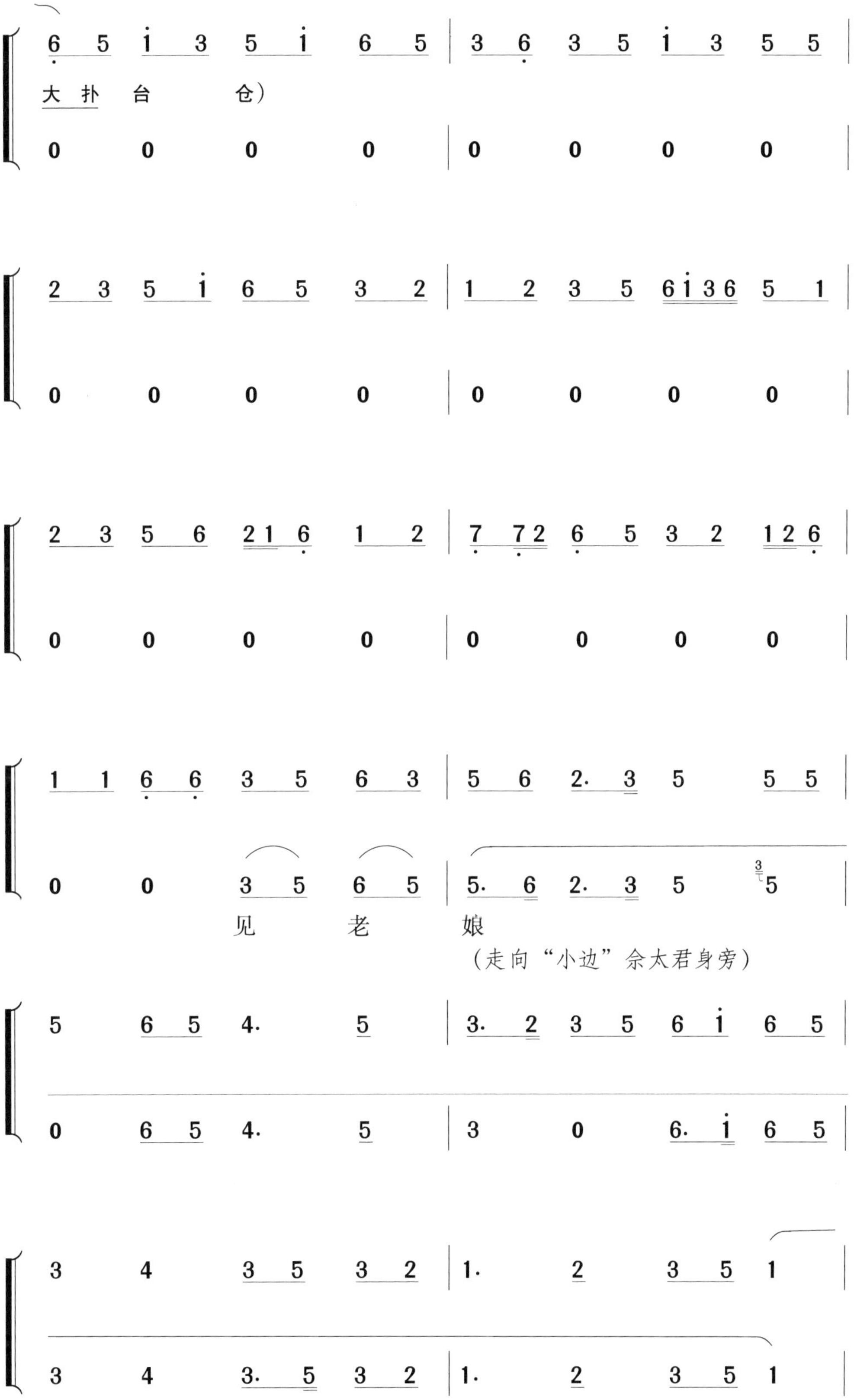

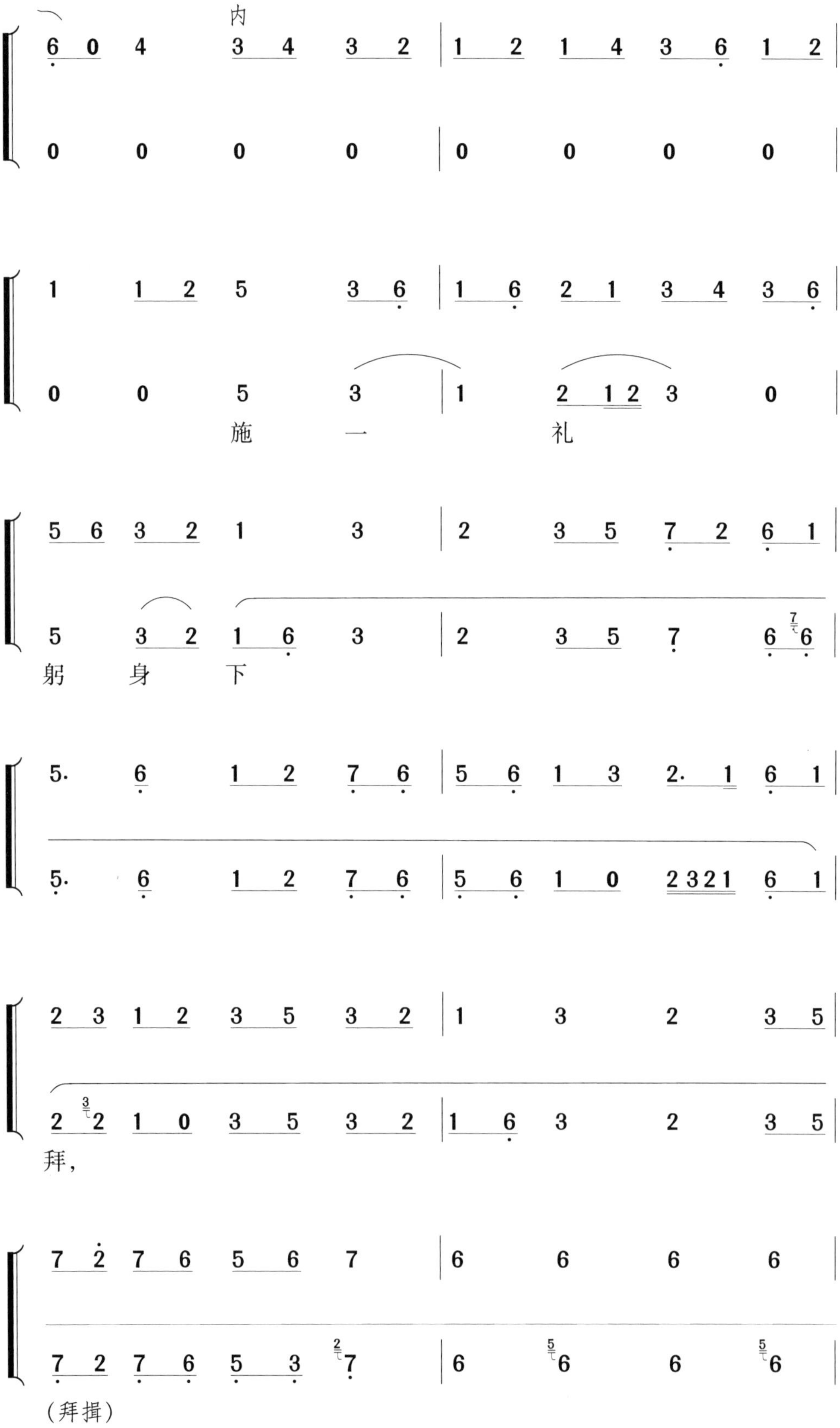
内
施
一
礼
躬
身
下
拜,
(拜揖)

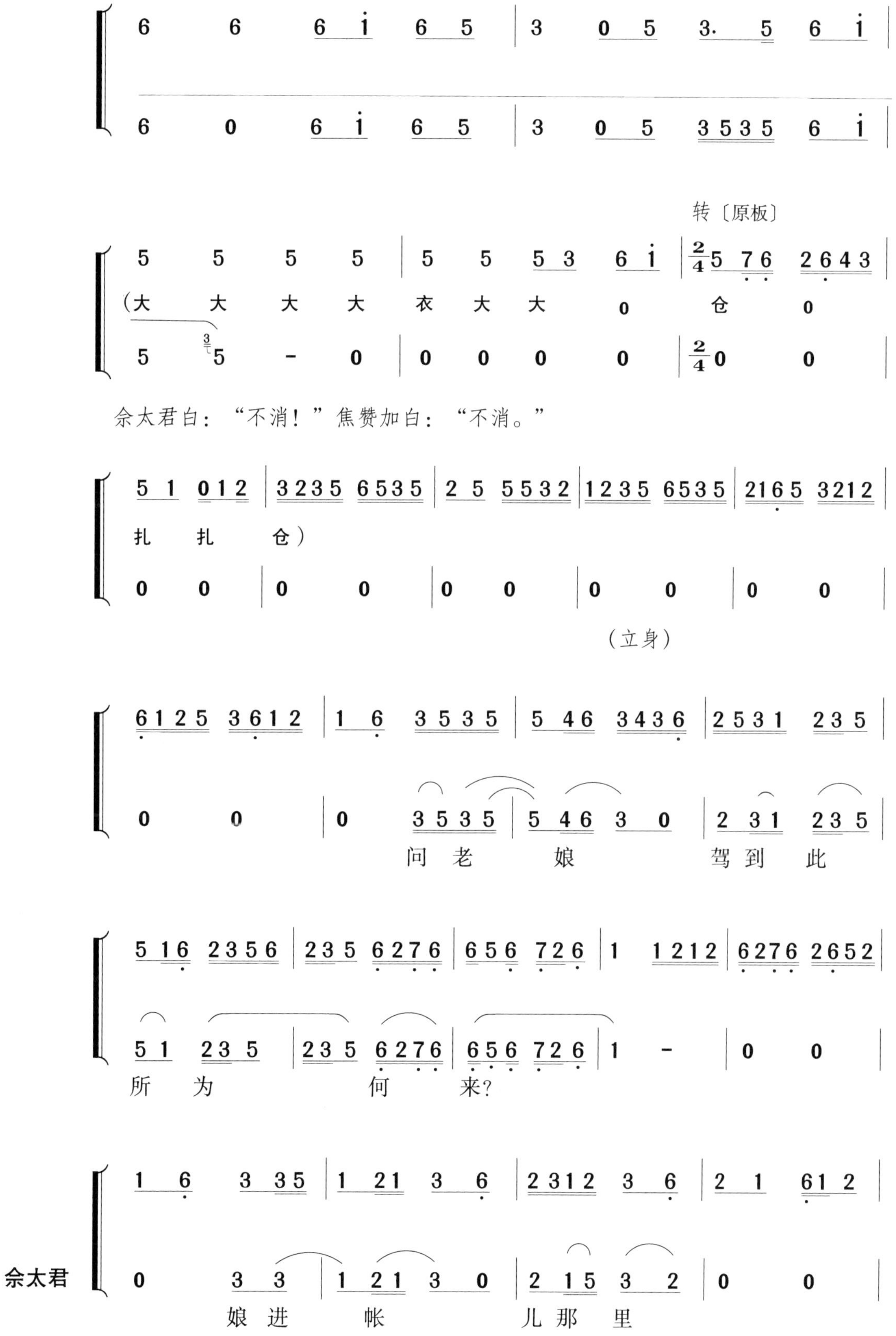
转〔原板〕
(大 大 大 大 衣 大 大 0 仓 0
佘太君白：“不消！”焦赞加白：“不消。”
扎 扎 仓)
(立身)
问 老 娘 驾 到 此
所 为 何 来?
佘太君
娘 进 帐 儿 那 里

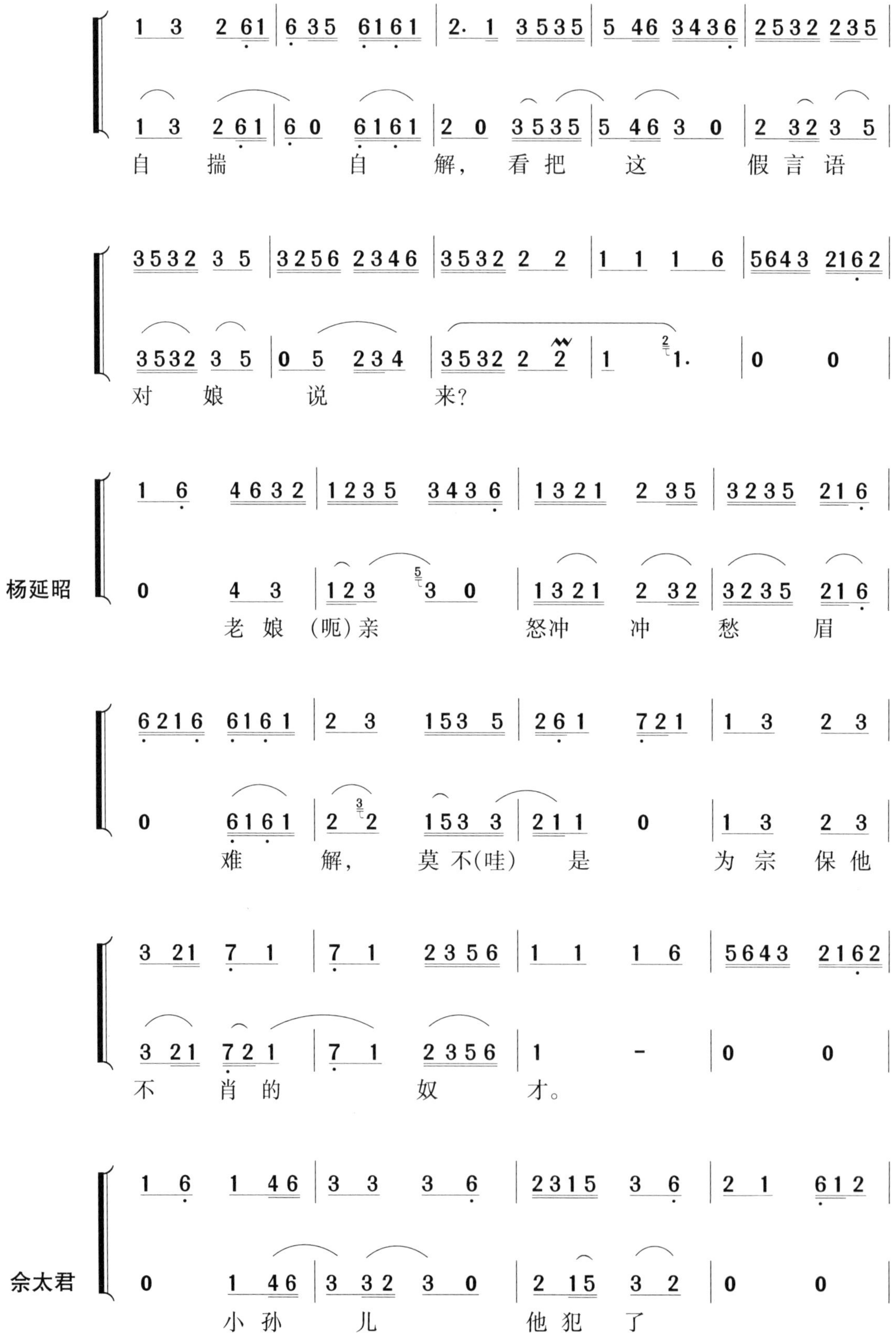
自揣自解，看把这假言语
对娘说来？
杨延昭
老娘（呃）亲怒冲冲愁眉
难解，莫不（哇）是为宗保他
不肖的奴才。
佘太君
小孙儿他犯了

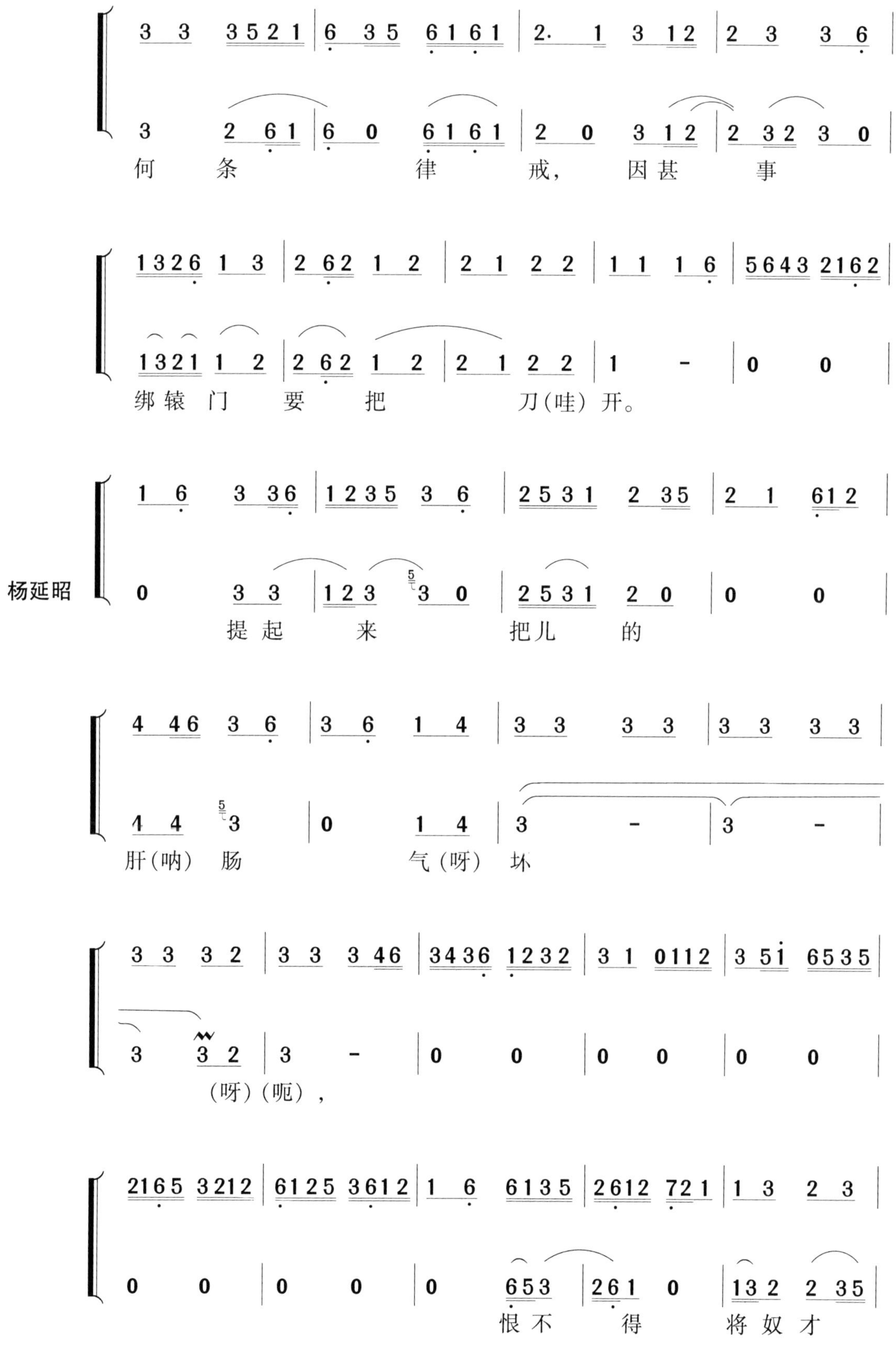
何 条 律 戒， 因甚 事
绑辕 门 要 把 刀(哇) 开。
杨延昭
提 起 来 把儿 的
肝(呐) 肠 气(呀) 坏
(呀)(呃)，
恨不 得 将奴才

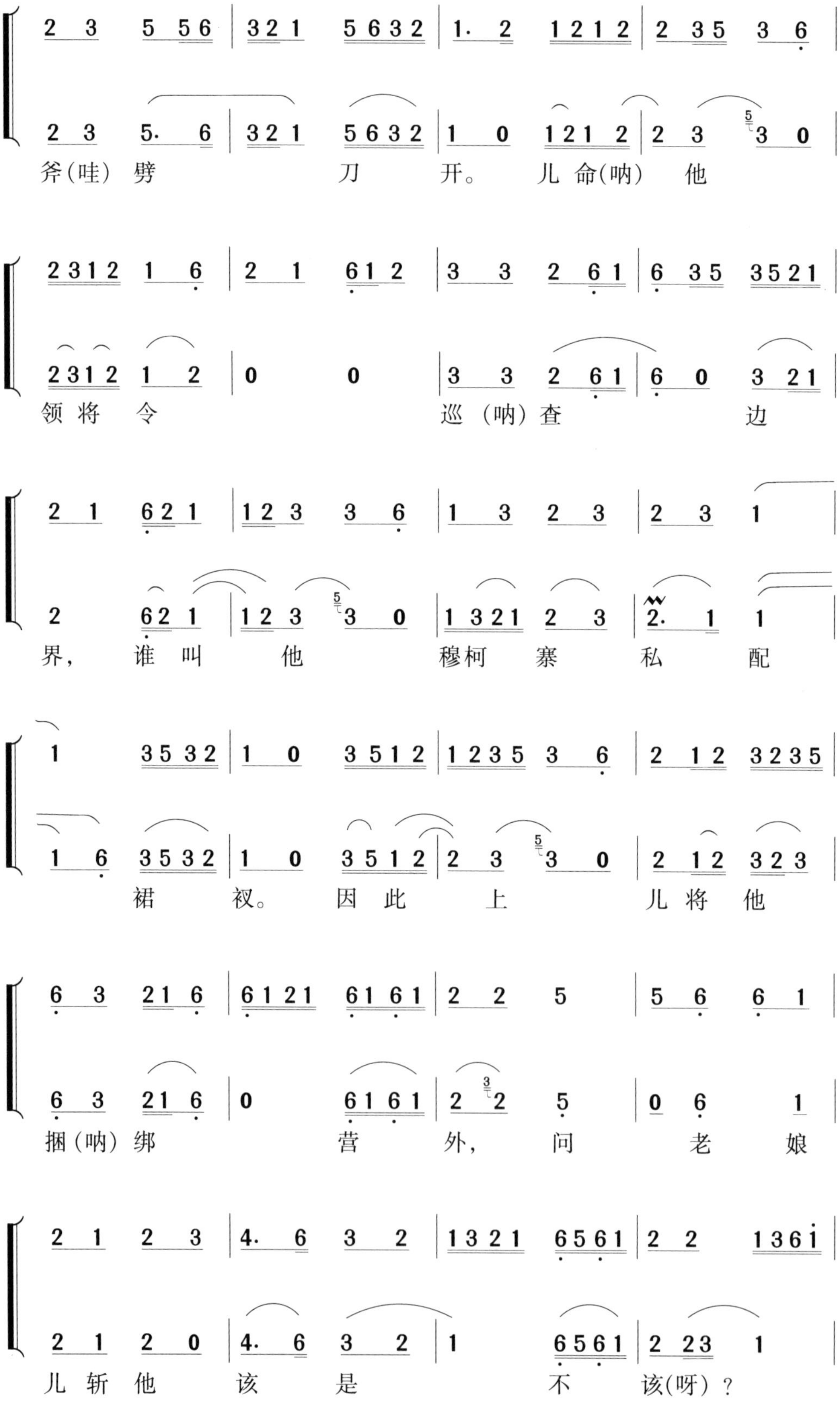
斧(哇)劈 刀 开。儿 命(呐) 他
领 将 令 巡(呐)查 边
界, 谁 叫 他 穆柯 寨 私 配
裙 衩。因 此 上 儿 将 他
捆(呐)绑 营 外, 问 老 娘
儿 斩 他 该 是 不 该(呀)?

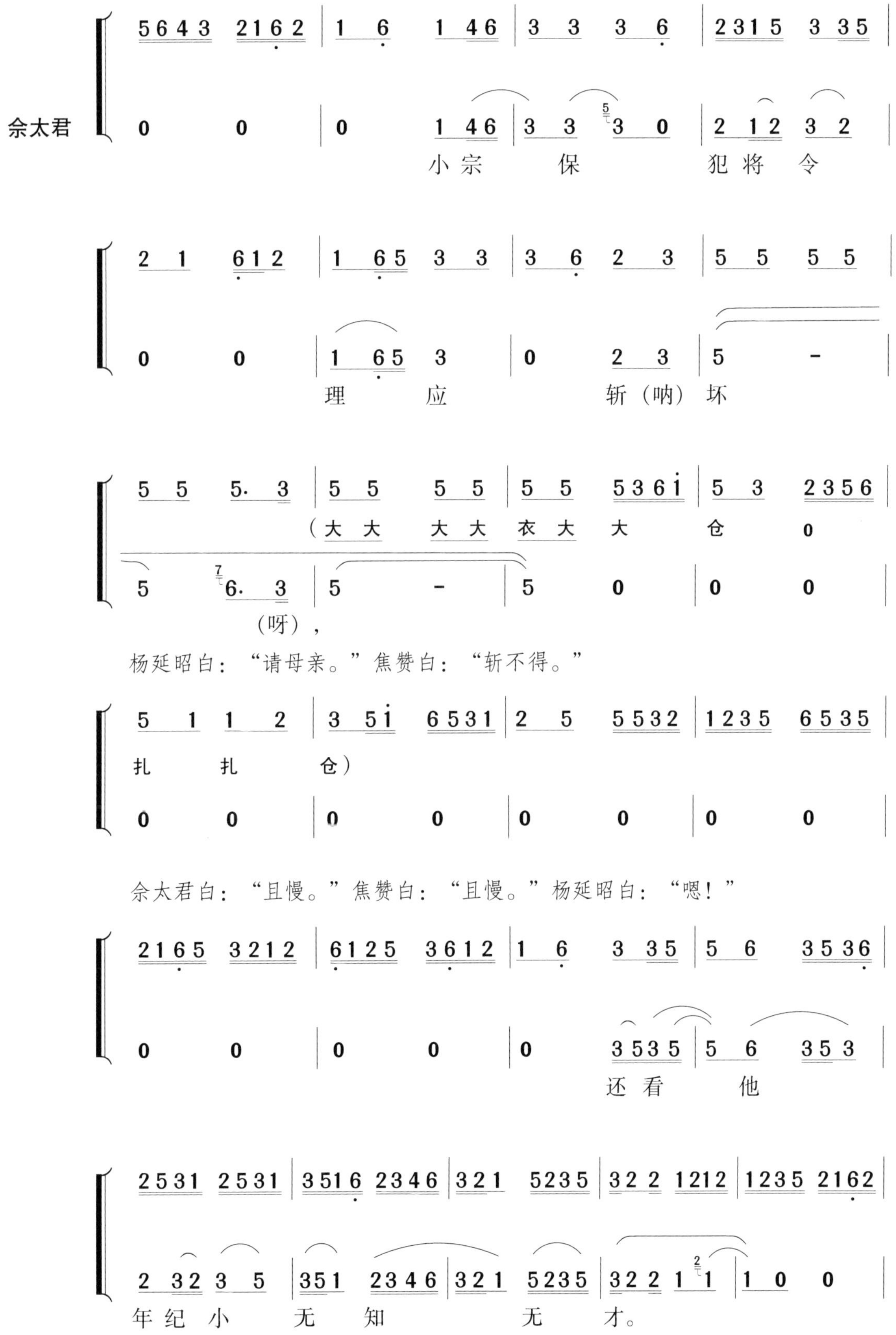
佘太君
小宗保 犯将令
理应 斩（呐）坏
（大大 大大 衣大 大 仓 0
（呀），
杨延昭白：“请母亲。”焦赞白：“斩不得。”
扎 扎 仓）
佘太君白：“且慢。”焦赞白：“且慢。”杨延昭白：“嗯！”
还看 他
年纪小 无 知 无 才。

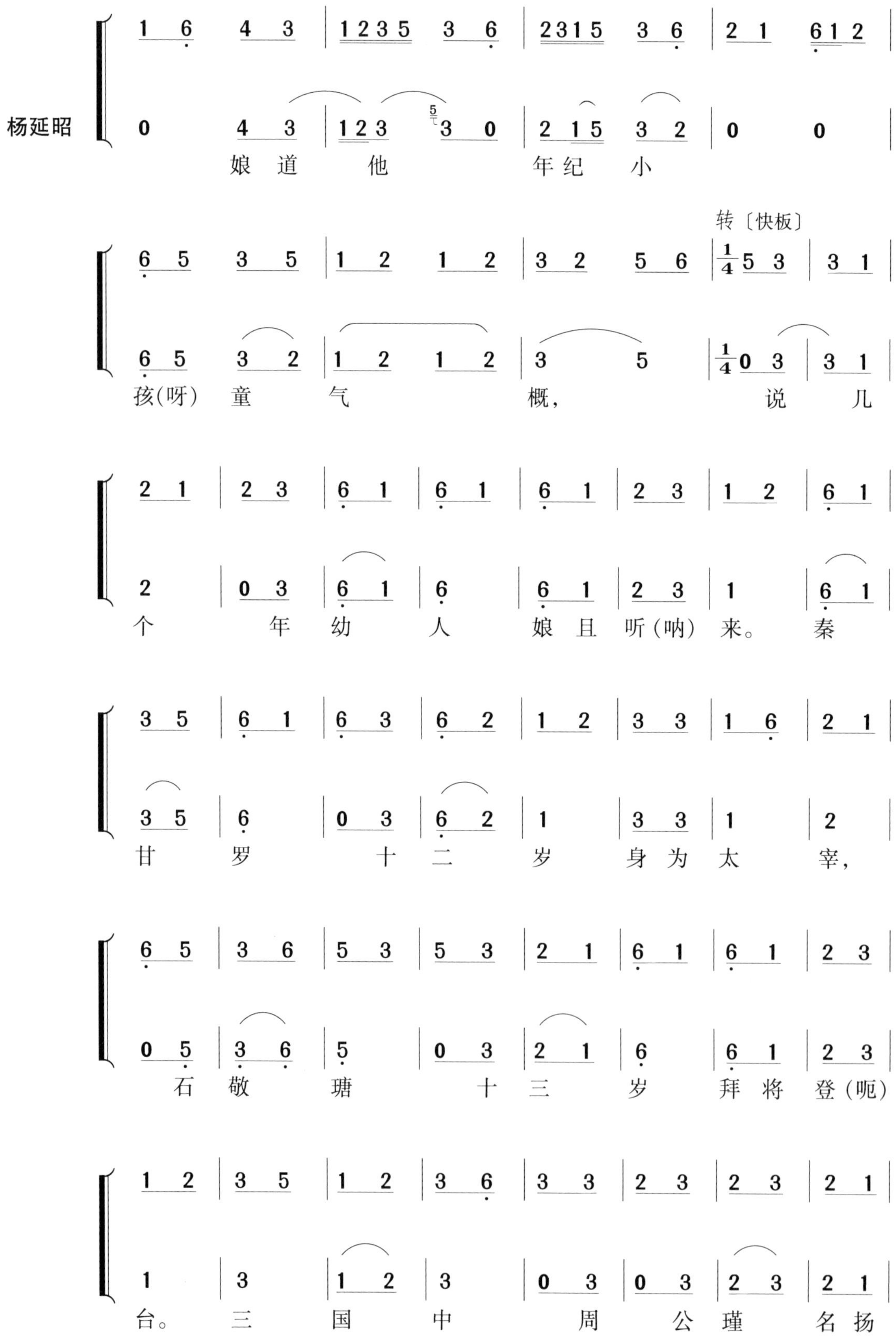
杨延昭
娘 道 他 年纪 小
转〔快板〕
孩(呀) 童 气 概， 说 几
个 年 幼 人 娘 且 听(呐) 来。 秦
甘 罗 十 二 岁 身 为 太 宰，
石 敬 瑭 十 三 岁 拜 将 登(呃)
台。 三 国 中 周 公 瑾 名 扬

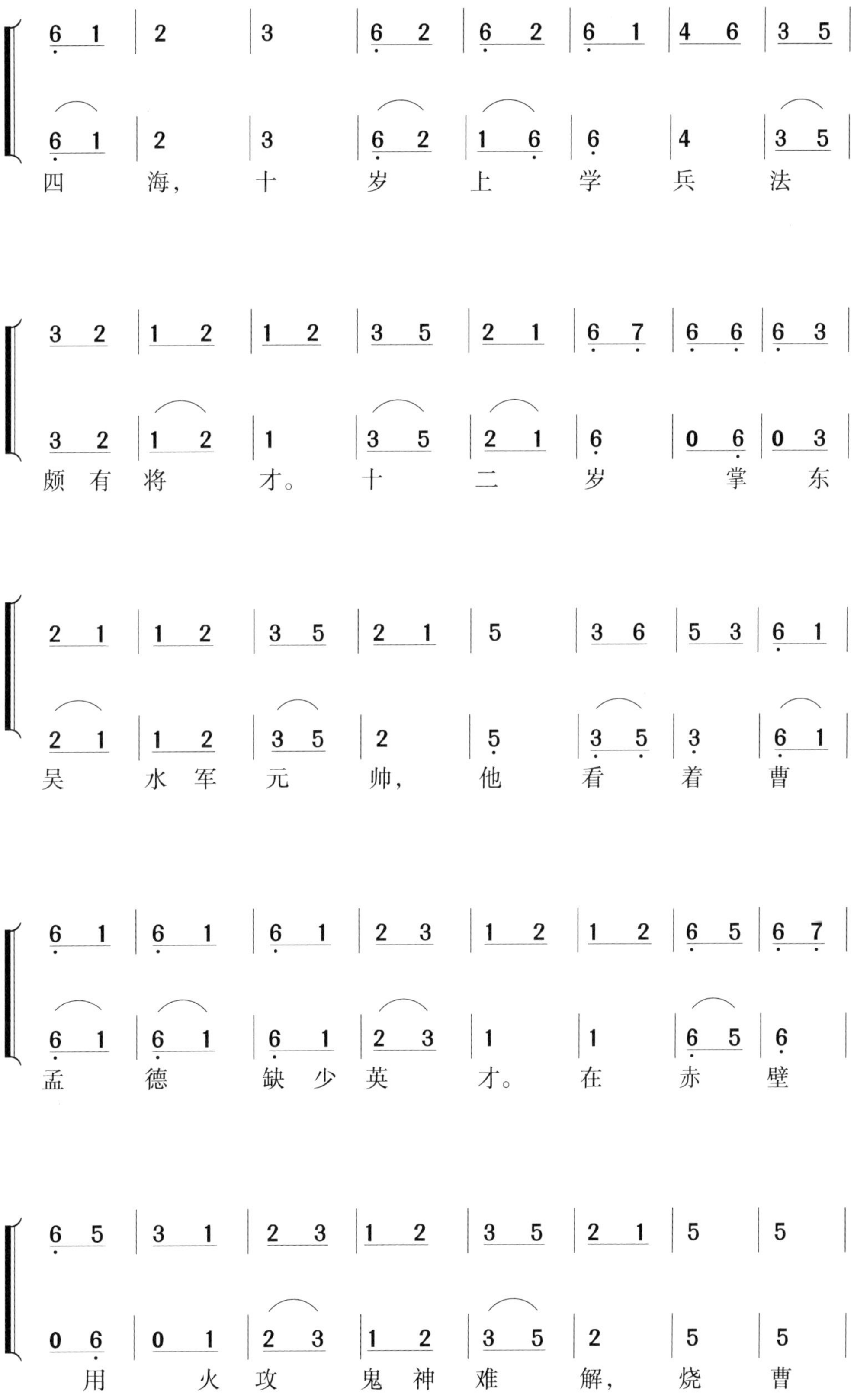
四 海，十 岁 上 学 兵 法
颇 有 将 才。十 二 岁 掌 东
吴 水 军 元 帅，他 看 着 曹
孟 德 缺 少 英 才。在 赤 壁
用 火 攻 鬼 神 难 解，烧 曹

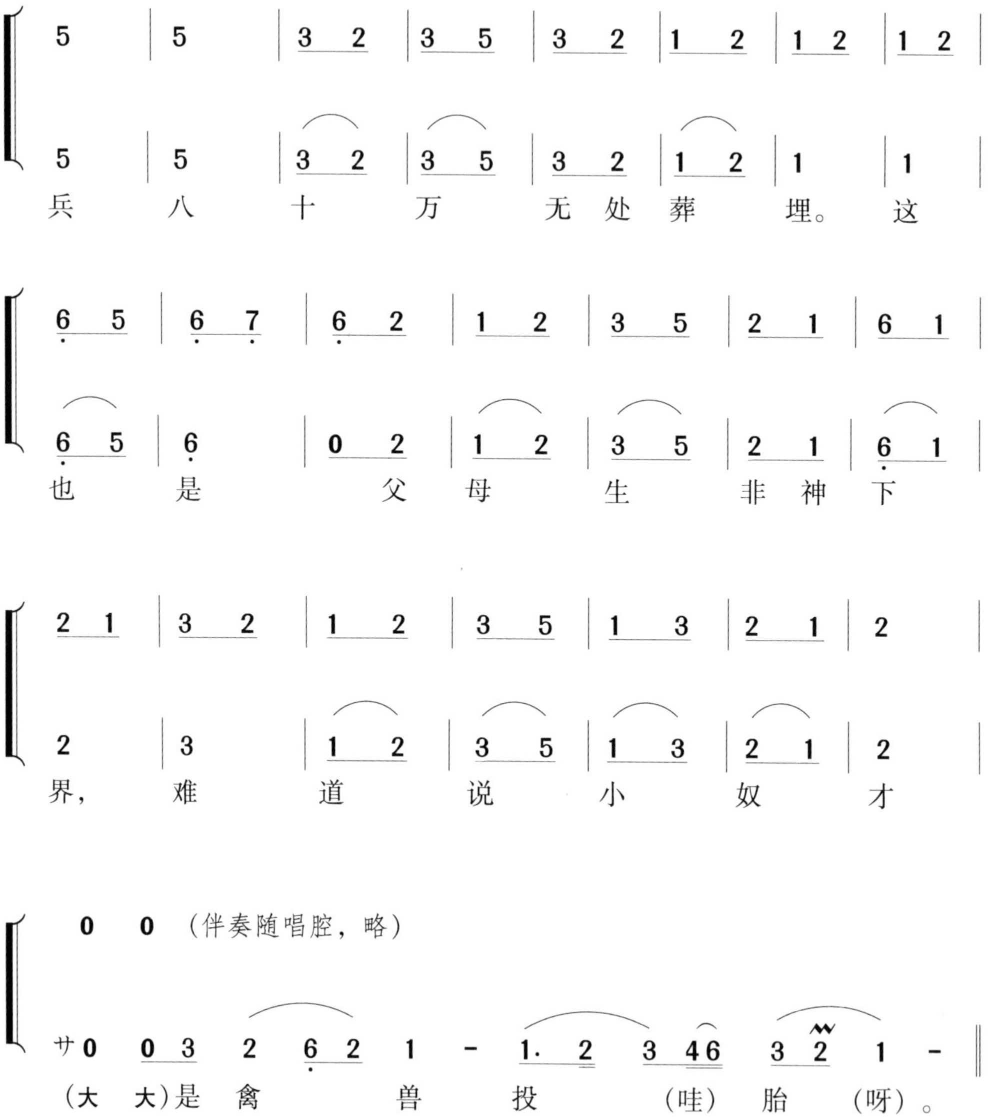

佘太君 哇！

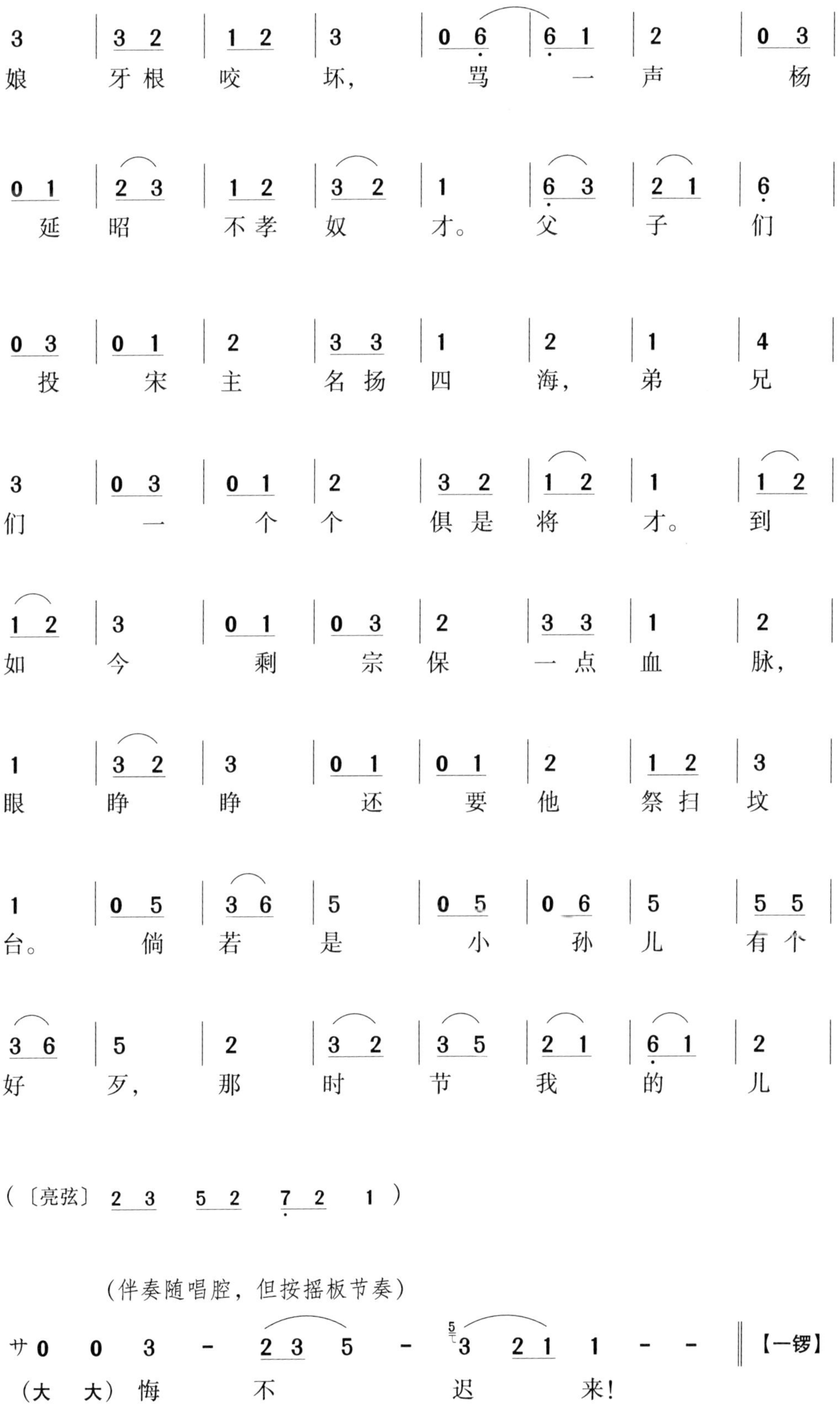

娘 牙根 咬 坏， 骂 一 声 杨
延 昭 不孝 奴 才。父 子 们
投 宋 主 名扬 四 海， 弟 兄
们 一 个 个 俱 是 将 才。 到
如 今 剩 宗 保 一点 血 脉，
眼 睁 睁 还 要 他 祭扫 坟
台。 倘 若 是 小 孙 儿 有个
好 歹， 那 时 节 我 的 儿
（〔亮弦〕 2 3 5 2 7 2 1 ）
（伴奏随唱腔，但按摇板节奏）
（大 大） 悔 不 迟 来！
【一锣】

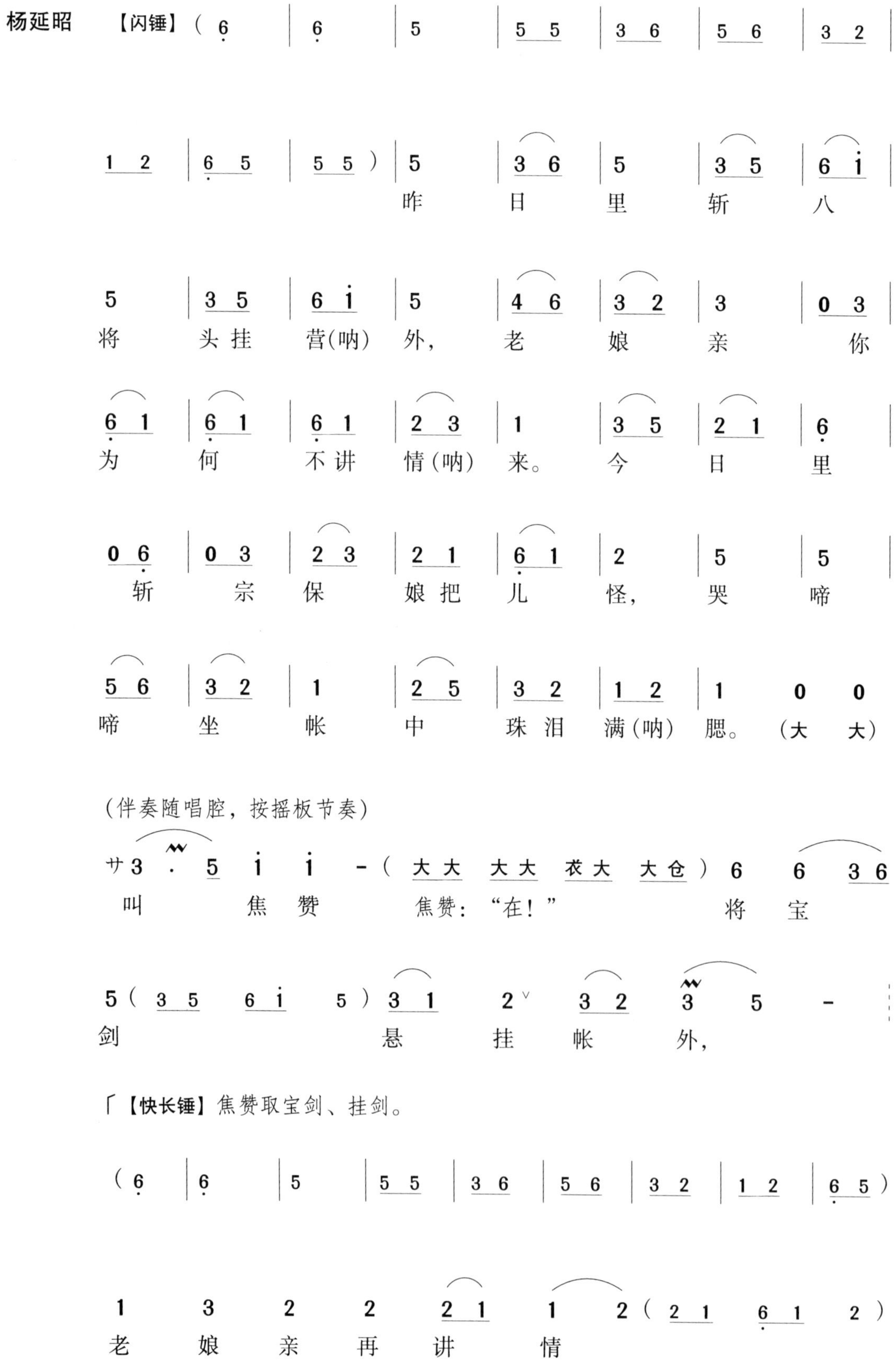
杨延昭 【闪锤】
昨日里斩八将头挂营(呐)外，老娘亲你为何不讲情(呐)来。今日里斩宗保娘把儿怪，哭啼啼坐帐中珠泪满(呐)腮。(大 大)
(伴奏随唱腔，按摇板节奏)
叫焦赞 焦赞："在！" 将宝剑悬挂帐外，
[【快长锤】焦赞取宝剑、挂剑。
老娘亲再讲情

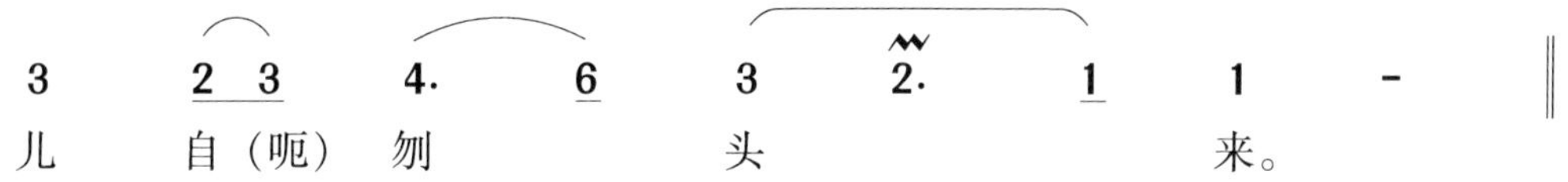

〔杨延昭进帐可以下场，待八贤王进帐时再上。也可不下场坐"大座"。焦赞向孟良示意去请八贤王，"上场门"下。

佘太君 哎！

〔散板〕

【金钟凤点头】 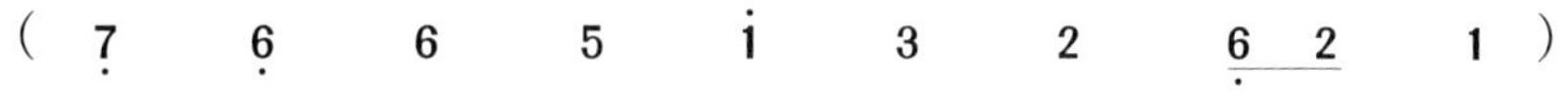

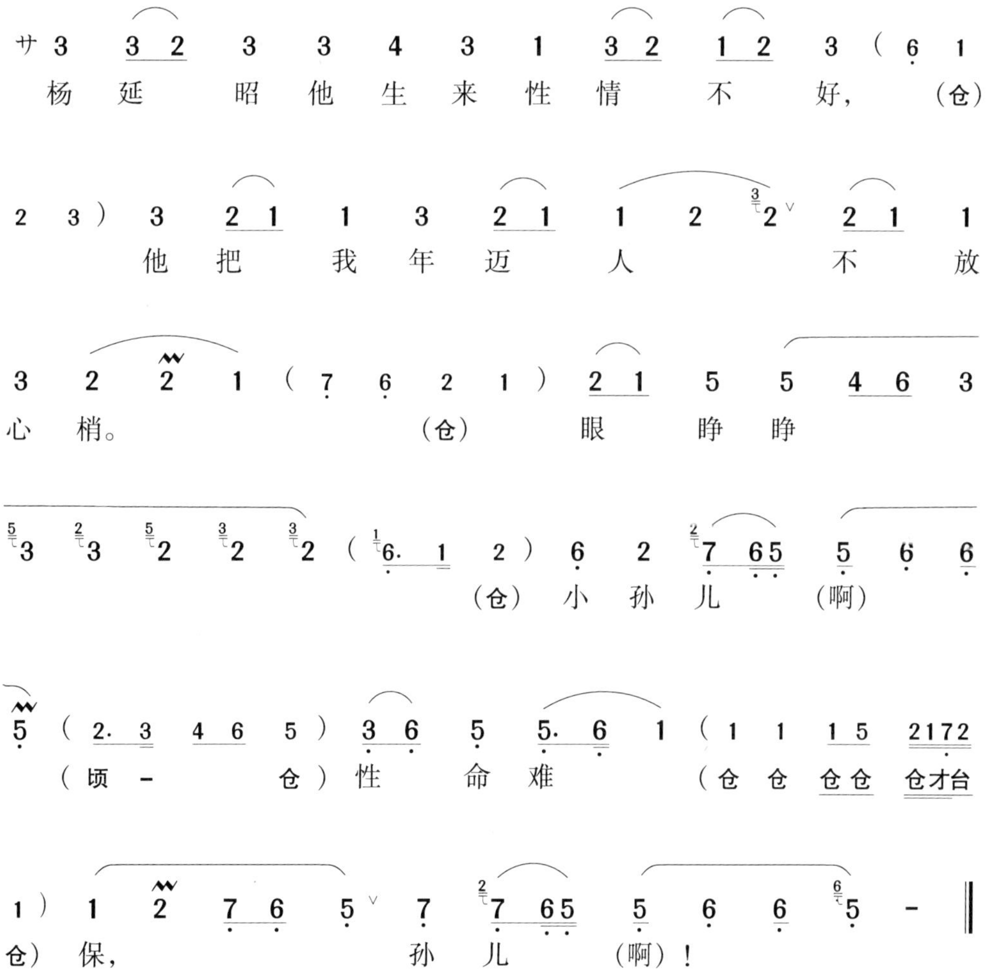

孟　良 太娘下面歇息。

〔【撞金钟】太君下，孟良将"小边"椅子撤去。焦赞引赵德芳骑马"上场门"上。

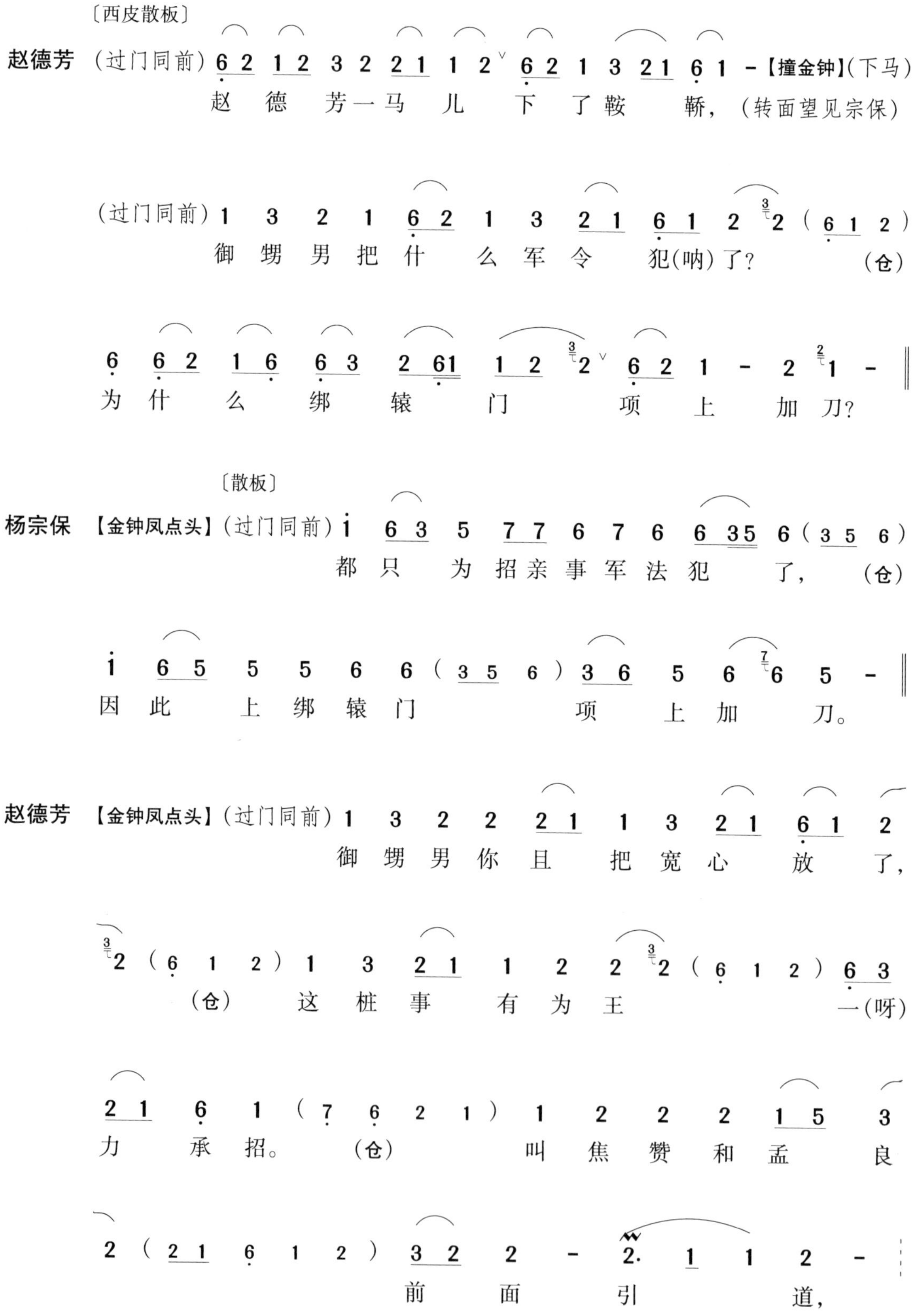

〔【撞金钟】焦赞引赵德芳"挖门"进帐，赵德芳至"小边"。焦赞搬椅子放下。

| 辕门斩子 |

〔亮弦〕

（ 7 6 1 2 ）

赵德芳（过门同前）1 3 21 6 61 1 2（21 6 1 2）76 72 56 1 － ‖
怒冲冲 坐虎 堂 不睬 延 昭。

（落座）

孟　良　贤爷到——哦！

〔西皮导板〕

【大锣导板头】（ 3. 5 6 66 6 5 55 i ii 3 12

杨延昭 2 7 6 2 1 11 ） 3. 5 6 6 6 （ 6 535
耳 边 厢

6 ） 6 65 5 － 6 i 3 2 3 5 2. 1 6
似 听 得

1.（ 06 55 21 72 1 11 ） 31 2 －（ 2. 1
贤 爷

61 2 ） 2 3 5 5. 3 5 － |（八 大 仓 · 四 击 头）
驾 到 （喔哦），

（焦赞向前一步，“撕扎”）

焦　赞　贤爷到——哦！

孟　良　元帅他知道了。

焦　赞　知道了？嘿嘿，原要他知道。

〔西皮三眼〕

0 0 06 6 i | 4/4 56 43 23 46 |
（隆 冬 大大 大台 仓而 来才 乙台 仓
0 0 0 0 | 4/4 0 0 0 0 |

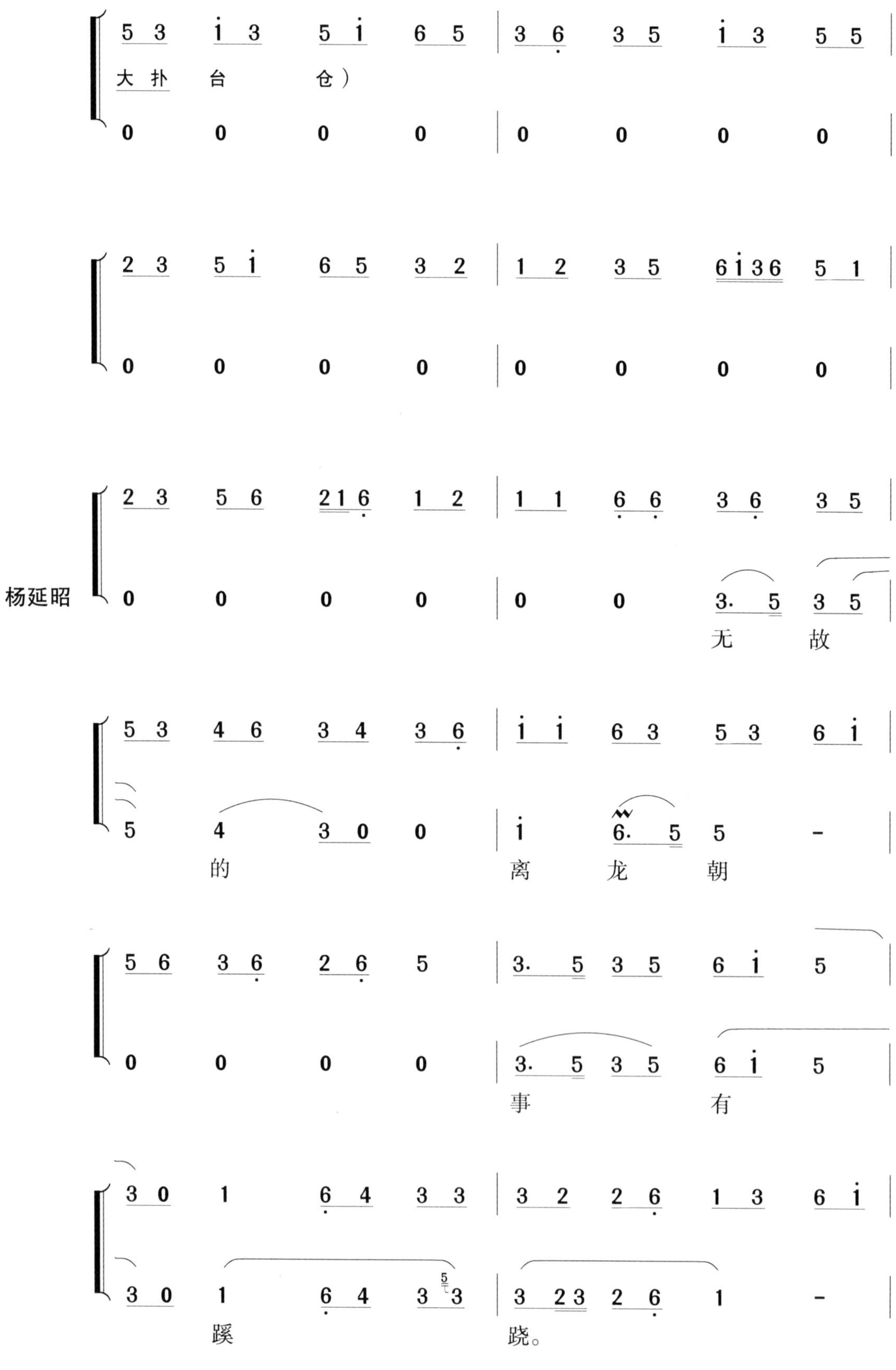
大扑台仓）
杨延昭
无故
的
离龙朝
事有
蹊
跷。

辕门斩子

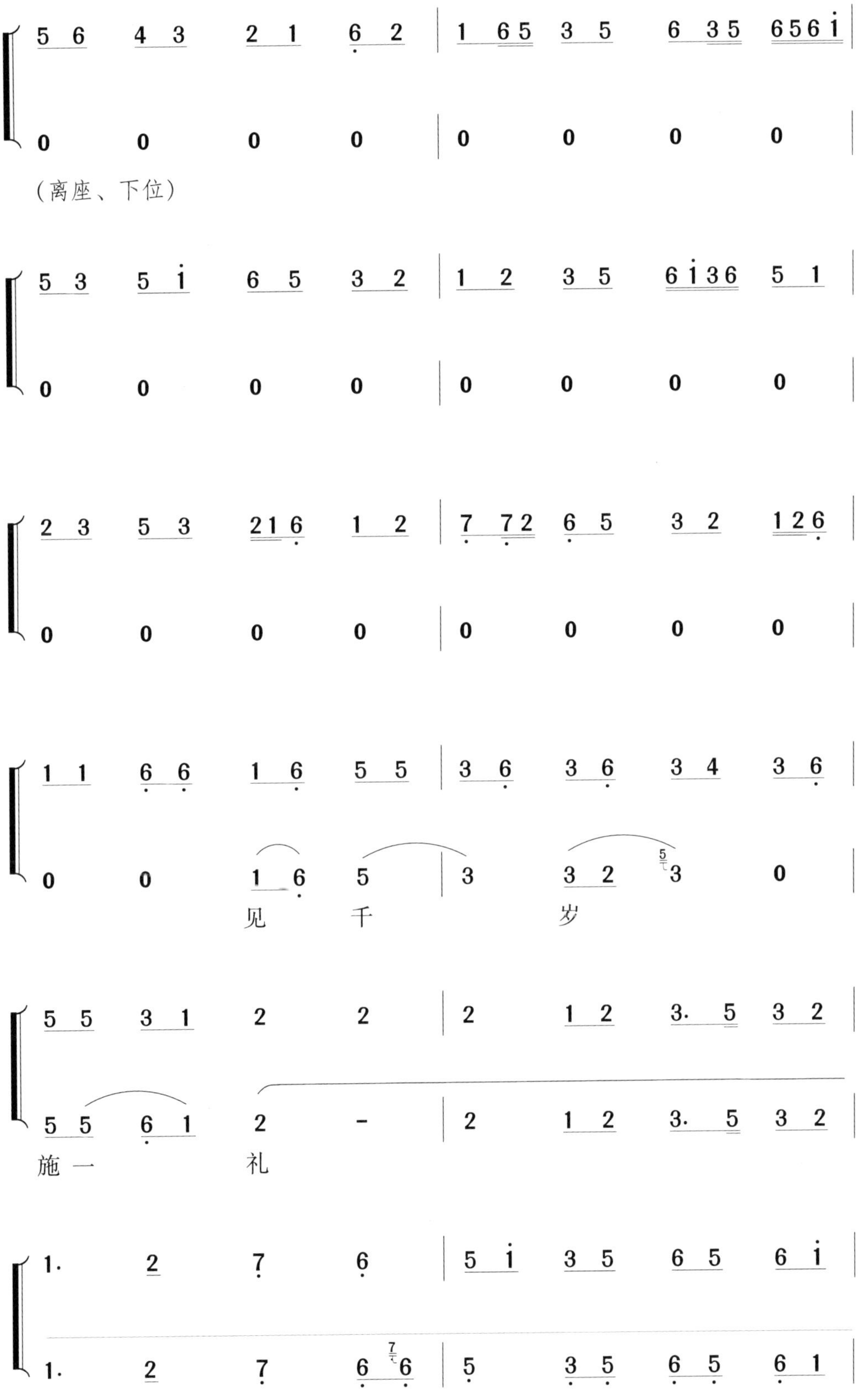

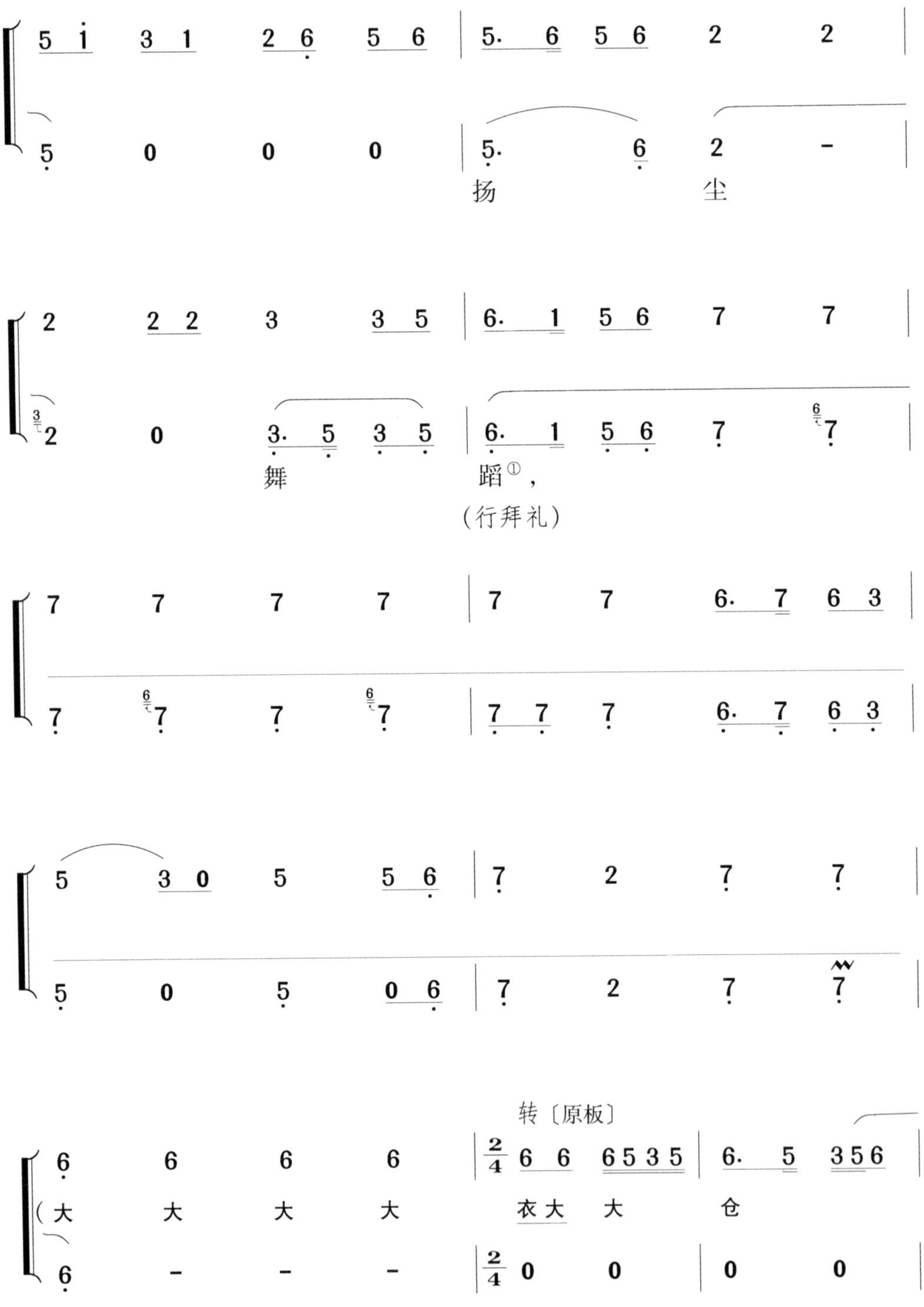

赵德芳白：“不消。”焦赞白：“不消。”

① 扬尘舞蹈：京剧形容大臣见君时唱的一句水词。严格讲，并不准确。该句唱词可改为“躬身拜倒”。

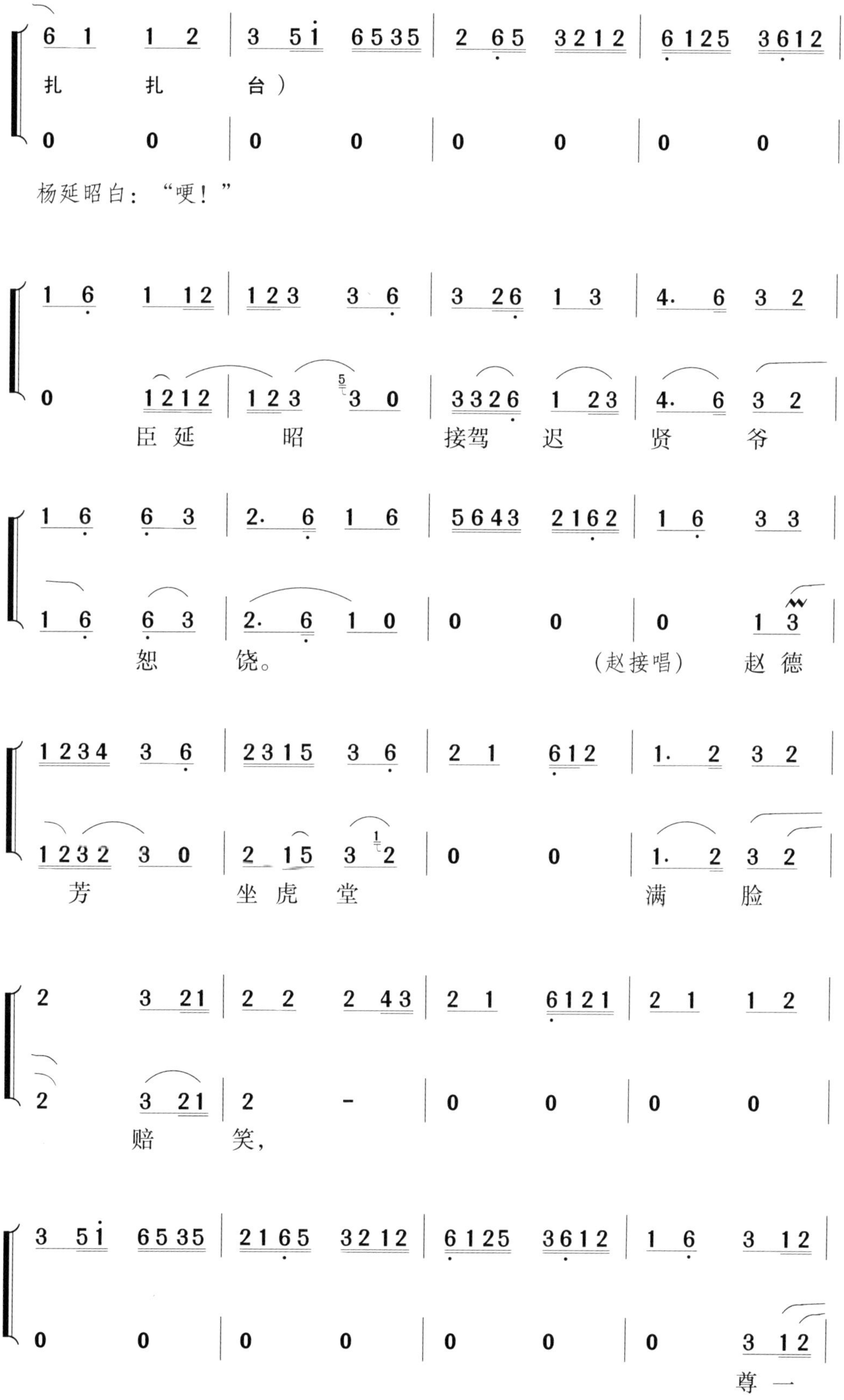
扎 扎 台）
杨延昭白：“哽！”
臣延昭 接驾迟 贤爷
恕 饶。 （赵接唱） 赵德
芳 坐虎堂 满脸
赔 笑，
尊一

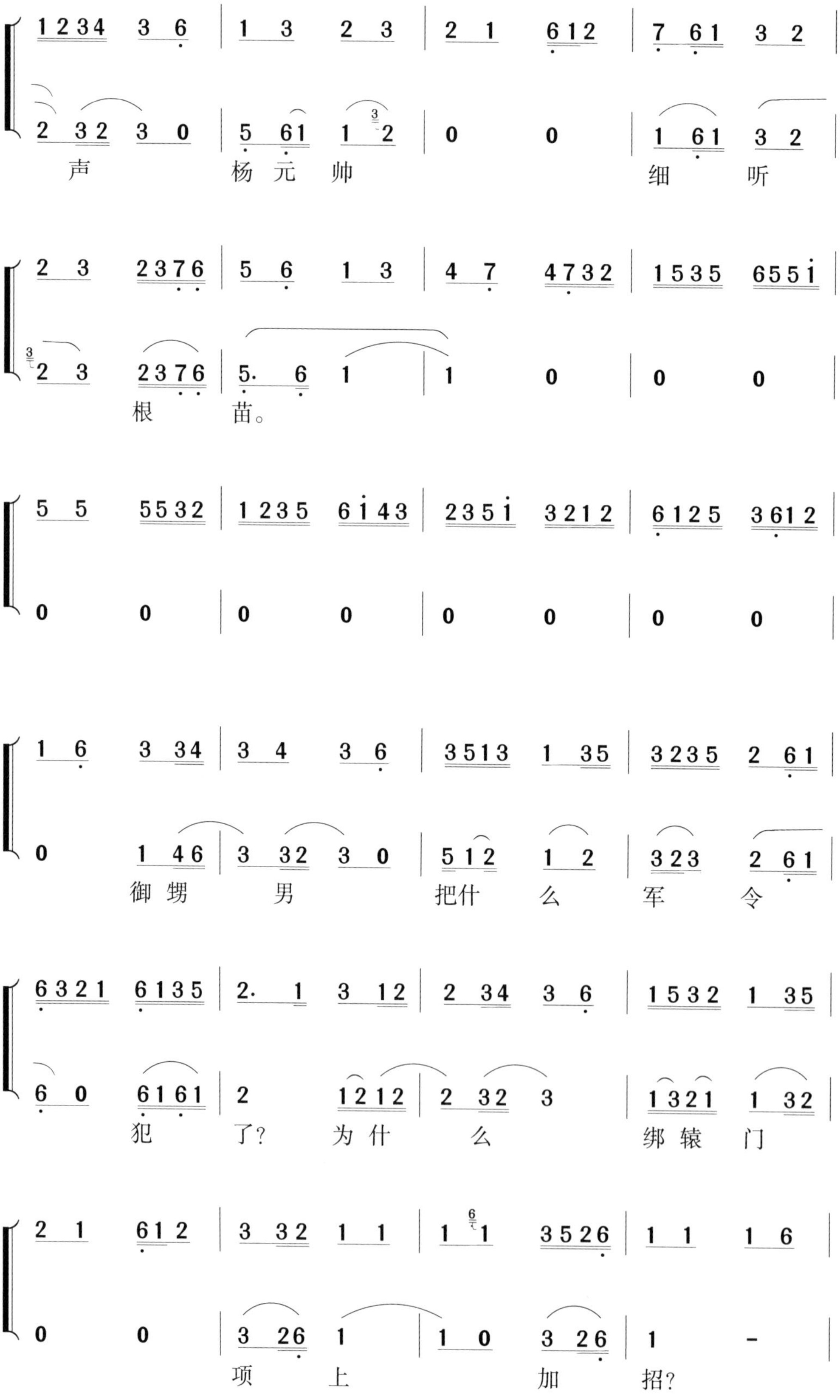
声 杨元帅 细 听
根 苗。
御甥 男 把什 么 军 令
犯 了？ 为什 么 绑辕 门
项 上 加 招？

辕门斩子

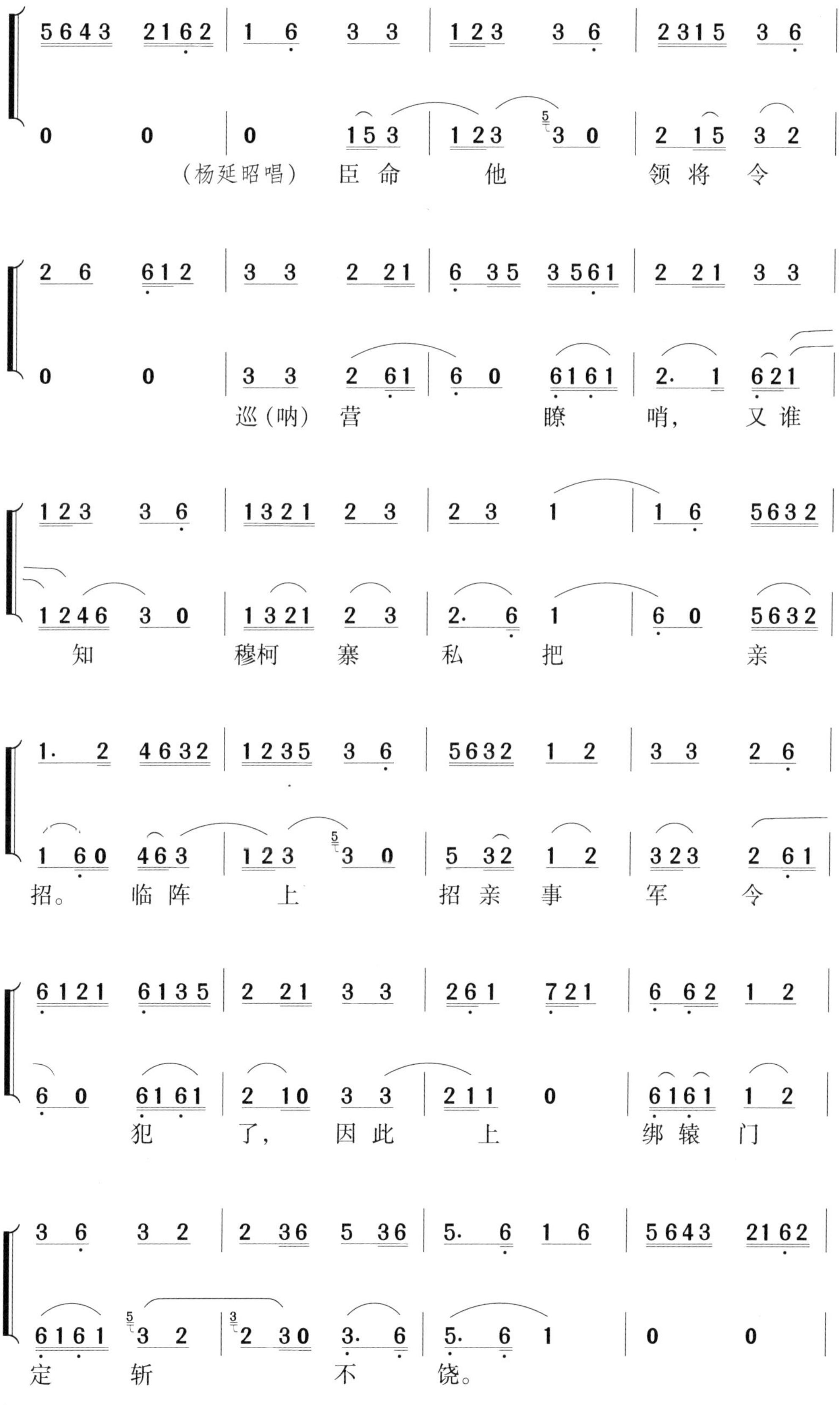

（赵接唱）我 道 是 把什 么 军 令
犯 了， 却 原 来 为 的 是
私 把 亲 招。 御 甥 男
犯 将 令 理 应 斩
（大大 大大 衣大 大 仓
了，
孟良、焦赞白：“斩不得。”杨延昭白：“谢千岁。”
衣大 衣 仓）
赵德芳白：“且慢。”孟良、焦赞白：“且慢。”

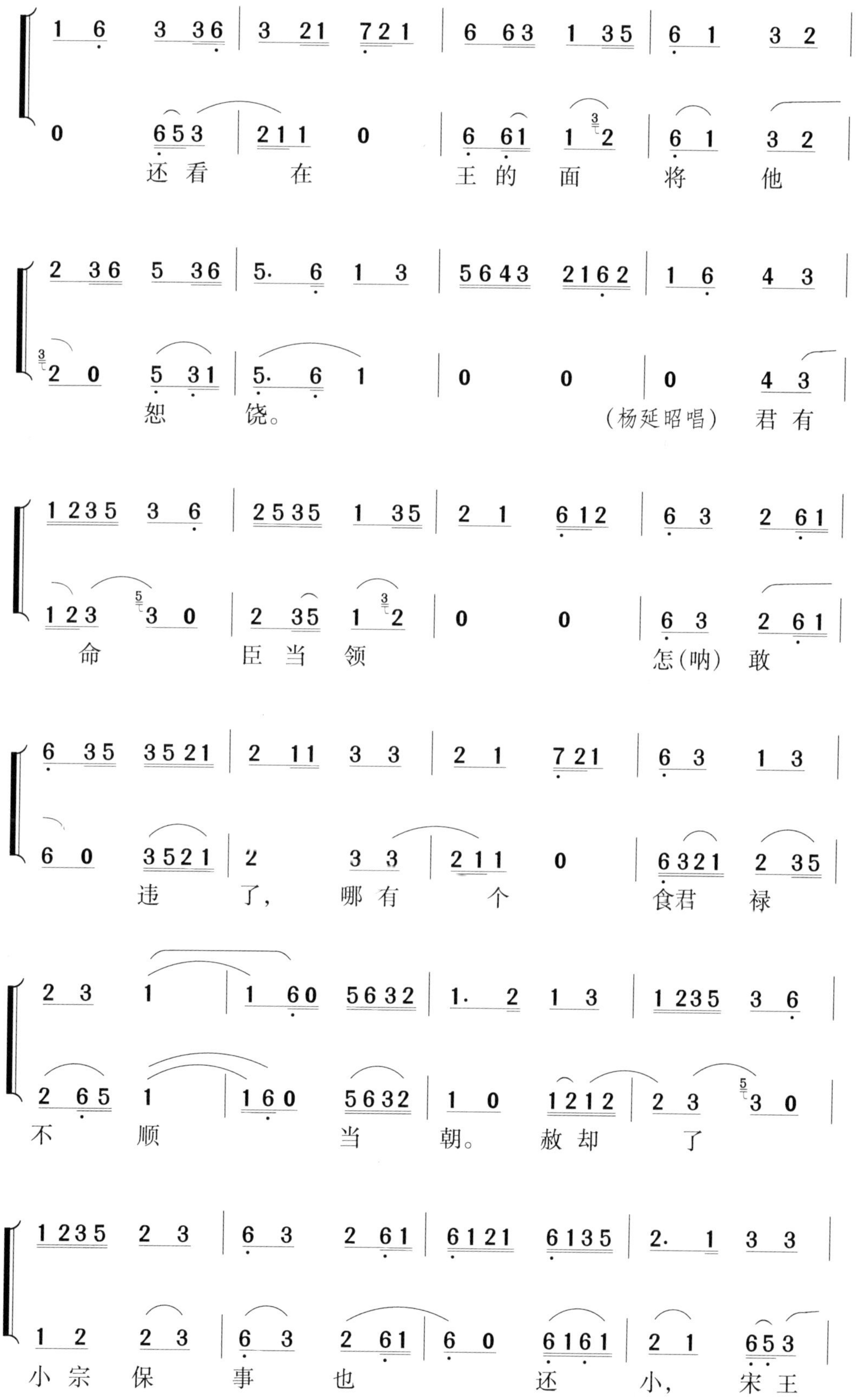
还看 在 王的 面 将 他
恕 饶。 （杨延昭唱） 君有
命 臣当 领 怎(呐) 敢
违 了， 哪有 个 食君 禄
不 顺 当 朝。 赦却 了
小宗 保 事 也 还 小， 宋王

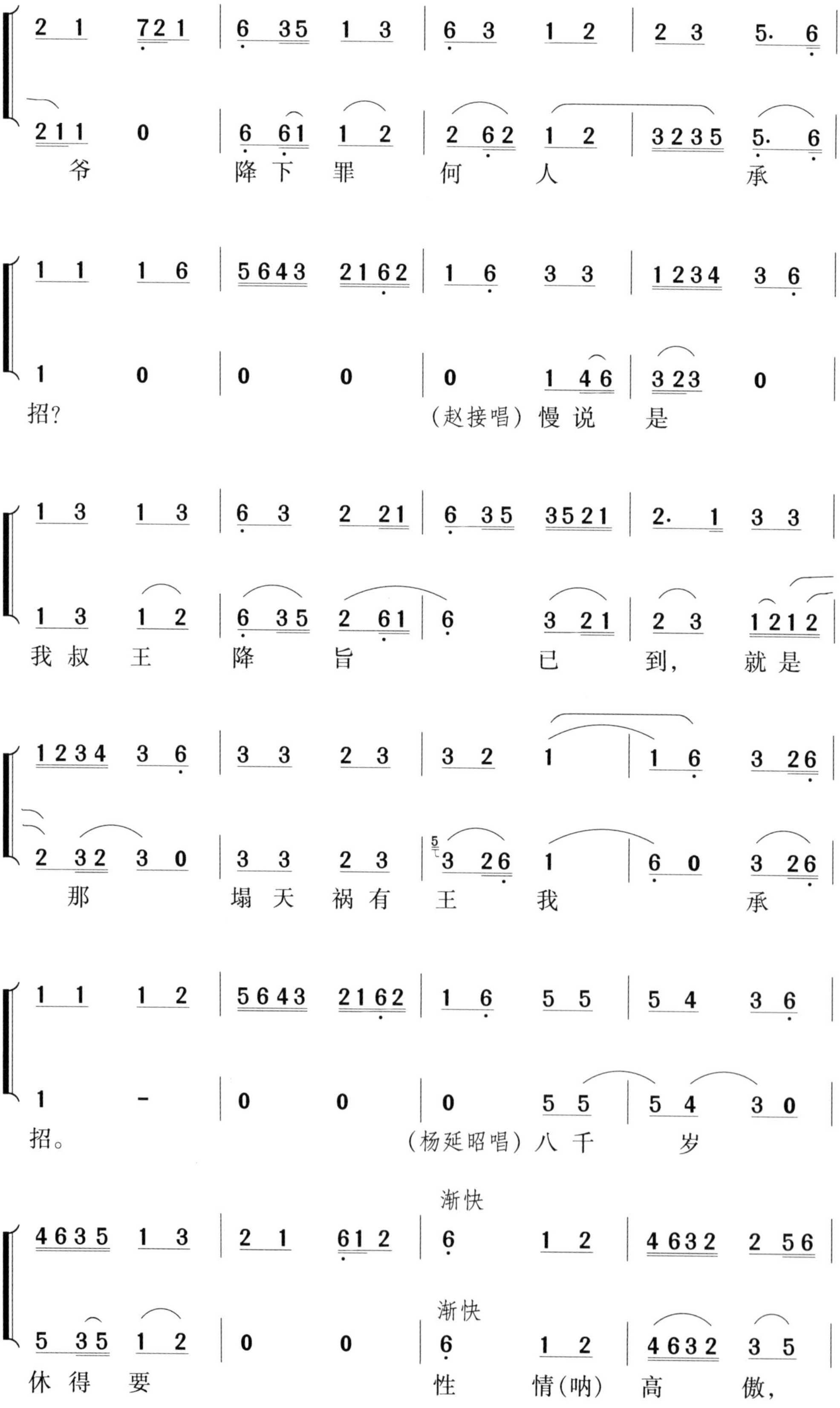
爷 降下 罪 何 人 承
招?
(赵接唱)慢说 是
我叔王 降 旨 已 到,就是
那 塌天 祸有 王 我 承
招。
(杨延昭唱)八千 岁
渐快
渐快
休得 要 性 情(呐)高 傲,

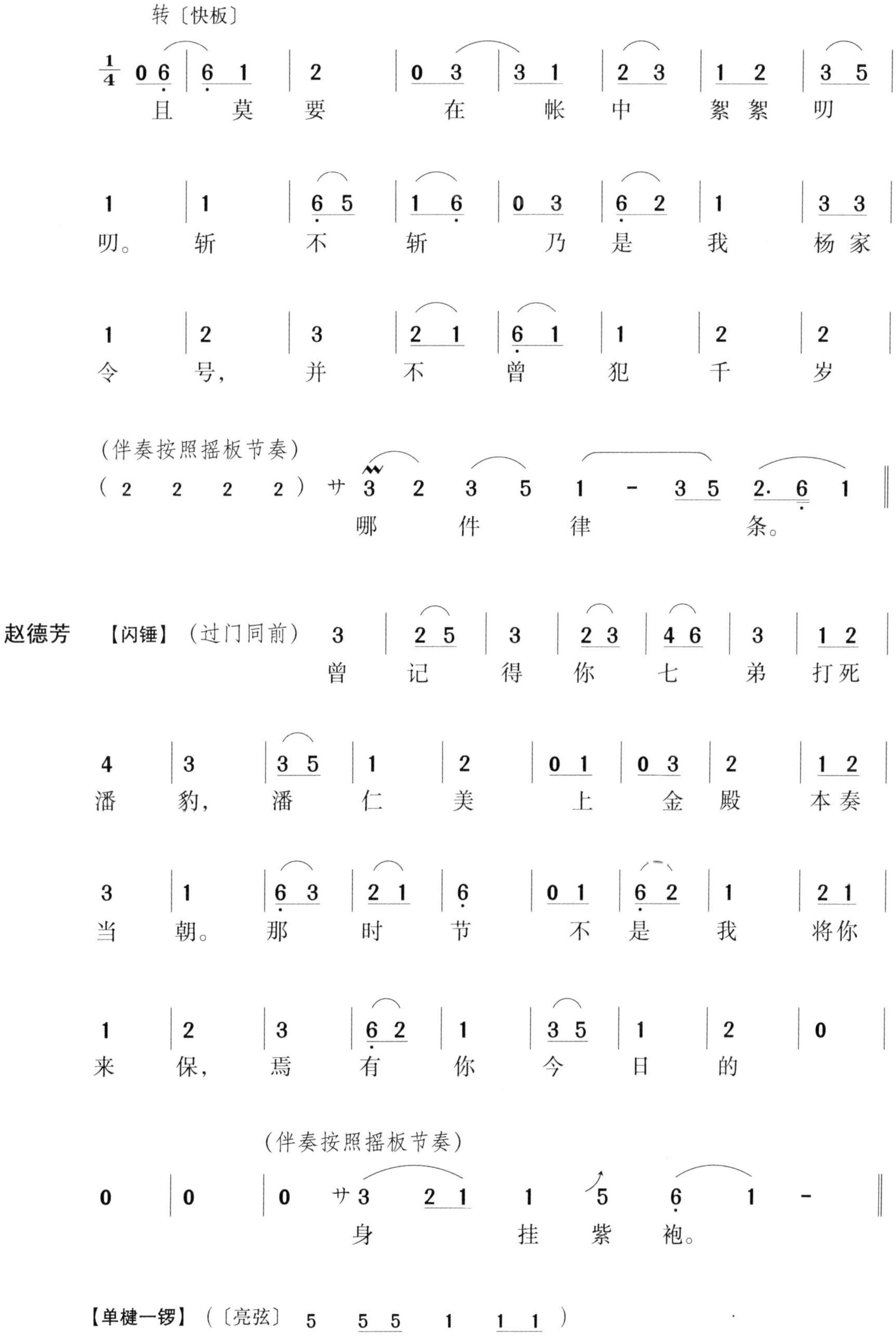
转〔快板〕
且莫要在帐中絮絮叨
叨。斩不斩乃是我杨家
令号，并不曾犯千岁
(伴奏按照摇板节奏)
哪件律条。
赵德芳
【闪锤】（过门同前）
曾记得你七弟打死
潘豹，潘仁美上金殿本奏
当朝。那时节不是我将你
来保，焉有你今日的
(伴奏按照摇板节奏)
身挂紫袍。
【单楗一锣】（〔亮弦〕5 5 5 1 1 1）

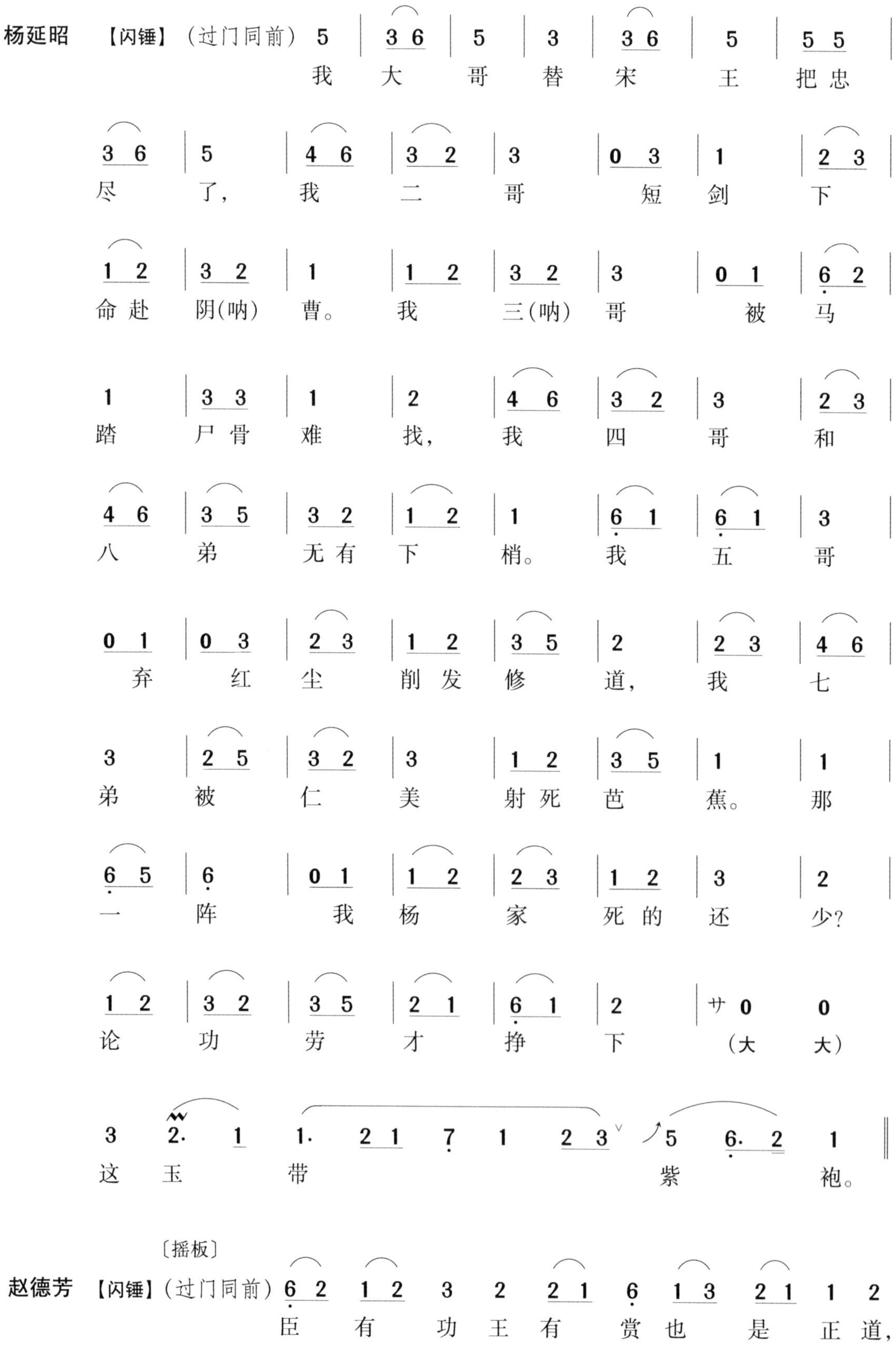
杨延昭 【闪锤】（过门同前）
我大哥替宋王把忠尽了，我二哥短剑下命赴阴(呐)曹。我三(呐)哥被马踏尸骨难找，我四哥和八弟无有下梢。我五哥弃红尘削发修道，我七弟被仁美射死芭蕉。那一阵我杨家死的还少？论功劳才挣下（大 大）这玉带紫袍。
〔摇板〕
赵德芳 【闪锤】（过门同前）
臣有功王有赏也是正道，

杨延昭 呸!

〔散板〕

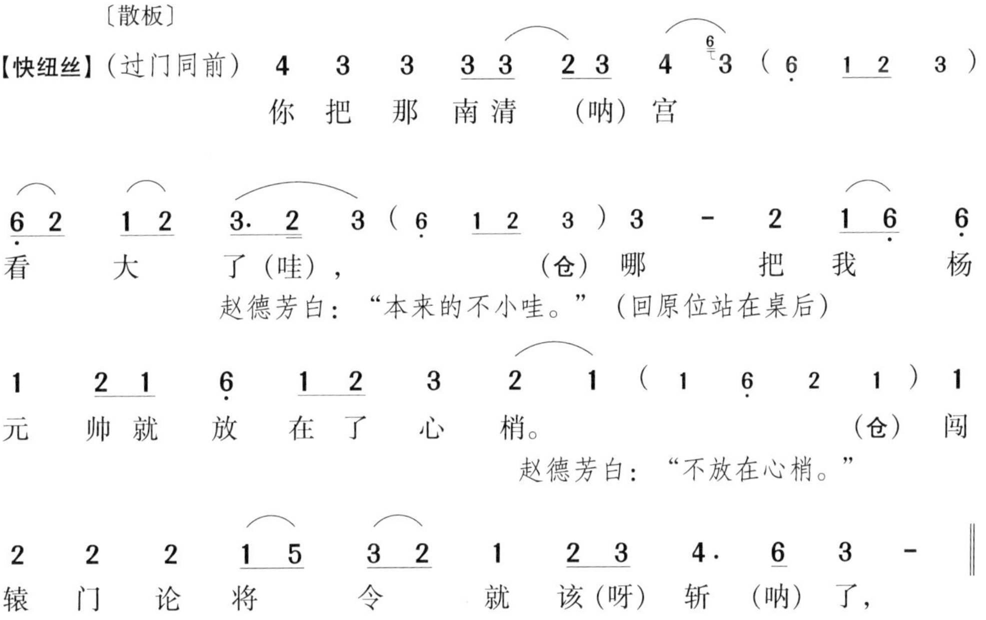

焦　赞
孟　良 (同)哎斩不得!

〔【乱锤】焦赞、孟良摆手劝阻。

赵德芳 哪个敢斩!

〔散板〕

杨延昭

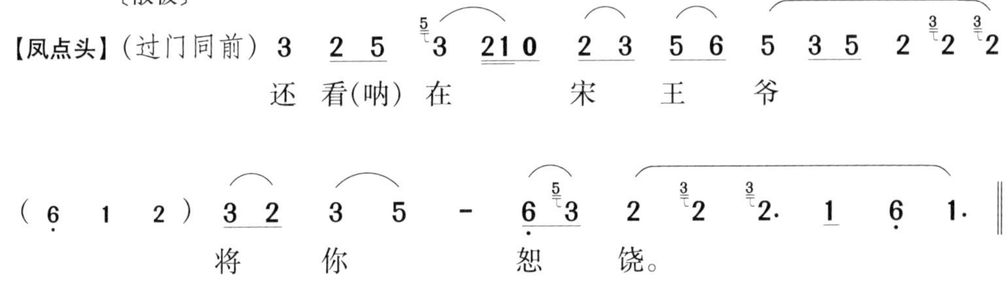

〔【原场】杨延昭归座。

杨延昭 八千岁。
赵德芳 杨元帅。
杨延昭 赵德芳!
赵德芳 杨延昭!【撕边一锣】
杨延昭 来此什么所在?

赵德芳 无非是小小的白虎节堂。（从“小边”走向“大边”）

杨延昭 既知白虎节堂，为何这样摆来摆去？

赵德芳 慢说是这小小的白虎节堂，就是我叔王金銮宝殿，我也要摆上几摆。（回到“小边”台口）

杨延昭 擅闯辕门，就该斩…… 【乱锤】

赵德芳 哪一个敢斩！

焦　赞
孟　良 （同）使不得！

杨延昭 孟良、焦赞！

孟　良
焦　赞 （同）在！（仓）

杨延昭 八千岁马来轿来？

孟　良
焦　赞 （同）白龙马来。

杨延昭 马去四足[①]。（“下场门”下）

孟　良
焦　赞 （同）遵命！

焦　赞 二哥，拉马去。

孟　良 走着。【原场】（两个【撕边一锣】将马牵至“下场门”处）

孟　良
焦　赞 （同）嘿嘿！可惜一骑宝马。

赵德芳 哎呀！

① 马去四足：这是杨延昭对赵德芳的一种处罚方式。古制，臣不能罪君。于是杨延昭想出了以马代其受过的方法。这与《打龙袍》中包拯打皇帝的衣服作为对皇帝的责罚有异曲同工之妙。

2 2 6 7 6 6 5 （2 34 6 5）5
甥 男 （顷 仓） 不

31 6 56 56 1.（1.2 1.2 5635 2162 1）
能 救 （仓 仓 仓仓 仓才台 仓）

1. 6 2 76 5 ˅ 5 7 6 35 6 - 6 5 - ‖
下， 御 甥 男（呐）！

孟　良　贤爷请到后帐。

〔【撞金钟】赵德芳下。焦赞、孟良互相对看一下，由“下场门”下。

〔同上锣鼓。穆瓜肩扛降龙木引穆桂英上，至“小边”台口，穆桂英勒马。

〔西皮散板〕

穆桂英　（过门同前）5 i 65 53 35 6（65
穆 柯 寨 又 来 了

3. 5 6）3 5i 65 33 5 - ‖
女 将 娇 娃。

〔亮弦〕

（多罗0 |（4 | 5 | 4 | 5i | 65 | #46 | 5）
冬 匡 冬 匡冬 乙冬 衣大冬 匡）

穆桂英　呀！

〔散板〕

【金钟凤点头】（过门同前）5 i i3 5 76 5 6（6. 5 3 56）
耳边厢 又听 得

7 6 6. i 35 65（4 35 6）3 36 5
鸣 锣 鼓 打， （仓） 辕 门 外

35 6 65 3 5i 65 33 5（2 36 5）
摆 枪 刀 剑 戟 如 麻。 （仓）

3 3 6 5 5 7 6 5 6 5 （6 5 3 5 6）5
叫 穆 瓜 上 前 去 看

6 6 3 5 6 （4 3 5 6）3 3 6 5 5 3
个 真 假，（仓） 或 斩 兵 或

3 5 6 5 3 5 i 6 5 6 6 i5 - ‖
斩 将 细 说 根 芽。

穆 瓜 啊！

〔散板〕
【金钟凤点头】（过门同前） 4 3 4 3 3 2 1 2 3
姑 娘 吩 咐 一 句 话，

（6 1 2 3）4 3 2 1 2 3 1 3 2. 6
（仓） 山 东 来 了 小 穆 瓜。

1 （6 2 1）1 2 3 2 1 2 （6 1 2）1
（仓） 走 向 前 去 看

〔亮弦〕
2 3 5 3 2 2. 1 2 - （7 6 1 2 2）
个 真 假 （呀）， （仓 匝 匝 匝）
（走向前看被绑的宗保）

穆 瓜 哎呀！不好了。

〔散板〕
【金钟凤点头】（过门同前） 3 2 1 1 6 2 1 2
辕 门 外 绑 的 是

6 2 1 3 2 3 7 6 7 2 5 6 1 - ‖
我 家 姑 爷 你 快 去 救 他。

穆桂英 呀！

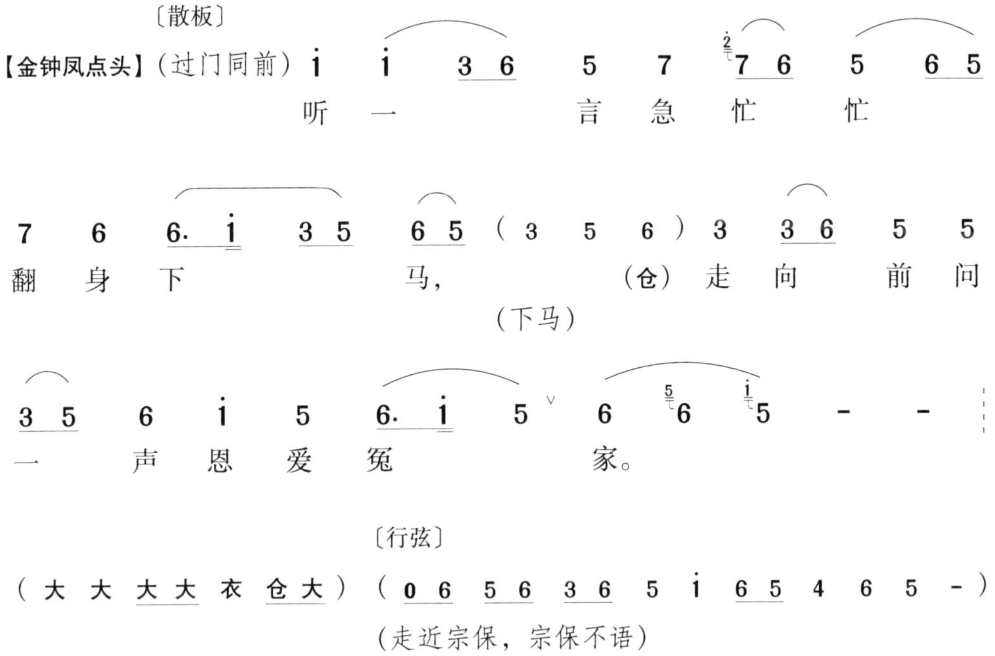
〔散板〕
【金钟凤点头】（过门同前）
听一言急忙忙
翻身下马，（仓）走向前问
（下马）
一声恩爱冤家。
〔行弦〕
（大 大 大大 衣 仓大）
（走近宗保，宗保不语）

穆桂英 呀！

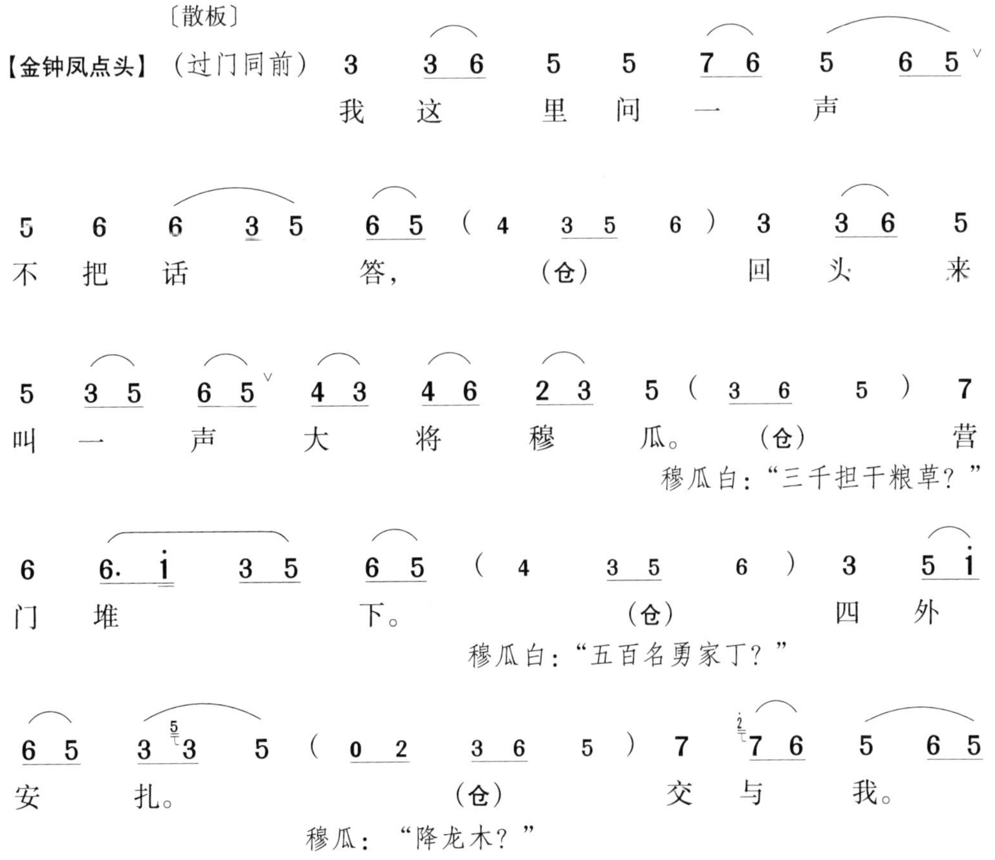
〔散板〕
【金钟凤点头】（过门同前）
我这里问一声
不把话答，（仓）回头来
叫一声大将穆瓜。（仓）营
穆瓜白："三千担干粮草？"
门堆下。（仓）四外
穆瓜白："五百名勇家丁？"
安扎。（仓）交与我。
穆瓜："降龙木？"

（ 3 5 6 ） 7 6 5 5 3 ˅ 5 - 5 ⁷6 -
你 且 退 下。

穆瓜：“我呢？”

穆 瓜 是。

〔【撞金钟】将降龙木交穆桂英，由“上场门”下。

〔穆桂英双手举降龙木，“挖门”进帐，脸朝外跪在中场口，将降龙木放在地上。

〔散板〕

穆桂英 （过门同前） 3 3 6 5 5 3 5 6 5 ˅ 3 5 i 6 5 ˅ 6 ⁵6 ⁱ5 - ‖ 【住头】
他 那 里 问 一 言 再 把 话 答。

〔焦赞、孟良“下场门”上。

焦 赞 啊二哥。

孟 良 贤弟。

焦 赞 宋营中的事情实在难办，不要管他的闲事，你我弟兄出帐饮酒去。

孟 良 嗯，饮酒去。

〔杨延昭“下场门”暗上，归“大座”。

焦 赞 嗯，饮酒去……（双手“撕扎”，探脚一望穆桂英。【单楗一锣】穆对孟做手势示意禀告）

孟 良 （对杨延昭）女将跪帐！

〔西皮原板〕

（扎 多 （3 5 6 i | 2/4 5. 6 2 6 5 | 0 1 1 2 | 3 5 i 6 5 3 5 |
大）

杨延昭 2 1 6 4 3 2 1 2 | 6 1 2 5 3 6 1 2 | 1 6 ） 1 1 | 1 7 6 0 |
听 焦 赞

6 2 7 6 6. 1 | 5 （ 2 6 5 ） | 5. 6 2 | ³2 ³2 3 5 3 5 |
和 孟 良 帐 中 叙

（ 6 3 |
6. 5 7. 2 | 6 ⁷6. | 6 5 3 5 6 5 | 6 1 1. 2 |
话，

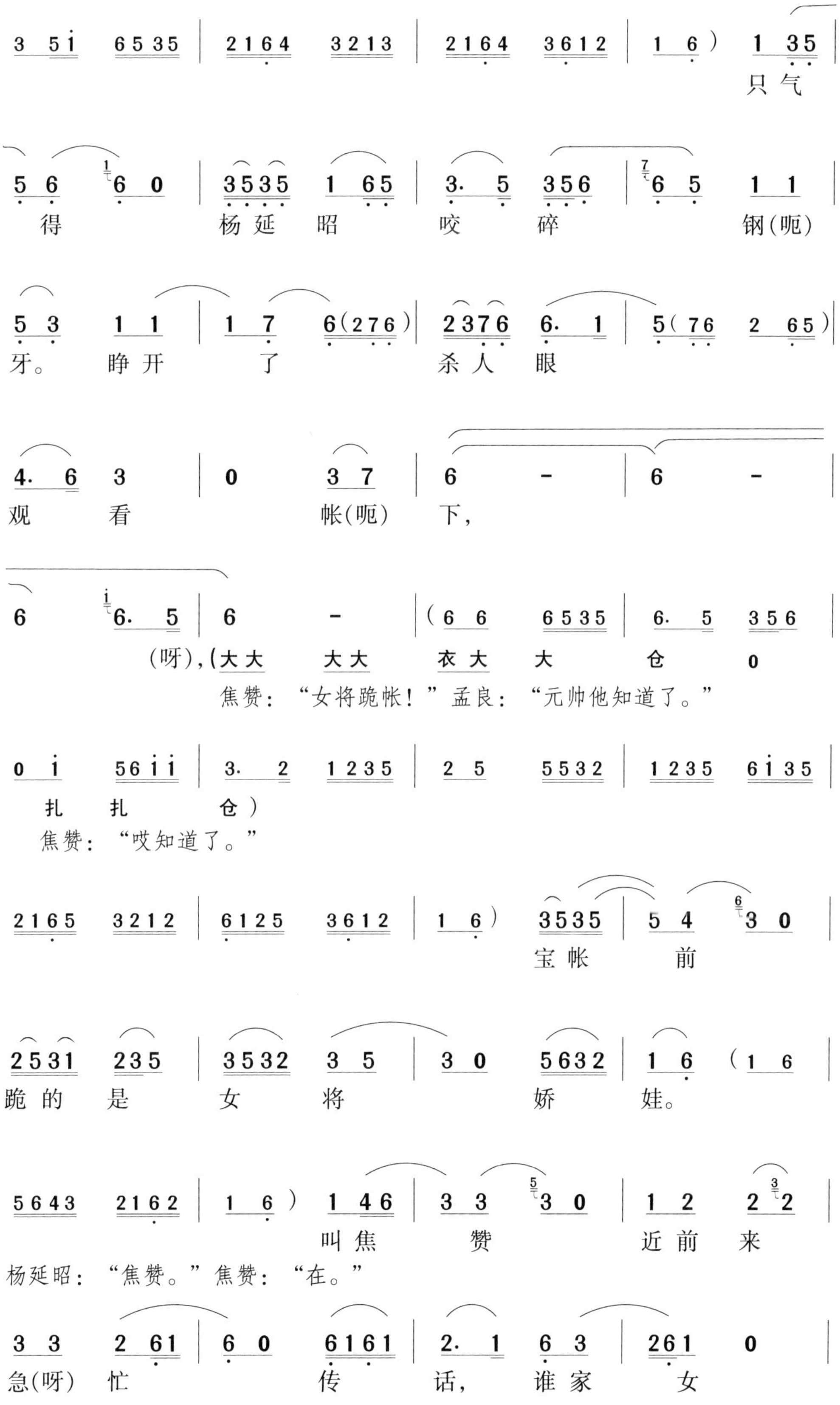
只气
得 杨延 昭 咬 碎 钢(呃)
牙。睁开 了 杀人 眼
观 看 帐(呃) 下,
(呀),(大大 大大 衣大 大 仓 0
焦赞:“女将跪帐!”孟良:“元帅他知道了。”
扎 扎 仓)
焦赞:“哎知道了。”
宝帐 前
跪 的 是 女 将 娇 娃。
叫焦 赞 近 前 来
杨延昭:“焦赞。”焦赞:“在。”
急(呀) 忙 传 话, 谁家 女

1 3 2 3 | 2 62 1 2 | 0 2 6276 | 5· 6 561 | 1 0 0 2 |
哪家将要 仔 细 盘 查。

〔行弦〕

‖: 1 2 6 2 | 1 2 4 3 | 2· 1 6 2 | 121 0 2 :‖

焦　赞　喳！（走向穆桂英）那一女将，家住哪里？姓字名谁？你慢慢地讲来。

穆桂英　听了。

焦　赞　（学旦角声调）听了！你讲。

〔行弦〕转〔原板〕

穆桂英　（1 3 2353 | 2165 3212 | 6125 3612 | 1 6） 2161 |
家住

1 7 6 0 | 1 13 5 65 |（3432 123） | 7· 6 7 6 |
在 山东 地 穆 柯

6 0 3535 | 6 0 5 61 | 7 7 6（36） | 3656 1265 |
寨 下， 我 的 名 穆桂 英

〔行弦〕

5632 3561 | 665 4323 | 5（ 5615 | 3653 2161 | 565 06 |
就 是 奴 家。

焦赞：“啊！喳……

565 0 6 | 5653 6 | 5 1 | 6765 3561 | 5 0） |
哇呀……！啊元帅，她就是山东穆柯寨的穆桂英到了。二哥，我好怕呀！”

〔孟良、焦赞后退，杨延昭站椅左侧，双手扣纱帽。

〔原板〕

【大锣夺头】（ 大扑台 台 6 | 5 1 6535 | 2165 3212 |

杨延昭　6125 3612 | 1 6） 3 46 | 3 3 31 | 6 0 1 6 |
听说 是 那 穆 桂

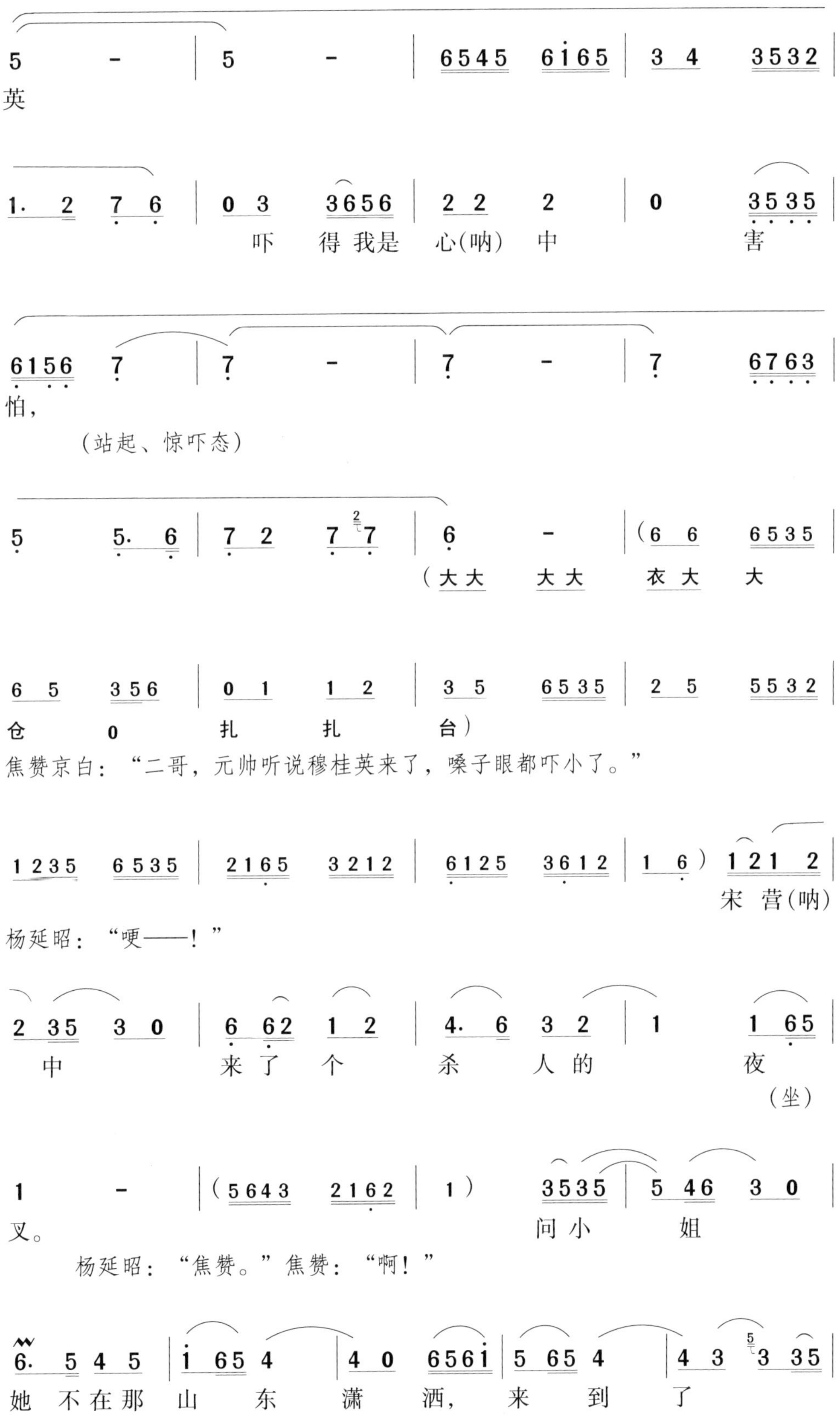
英
吓 得 我是 心(呐) 中 害
怕，
（站起、惊吓态）
（大大 大大 衣大 大
仓 0 扎 扎 台）
焦赞京白：“二哥，元帅听说穆桂英来了，嗓子眼都吓小了。”
宋 营(呐)
杨延昭：“哽——！”
中 来 了 个 杀 人 的 夜
（坐）
叉。 问 小 姐
杨延昭：“焦赞。”焦赞：“啊！”
她 不 在 那 山 东 潇 洒，来 到 了

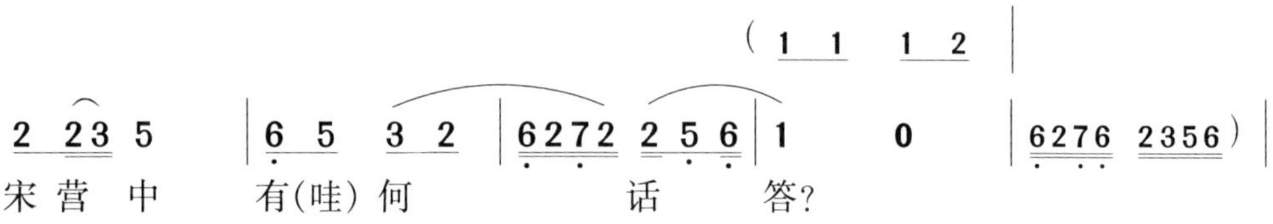

焦赞京白:“喳!”

〔行弦〕

焦　赞　(对穆桂英)啊穆小姐，我家元帅问你，不在山东穆柯寨安自潇洒，来到宋营之中有何贵干?

穆桂英　听了。

〔行弦〕转〔原板〕

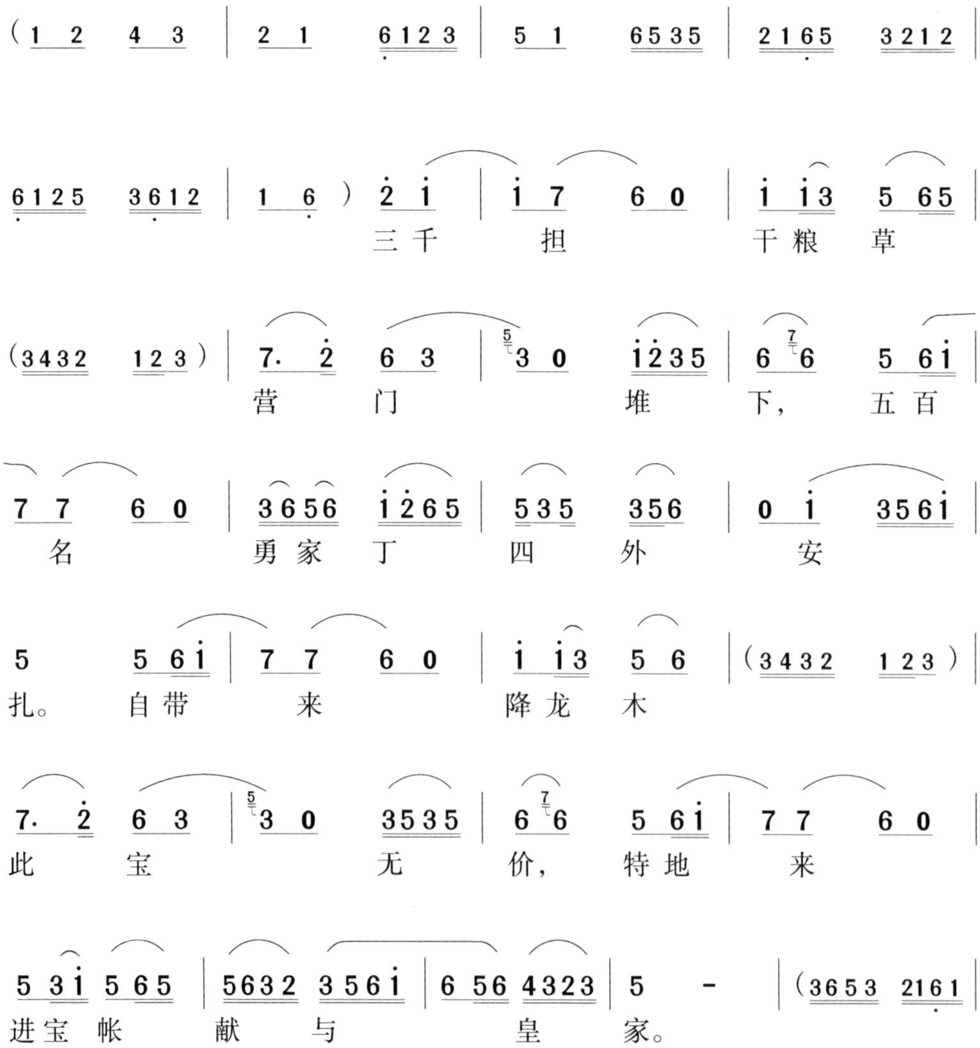

焦赞:“好的好的。

（对杨延昭）啊元帅，她是进宝来的！”

杨延昭 噢！

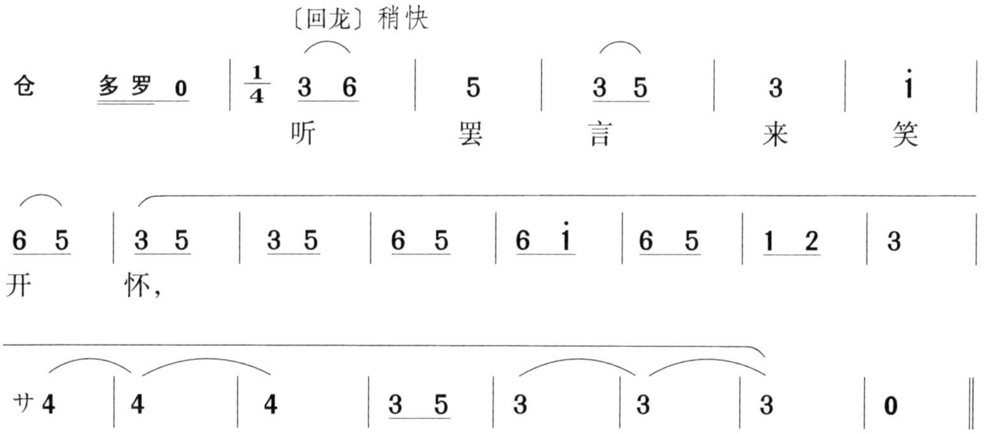

〔【单楗九锤半】焦赞举帅印。

焦　赞 哈……！

杨延昭 哈……！

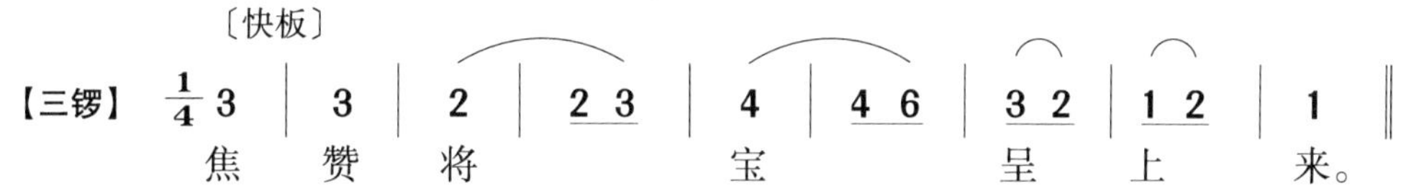

焦　赞 啊！

〔【紧锤】焦赞由穆桂英手中接过降龙木，耍棍花，将棍一端交给杨延昭。杨延昭站起，右脚蹬椅子角，左手托住棍头，右手翻水袖，看着降龙木。

杨延昭

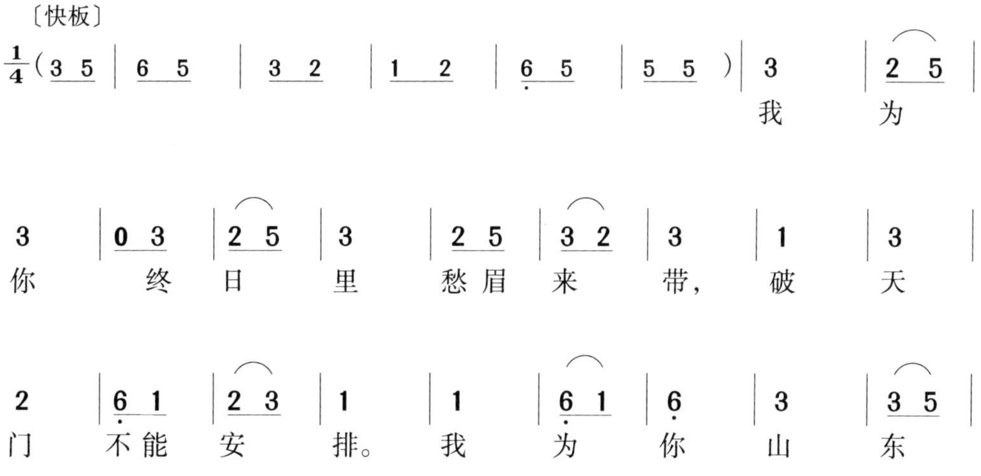

2 1 | 6 1 | 2 | 3 | 3 | 2 5 | 3 2 | 1 | 3 |
把 阵 败， 要 斩 小 奴 才。 焦

3 | 3 | 2 5 | 3 | 0 | (4 6 | 3 2 | 1 2 | 3)
赞 将 宝

（伴奏按照摇板节奏）

サ 3 - - 2 3 4 - 3 ⁵3 2 3 -
后 帐 摆 （呀）（呃），

焦　赞　啊！

〔【快长锤】杨延昭将棍松手，焦赞接棍，扛肩上，向“上场门”走扭动身体做得意状。将棍送交后台，仍回原处站立。

杨延昭　（归座）

〔快板〕

（过门同前） 3 | 3 | 2 | 2 3 | 5 | 5 0 |
且 候 五 （哇） 哥

2 5 | 3 2 | 1 | (0 3 | 2 1 | 6 2) | 1 2 | 3 3 |
下 山 来。 堆 在 营(呐)

焦赞：“三千粮草？”

2 | (3 | 2 | 6) | 1 2 | 3 2 | 1 (2 | 6 2 |
外， 改 换 腰 牌。

焦赞：“五百家丁？” 焦赞：“穆小姐？”

1 2 | 3 5) | 1 | 3 | 2 | 1 2 | 3 | 2 |
暂 回 那 穆 柯 山 寨，

1 | 6 2 | 1 | 6 | 3 2 | 3 5 | 3 2 | 1 2 | 1 ‖
奏 明 了 宋 天(呐) 子 接 进 营 来。

〔行弦〕

‖: (1 6 2 1 3 2 1 6 2 1 0 2) :‖

辕门斩子

焦　赞　啊，穆小姐，我家元帅言讲，叫你暂回山东穆柯寨，奏明了宋天子再将你接进营来。
穆桂英　啊元帅，我还有话讲。
焦　赞　（学桂英声调）啊元帅奴还有话讲。
杨延昭　嗯？
焦　赞　这是她说的。

〔摇板〕

穆桂英　**【单犍凤点头】**（过门同前）　5　1̇　1̇　3　3　3 6　5　7　6　6· 1̇　3 5
小　将　军　　把　什　么　军　令　犯

6　3　3 6　5　5　6　6 ∨ 3　5 1̇　6 5　6　6　5 ‖
下，因　何　　故　绑　辕　门　要　把　头　杀？

〔行弦〕反复

（5　3 6　5　1̇　6 5　3 6　5）

焦　赞　哎好……啊元帅，她是为小本官而来。
杨延昭　哇！

〔快板〕

〔三锣〕$\frac{1}{4}$ 1 | 3 | 2 | 1 | 6̣ 2 | 6̣ | 1 2 | 3 |
斩　宗　保　为　的　是　犯了　军

2 | 1 | 3 | 2 | 1 | 3 2 | 3 5 | 2 1 | 6̣ | 1 ‖
法，这　件　事　穆　小　姐　休要　管　他。

〔行弦〕反复

（5　3 6　5　1̇　6 5　3 6　5）

焦　赞　啊，穆小姐，我们元帅叫你少管闲事。
穆桂英　我还有话讲。
焦　赞　噢请说吧。

〔摇板〕

穆桂英　**【单犍凤点头】**（过门同前）　5　1̇　1̇　3　7　7 6　5 6 ∨
小　将　军　　犯　了　罪

7　6　6　3 5　6（6 5　3 2　1 2）3　3 6　5
理　当　斩　　下，　　　　　　　念　在　我

5 3　3 5　6　i　5　6 5　6　6　5　-　‖
献　宝　功　饶　恕　于　他。

〔行弦〕
（5　3 6　5　i　6 5　3 6　5）

焦　赞　啊元帅，要看在她献宝的功劳吧。

杨延昭　哇！

〔快板〕

【三锣】$\frac{1}{4}$ 1 | 3 | 2 | 1 2 | 1 2 | 3 2 | 3 | 2 |
若　不　看　进　宝 的　功　劳　大，

3 | 6 2 | 1 | 1 | 3 2 | 3 5 | 2 1 | 6 | 1 ‖
连　小　姐　与　宗　保　一 齐　斩　杀。

〔行弦〕反复
（5　3 6　5　i　6 5　3 6　5）

焦　赞　啊穆小姐，我跟您说，我们这个元帅呀，他的脾气有点儿个别，干脆，你拿这个家伙啊，（手指腰刀）吓唬吓唬他，也许就成了！

穆桂英　嗳。

〔摇板〕

【单楗凤点头】（过门同前）5　i　i　3　7　7 6　5
老　元　戎　　他　不　把

6　7　6 5　3　サ 5　-　5　6　-
人　情　准　　下，

焦　赞　甭想了，就这么办。

穆桂英　【一锣】罢！

〔摇板〕

【大锣凤点头】（过门同前）3 36 5 5 6 6 3 5i 65 3⁵3 5 ‖

在宝 帐杀一个寸草 无 芽。

〔穆桂英边唱边拔宝剑，站起回身将宝剑举起。向大帐砍，【乱锤】焦赞、孟良持刀架住。杨延昭离位退椅子后，惊恐状。

焦 赞 啊元帅！您吃饭的家伙可要紧哪！

〔小导板〕

杨延昭 【金钟凤点头】（过门同前） 3 5 5 3 36 5 -

叫 焦 赞 和 孟 良

4 ⁱ65 4 ⁵3 （3 - ） 3.2 2 （21 6̣

急 忙

1 2） 65 4 45 6 ⁵6 5.3 5 - |

招 架（呀）！

（左手水袖护头）

焦 赞
孟 良 （同）招架不住喽！

〔快板〕

杨延昭 【紧锤】（过门同前） 3 | 6̣1 | 2 | 03 | 6̣2 |

我 看 她 似 猛

1 | 6̣1 | 23 | 1 | 6̣ | 6̣2 | 1 | 1 |

虎 舞爪 张 牙。 赦 却 了 小

3 | 2 | 12 | 3 | 2 | 3 | 6̣2 | 1 |

宗 保 无 牵 挂， 天 门 阵

16̣ | 6̣5 | 35 | 21 | 6̣ | 1 |

无 良 将 谁能 去 杀？

（坐）

焦　赞　0 3 | 2 1 | 6̣ | 1 ‖
　　　　　啊　我 去　问　她。

〔行弦〕反复

（5　3 6　5　i　6 5　3 6　5）

啊小姐，我家元帅言道：赦却小本官，那天门阵无有能人去杀呀？

穆桂英　听了！

〔摇板〕

【单楗凤点头】（过门同前）　5　i　i　3　5　7 6　5　6
　　　　　　　　　　　　　老　元　戎　　他　若　　把

7　6　6　3 5　6 5　（6 5　3 5　6）　3　3 6
人　情　准　　　下，　　　　　　　　　天　门

5　5　6　6　i　5　6 5　6　5　–　‖〔行弦〕
阵　自　有　我　一　人　去　　杀。

焦　赞　好！啊元帅，天门阵由她去杀！
杨延昭　啊！

〔快板〕

【三锣】 1/4 3 | 2 1 | 1 | 1 | 3 | 2 | 1 2 | 3 |
　　　　　　萧　天　佐　摆　天　门　一 百　单

2 | 3 | 1 | 2 | 3 | 1 2 | 3 5 | 2 1 | 6̣ | 1 |
八，难　道　说　她　阵　阵　都 能　去　杀？

焦　赞　0 3 | 2 1 | 6̣ | 1 |
　　　　　哎　我 去　问　她。

孟　良　0 3 | 2 1 | 6̣ | 1 ‖〔行弦〕
　　　　　哎　一 个　两　仨。

焦　赞　啊穆小姐，我家元帅言讲，天门阵一百单八，难道说你阵阵都成吗？
穆桂英　听了。

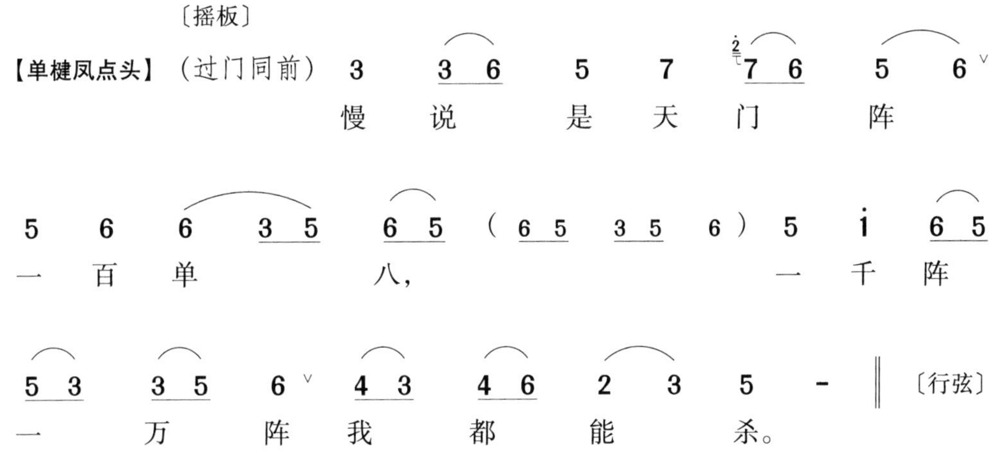

焦　赞　啊元帅，天门阵一千阵一万阵，她阵阵都能。
杨延昭　噢，她都能？
焦　赞　她都能。
杨延昭　焦赞。
焦　赞　啊！
杨延昭　你呢？
焦　赞　我，是个饭桶。元帅你呢？
杨延昭　啊？
焦　赞　你怎么问我来的？
杨延昭　嗯！

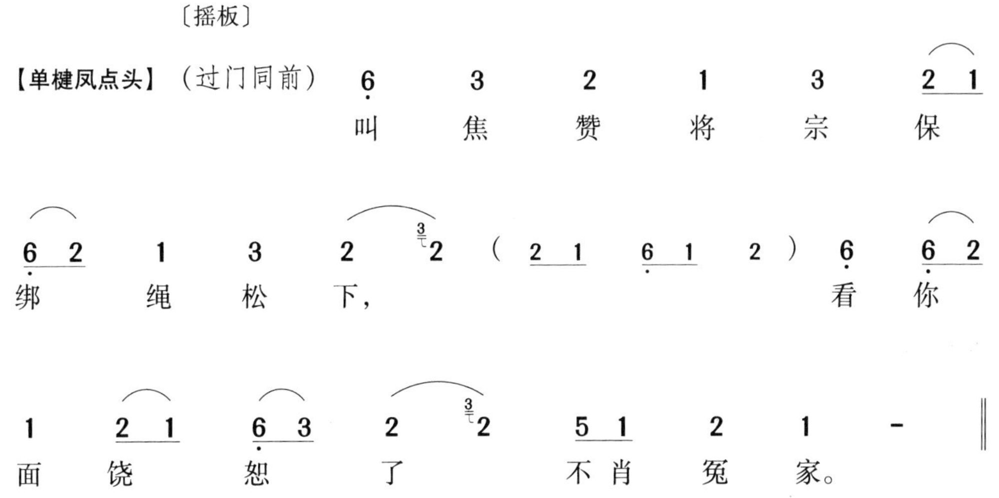

焦　赞　我们元帅赦了小本官了。

〔摇板〕

穆桂英 【单键凤点头】（过门同前） i i 3 6 5 5 7
多 谢 过 老 元

7 5 6 7 6 5 3 5 - 6 -
戎 人 情 准 下，

焦 赞 二哥松绑去。

孟 良 哎。【一锣】〔亮弦〕（孟良、焦赞欲给杨宗保松绑）

穆桂英 哇！【一锣】（孟良、焦赞被穆桂英斥退）

〔摇板〕

【单键凤点头】（过门同前）3 3 6 5 5 3 3 5 6 i 5 6 5 6 5
在 宝 帐 吓 坏 了“黑、红”二 家。

〔【长丝头】穆桂英亲自为宗保松绑，“下场门”同下。

焦 赞 啊二哥，这里来。

孟 良 做什么？

焦 赞 元帅有四事不周全。

孟 良 哪四事不周全？

焦 赞 不忠、不孝、不仁、不义。不要管他的闲事，你我弟兄出帐饮酒去。

孟 良 （大声）哎，饮酒去。走……

杨延昭 焦赞在哪里？

焦 赞 呵，（面向孟良）好你个红眉头，真阴我呀。

杨延昭 嗯！

〔摇板〕

【闪锤】（过门同前） 3 3 2 3 3 3 2 3 6 2
他 二 人 一 席 话 提

1 2 3 （4 6 3 2 1 2 3） 6 6 2 1 6 3
醒 咱， 怕 的 是 不

2 1 1 2 2 6 2 1 1 2 1 【长丝头】
名 （儿） 传 遍 了 天 涯。

杨延昭 孟良、焦赞。

孟　良
焦　赞　（同）在！

杨延昭　本帅今日收了穆桂英、赦却杨宗保，保状者呈上。

孟　良
焦　赞　（同）遵命！（二人分向“上、下场门”）下面听着！

〔众内白：“啊！”

孟　良
焦　赞　（同）元帅收了穆桂英、赦却杨宗保，有保状者呈上来。

〔内白：“太君的保状，贤爷的保状，满营将官的保状。”

孟　良
焦　赞　（同）喳……（台扎……台）（锣鼓声中在“上、下场门”口接保状，回来交帐中桌上，二人分左右站立）

孟　良　贤爷的保状。
焦　赞　太娘的保状。
孟　良　满营将官的保状。
焦　赞　我弟兄二人也有个小小的帖儿。（将保状拍在杨延昭手里）（仓）
杨延昭　（笑）哈哈哈……

〔摇板〕
【闪锤】（过门同前）1 3 2 2 26 1 62 1 3 2 2
叫焦赞将保状辕门悬挂，

（21 61 2）5 62 1 1 3 2 76 72 56 1 － ‖
唤上来小奴才教训与他。

焦　赞　小本官快来。

〔【快长锤】杨宗保、穆桂英“下场门”同上。

〔摇板〕
杨宗保　（过门同前）3 36 5 5 7 6 7 6 65 5 6 － | 〔行弦〕
见父帅不由人心中害怕，

〔杨宗保害怕不敢进帐，穆桂英将他推入，二人同跪下。

〔摇板〕
杨宗保　【单楗凤点头】（过门同前）i 65 5 5 5 35 6 i 5i 65 3 5 － ‖
从今后再不敢藐视军法。

杨延昭　呸！

〔快板〕

【三锣】 1/4 3 | 2 5 | 3 | 3 | 2 5 | 3 | 3 2 |
谁 叫 儿 违 父 命 私犯

3 | 2 | 1 | 3 | 2 | 0 3 | 0 1 | 2 3 |
军 · 法, 险 些 儿 身 份 辱

1 2 | 3 | 1 | 2 | 1 | 2 | 1 5 | 3 5 |
命染 黄 沙。 恨 不 得 这 一

(胡琴按照摇板节奏)

1 | 2 | 0 | 0 | サ 2 2· 1 1 2 - ‖
足 将 儿 踏,

焦 赞 哎使不得!

〔杨延昭欲踢杨宗保,穆桂英右手护住,并扶起他。

穆桂英 哇!

〔摇板〕

【单楗凤点头】(过门同前) 3 3 6 5 i i 2 3 5 6 i 5 i 6 5 6 5 - ‖
等 破 那 天 门 阵 还 要 用 他。

〔【长丝头】穆桂英、杨宗保由“下场门”下。

焦 赞 (京白)哎二哥,你看他们小两口,多么有意思。

孟 良 有意思。

焦 赞 这么办,兄弟我学两句你听听。

孟 良 你学两句?那么我就听听。

焦 赞 听着啊。(学穆桂英声音唱)“等破那天门阵还要用他。”

杨延昭 嗯——

〔摇板〕

【单楗凤点头】(过门同前) 1 4 3 3 4 6 3 6 2
我 今 日 倒 无 有 父

1 2 3 3 (4 6 3 2 1 2 3) 3 2 1 1 2
子的 恩 大, 她 那 里 却

1	3	2 ³2	3 2	3 5	2 1	1	-	‖【住头】
还	（呐）	有	夫	妻的	情	长。		

杨延昭 孟良、焦赞。

孟　良
焦　赞 （同）在！

杨延昭 打扫将台，歇兵三日，大破天门。

孟　良
焦　赞 （同）得令！

〔〈尾声〉[①]杨延昭、孟良、焦赞同下。

——剧　终

① 若演出全部《穆桂英》则直接奏【大锣圆场】，接演《天门阵》，不必吹奏〈尾声〉。

哈鸿儒　杨凌云　整理

取成都

宋宝罗演出本

《取成都》，又名《让成都》、《战成都》、《石伏岩》。故事源于《三国演义》第六十五回“马超大战葭萌关，刘备自领益州牧”。刘备为实现三分天下，听取诸葛亮的意见，夺取西川。刘璋软弱势危，文武大臣多有归降意。刘备收了马超后，命他攻取成都。刘璋踌躇不决，命主战的刘玉和王累到城楼见马超。马超一箭射死刘玉。王累用滚木擂石抵挡，马超无法攻城，便用烧毁民房的方法，逼迫刘璋让城。刘璋无奈，只好让城。王累苦谏无效，撞死在城楼之上。刘备入城，刘璋明责暗讽，刘备装愚卖傻，诸葛亮暗示诸将言语威胁。刘璋见大势已去，便交出印信离去。刘备自领益州牧。

《取成都》是“汪派”老生代表剧目之一。汪桂芬祖籍安徽，幼习老旦，兼演老生，嗓音高亢。倒仓后，改习胡琴，为程长庚操琴多年，直至程离世。他对程长庚唱腔、念白、身段、做功等耳濡目染，心得独多。程去世后，汪桂芬抑郁无聊，友人劝他重操旧业。他试唱后觉得嗓音可以，重新登台，在一次堂会演出《文昭关》，唱、念有如程长庚再生，举座震惊，喝彩声不断，汪桂芬迅速成名。汪桂芬的能戏甚多，经他继承和发展，形成了老生“汪派”。他与谭鑫培、孙菊仙齐名，三人被誉为京剧“后三鼎甲”。汪桂芬嗓音高亢浑厚，吐字饱满，善于运用丹田气、脑后音，开口发声响遏行云，实大声洪，神完气足。唱腔的特点是雄劲沉郁，善于表达悲愤慷慨的情绪，对悲剧性人物唱腔处理不仅体现悲，更突出愤，也就是更强调壮美。像《取成都》中“孤哪有能将挡贼兵”、“适才王累进宫报，皇儿在敌楼赴阴曹”、“听说一声要饯行，好似狼牙箭穿心”、“西川的文武要刀刀斩尽”等均能体现出这个特点。剧评家周瘦庐曾评价他：“其技近长庚，在孙、谭之上。真力弥满，沉挚浑厚。汪发声属脑后音，为伶人最贵之声。”（见波多野乾一《京剧二百年之历史》）汪桂芬生性耿直，不畏权势，屡受官府把头凌侮，四十多岁就因贫病潦倒而逝。由于“汪派”唱功对嗓音要求高，既要声高气足，又要浑厚圆润，故传人甚少，王凤卿、郭仲衡、邓远芳继承“汪派”都颇有成就。新中国成立后，中国戏曲学校曾请苏少卿先生传授“汪派”剧目，但未见诸舞台。宋宝罗先生久在南方演出，已九十余岁高龄，为仅存能演“汪派”戏之传人。《中国京剧流派剧目集成》编委会邀请宋宝罗先生口述《取成都》剧本，他不顾年迈，连续数日全面讲述了《取成都》的剧本、唱腔、身段，并提供部分唱段的录音，使得濒临失传的“汪派”艺术能有剧目得以记录保留下来。

《取成都》对刘璋的刻画非常细腻，全剧中的配角也起了很好的对比衬托的作用：刘备、诸葛亮的圆滑虚伪，反衬出刘璋的敦厚笃实；众将的强势威逼反衬出刘璋的羸弱无助；刘玉、王累的决断刚烈，反衬出刘璋的优柔寡断。刘备兵临城下，刘璋只是怨叹无有能将抵挡，直至马超将其围困，还幻想分疆土来摆脱困境，也就难怪自刘备入川以来，除张任战死外，文臣张松、法正，武将严颜，甚至连苦谏刘璋抵抗的李恢都归顺了刘备。但是，《取成都》一剧却未沿袭《三国演义》正统观念，处处都以贬低批判刘备、同情刘璋来着墨。在表演上，刘璋迎刘备人马入城时的处理细致而有层次。赵云、黄忠、魏延进城一笔带过；严颜进城，刘璋拂袖不满；诸葛亮欲下车礼见，刘璋扭转身躯不予理睬；刘备到来，刘璋皮笑肉不笑地搭讪几句，勉强挽手进城。这些都非常精彩动人，无形中博得了观众对刘璋的同情。最后刘璋布衣离去，更使人神伤，至此，全剧达到最高潮。

汪桂芬没留下音像资料，但他的传人王凤卿、郭仲衡、邓远芳等录有唱片，为研究“汪派”唱腔艺术留下了宝贵的史料。他们都有《取成都》唱段的唱片传世。解放后，雷喜福亦录有《取成都》全部唱段的唱片，宋宝罗也录制过两段《取成都》唱段的 CD 光盘。

哈鸿儒

人物行当

刘　璋	老生	黄　忠	老生
马　超	武生	严　颜	净
刘　玉	小生	大太监	杂
王　累	丑	车　夫	杂
刘　备	老生	四蓝龙套（或绿）	杂
诸葛亮	老生	四白龙套	杂
赵　云	老生	四下手	杂
魏　延	净		

服装扮相

刘　璋　俊扮。草王盔、髎三（或二涛），蓝（或绿）蟒、古铜褶子、玉带，红彩裤，厚底靴。（最后脱蟒戴高方巾，系绦子）

马　超　俊扮。马超盔，白硬靠、苫肩、红靠绸，彩裤，厚底靴。

刘　玉　俊扮。太子盔，粉蟒、褶子、玉带，彩裤，厚底靴。

王　累　勾老丑脸。圆纱、白五嘴，红官衣、补子、玉带，红彩裤，朝方靴。

刘　备　俊扮。金大镫、髎三，红蟒、褶子、玉带，红彩裤，厚底靴。

诸葛亮　俊扮。八卦巾、黑三,八卦衣，彩裤，厚底靴。

赵　云　俊扮。夫子盔、黑三，白软靠、靠绸、苫肩，黑彩裤，厚底靴。

魏　延　勾紫三块瓦。扎巾盔、黑满，红（或紫）软靠、黑靠绸，黑彩裤，厚底靴。

黄　忠　俊扮。黄扎巾、白三，黄软靠、红靠绸，红彩裤，厚底靴。

严　颜　勾红六分老脸。扎巾盔、白满，黑（或紫）软靠、红靠绸，彩裤，厚底靴。

大太监　俊扮。太监盔，绿花褶子，红彩裤，厚底靴。

车　夫　俊扮。毡帽，蓝布箭衣、卒坎、大带，黑彩裤，薄底靴。

四蓝龙套（或绿）　俊扮。太监帽，蓝（或绿）龙套服，黑彩裤，薄底靴。

四白龙套　俊扮。白小板巾，白龙套服，黑彩裤，薄底靴。

四下手　俊扮。虎头壳，下手衣裤、腰箍，薄底靴。

道具

桌　子	一张	白杆枪	一杆
椅　子	三把	花杆枪	四杆
红色（或紫色）绣金团花桌围	一套	马　鞭	六根
红色（或紫色）绣金团花椅披	三套	云　帚	一根
印　盒	一个	车　旗	一副
文房四宝	一份	弓	一张
黄布包袱	一个	箭	一支
羽毛扇	一把	城片	一份

第　一　场

〔【冲头】幕启。空场。

〔【大锣打上】四下手持单刀“上场门”上,“站门”。马超持枪、持马鞭“上场门”上,归正场。【大锣归位】

马　超　（念）奉了使君命，一战取成都。【大锣住头】

俺,【撕边一击】姓马名超字孟起。【大锣住头】奉了主公之命，带领人马夺取成都。众将官!

四下手　有！【撕边一击】

马　超　成都去者!

四下手　啊!

〔【急急风】四下手“插门”“下场门”下，马超“下场门”下。闭二幕。

第　二　场

〔【缓锣】开二幕。场上置正场桌，“大座”，“大边”备椅一把。红色绣金团花桌围、椅披。

〔京胡奏〈小开门〉曲牌,四蓝龙套“上场门”上,“站门”。刘璋端带“上场门”上,一亮。至“九龙口”，抖双袖，提袖，正冠，捋髯，端带，至正场。抖右袖、提袖。

刘　璋　〔引子〕驾坐西川，恨张松,（多多）

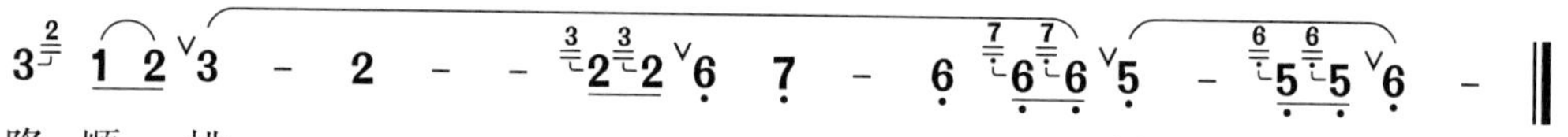

〔刘璋右转身，入“大座”。曲牌止。

刘　璋　（诗）君为民愁，

民为国忧。

忧国忧民，

何日罢休?

孤，刘璋。（扎）乃汉室宗亲，镇守西川一带等处。可恨大耳刘备，不念同宗之情，带领人马夺取西川。是孤在张鲁王驾前借来一将，名唤马超。此人有万夫不挡之勇，孤命他镇守葭萌关，抵抗桃园，前者与桃园交战，胜负未见回报。

〔大太监“上场门”幕内白:“报!”

〔【长丝头】大太监持云帚“上场门”上，至正场，进门，站“小边”面对刘璋。

大太监　启禀主公，大事不好了!

刘　璋　何事惊慌?

大太监　今有马超带领人马，将成都团团围住，特来报知。【大锣一击】

刘　璋　再探!

大太监 得令。

〔【大锣五击】大太监出门，“上场门”下。

刘 璋 （扎、扎、扎……）不好了！

〔西皮散板〕

【撞金钟凤点头】サ(7 6 6 6 6 5 5 5 i i 3 2 1 7 6 2 1 -) 3 3 3 2
忽 听 内

3 3 2 1 2 3 - (6 1 2 3 -) 1 - 3 2 1 2 3 2
侍 报 一 声， (仓) 马 超 带兵困

5 3 2 1 -(7 6 2 1 -) 2 2 2 2 1 1 - 2 3 2 1 6
都 城。 (仓) 内侍臣 摆 驾

5 -(6 5 3 5 6 i 5 -) 2 2 1 1 - - - 2 -
(仓) 敌 楼 进，
(出座) (仓)

〔刘玉“上场门”幕内白：“儿臣有本启奏。”

〔西皮散板〕

刘 璋 【大锣凤点头】(过门同前)サ3 2 2 1 1 2 2 1 6 3 2 1 1 6 1 -
皇 儿 上 殿 问 分 明。

〔【撞金钟】刘玉“上场门”上，至“小边”台口。

〔西皮散板〕

刘 玉 (过门同前)サ i 5 5 6 6 5 7. 7 6 -
闻 得 马 超 困 都 (啊) 城，

〔【撞金钟】刘玉进门，边唱边挖至“小边”。

〔西皮散板〕

刘 玉 (过门同前)サ3 6 5 5 6 6 5 5 3 5 - 【住头】
见 了 父 王 把 本 升。

刘 玉 （拜见）儿臣参见父王。

刘 璋 皇儿平身，赐座。

刘 玉 （起身）谢座。

〔一龙套搬备椅成“大边跨椅”，刘玉坐。

刘 璋 皇儿上殿有何本奏？

刘 玉 今有马超带领人马围困成都，父王因何坐视不理？

刘　璋　（面带不快）满朝文武俱有降意，孤王正为此事忧虑，何言坐视不理？

刘　玉　父王啊！

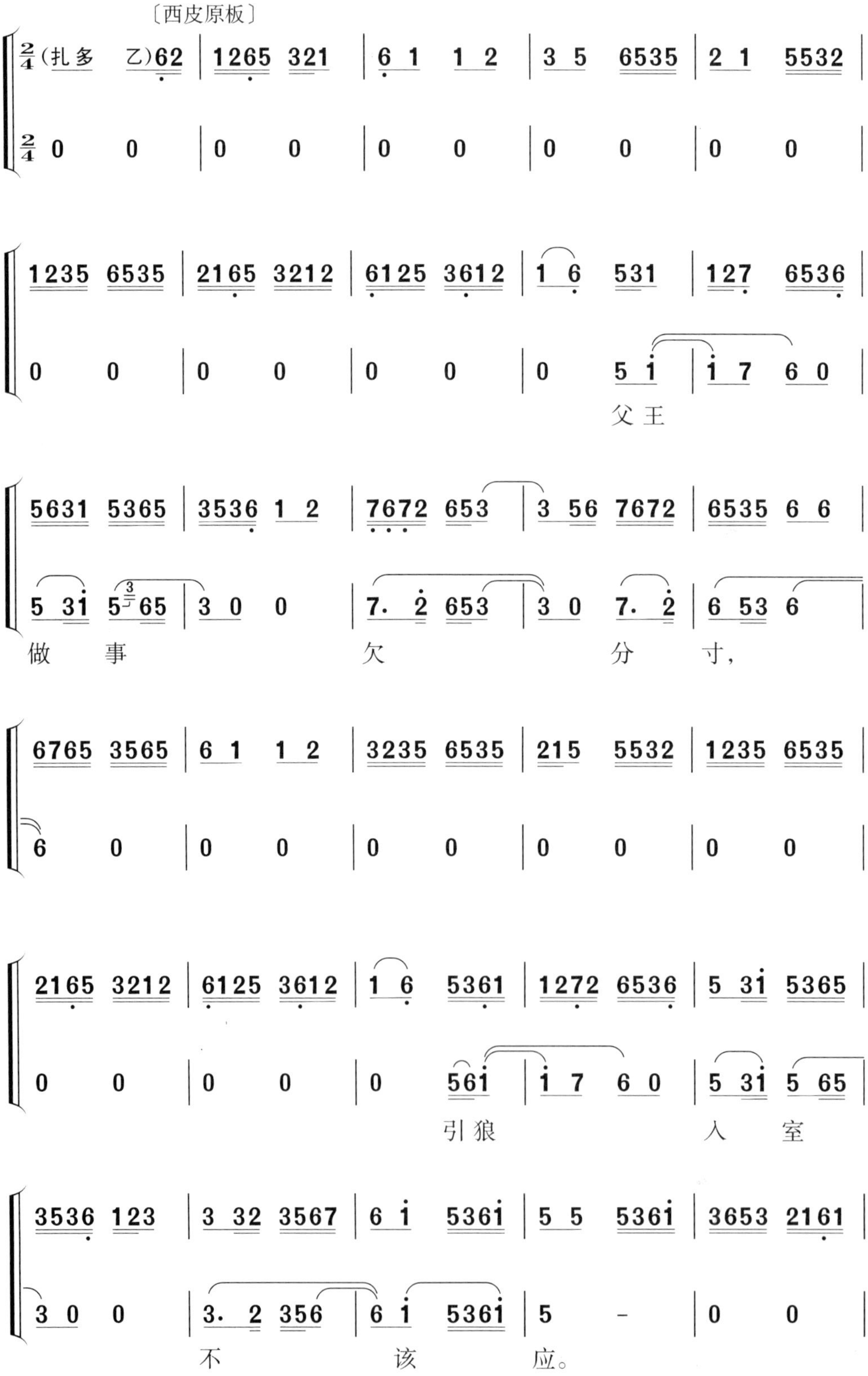

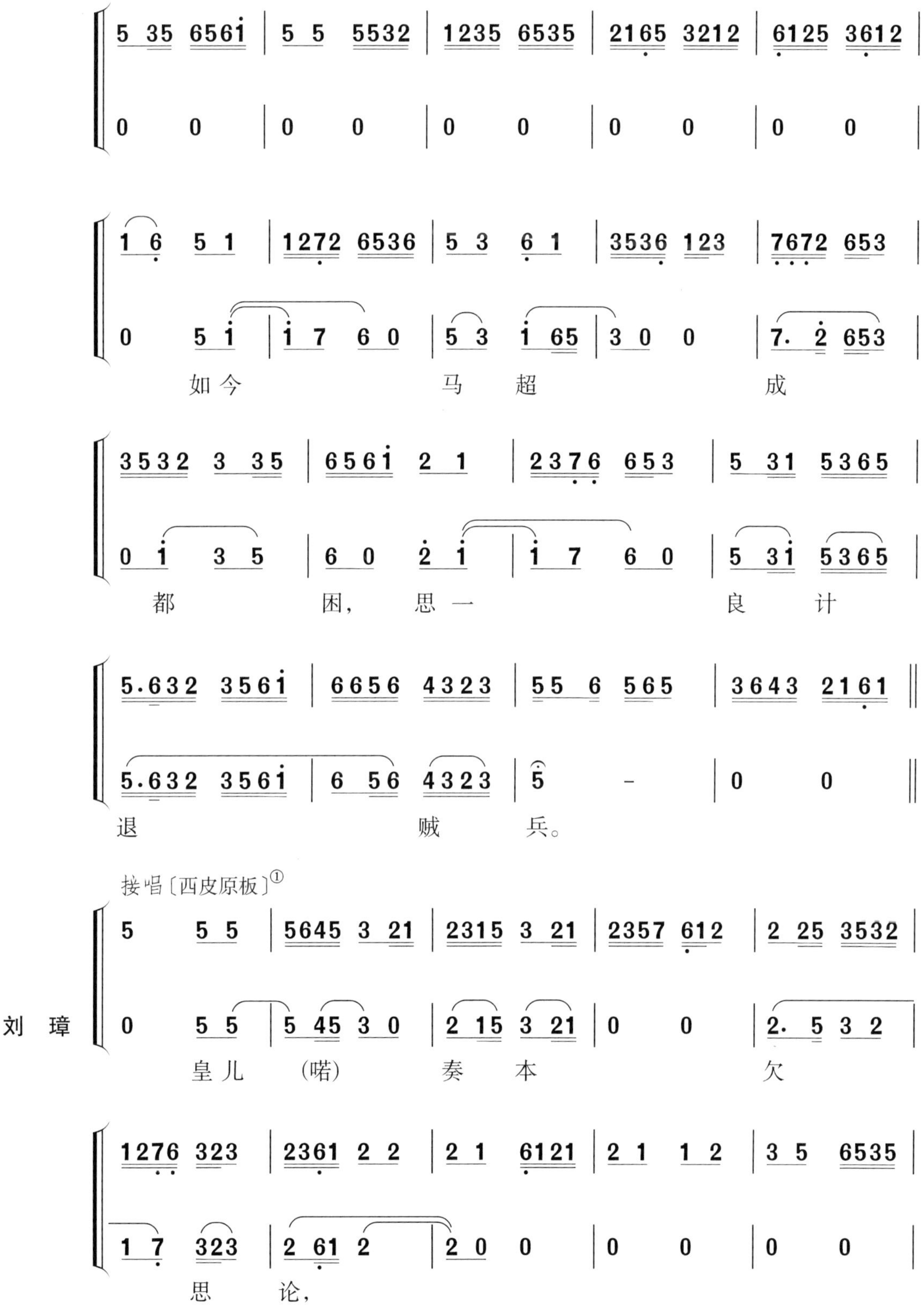

① 如按汪派唱法，这一段均按〔西皮慢板〕转〔二六〕，今将前辈名角邓远芳所唱，附录此剧本之后供参阅。

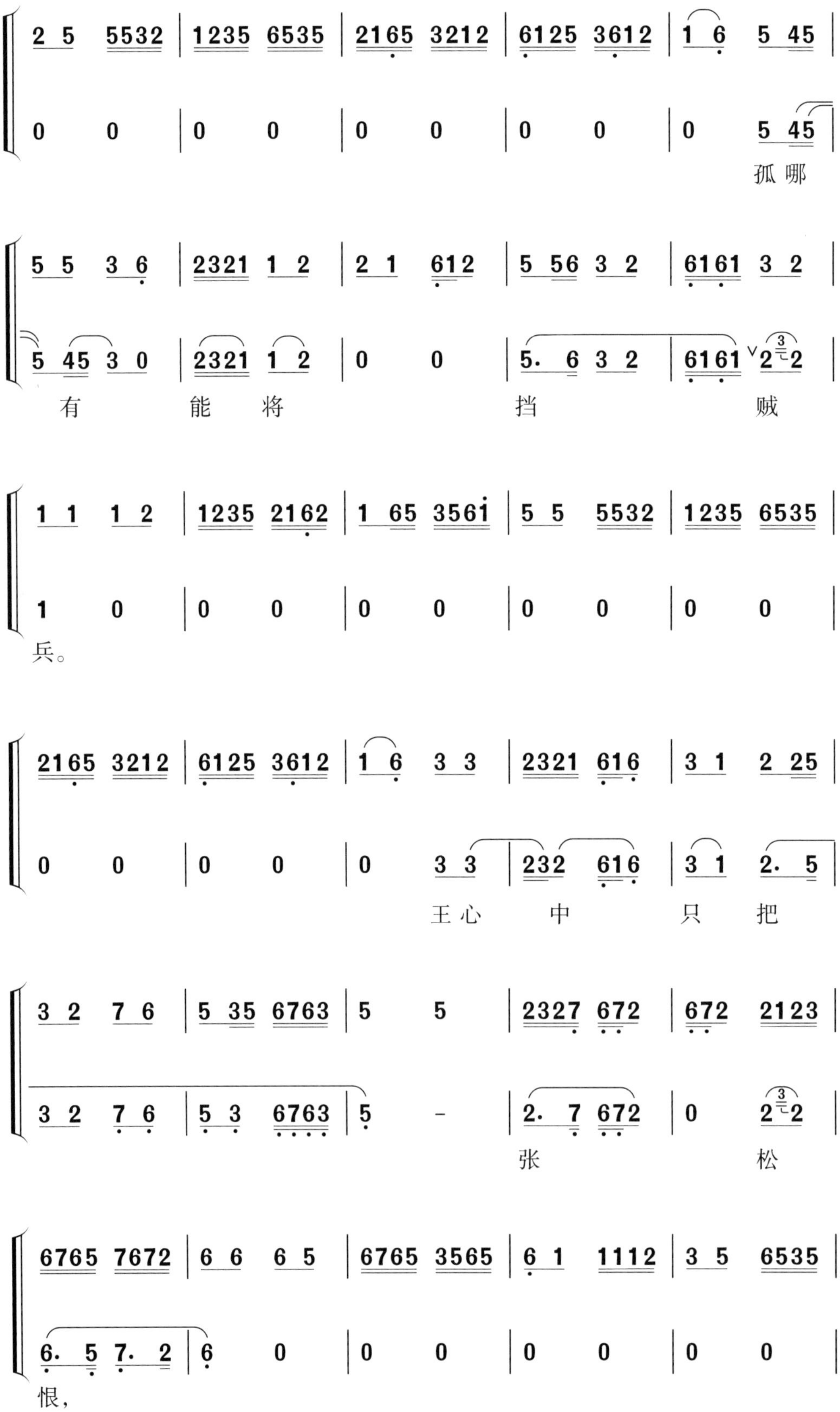
孤 哪
有 能 将 挡 贼
兵。
王 心 中 只 把
张 松
恨，

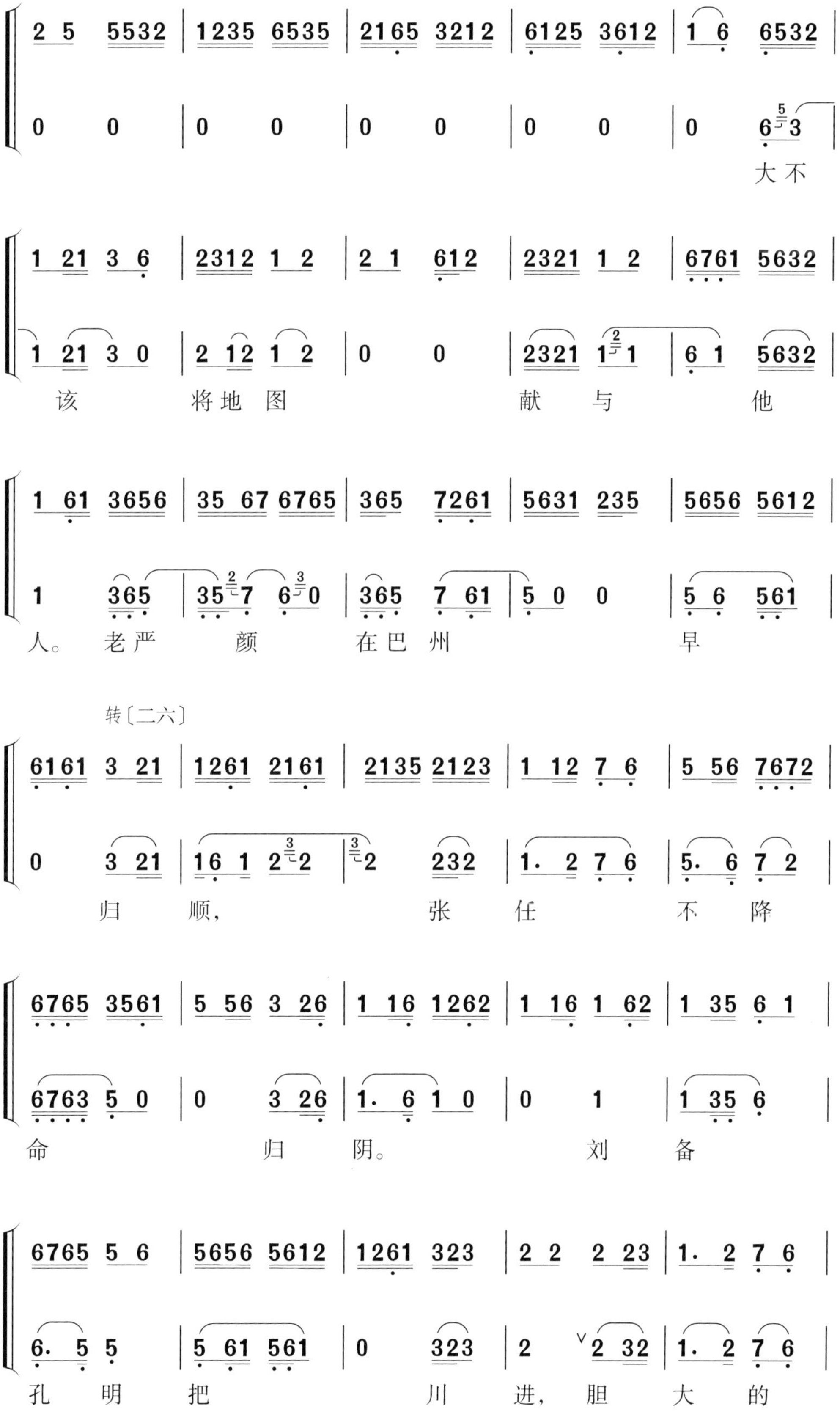
大不
该 将地图 献 与 他
人。老严 颜 在巴州 早
转〔二六〕
归 顺，张 任 不 降
命 归 阴。刘 备
孔 明 把 川 进，胆 大 的

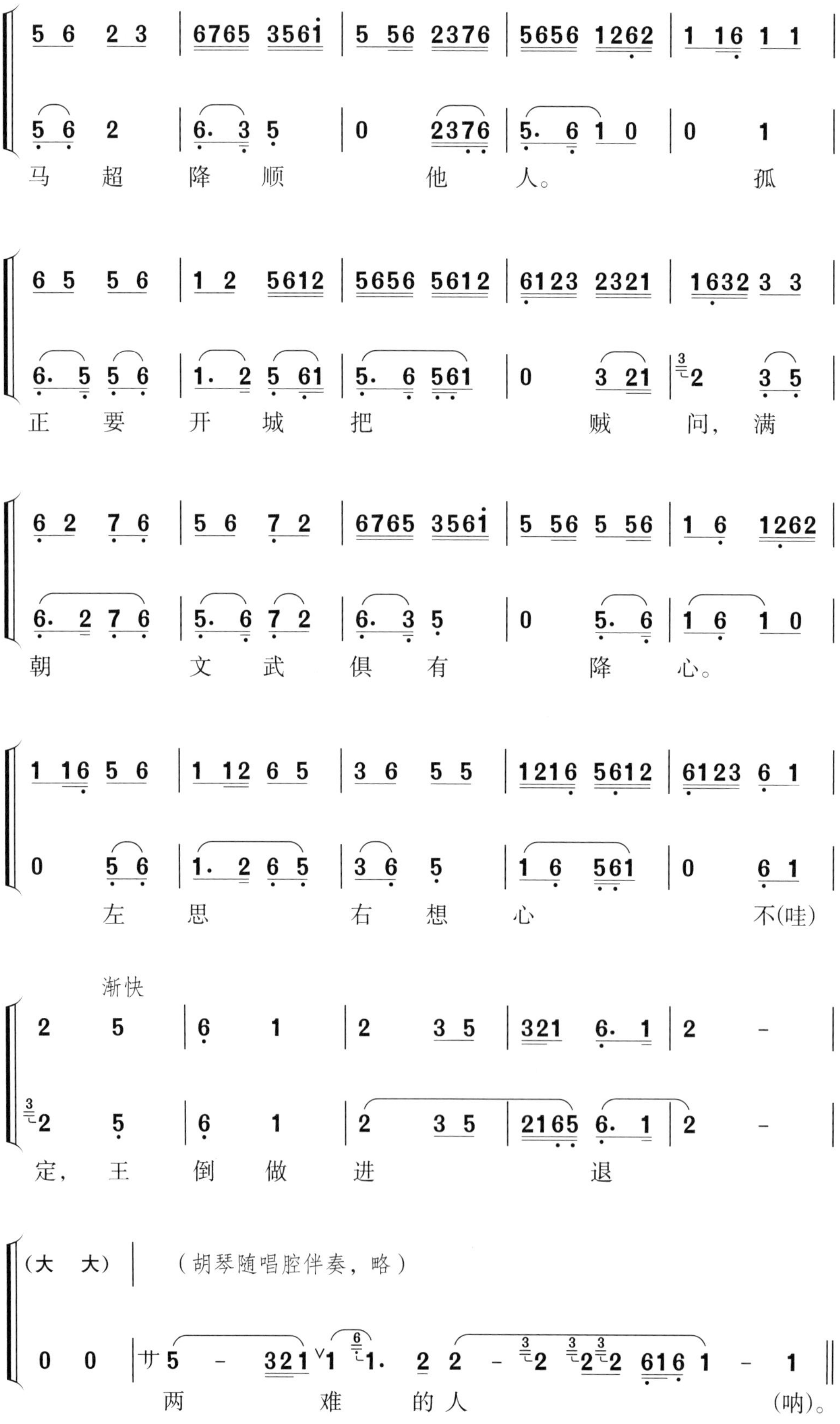
马 超 降 顺 他 人。孤
正 要 开 城 把 贼 问，满
朝 文 武 俱 有 降 心。
左 思 右 想 心 不(哇)
渐快
定，王 倒 做 进 退
(大 大)
(胡琴随唱腔伴奏，略)
两 难 的 人 (呐)。

取成都

〔西皮摇板〕

刘　玉　【闪锤】廿(6 6 5 5 5 3 6 5 5 3 2 1 1 6 5 5 5)3 6 5 7 6 －

满　朝　文　武

6 5 7 6 －(6 5 3 5 6 5 3 2)3 6 5 5 6 6 5 5 3 5 －

愿　降　顺，　儿　要　领　兵　退　贼　兵。

〔西皮摇板〕

刘　璋　【闪锤】(过门同前)3 3 3 2 3 3 1 2 4 － 3 －(3 2 1 2 6 5

刘　备　本　是　顺　天　命，

5 5)3 2 2 1 1 2 － 2 5 3 2 1 －(3 2 1 6 2

诸　葛　贤　德　似　陈　平。

1 1 6 5 5 5)3 2 1 6 2 1 2 1 3 2 －(2 1 6 1 6 5 5 5)

孤　把　好　言　对　他　论，

6 2 1 2 2 －(2 1 6 1 2 2)1 2 2 1 6 1 －

难　道　不　念　同　宗　情。

〔西皮摇板〕

刘　玉　【大锣凤点头】(过门同前)5 i 6 5 3 6 5 － 7 7 7· 2 6 －(大 大 大大 乙 仓)

左　思　右　想　心　不　定，

〔王累"上场门"幕内白："王累有本启奏！"

〔西皮摇板〕

刘　玉　【大锣凤点头】(过门同前)i 5 6 6 5 6 5 3 5 －

宫　外　来　了　保　国　臣。

〔【快长锤】刘玉站"大边"。王累"上场门"上至"九龙口"。

〔西皮摇板〕

王　累　(过门同前)1 2 1 2 1 3 2 －(6· 1

马　超　带　兵　成　都　困，

2 －)6 2 1 1 2 3 2 1 － 【住头】

(仓)　见　了　主　公　说　分　明。

("挖门"进，站"小边"，边进门边唱)

王　累　(面向刘璋施礼)臣参见主公。

刘 璋 爱卿进宫有何本奏？
王 累 今有马超带领人马围困都城，主公为何坐视不理？
刘 璋 正与皇儿商议此事，何言坐视不理？
刘 玉 儿臣去至敌楼，观看动静，再做道理。
刘 璋 皇儿此去何人保驾？
王 累 千岁前去，老臣保驾。
刘 璋 卿家保驾，孤才放心也。

〔西皮摇板〕
【闪锤】(过门同前) 3 3 4 3 2 5 3 5-3 (3 2 1 2 6 5 5 5)
皇 儿 敌 楼 把 贼 问，

2 1 2 2 5 3 1 2. 6 1 - (3 5 2 1 6 2 1 1 6 5
大 事 全 仗 王 爱 卿。 (出座，归正场)

5 5 3 6 5 5 3 2 1 1) 2 1 3 2 3 2 3 2 3 2 5 5-3 2 3
四 门 盘 查 安 排 定，休 叫 那 马 超

1 2 - 3 2 3 2 1 1 6 1 5 - 5 6 1 2-1 - ‖
贼 杀 进 都 城。

〔【抽头】刘璋“下场门”下，四龙套两边分下。闭二幕。幕内摆城片。刘玉、王累站二幕外正场两边。

〔西皮摇板〕
刘 玉 【闪锤】(过门同前) i 5 5 3 7 6 7 7 7 2 6 - |
君 臣 且 把 敌 楼 进，

〔【闪锤】刘玉、王累出门，圆场，开二幕，从“大边”侧幕登城。

〔西皮摇板〕
刘 玉 【闪锤】(过门同前) 3 6 5 5 i-6 5 6 5 3 5 - ‖
只 见 马 超 到 来 临。

〔【急急风】四下手“上场门”上站“小边一条鞭”，马超举枪“上场门”上至正场，【冲头】望城楼。

〔西皮散板〕
马 超 【快纽丝】(过门同前) 艹 1 5-3 3 3 1 2 3 3 - (6 1
城 楼 不 见 刘 璋 面，

2 3) 6 2 1 2 2 3 2 3 2 1 6 1 - ‖
(仓) 你 是 何 人 对 我 言。

〔西皮散板〕
刘　玉　【大锣凤点头】（过门同前）3 6　5　7　6　7　6　3 5　6　（6 5 3 5
我　父　不　愿　把　你　见，
6）3 6　5　6　6　5　6 5　3　5　－ ‖
（仓）小　王　刘　玉　到　阵　前。

〔一下手给马超递弓箭。
〔西皮散板〕
马　超　【快纽丝】（过门同前）3　3　3 2　3　3 2　1 2　3　（6　1
开　弓　便　把　箭　放　了，
2　3）6 2　1 2　3　2 1　6　1　1 ‖
（仓）管　叫　你　一　命　赴　阴　曹。（仓）
〔马超放箭射死刘玉，王累用手遮挡。
王　累　哎呀！
〔西皮散板〕
【快纽丝】（过门同前）3　3　3 2　3　3 2　1 2　3　（6　1　2
一　见　幼　主　把　命　丧，（仓）
3）1　2　1　2　3　2 1　6　1　－（7　6　2
怎　不　叫　人　哭　断　肠。
1）3　3　3 2　2　3 2　1 2　3　－　3　5 2　2　－
（仓）滚　木　擂　石　朝　下　打，

〔【乱锤】马超、四下手用枪做抵挡状，“上场门”下。
〔西皮散板〕
王　累　【大锣凤点头】（过门同前）6 2　1　1　2　3　2　6　1　－ ‖
见　了　主　公　说　端　详。

【叫头】众将官！
〔“下场门”内应答：“有！”
王　累　小心把守！
〔“下场门”内应答：“啊！”
〔【一锤锣】王累下城。闭二幕。

第 三 场

〔【大锣水底鱼】四下手“小边”侧幕上，“站门”，马超“小边”侧幕上至正场。

马　超　【叫头】哎呀且住！不想那贼用滚木擂石从上打下，若不是俺马走如飞，险遭不测。看他城池坚固，一时难以攻破。这便如何是好……【撕边一击】哦呵有了！【大锣五击】想那刘璋爱民如子，我不免在城外放火烧毁民房。众将官！

四下手　有！【撕边一击】

马　超　四面放火，烧毁民房！

四下手　啊！

〔【乱锤】四下手“过合”，举枪做放火状，【冲头】引马超“大边”侧幕下。

第 四 场

〔【缓锣】开二幕。“下场门”台口摆城片。

〔刘璋“上场门”幕内白：“摆驾！”

〔【纽丝】四蓝龙套“上场门”上，“站门”。刘璋“上场门”上，至“九龙口”。

〔亮弦〕

(2 7 6 2 1 -)

〔西皮散板〕

【纽丝】廿(7 6 6 - - - 6 5 - - 5 5 5.. 6 4 - -

刘　璋　3 2 1 7 2 1 -) 6 6 - 6 6 6 5 - -

适　才　王

0 i 6. 3 5 (4 3 6 5 -) 5 - - - 5 3 5 3 5

(呃) 累　进

6 - 5 - - - 5 5 5 4 5 - (进至正场台口)

宫　报，　(喔)(呃)

〔西皮散板〕

【双楗大锣凤点头】廿(7 6 6 6 5 5 - 5 3 2. 1 7 2 1 -) 5 - - -

皇

5 - 5 5 5 5 3 - 2 2 2 2 2 2 1 - (1 -)

儿

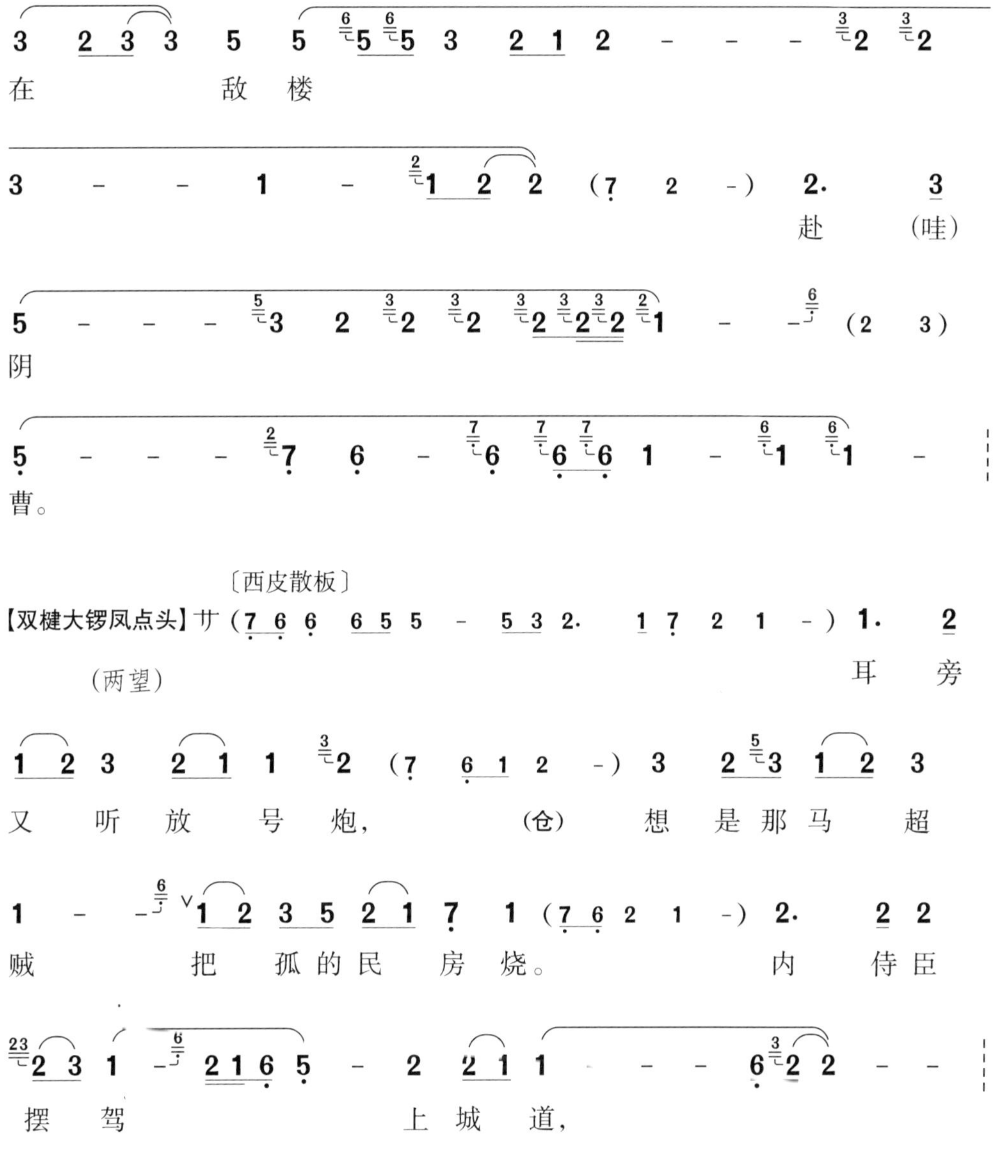

〔【纽丝】四蓝龙套“插门”引刘璋“大边”侧幕下。刘璋登城，上城后一望。【乱锤】

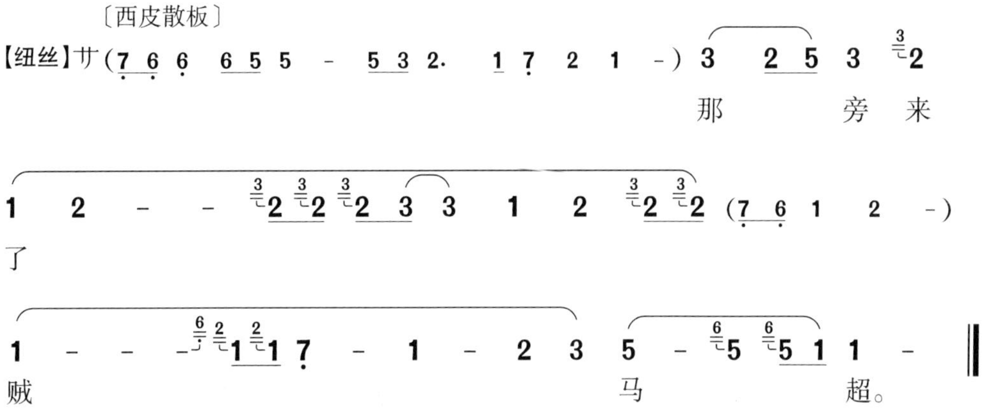

〔【急急风】四下手举枪“上场门”上，站“小边一条鞭”。马超举枪上至正场，向城楼一望，面向刘璋，横枪拱手。（锣鼓切住）

马　超　蜀主请了！

刘　璋　呀呀呸！

〔西皮散板〕

【快纽丝】(过门同前) 2 1 2 3 3 2 2 2 1 3 ³2 (7̣ 6̣ 1

见 马 超 不 由 孤 心 如 刀 绞，

2 -) 6̣ 2 6̣ 1 1 6̣ 3 1 ³2 1 2 3 ⁶1 (7̣ 6̣

(仓) 骂 一 声 马 孟 起 细 听 根 苗：

2 1 -) 1 3 2 2 2 5 3 2 2 2 1 2

(仓) 有 孤 王 我 待 你 哪 些 儿 不

5 - 5 3 3 (6̣ 1 2 3 -) 1 3 2

好 (哇)， 背 孤 王

³2 2 1 1. 6̣ ∨2 1 1 7̣ 1 2 3 5. 6̣ 1 1 - ‖

降 刘 备 所 为 哪 条？

〔西皮散板〕

马　超　【快纽丝】(过门同前) 1 3 3 3 3 2 5 ⁵3 3 3 1 2 3 (6̣ 1

那 刘 备 他 待 我 情 高 意 好，

2 3) 3 1 2 3 3 3 2 2 6̣ 2 1 2 1 6̣ 1 ‖

(仓) 因 此 上 降 刘 备 扶 保 汉 朝。

〔西皮散板〕

刘　璋　【大锣凤点头】(过门同前) 1 3 3 3 3 2 5 ⁵3 3 3 1 2 ³²3 (6̣ 1

那 刘 备 他 封 你 官 职 不 小，

2 3) 3 1 2 3 3 ²³2 6̣ 1 1 6̣ 1 2 2 1 - ‖

(仓) 孤 与 你 封 疆 土 手 足 相 (啊) 交。

〔西皮散板〕

马　超　【大锣凤点头】(过门同前) 1 2 1 2 3 3 ³2 (7̣ 6̣ 1 2) 3 6̣ 2 1 6̣ 2

劝 你 早 把 城 开 了， (仓) 也 免 得 百

1 ˇ2 1 6 1（7 6 2 1）3 3 3 1 2 ˇ2 1 3 2. 1 2 –
姓 被 火 烧。（仓） 三 军 与 我 放 火 炮（喔 呃），

［【乱锤】四下手举枪做放火状走一个圆场，归“小边”站“一条鞭”。

〔西皮散板〕
马　超　【大锣凤点头】（过门同前）3 1 2 2. 3 6 1 1 ‖
不 让 成 都 你 命 难 逃。

〔西皮散板〕
刘　璋　【大锣凤点头】（过门同前）3 3 3 2 3 3 3 2 3（6 1 2 3）1 – –
一 言 怒 恼 贼 马 超，（仓） 放

6. 5 3 2 1 2 3 5 2 1 7 1 –（7 6 2 1）
火 把 孤 的 民 房 烧。（仓）

5 3 2 1. 2 3 3 2. 3 2（2 –）2 2 5 7 6 6
只 烧 得 （仓） 众 子 民（呐）

6 5 –（3 6 5 –）3 1 2 2 2 1 –
（顷 – 仓） 哭 声

【哭头】
（1 1 1 2 1 7 2 1 –）1 – 1 6 2 7 6 5 –
（仓 仓 仓 仓 仓才台 仓） 叫，

（2 3 6 5）6 5 5 7 6 3 5 6 6 5 –
孤 的 好 子 民（哪）！

〔西皮散板〕
【大锣凤点头】（过门同前）6 2 1 1 3 1 2 1 6 1 – ‖【住头】
不 让 成 都 命 难 逃。

马将军！（仓）你把人马暂退，休要骚扰百姓，孤将成都让与刘备也就是了。

马　超　你要言而有信。

刘　璋　呸！（仓）孤岂肯失信于你！

马　超　众将官！

四下手　有。【撕边一击】

马　超　将人马暂退，待我禀报主公。

〔【冲头】四下手、马超“上场门”下。

刘　璋　好贼呀！

〔西皮散板〕

【快纽丝】(过门同前) 1 – 1 6 2 2 1 3 2 3 3 2 1 2 3 (6

这　也 是 成 都 的 兵 微 将(啊)少，

1 2 3 –) 3 1. 2 3 2 3 2 1 6 1 6 1 1 – ‖

(仓) 锦 绣 的 江 山 付 水 漂。

众将官！

〔四蓝龙套“下场门”幕内应答：“有。”

刘　璋　开城——！

〔王累在城片内白：“且慢！”

〔西皮散板〕

王　累　【大锣凤点头】(过门同前) 3 2 1 2 1 2 3 2 –

拦 住 主 公 慢 开 城，

(登上城楼)

主公，此城开不得。

刘　璋　怎么开不得？

王　累　开了城池，江山难保。

刘　璋　唉，卿家你来看——！【乱锤】马超这贼四面放火，烧毁民房。为孤一人怎能连累孤的好百姓哪！（哭）

王　累　唉！

〔西皮散板〕

【大锣凤点头】(过门同前) 6 2 1 3 2 2 1 6 1 (7 6 2 1) 2 2

软 弱 之 人 怎 为 君。 (仓) 千 言

1 2 3 1 2 (7 6 1 2 –) 6 2 1 1 2 1 2 1 ‖

万 语 他 不 肯， (仓) 不 如 一 死 报 君 恩。

〔(嘟……仓) 王累用头一撞城，(嘟……仓) 二撞城，(嘟……仓) 撞死，倒下。

刘　璋　哎呀！

〔西皮散板〕

【快纽丝】(过门同前) 5 5 – 【乱锤】接【双楗凤点头】(过门同前) 5 5 5

一 见 卿 家 丧

3 6 5 – (2 3 6 5) 3 2 3 5 5 3 2 1 2 1 (7 6

了 命， (仓) 失 掉 擎 天 柱 一 根。

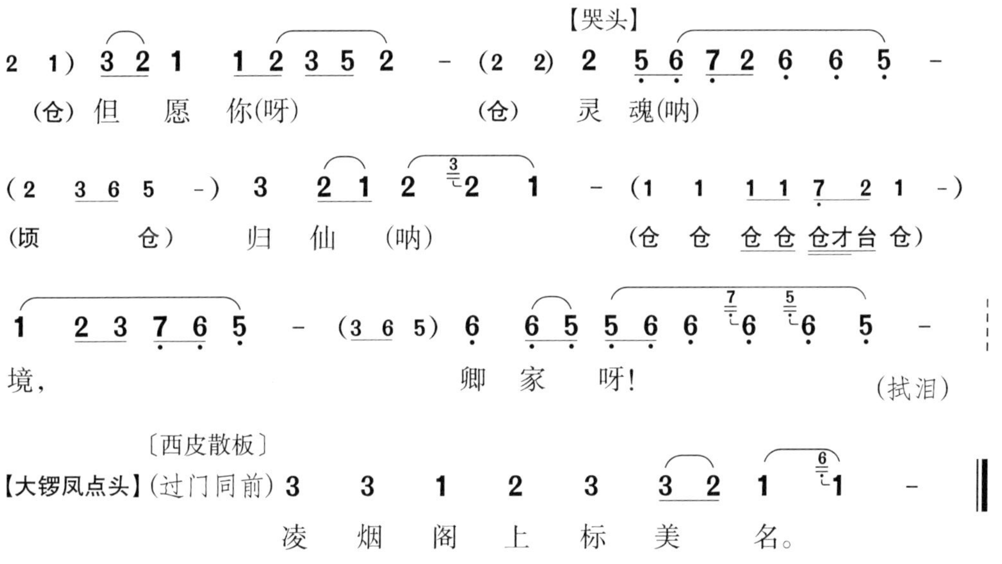

众将官！

〔四蓝龙套“下场门”幕内应答：“有。”

刘　璋　（缓慢而低沉地）开城哪——！（下城）

〔唢呐吹奏曲牌〈小傍妆台〉【急急风】城门打开。四下手“上场门”上，“站门”，马超持枪、马鞭“上场门”上至中场。（八大·仓 仓 仓）马超用马鞭指点城门，转身挥手示意进城。四下手进城，马超打马进城，下。

〔曲牌中，一龙套搬一把椅子置于城门左侧，复下。刘璋出城面向“上场门”，翻右袖，一望。抖右袖，提袖，转身归座。

〔曲牌中，黄忠、赵云、魏延打马“上场门”上，过场，进城，下。严颜打马“上场门”上，至台中，见刘璋坐在城门口，下马，上步，半跪向刘璋施礼。刘璋拂右袖。严颜遮脸拉马进城，下。

〔曲牌中，诸葛亮执羽扇乘车“上场门”上，至中场，见刘璋坐在城门口，欲下车与之相见，刘璋瞟诸葛亮一眼转身面向“大边”台口不睬诸葛亮。诸葛亮复上车，乘车进城。

〔曲牌中，四红龙套“上场门”上站“小边一条鞭”。刘备打马“上场门”上，至中场，见刘璋坐在城门口，转身下马，将马交给一红龙套，转身上步。刘璋见到刘备，站起，上步，二人相见。相互拱手。

刘　备　啊，宗兄。

刘　璋　（皮笑肉不笑地）啊，宗兄，你来了！

刘　备　弟来了！

刘　璋　啊，

刘　备　啊，

刘　璋　（不得已地）哈哈哈……

刘　备　（得意地）哈哈哈……

刘　璋　宗兄来了，请来进城。

刘　备　备不敢，还是宗兄请。

刘　璋　宗兄到此乃是一客，还是宗兄请。

刘　备　还是宗兄请。

刘　璋　既然如此，你我挽手而行。

刘　璋　（不情愿地）哈哈哈……

刘　备　（得意地）哈哈哈……

〔唢呐继续吹奏曲牌。【一锤锣】刘备、刘璋挽手进城，下，四红龙套随下。闭二幕。

第　五　场

〔开二幕。场上置正场桌，八字椅，“大边跨椅”。红色绣金桌围椅披。桌上放文房四宝一份，印盒一个。

〔曲牌中，四红龙套、赵云、黄忠、严颜、魏延“上场门”上，“挖门”进，龙套分站两边。黄忠、魏延站“小边”，赵云、严颜站“大边”。诸葛亮执羽扇“上场门”上，进门站“大边”。刘璋、刘备“上场门”上，刘璋让刘备，进门，刘备归“大边”，刘璋归“小边”，分别落座。曲牌止。

刘　备　啊，先生，见过主公。

〔诸葛亮欲见礼，刘璋抢先。

刘　璋　（不屑地）坐下！

〔诸葛亮归“大边跨椅”坐。众无言，冷场。刘璋环视周围。

刘　璋　啊，宗兄，孤先将成都让与宗兄执掌，是你言道：同宗人不忍夺同宗人之基业。如今，你带领人马夺取成都，是何理也？

刘　备　嗯，这个……

诸葛亮　主公乃是不得已而为之。

刘　备　弟是不得已而为之啊！

刘　璋　哼，好个不得已而为之！

〔刘备尴尬，看诸葛亮，诸葛亮示意其拭泪。

刘　备　（故做哭状）哎，宗兄啊……（假哭）

刘　璋　呵呵，你又来了！

〔西皮原板〕

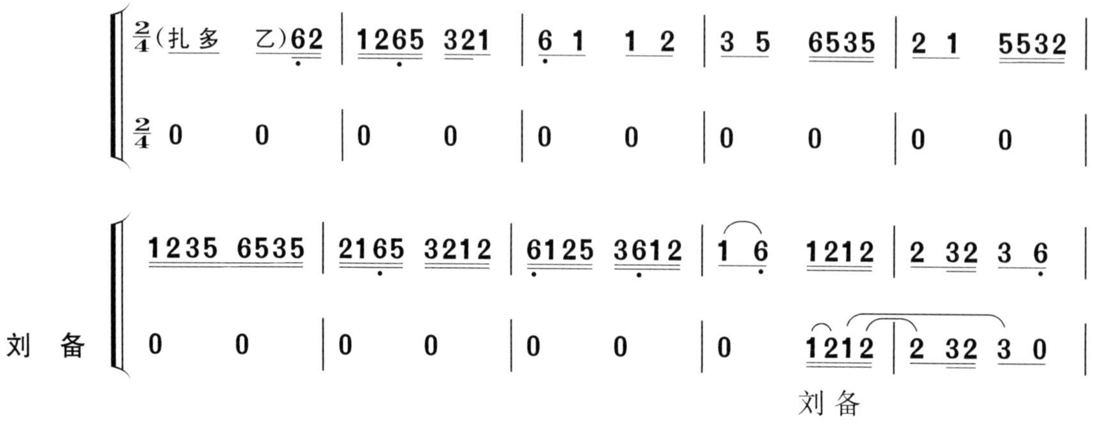

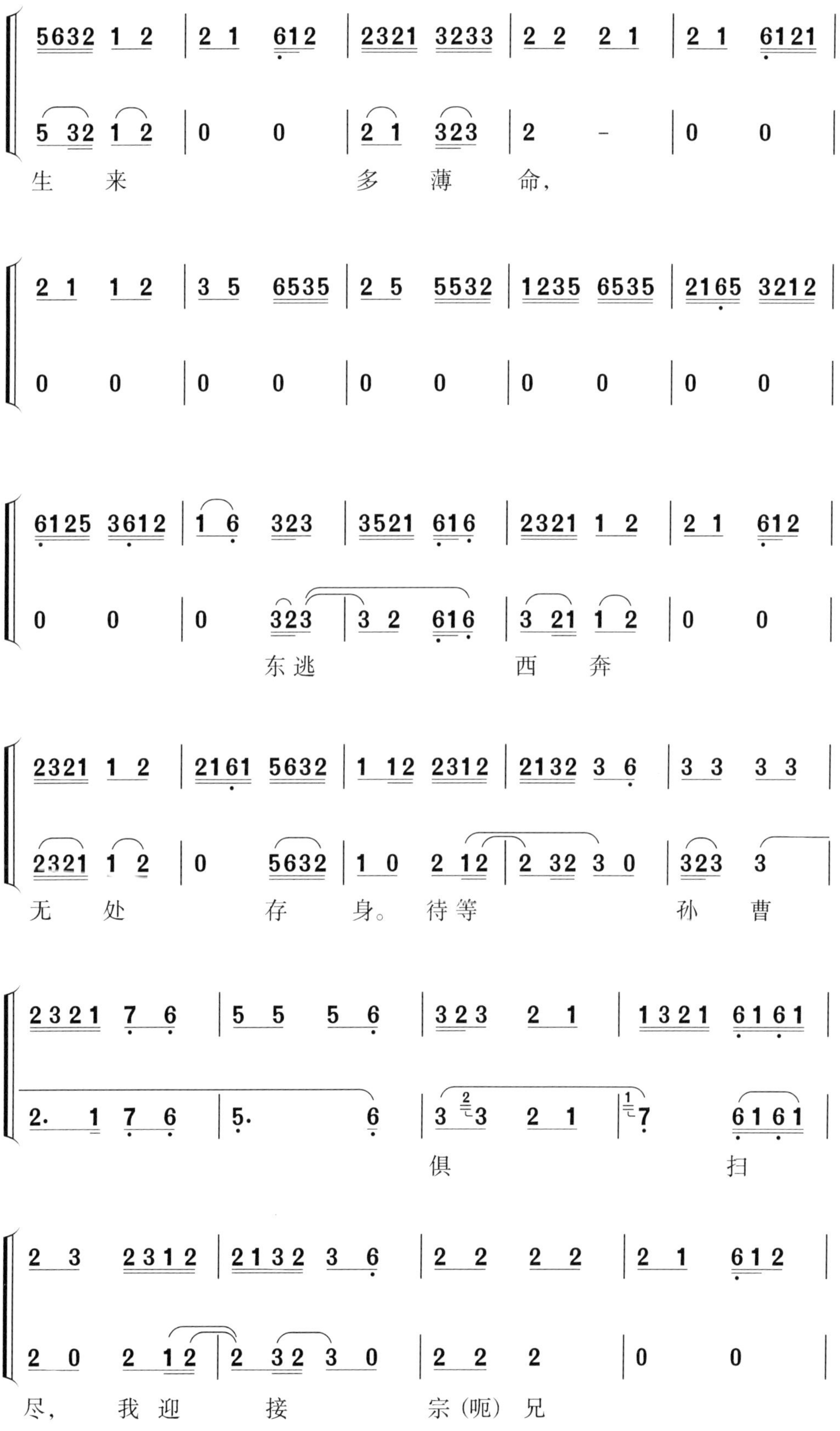
生 来 多 薄 命，
东 逃 西 奔
无 处 存 身。待 等 孙 曹
俱 扫
尽， 我 迎 接 宗（呃）兄

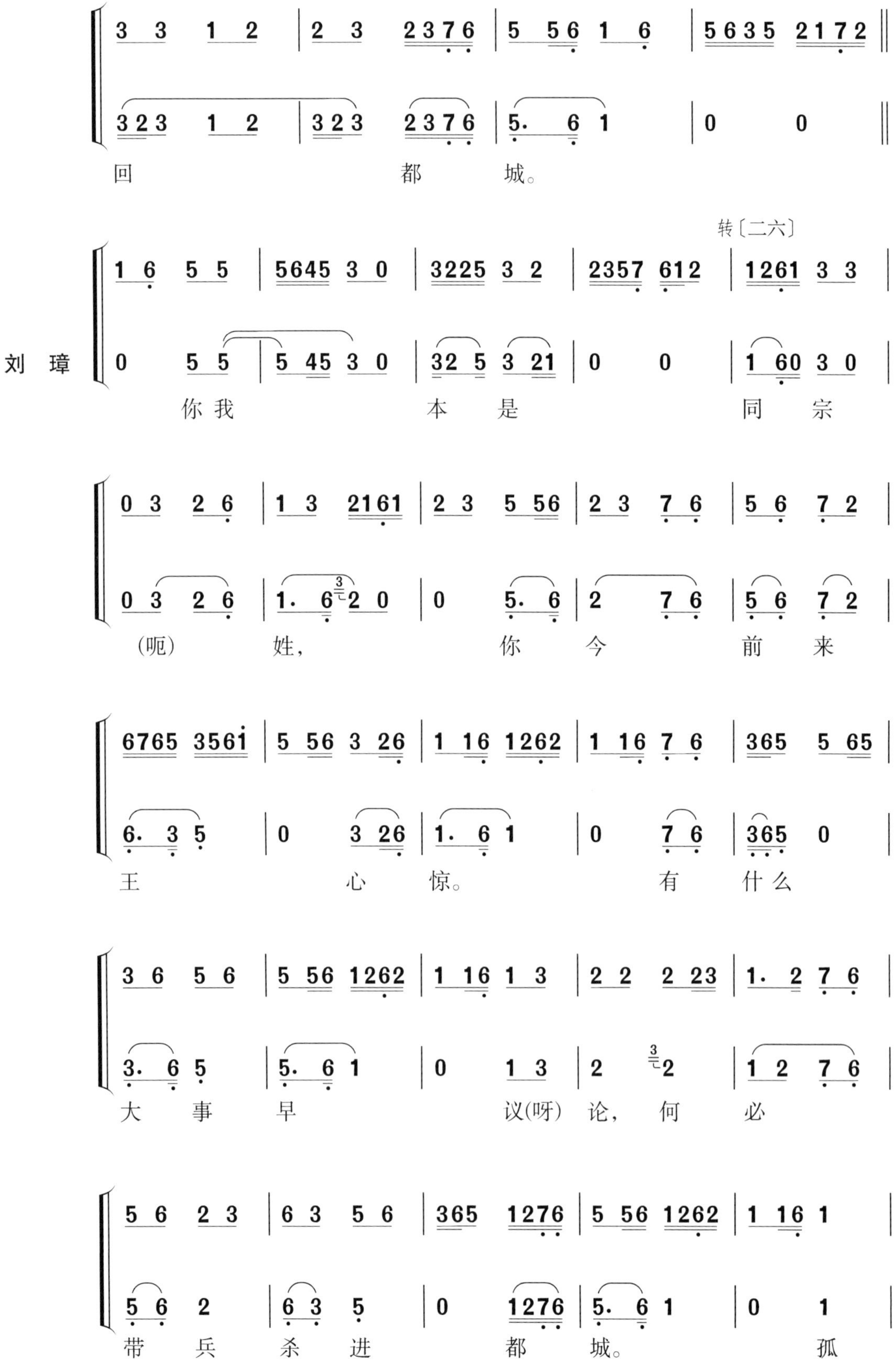
回 都 城。
转〔二六〕
刘 璋
你我 本 是 同 宗
(呃) 姓, 你 今 前 来
王 心 惊。 有 什 么
大 事 早 议(呀) 论, 何 必
带 兵 杀 进 都 城。 孤

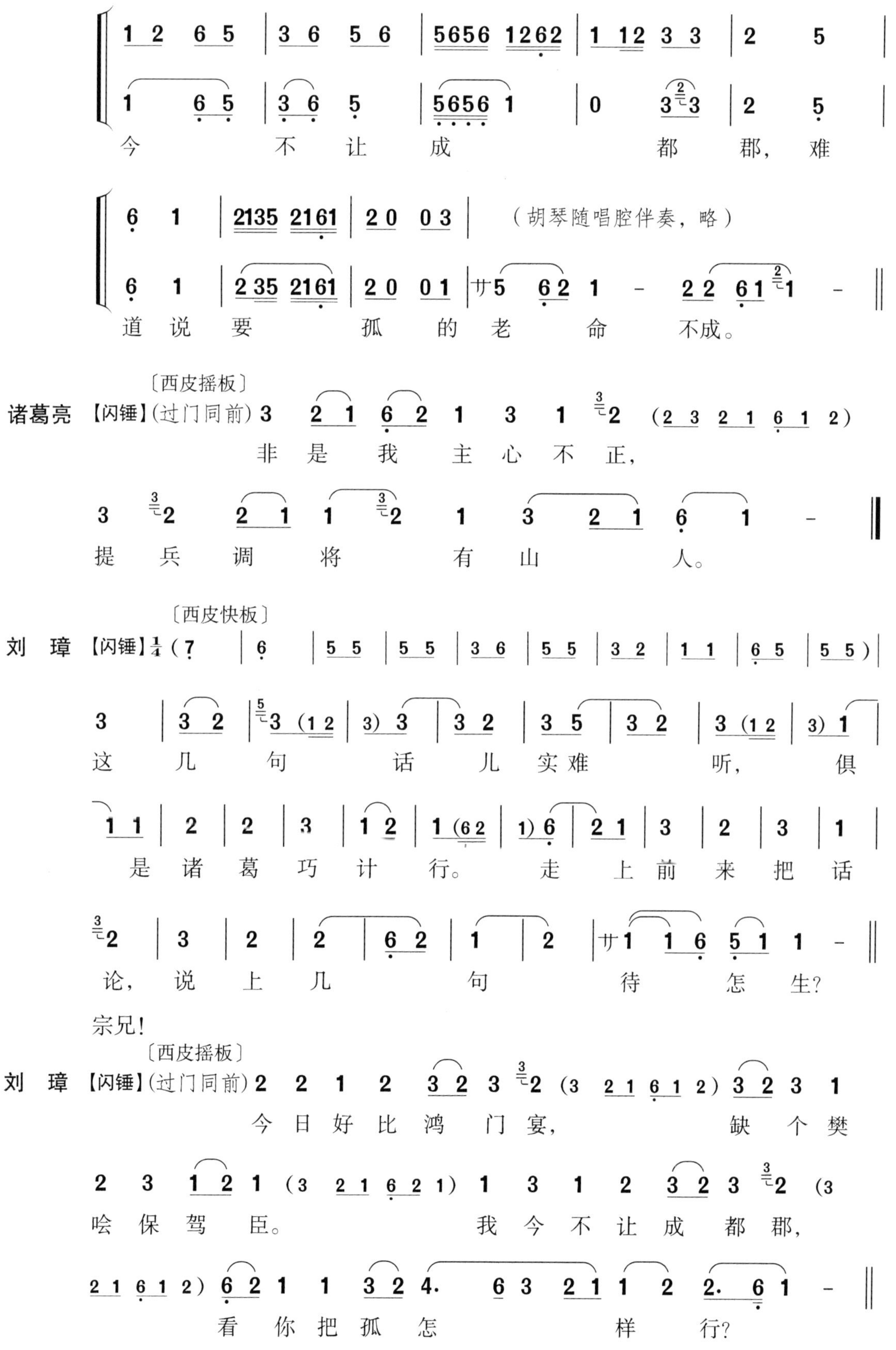
今不让成都郡，难
（胡琴随唱腔伴奏，略）
道说要孤的老命不成。
〔西皮摇板〕
诸葛亮【闪锤】(过门同前)
非是我主心不正，
提兵调将有山人。
〔西皮快板〕
刘璋【闪锤】
这几句话儿实难听，俱
是诸葛巧计行。走上前来把话
论，说上几句待怎生？
宗兄！
〔西皮摇板〕
刘璋【闪锤】(过门同前)
今日好比鸿门宴，缺个樊
哙保驾臣。我今不让成都郡，
看你把孤怎样行？

〔诸葛亮挥动羽扇向四将使眼色，指使他们威逼刘璋。

黄 忠 住了！

〔西皮摇板〕

【凤点头】(过门同前) 3 3 3 2 3 6 2 1 2 3 (3 4 3 2 1 2 3) |

听 一 言 来 怒 气 生，

赵 云 1 2 1 2 6 2 1 3 2. 6 1 (1 3 2 1 6 2 1) |

怒 恼 常 山 赵 子 龙。

魏 延 1 2 1 2 3 2 3 2 (2 3 2 1 6 1 2) |

劝 你 早 让 成 都 郡，

严 颜 6 2 1 2 2 1 6 2 1 1 0 ‖ (崩 登 仓)

不 让 成 都 你 命 难 存。

刘 璋 呀！

〔西皮散板〕

【快纽丝】(过门同前) 5 5 3 6 5 - 6 5 4 - 3 3. 6

儿 员 虎 将 杀

5 - i 6 - 5 6 6 5. 3 5 -

气 生，

〔【乱锤】刘璋环视四将。

〔西皮散板〕

刘 璋 【大锣凤点头】(过门同前) 3 3 3 2 3 3 2 5 1 (7 6 2 1 -)

只 见 严 颜 老 将 军。 (仓)

2 1 2 1 2 3 2 3 2 (7 6 1 2 -) 3

孤 命 你 镇 守 巴 州 郡， (仓) 你

2 3 3 3 2 1 1 - 6 2 1 3 2 1 6 1 - ‖

背 孤 王 降 刘 备 所 为 何 情？

严 颜 主公啊！

〔西皮散板〕

【大锣凤点头】(过门同前) 3 3 3 2 3 1 2 3 3 (6 1 2 3 -) 3 3

严 颜 上 前 礼 恭 敬， (仓) 尊 声

1　2　2　3　^{2}1　(7̣　6̣　2　1　-)　2　1　2　3　^{3}2　3

蜀　主　听　分　明：　(仓)　巴　州　的　粮　草　俱

1　^{3}2　(7̣　6̣　1　2　-)　1　3　1　2　21　6̣　1　1　-　‖

已　尽，　(仓)　你　休　怪　严　颜　不　忠　诚。

刘　璋　呀呀呸！

〔西皮散板〕

【纽丝】(过门同前) 3　21　1　6̣2　1　3　2　32　3　^{3}2　(7̣　6̣　1

只　道　你　年　迈　苍　苍　忠　心　耿，

2　-)　3　21　1　-　1　6̣2　1　3　^{3}2　∨5　^{6}5　16̣　1　-　|

(仓)　却　原　来　你　卖　国　求　荣　狗　肺　心。

〔【乱锤】严颜右手遮挡，做羞愧状。

三　将　(拔剑威逼刘璋) 让印！让印！

〔西皮散板〕

刘　璋　【纽丝】(过门同前) 2　2　1　2　3　1　^{3}2　(7̣　6̣　1　2　-)　3　1

蝼　蚁　尚　且　贪　性　命，　(仓)　不　让

2　2　13　21　6̣　1　(7̣　6̣　2　1　-)　3　21　1

成　都　命　难　存。　(仓)　无　奈　何

【哭头】

1　3　^{3}2　3　3　^{3}2　^{1}2　1　-　(1　1　121　7̣　21　-)

取　出　了　先　王　(仓　仓　仓仓　仓才台　仓)

1.　2　7̣.6̣　5̣　-　2　5̣　7̣　6̣　^{7}6̣　^{5}6̣　5̣　-　¦

印，　先　王　啊！

〔【撞金钟】刘璋取过印盒。

〔西皮散板〕

刘　璋　(过门同前) 3　^{3}2　21　1　2　-　1　^{3}2　^{1}2　1　-　‖

宗　兄　执　掌　锦　都　城。

刘　备　如此小弟不恭了。(欲接印)

刘　璋　(闪身撤回印盒) 还要拜过！

诸葛亮　是呀，还要拜过的。

〔唢呐吹奏曲牌〈小傍妆台〉。刘璋站正中举印。刘备上步，抖双袖，提袖，整冠，捋髯，转身撩袍，跪拜，站起。刘璋将印盒交给刘备。刘备接印后与刘璋换位面向前，举印。刘璋上步，抖双袖，提袖，整冠，捋髯，转身撩袍，跪拜。刘璋拜印同时，诸葛亮示意刘备摇印盒。刘备摇过印盒确认有印。刘璋站起。刘备将印盒放于桌案。刘璋、刘备分别归原位坐。曲牌止。〕

刘　备　啊先生，印已拜过，就该吩咐下去。

诸葛亮　四将听令！

四　将　在。

诸葛亮　护送蜀主出城。

四　将　得令！（出门，“下场门”下）

诸葛亮　啊，主公，自古道，天无二日，民无二主。离此百里有一南郡，命蜀主去到那里安身也就是了。

刘　备　待我说过。（对刘璋）啊，宗兄。离此不远，在一南郡，宗兄去到那里吃上一碗安乐茶饭也就是了。

刘　璋　事已至此，但凭所为。

刘　备　好，我命众将安排十里长亭与宗兄送行，备就不远送了。

刘　璋　（大 大 大 大 大大 乙 仓）哦！

〔西皮原板〕①

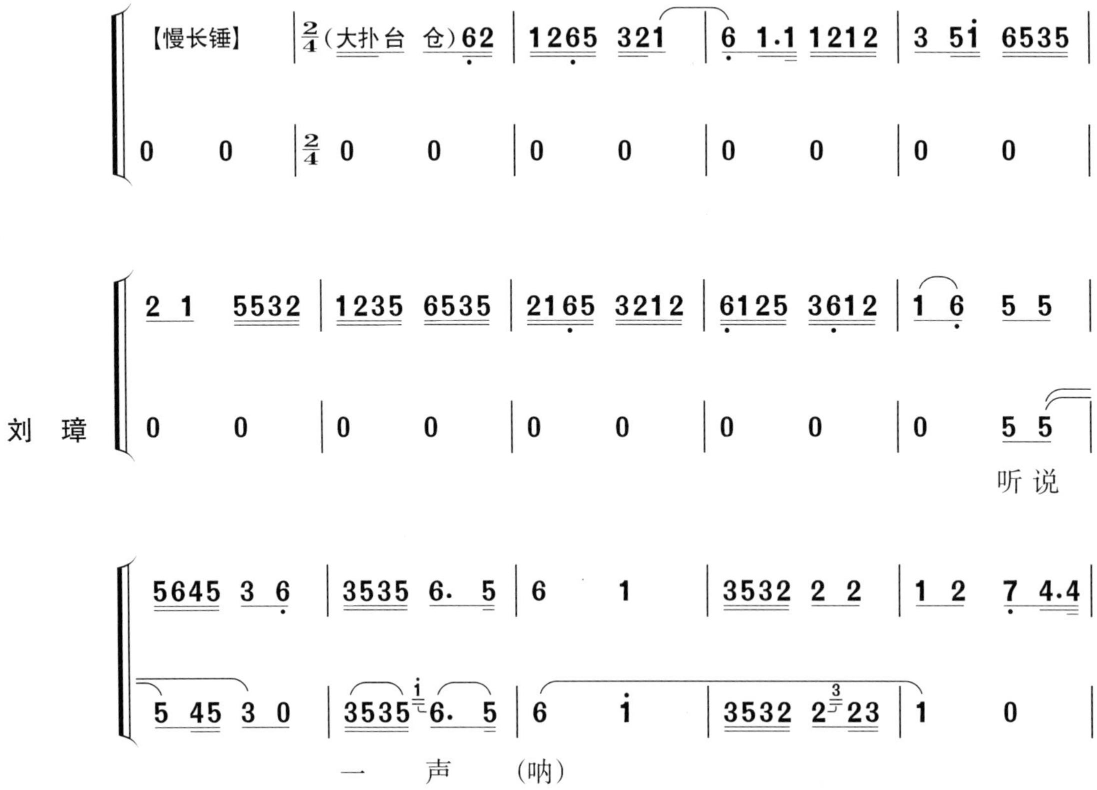

① 这一段如按汪派则唱〔西皮慢板〕转〔二六板〕，今将前辈名角王凤卿所唱附录此剧本之后供参阅。

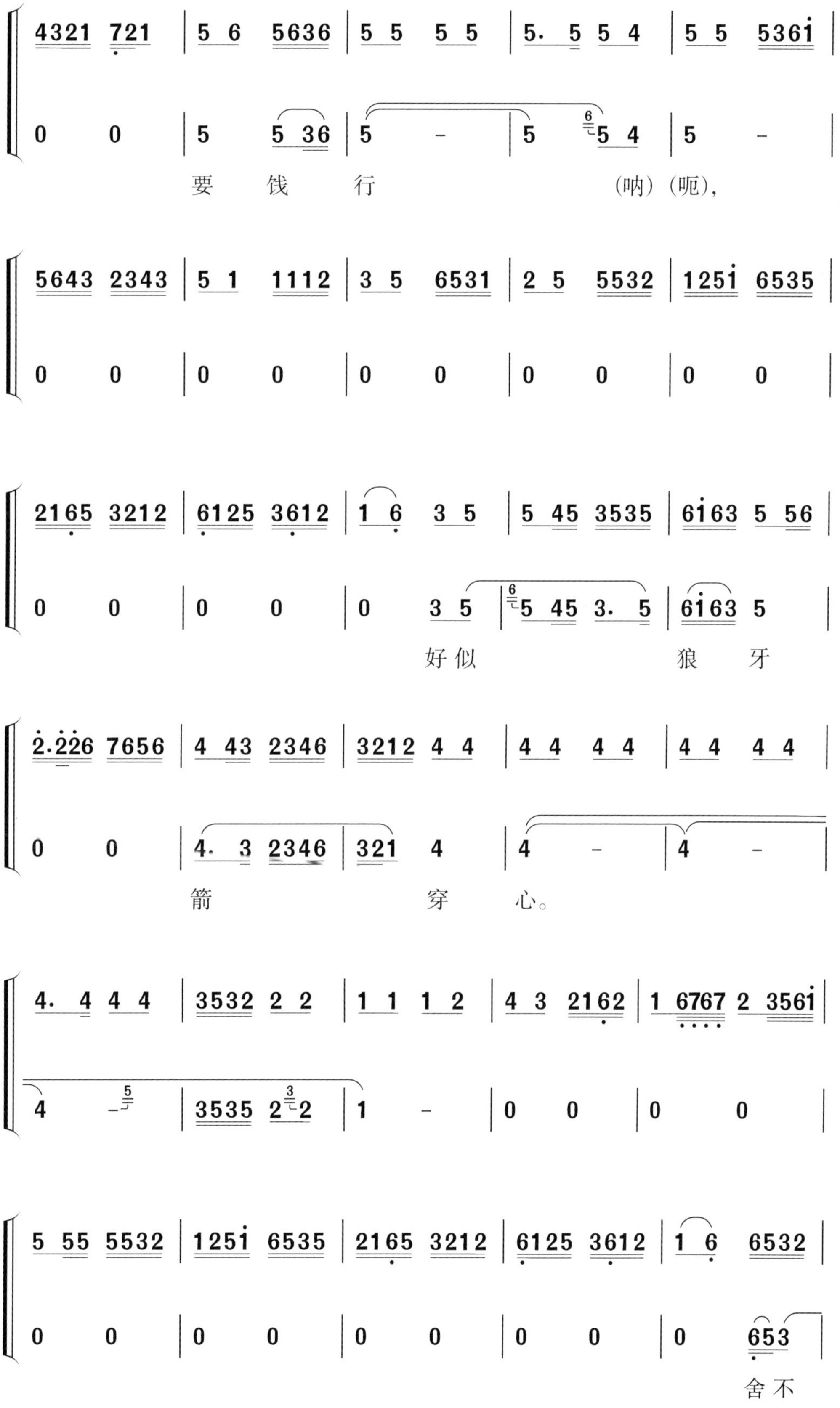
要 饯 行 （呐）（呃），
好似 狼 牙
箭 穿 心。
舍不

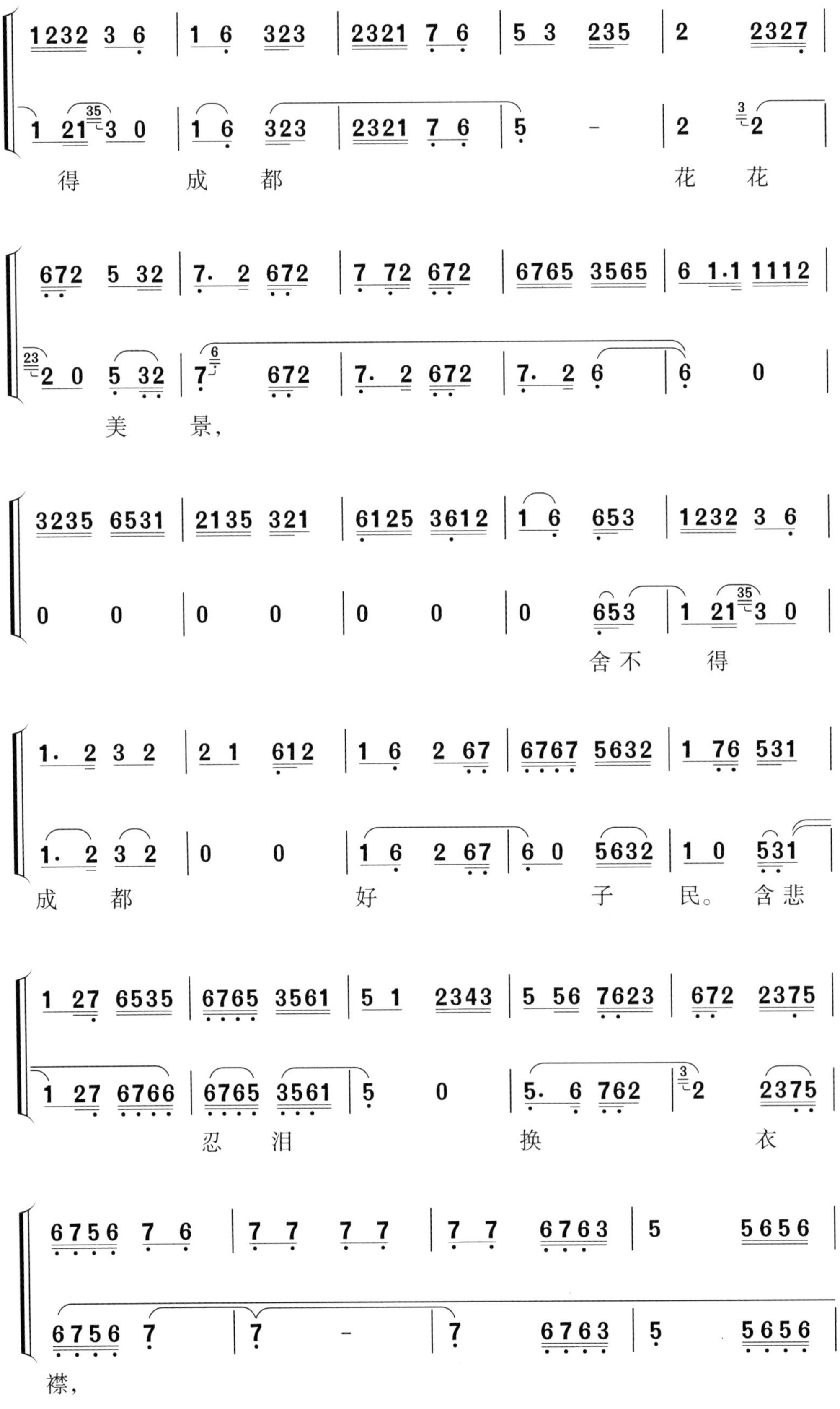
得 成 都 花 花
美 景，
舍不 得
成 都 好 子 民。含悲
忍 泪 换 衣
襟，

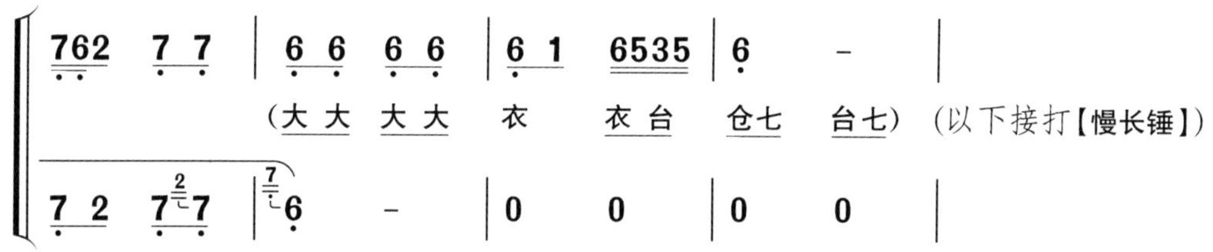

〔【慢长锤】刘璋转身“上场门”下。刘备、诸葛亮起身一望、两望，回原位坐下。刘璋换高方巾、褶子复上。锣鼓转【夺头】。

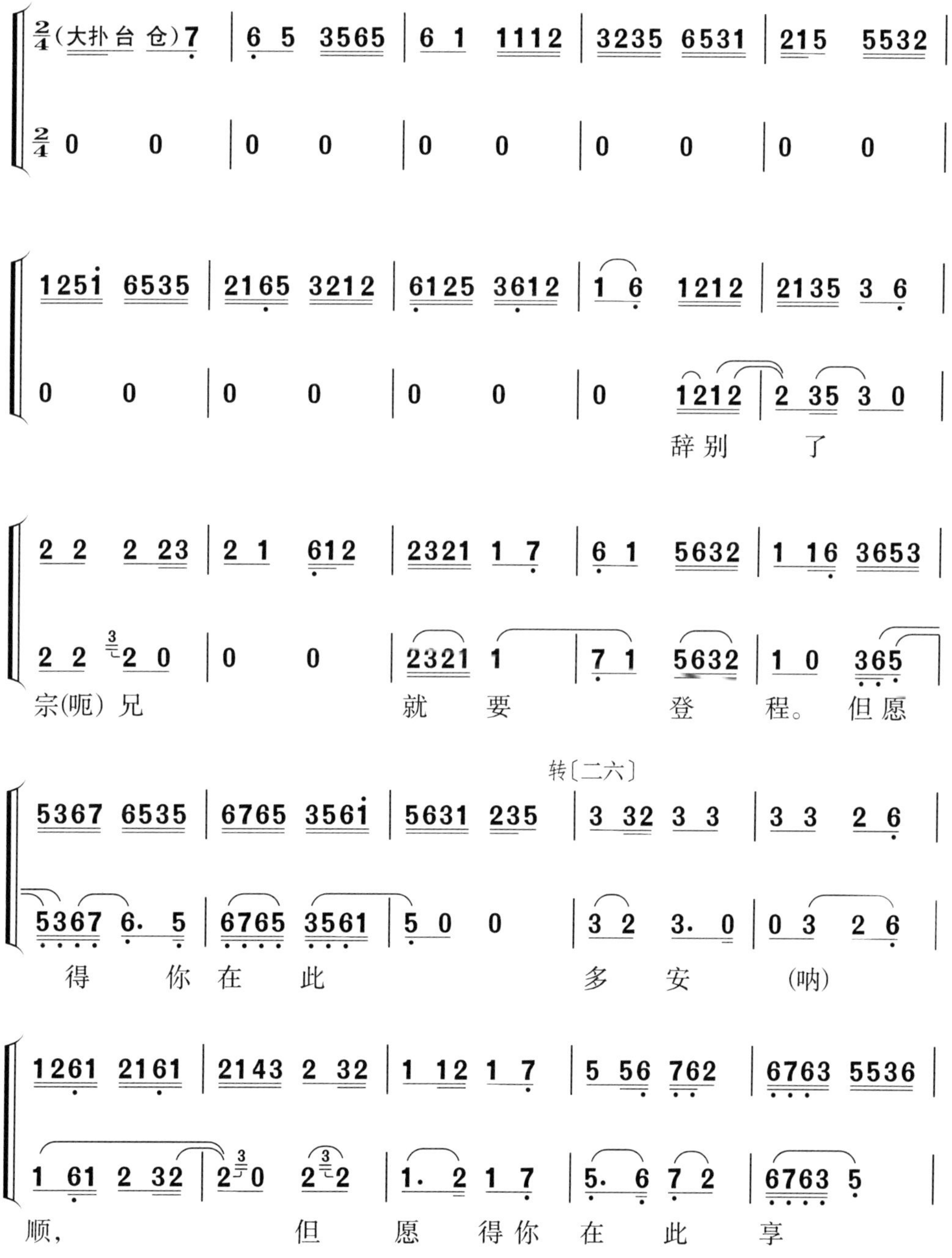

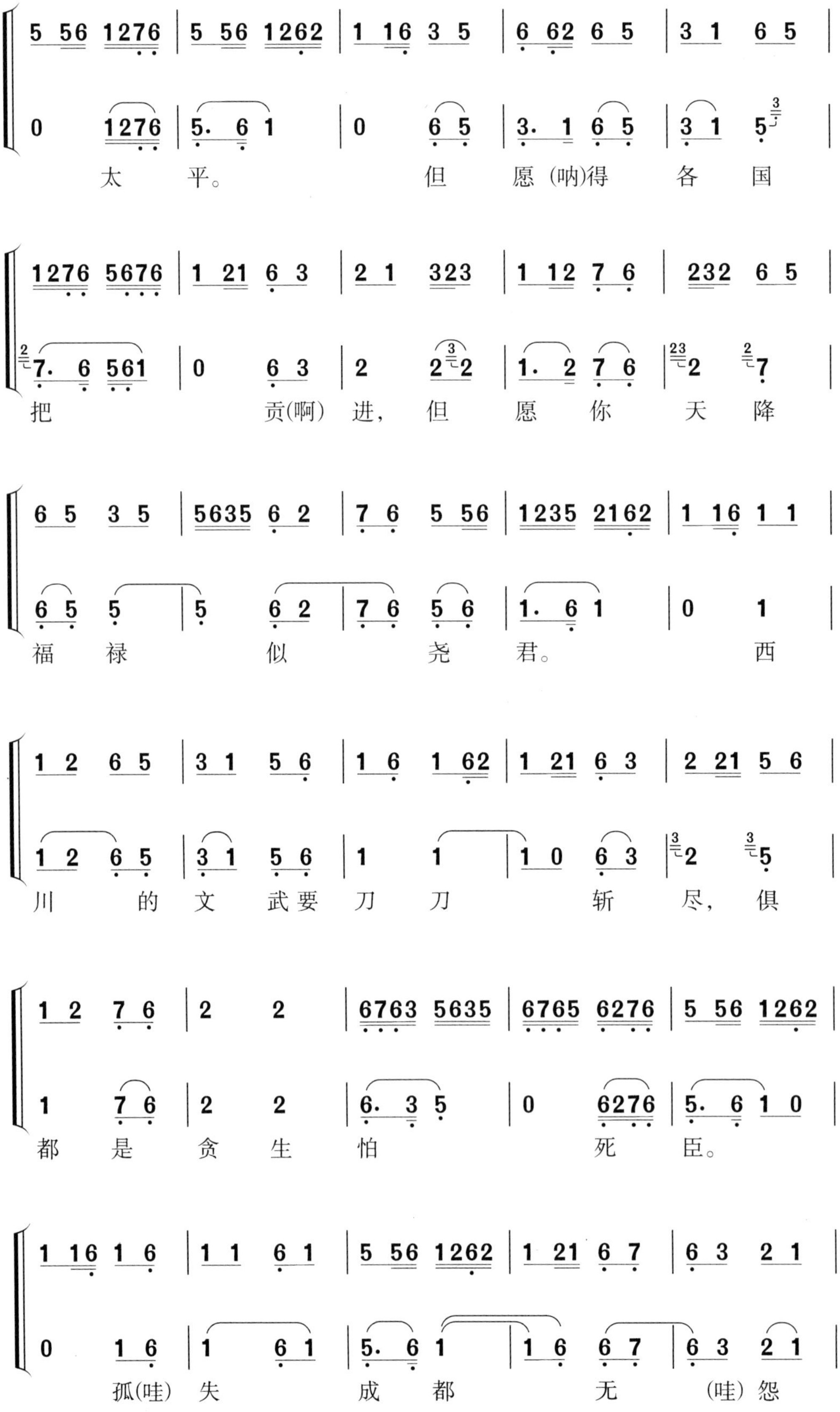
太 平。 但 愿 (呐)得 各 国
把 贡(啊) 进, 但 愿 你 天 降
福 禄 似 尧 君。 西
川 的 文 武要 刀 刀 斩 尽, 俱
都 是 贪 生 怕 死 臣。
孤(哇) 失 成 都 无 (哇) 怨

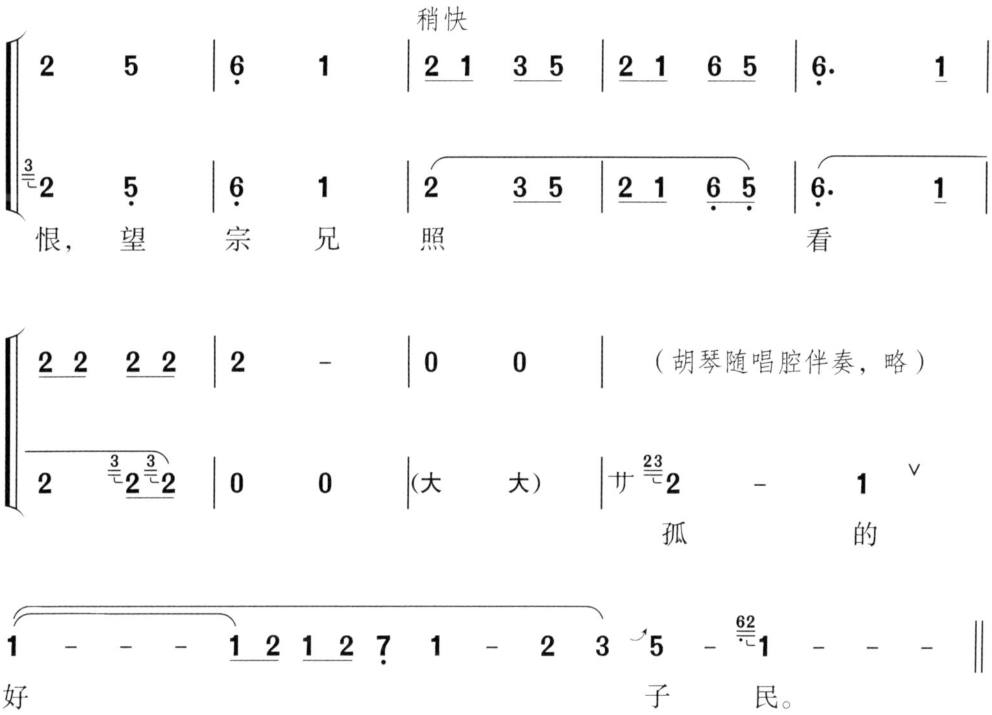

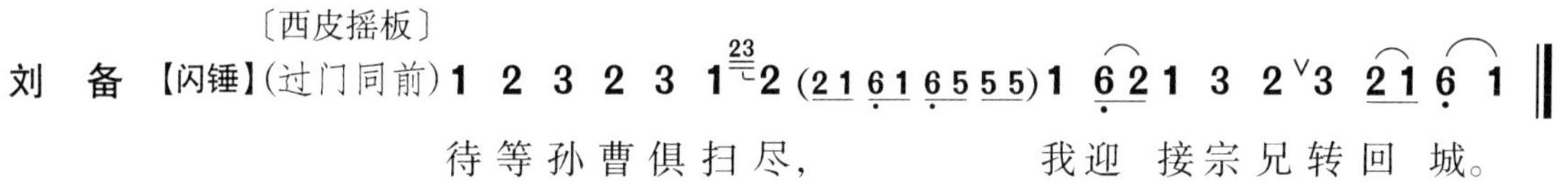

〔诸葛亮示意刘备假哭。

刘备 唉，弟不远送了哇啊，啊，啊……（哭）

刘　备　宗兄愿者何来？

〔诸葛亮示意刘备转过身去不理刘璋。

〔西皮摇板〕

刘　璋　【闪锤】（过门同前）3　2 1　1　6 2　1　1 2　3　1　3　2 1

但　愿　你　后　辈　儿　孙　照　孤

1　2　^{3}2　6 2　1　3　2 1　6 1　6　1　-　‖

行　也　让　都　城。

〔【冲头】刘璋左转身"下场门"下。

诸葛亮　晓谕三军：挂榜安民。准备酒筵，庆贺成功！

〔唢呐吹奏曲牌〈尾声·合头〉。诸葛亮、刘备左转身"下场门"下。大幕落。

——剧　终

附 录

一 “奏本”一场刘璋唱

邓远芳唱，百代唱片，吴春礼记谱

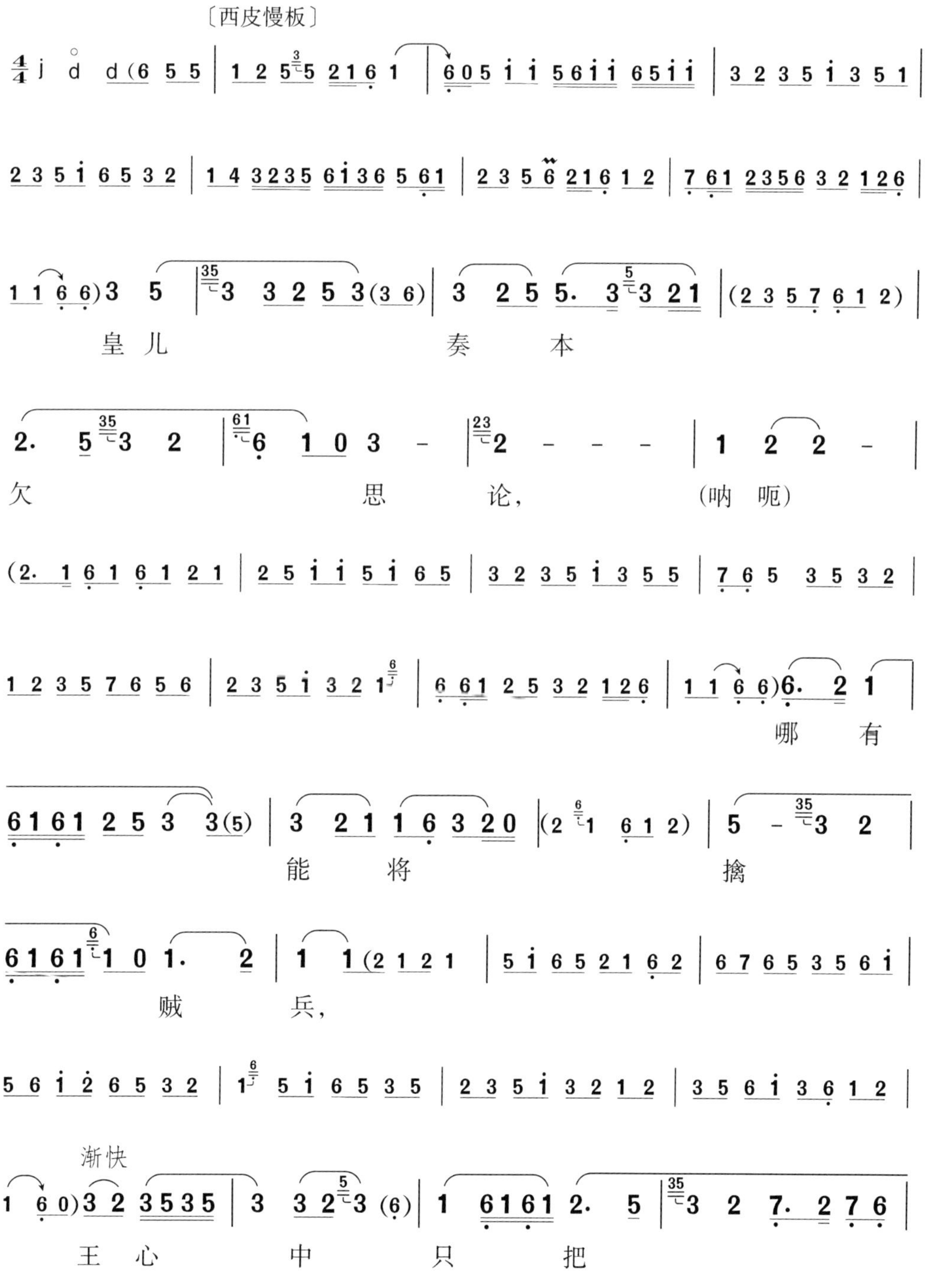

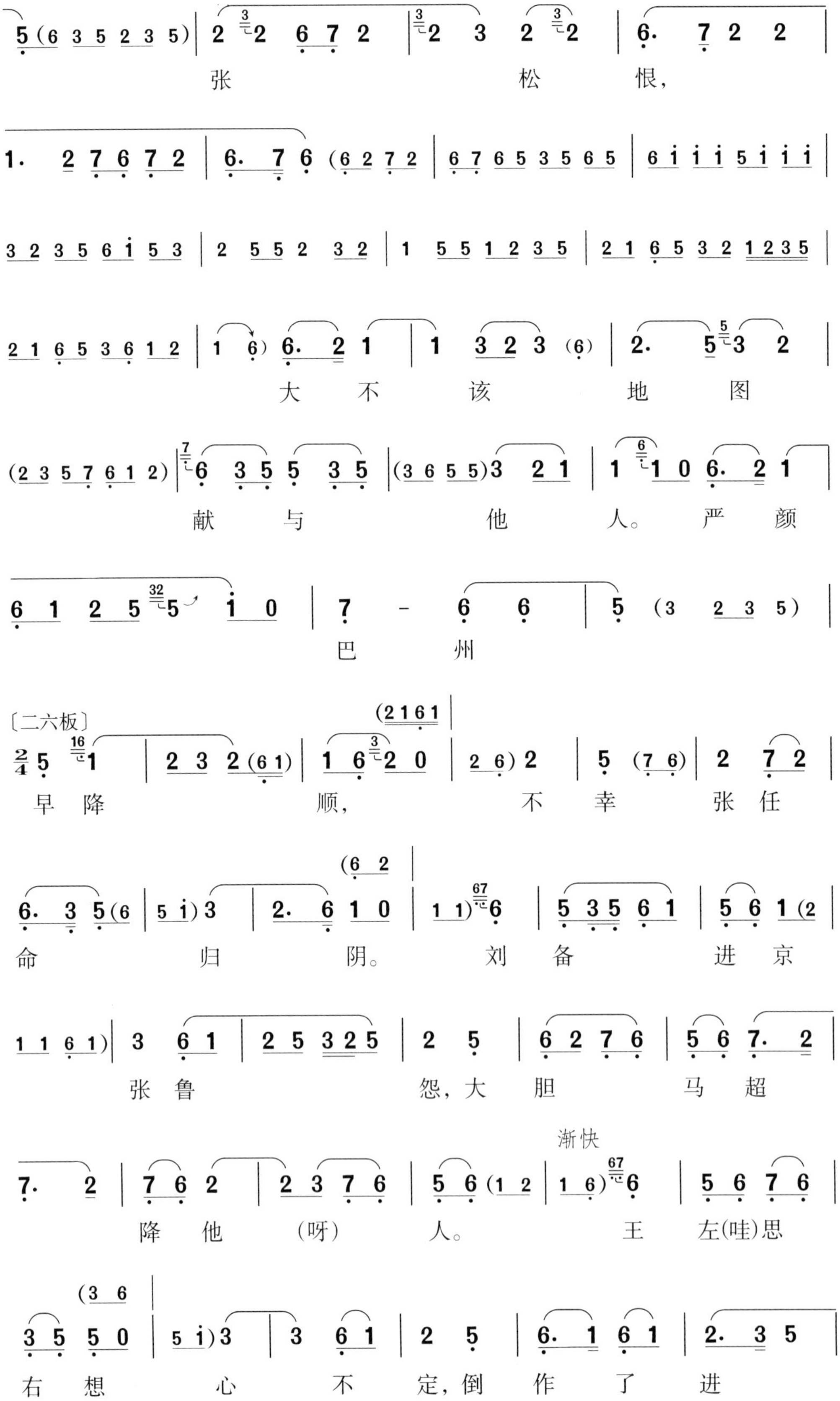
张 松 恨，
大 不 该 地 图
献 与 他 人。严 颜
巴 州
〔二六板〕
早 降 顺， 不 幸 张 任
命 归 阴。刘 备 进 京
张 鲁 怨，大 胆 马 超
渐快
降 他 (呀) 人。王 左(哇)思
右 想 心 不 定，倒 作 了 进

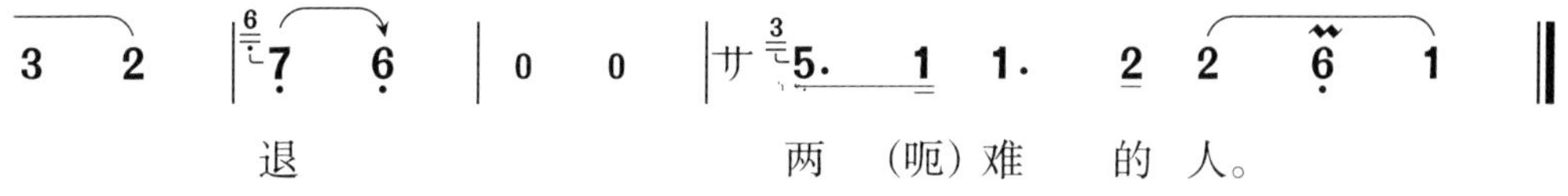

二 “饯行”一场刘璋唱

王凤卿唱，蓓开唱片，潘仲甫记谱

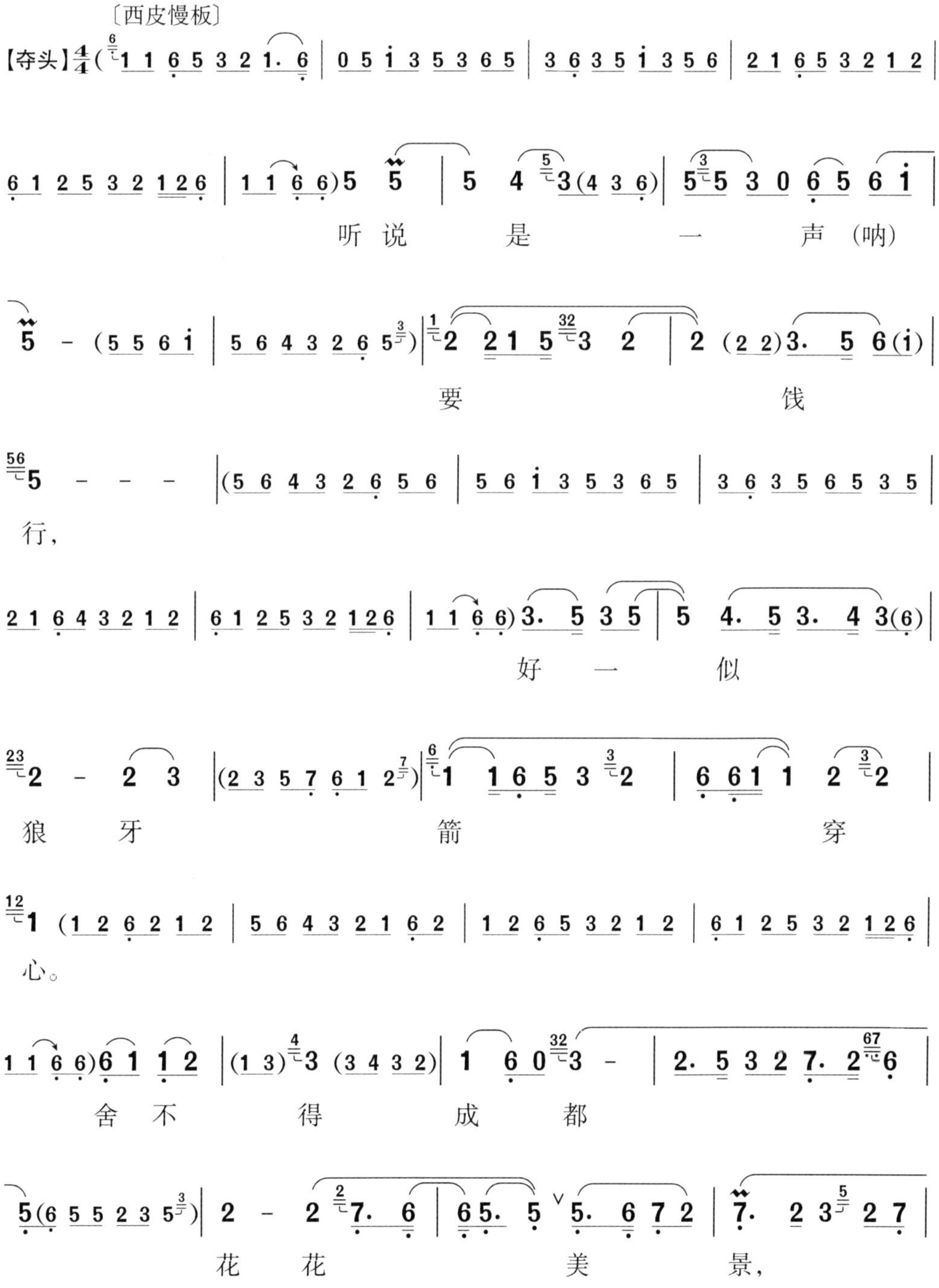

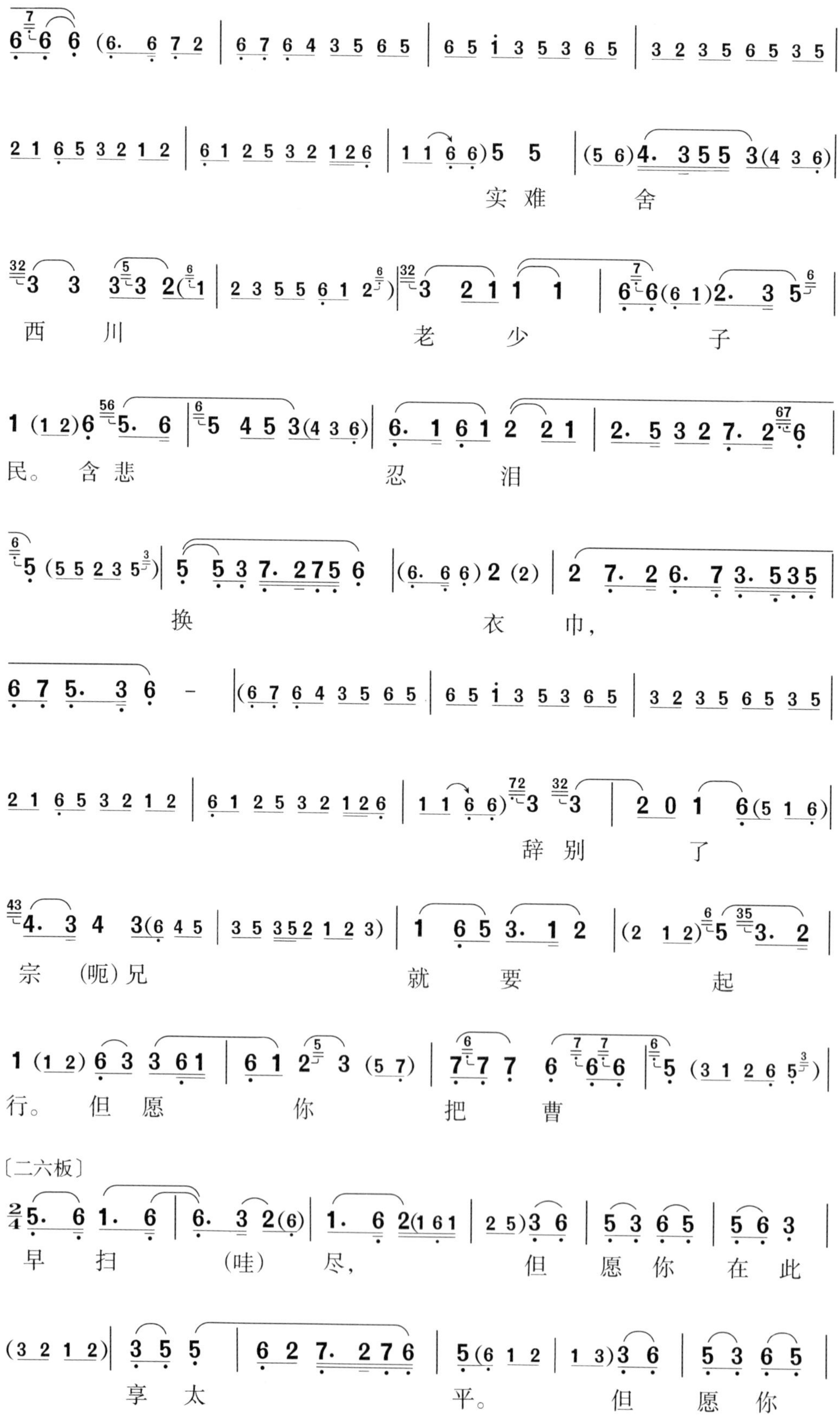
实难舍
西川老少子
民。含悲忍泪
换衣巾，
辞别了
宗（呃）兄就要起
行。但愿你把曹
〔二六板〕
早扫（哇）尽，但愿你在此
享太平。但愿你

取成都

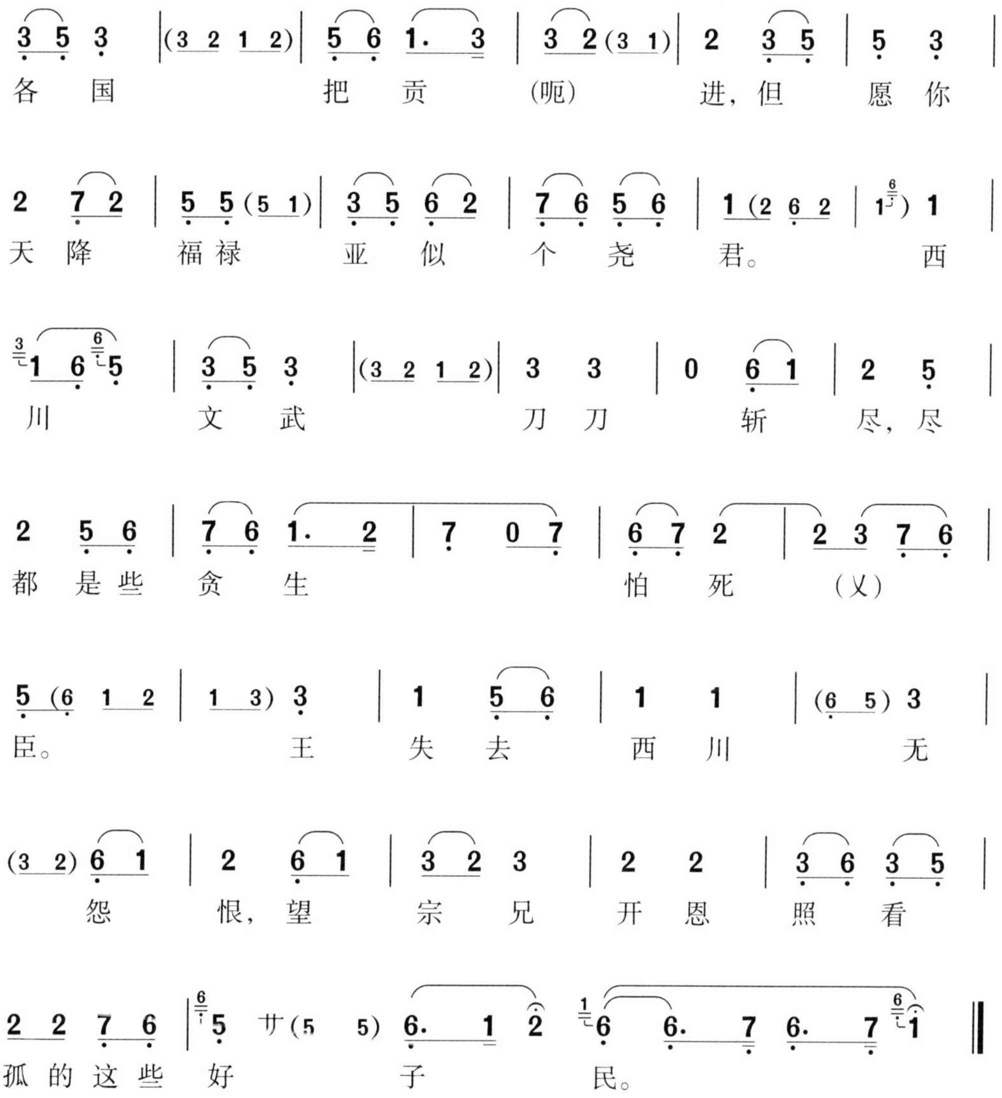
各国把贡(呃)进，但愿你
天降福禄亚似个尧君。西
川文武刀刀斩尽，尽
都是些贪生怕死(乂)
臣。王失去西川无
怨恨，望宗兄开恩照看
孤的这些好子民。